RO

RENZO CARAMASCHI

DAS BERNSTEINSIEGEL

Gander BOOKS

Titelbild: © alex.stemmer (Aleksejs Stemmers) / Depositphotos

1. Auflage 2025, © Gander Books ® 2024
Originaltitel des Werkes *Il Sigillo d'Ambra*, 2018,
© Copyright 2018 Ugo Mursia Editore s.r.l. – Milano - Italy
Alle Rechte vorbehalten
Die Übersetzungsrechte bleiben dem Autor des Romans vorbehalten.
Übersetzung aus dem italienischen von Wolftraud de Concini

Isbn 979-12-81230-68-2

1

„Das sind nur Gehässigkeiten. Macht euch keine Sorgen!"

Simon war von einem bösen Gefühl befallen. Er hatte sich nichts vorzuwerfen, war zuverlässig und fleißig bei der Arbeit. Nach einer unruhigen Nacht hatte ihn eine angstvolle Spannung erfasst, er kannte sich selbst nicht mehr, war erschüttert und aus dem Gleichgewicht geraten.

„Das darf doch nicht sein, dass sie Schlechtes über mich reden. Ich werde alles aufklären. Aufklären? Aber was denn? Ich habe doch nichts Böses angerichtet. Es kann sich nur um Missverständnisse handeln!"

Seine Gedanken drehten sich im Kreis, er konnte sie nicht stoppen.

Simon hatte in seiner Jugend eine strenge Erziehung erfahren: Seine Eltern hatten alles darangesetzt, um seinem Charakter jegliche Schroffheit zu nehmen, hatten ihn gezügelt und ihm Geduld beigebracht, hatten ihn angehalten, sich nicht diskriminiert zu fühlen. Ihm fiel es nicht leicht, sich anzupassen, aber seine Eltern hatten ihn zum Gehorsam angehalten.

Es machte Simon große Mühe, seinen Gesichtsausdruck zu verhehlen. Seinen dunklen Augen war der Unwille über die Ausgrenzung abzulesen, der er ausgesetzt war, es fiel ihm schwer, unterwürfig zu liebedienern.

Die zum Christentum bekehrten Juden galten als Feinde des Volks, als Ausbund der Intoleranz, die Gifthauch verbreiteten und die ehrlichen Bürger bestahlen.

Auch wenn sie konvertiert waren, wurden die Juden als falsch und arglistig angesehen, denen man nicht trauen durfte.

Es war Simon schwergefallen, sich der Wirklichkeit anzupassen, er war sich bewusst, dass die Ungerechtigkeit ihn sein Leben lang begleiten würde. Mehr war ihm nicht erlaubt.

„Du hast immer deine Pflicht getan. Ein paar Neidische? Du wirst doch wohl nicht die menschliche Dummheit fürchten?“

Die sanfte morgendliche Brise hatte ihn noch nicht ermuntert.

Er ging erregt und angespannt.

Sein Leben war ein Glücksspiel. Aber er hatte einen Beruf, hatte eine Wohnung und eine Familie. Seine Intelligenz hatte sich mit der Zeit verfeinert, in den unterschiedlichsten Lagen hatte er sich als unentbehrlich erwiesen, ohne es zu zeigen.

Als er fünfzehn war, hatte sein Vater ihn in den Dienst der *Real Udiencia y Casa de Contratacion* geschickt, der Gesellschaft der Handelsabkommen mit Indien.

Simon hatte großen Fleiß und höchstes Engagement an den Tag gelegt, sodass er schon mit achtzehn eine führende Rolle bei der Organisation dieser Kompanie hatte.

Die Handelsgesellschaft hatte ihm ein Zimmer zur Verfügung gestellt, wochenlang ging er nicht nach Hause, auch wenn es nicht weit war. In der Nacht stürzte er sich im schwachen Licht der Fackeln der Wächter in den Fluss und durchschwamm ihn, so wusch er sich und härtete sich ab. Er nährte sich von dem Wenigen, was die Werftarbeiter ihm für etwas Geld abtraten.

Ihm reichten wenige Stunden Schlaf. Bei Tag wie bei Nacht verbuchte er Eingänge und Ausgänge, registrierte die Werte der Waren und die Löhne der Kapitäne wie der Seeleute und die Versicherungskosten, verteilte die Verdienste im Vergleich zu den investierten Summen.

Er sah, wie sich die benachbarten Werften von Ataranaz vergrößerten und ahnte die Entwicklungsmöglichkeiten voraus. Die Kaufleute hatten Simons Intelligenz erkannt und wandten sich immer häufiger mit Bitten um Ratschläge an ihn. Er traf immer das Richtige, war dabei aber äußerst vorsichtig. Er war erfahren in Voranschlägen und Kostenanalysen, aber frei von persönlichen Interessen, er wusste die Frachten einzuschätzen, die Fähigkeiten von Mannschaften und Kapitänen, erkannte auf den ersten Blick, welches die Tüchtigsten waren.

Simon war taktvoll und diskret, sein Erkenntnisvermögen kam bedeutenden Handelsunternehmen zugute. Ohne dass ihn jemand dazu aufgefordert hätte, hatte er die Einführung eines Verhaltenskodex mit den Handelsagenten in Übersee suggeriert, er hatte scharfsinnige Wahlen getroffen, sie umsichtig kontrolliert und sie zu kluger Verantwortung angehalten. Er hatte von ihnen Garantien abverlangt, um Widersetzlichkeiten vorzubeugen, er hatte sich dafür eingesetzt, dass sich auf jedem Schiff ein Trupp königlicher Soldaten befand, um Meutereien vorzubeugen und Angriffe von Piraten abzuwehren.

Seine Entscheidungen waren von äußerster Seriosität diktiert, er holte Informationen über die einzelnen Schiffe ein, wusste alles über ihre Merkmale und die Besonderheiten der Werften, in denen sie konstruiert worden waren, und vor allem war er in der Lage, Streitigkeiten beizulegen.

„Keine Angst! Sie brauchen dich“, wiederholte er sich ständig.

Er wollte nicht tüchtiger erscheinen, als er in Wirklichkeit war. Er war gezwungen, sich Bescheidenheit aufzuerlegen, was ihm nicht leicht fiel, da er sich seiner Fähigkeiten bewusst und stolz auf seine Kompetenzen war.

Simon organisierte Schifffahrten in Gruppen, damit sie sich gegenseitig bewachen und beschützen konnten. Dank seiner Ideen hatten sie den Hafen von Sevilla erweitert, damit er mehr Schiffe aufnehmen konnte und sich die Wartezeit der mit kostbarer Fracht beladenen Schiffe auf dem Fluss verkürzte.

Er hatte die Hafenverwaltung von der Notwendigkeit überzeugt, dass den Schiffen für den Aufenthalt im Hafen eine Steuer auferlegt wurde. Außerdem hatten sie für die entladenen Frachten Abgaben zu entrichten, die sich nach der Menge und dem Wert der gelagerten Waren richtete.

Die Handelsgesellschaft garantierte die Überwachung der Waren und deckte auch die Risiken bei Diebstählen, die – aufrichtig gesagt – selten vorkamen und sehr streng bestraft wurden. Er hatte sich für mehr Hygiene in den Lagern eingesetzt und die Einstellung eines Arztes verlangt, der den Gesundheitszustand der ausgeschifften Crews kontrollierte.

Die Handelsgesellschaft war aufgeblüht und spielte auch bei den Entscheidungen der Regierung eine zunehmend größere Rolle.

Simon hatte sich für die Einrichtung eines Dokumentationszentrums eingesetzt: Am Ende jeder Fahrt hatten die Kapitäne ihre Erfahrungen niederzuschreiben. Die Seekarten waren auf den neuesten Stand gebracht worden: Ihre Präzision und die Kenntnis der Küsten garantierten größere Sicherheit, die Überfahrtszeiten hatten sich verkürzt. Das Handelshaus mit Indien war zu einem Zentrum für Informationen, hydrografische Recherchen und wirtschaftliche Entwicklung für das gesamte Königreich geworden.

Simon genoss hohes Ansehen, aber die Klugheit eines so jungen Mannes hatte auch Anlass zu bösen Zungen gegeben.

„Warum werde ich mit soviel Bosheit betrachtet?"

Es wurde gemunkelt, dass seine Intuitionen Hexenwerk waren. Wie war es möglich, dass ein so junger Mann so große Weisheit besaß? Die Inquisition hatte ein Faszikel eröffnet, sein Verhalten wurde registriert und kontrolliert.

„Ja, ich weiß, die Inquisition kontrolliert mich. Na und?"

Die Inquisition bediente sich eines engmaschigen Informationsnetzes. Größtenteils handelte es sich um Arbeiter der Indienkompanie, die gering besoldet wurden. Sie lieferten Indizien, berichteten über seine Treffen und überlieferten manchmal Teile von Gesprächen über Reedereiprojekte. Was die Besoldung betraf, mussten sie nachweisen, dass ihre Informationen nützlich waren, und wenn sie nichts zu berichten hatten, beschränkten sie sich auf das, was andere Werftarbeiter ihnen für möglich überbracht hatten.

In den Kneipen vernebelte der Alkohol Köpfe und Gedankengänge, unverständliche Worte und Flüche wurden in einem Zug hergesagt.

„Ja, ja, ich weiß, der hurt mit den Megären…", hatte einer gesagt.

„Was macht der? Und mit wem?" hatte einer höhnisch aus der Ecke der Weinstube gefragt.

„Mit den Megären? Alten, hässlichen Weibern? Wo sind die denn? Der da sucht junge Hexen, keine alten Weiber!"

„Ja, mehr als eine… Wer weiß, wo er die findet! Der soll uns doch mal eine überlassen. Wir wissen schon, wie wir die zu behandeln haben", hatte einer spöttisch hinzugefügt.

„Und wenn es nur die wären! Auch junge Männer. Er lockt sie an, verführt sie und erpresst sie. Im Dunkeln vollzieht er magische Riten. So ist das, da bin ich sicher. Das habe ich gehört… und das weiß ich!"

„Von wem hast du das denn gehört?"

„Von einer würdevollen, seriösen Person. Bei Nacht hält er immer eine Kerze angezündet. Klar, nicht? Er schläft nicht. Wer mag ihn nur wachhalten? Ich kann nicht sagen, wer mir das erzählt hat, aber es ist die pure Wahrheit. Auch einer vom Hafen hat ihn gesehen. Deshalb ist er immer in seiner Kammer im Handelshaus. Was macht er denn bei Nacht mit einer brennenden Kerze? Was denkt ihr darüber? Glaubt ihr etwa, dass er arbeitet? Der zettelt irgendwas an. Bei Tag gibt er sich manierlich, aber dann bei Nacht… Er ist konvertiert, aber glaubt ihr etwa an seine Konversion? Opportunismus ist das! Im Inneren ist er Jude geblieben. Eine böse Rasse. Die müssten alle verjagt werden…"

Der Wirt hatte aufmerksam zugehört und zustimmend genickt.

„Aber die heilige Inquisition? Was macht die eigentlich, um uns diesen Dieb vom Leibe zu halten?"

Er hatte sich bekreuzigt.

„Der Teufel soll ihn holen und zusammen mit ihm all die betrügerischen Juden, mögen sie wahr oder falsch sein!"

„Ich habe so viele Gerüchte über ihn gehört. Und die Justiz, wo ist die? Simon entscheidet für uns. Wisst ihr das? Er schläft beim Bild der Madonna der Seefahrer! Sie soll nicht weiter als zwanzig Meter von ihm entfernt sein. *Los cojones*. Verflixt noch einmal. Den würde ich gern einmal in die Hände kriegen. Warum richtet ihn niemand hin? So eine Schande! Und wir beten… so was Verrücktes… diese Welt… diese Religion… die sollen sich zum Teufel scheren… diese nichtstuerischen Pfaffen!"

„Leise, leise, sprecht leise! Wir sind in unserer Stadt nicht mehr frei und müssen aufpassen", hatte ein Schauermann hinzugefügt. „Der Jude hat sehr viel mehr Einfluss, als ihr euch vorstellen könnt."

Es war eine unablässige Folge von Dummheiten, die sich in den benebelten Köpfen breit machten, und die Gerüchte sprachen sich von einer Kneipe zur anderen herum, zuerst im Flüsterton, dann immer lauter. Aber die Anklagepunkte waren unzureichend, Simon waren keine betrügerischen Absichten vorzuwerfen.

Das erregte Verdruss. Es war doch nicht möglich, dass dieser junge Mann eine so große Intelligenz besaß. Die Inquisition war immer überzeugter davon.

Aber Simon passte auf. In seiner winzigen Kammer eingeschlossen, häufte er Papiere und Lebensweisheiten an. Er warnte vor unüberlegten Spekulationen, beschwichtigte das ungestüme Verhalten der Reeder, empfahl Einkünfte, ohne dass dabei Leben aufs Spiel gesetzt wurden. Er kämpfte für einen korrekten Handel. Sein Auftreten stand in krassem Gegensatz zur überlieferten Leichtgläubigkeit und zur Korruptheit leichter Verdienste. War das möglich?

„Mach dir keine Sorgen, mach dir keine Sorgen“, dachte er ständig, aber seine Zweifel wurden immer größer. „Wer arbeitet, kennt dich. So dumm sind die doch schließlich nicht.“

Simon hatte bemerkt, dass sich die Stimmung um ihn geändert hatte, dass er von Misstrauen umgeben war. Sie vermieden ihn. Niemand lächelte ihm zu, niemand begann ein Gespräch mit ihm. Niemand grüßte ihn mehr. Als hätten sie Angst, in seiner Gesellschaft gesehen zu werden. Anzeigen und Denunziationen begleiteten ihn auf Schritt und Tritt.

„Was habe ich denn so Schlimmes angestellt?“, fragte er sich immer inständiger.

Er hatte Summen und Rechnungslegungen unzählige Male kontrolliert, aber keinerlei Fehler entdeckt. Je häufiger er alles überprüfte, desto mehr überzeugte er sich von der Korrektheit seines Tuns.

Seine Hauptfeinde waren die jungen Abkömmlinge des kastilischen Adels und die Sprösslinge der reichen Bürgerschicht. Sie setzten alles daran, ihn anzuschwärzen, um ihre Faulheit zu verstecken.

Simon lächelte. Er hatte die Gespräche mit den Anderen auf das Äußerste beschränkt, um zu vermeiden, dass seine Worte missverstanden wurden, und er legte seine Ratschläge so dar, dass man sie für Anregungen Anderer hielt. Er unterdrückte seine Unduldsamkeit den jungen anmaßenden, dünkelhaften und hochmütigen Adeligen gegenüber. Er zog sich auf sich selbst zurück. Nur so konnte er sich verteidigen.

„Was soll ich denn erklären? Wenn ich um eine Begegnung bitten würde, hieße das, Unrecht und Falschheit zuzugeben. Soll ich gestehen, was ich nicht begangen habe?"

Er war von tiefster Unruhe erfasst, war verbittert. Er wollte reagieren, durfte es aber nicht.

2

Mit der Zeit war es ihm gelungen, mit seinen Anteilen in die Finanzierung von Speditionen einzusteigen, die auf den ersten Blick gewagt erscheinen mochten, aber bei einer Analyse der Risiken gute Erträge versprachen. Die finanzielle Teilnahme von Simon war gern gesehen und beruhigte, wer Geld angelegt hatte.

Er hatte keine Freunde, war aber als Gesellschafter gern gesehen. Seine Geschäftspartner gaben sich nicht mit seinen Ratschlägen zufrieden, sondern verlangten konkrete Interessen. Seine Beteiligung an den Geschäften war ihnen Garantie für einen guten Ausgang ihrer Kapitalinvestitionen.

Er hatte die Einrichtung eines Verwaltungstribunals angeregt und dabei war es ihm gelungen, kompetente Personen wählen zu lassen, die nicht von den adeligen Potentaten beeinflusst wurden. Simon bestand auf transparenten, durchschaubaren Geschäften, auf einer von Interessen freien Justiz. Aber das entschied nicht er allein. Da gab es heiklere, störrischere Faktoren. Sein Fehler? Er hatte die Evasion bekämpfen wollen, die sich in den Speditionen breitmachte, und hatte damit den Anteil reduziert, der der Krone bei der Einfuhr von Edelmetallen zustand.

Er war hochbegabt und überlegen, lebte aber einsam. Im Alter von nur 23 Jahren hatte er ein beträchtliches Vermögen angesammelt. Einen Teil davon hatte er nach Paris verlegt, ja mit dem Netz der jüdischen Bankiers auch nach Wien.

Er hatte enge Beziehungen zu den Bankpartnern aufgenommen, war dabei aber in eine geschlossene Finanzgruppe geraten, die in einer heiklen Gesellschaft, die von den Racheanfechtungen eines monolithischen Christentums beherrscht war, ungern gesehen, ja verhasst war.

Den Juden war der Ankauf von Ländereien untersagt, sie mussten in einem eigenen, ihnen vorbehaltenen Quartier oder außerhalb der Stadtmauern leben, durften sich nur bewegen, wie die Regierung es ihnen zugestand oder vorschrieb. Es war schon ein Glück, dass man sie überhaupt leben ließ.

Simon war über die Grenzen des Erlaubten hinausgegangen: In der Illusion, sich eine Neutralität erworben zu haben, glaubte er, den Kreis der Ablehnung überwunden zu haben.

Er hatte sich geirrt.

Die Kompanie war bald zur Beute von inexistenten Handelsfähigkeiten geworden. Je gleichgültiger und unbeteiligter sich Simon zeigte, von desto heftigeren Bosheiten war er umschlossen, aus Blicken und Worten sprach purer Groll. Er hatte keinerlei Schutz vor den bösartigen Freuden der Kränkung.

„Er hat sich unsere Ideen angeeignet, hat sich auf unsere Kosten bereichert, er lebt im Haus der Kompanie. Wir haben ihm viel zu viel zugestanden, seine Ratschläge demütigen uns, er benutzt unsere Schiffe, bedient sich unserer Naivität und profitiert von unserer Leichtgläubigkeit". Mit derlei Worten bekräftigten seine Feinde immer lautstärker ihren Wunsch, Simon auszugrenzen und sein Ansehen herabzusetzen.

Die Zeit bringt Recht, dachten sie, aber alle waren einstimmig der Ansicht, dass Simon aus der Kompanie ausgeschlossen werden musste. Er selbst ahnte die Gefahr, glaubte aber nicht, dass sie ihm das Recht auf Arbeit nehmen würden. Eine derartige Anmaßung hätte, so dachte er, nur Schäden angerichtet.

Bei einem seiner seltenen Gänge durch die Stadt hatte er versucht, diese Sorgen aus dem Weg zu räumen.

Er hatte bemerkt, dass einige Jugendliche sich ihm genähert hatten.

Unter ihnen war auch ein Abkömmling der Familie Ruiz, die mehr als andere vom Indienhandel profitiert hatte.

Es war Dezember, Winterkälte lag über der Stadt, das Straßenpflaster war eisglatt. Bald war Hanukkah, das hebräische Weihnachtsfest, und er würde sich nach Hause begeben. Zu einer kurzen Pause. Ein Fest des Gedenkens, ohne Lichter, nur die Erinnerung an unausgedrückte Emotionen.

Dieses Fest der Erinnerung fiel mit dem Fest des Lichts zusammen. Der Sieg über die Finsternis, der Bund des jüdischen Volkes mit Gott. Es sollten Feste der Freude sein, aber sie waren inzwischen verschwunden.

Die Jugendlichen hatten ihn überholt und eingekreist. Sie waren auf dem Platz stehengeblieben, der von eleganten Palästen umgeben war.

„Sei so freundlich und mach mir Platz", hatte einer von ihnen in hochmütigem Ton zu ihm gesagt.

„Du Taugenichts, bist du taub? Auf was wartest du? Deine Anmaßung werden wir schon mäßigen". Simon war erblasst, ein kalter Schauer war ihm über den Rücken gelaufen.

„Du Jude, geh woanders hin!", hatte ein anderer hinzugefügt. „Was machst du hier außerhalb des Ghettos? Denn das ist das Quartier für euch Abschaum. Die Glocke hat schon lange geläutet. Los, verschwinde in eurem Dreck."

Sie lachten höhnisch, grinsten, warfen ihm scheele Blicke zu. Man sah ihnen an, dass sie bereit waren, Simon anzugreifen, denn sie waren sicher, dass niemand sie für ihren Übergriff bestrafen würde.

„Ich bin zum Christentum bekehrt. Ich bin kein Jude. Was wollt ihr von mir?", hatte Simon mit angsterfülltem Gesicht ausgerufen.

„Was wir wollen? Das wagst du zu fragen? Uns Christen? Du nimmst es dir heraus und sagst uns Christen, dass wir nicht stehlen dürfen? Du dreckiger Jude!"

Sie stießen ihn hin und her, griffen ihn an, schlugen mit Fäusten auf ihn ein. Er blieb nach Luft ringend auf dem Boden liegen, seine Nase blutete, seine Lippen waren aufgesprungen. Sie hatten ihm Fußtritte versetzt, hatten ihn in die Brust und den Bauch getreten.

Sie gingen fort, stolz auf ihre Untat, sangen ein Loblied auf die Überlegenheit ihres Glaubens.

„Gott hat dich bestraft. Denk immer dran, wer dir diesen Strafzettel verpasst hat. Wir sind nur seine Hand und gehorchen ihm. Wenn du die Courage hast, uns anzuschwärzen, kommen wir wieder zurück!"

Sie waren blitzschnell über ihn hergefallen, hatten diese Momente als Beweis einer erneuten Justiz genossen.

Simon konnte sich nur mit großer Mühe aufrichten, die Rippen schmerzten ihn, ihm war schwindlig. Er hatte keine Kraft mehr und lag erschöpft auf dem Pflaster.

Er hatte sich taumelnd auf der Suche nach einem Halt aufgerichtet, war aber wieder auf den Boden gefallen. Er wollte sich an die Mauer eines Gebäudes lehnen. Er keuchte, aber die Beleidigung schmerzte mehr als die Wunden. Das Blut pulsierte durch den ganzen Körper, seine Gedanken hetzten ruhelos. Alles war zu schwierig zu verstehen, war zu schnell abgelaufen.

Alles hatte sich geändert. Für immer.

Der kleine Platz war menschenleer. Viele hatten gesehen, was geschehen war, aber niemand hatte eingegriffen: Nur Befriedigung über eine gerechte Strafe.

Nach langer Zeit war es Simon gelungen, sich aufzurichten. Er kroch an der Mauer entlang, bis zu einer Tür, die plötzlich aufgegangen war. Eine Hand hatte ihn am Arm gepackt und ins Innere gezogen. Er hatte vor Schmerz gestöhnt.

„Sei ruhig, du Dummer, gib keinen Ton von dir!“

Ein Jugendlicher hatte ihn aufgerichtet, ihm den Arm um die Schultern gelegt, ihn beim Handgelenk gefasst und bis in einen Flur geschleppt. Er hatte ihn vorsichtig in einen Raum eingeschlossen und auf ein Feldbett gelegt. Die Schmerzen hatten zugenommen. Simons Gesicht war aufgedunsen, der rechte Backenknochen angeschwollen und von den Faustschlägen hatte er blaue Flecken am ganzen Körper. Die Knöchel und der Rücken taten ihm weh, seine Hosen waren zerfetzt.

„Ich bin…“,

„Ich weiß, wer du bist. Alle kennen dich…“.

Der junge Mann hatte die Tür offengelassen, nur einen Spalt. Simon hörte in der Ferne eine Weise, fast ein Klagelied. Eine Melodie wechselte mit halblaut gesprochenen Worten ab, eine raue Stimme hatte von Passion und Hoffnung gesungen.

„Du kennst mich?“, hatte er überrascht nach einer kurzen Pause gefragt, während die Nase ihm noch blutete.

„Du glaubst, dass niemand von dir weiß, weil du abgeschlossen in deiner Kammer lebst? Bleib ruhig liegen, ich bin gleich wieder da“.

Simon hatte versucht, sich aufzurichten. Vergeblich.

„Trau mir! Ich hätte dich ja auch am Boden liegen lassen können."

Nach wenigen Augenblicken war der Mann zurückgekehrt. Diesmal war ein junges Mädchen bei ihm, das eine Schüssel in den Händen hielt. Sie hatte ein Leinentuch in das kalte Wasser getaucht und ihm das Blut vom Gesicht gewischt. Vom Backenknochen, von der Nase, von den Lippen. Auch von den blutverklebten Haaren.

„Wer bist du?", hatte Simon gefragt.

Sie war bildschön. Dunkle Augen, feine Gesichtszüge und Augenbrauen, eine kurze Nase, ein gut geformter Mund.

„Wie heißt du?", hatte Simon von neuem gefragt.

„Ich bin Francisca, die Schwester von Felipe, der dich hierhergebracht hat".

„Lass Huan rufen", hatte Simon gebeten, als Felipe in das Zimmer zurückgekehrt war.

„Deinen chinesischen Diener?"

„Ja, den. Kennst du ihn? Und wieso?"

„Natürlich kenne ich ihn. Simons chinesischen Diener. Da wird gemunkelt und geklatscht. Ich bezweifle, dass alles Wahrheit ist, aber wenigstens die Namen, die dürften wahr sein. Warten wir die Nacht ab, bis ganz Sevilla schläft. Wenn sie ihn hier sähen, wäre das unser Ende. Ich möchte dich nicht kränken, aber ihr zum Christentum bekehrten Juden seid ein Risiko. Ich tue das, was ich für richtig halte. Aber glaub mir, ich bin verrückt."

„Weißt du, wo ich wohne?"

„Das werde ich schon herausfinden."

Simon war eingeschlummert. Im Halbschlaf vergaß er für einige Stunden die von den Schlägen verursachten Schmerzen.

Es war Winter und die Tage waren kürzer geworden. Feuchte Dunkelheit hüllte die Stadt ein. Es hatte aufgehört zu regnen. Als Simon aufwachte, spürte er, dass es ihm schlecht ging, schlechter, als er im ersten Augenblick geglaubt hatte.

Von der Straße drangen Schritte herauf, unsichere Schritte. Der Radau von Schwelgereien. Zum unsicheren Gefasel der Betrunkenen kamen Gelächter und schlüpfrige Witze. Stimmen von Männern und Frauen näherten sich. Simon nahm sie wahr, ohne sie zu verstehen. Nur Bruchstücke. Er war neugierig. Was er hörte, war gemischte Menschheit. Er war glücklich über diese Momente ohne Bedeutung. Simon stellte sich so das Sich-Befreien aus der Armut vor, die Ablenkung von Momenten, die endeten, bevor sie begonnen hatten. Er war davon angezogen, er beneidete diese Männer. Er erklärte sich das nicht, fragte sich auch nicht nach dem Grund. Was er hörte, schenkte ihm eine Leichtheit, die er bisher niemals empfunden hatte. Ein fantastisch leeres Leben! Er fragte sich, wo er gelandet war, wer ihn in diesem Haus so gastlich aufgenommen hatte.

„Oh, wie gut war der Reis, wie köstlich der Wein, das junge Mädchen ist nunmehr ein Frachtschiff… ja, warum Pamela?“ Die gute Laune brachte sie zum Lachen, zu ironischen Bemerkungen über bejahrte Damen, die den Niedergang vergangener Schönheit nicht hinnehmen wollten.

Eine Nacht lang, wenigstens eine Nacht lang hätte er diesen Leuten gleichen wollen, hätte so sein wollen wie sie, die Banalitäten anhören wollen, von denen sie sich nährten. Faszinierend!

Auf einmal hatte er den Wunsch, in diese instinktive, anspruchslose Einfachheit einzugehen, in diese Gemütsverfassung, die nichts mit seiner Disziplin zu tun hatte. Seine Jugend war rasch vergangen, ein Leben, wo alles kontrolliert werden musste: der Ton der Stimme, Gesten, Bewegungen und Verbeugungen, nur angedeutetes Lächeln. Seine Unterwürfigkeit war zum Kern seines Lebens geworden.

Eine Änderung war fast ausgeschlossen. Aber es war fesselnd, an die Möglichkeit zu denken, andere Kleider zu tragen.

Die erlittene Gewalttätigkeit hatte ihn aufgerüttelt. Er war sich bewusst geworden, eine Marionette zu sein. Er ließ alles über sich ergehen, ohne mit der Wimper zu zucken, auch angesichts der gröbsten Fehler. Viele Jahre lang hatte es ihm ausgereicht, in einer verführerischen geistigen Überlegenheit zu leben.

Aber auf einmal war dieses Leben ihm zu eng geworden, seine Gedanken standen in krassem Gegensatz dazu, seine Lebensauffassung war ins Wanken geraten.

Er hatte sein Gehör angespannt.

„Ja, ja, das Glück, das mehr als anderes. Warten wir ab, ich bin neugierig. Da will ich aber sehen, ob sie der Lage heute Abend gewachsen sind… Francisca? Angeblich soll sie nicht da sein. Hast du von dem Juden gehört? Er soll mit dem Geld verschwunden sein… Das habe ich doch gesagt. Sie sind alle Gauner… die heucheln alle… nein…das sind nur Flausen, die Musik… die wird da sein, aber Francisca? Das lässt sich gut an. Jedenfalls verdienen die daran… auch du bist immer das… lass es doch sein, sie ist tüchtig! Wir werden schon sehen. Sie oder eine andere… nein, sie verspricht, sie gefällt dir, sag doch die Wahrheit. Sie ist schön. Sie wird schon eine rechte Zukunft haben… eine seriöse Zukunft? Ich weiß nicht… hoffentlich nicht zu seriös… und ihr Blick? Wohl nur für den Tanz… glaub das nicht… mach dir nur Illusionen… los, gehen wir rein.“

Zum Teufel! Sie sprachen von ihm. Er hatte zugehört, um die Worte zu verstehen, die Töne klangen schwach und gedämpft zu ihm herauf, hatten sich in ein unverständliches Stimmengewirr verwandelt, das von Gelächter und Gehuste überdeckt wurde. Auf einmal wurde es still.

Francisca war in den Raum getreten, hatte die nächtliche Finsternis mit einer Kerze erleuchtet.

Mit einem kleinen Spiegel hatte sie die Beulen kontrolliert, die in den sonderbarsten Farben schillerten: in Veilchenblau, in Violett und in Gelb. Sie hatte das Leintuch auf den Wunden ausgewechselt. Simon hatte sich nicht beklagt. Er betrachtete ihr Antlitz voller Bewunderung. Ihre Gesichtszüge änderten sich ständig im Licht und Schatten, sie waren eindeutig schön und er war froh, sie bei sich zu haben.

Die Stille war von einem Gitarrenakkord unterbrochen worden, von einer melancholischen Melodie. Dann hatte eine Männerstimme eine intensive, rhythmische Solea zu singen begonnen, die Worte wurden von sanften Gitarrenklängen begleitet. Die Töne waren gedämpft, Francisca hatte sich ihm genähert.

Simon hatte sie aufgefordert, sich neben ihn auf das Feldbett zu setzen. Sie aber hatte sich geweigert und war stehen geblieben. Beide spürten ihr Blut pulsieren. Simons Schmerzen hatten nachgelassen.

Er hatte ihre Hand genommen. Eine weiche Hand. Sie hatte sie nicht zurückgezogen, hatte sich dann aber unvermittelt entfernt. Vielleicht zu schnell? Hatte das heftige Flirten sich schon in ein Sentiment verwandelt? Ungekannte Gefühle hatten sie in Bann gezogen.

Sie hatten zugehört, hatten sich zurückgezogen, und gemeinsam hatten sie die Einsamkeit erlebt, in der nur die Illusion ihnen Gefährte sein konnte.

Der Gesang hatte aufgehört, vier Gitarrenakkorde hatten zum rhythmischen Stampfen der Absätze übergeleitet. Das waren keine Klänge. Für sie war es das rhythmische Klopfen ihrer Herzen.

Sie hatten unendlich lange Momente erlebt. Als dann das Stimmengewirr der Zuschauer endete, waren sie beeindruckt von Gefühlen, die sie sich nicht eingestanden hatten. Ein größeres Leben hatte sie umhüllt. Beide wussten von ihren Gefühlen. Und das reichte aus. Die Trennung war ihr Schicksal, sie hatten sich verstanden und waren unglücklich.

Francisca hatte den Raum verlassen. Nur eine dreiste, ärgerliche Geste gegen sich selbst. Fern von krankhaftem Zuzwinkern. Denn nicht sie entschied über ihr Schicksal.

In Simons Seele schallte der Gesang nach, der mitleidsvolle Klang der Gitarre, das rhythmische Pulsieren eines Tanzes, den er nicht gesehen, aber in der kurvenreichen Seriosität Franciscas erlebt hatte.

Simon war in einen Traum eingetaucht. Er hätte laut schreien wollen, war aber stumm geblieben.

Als Huan zu ihm gekommen war, hatte Simon ihm erklärt, was sich ereignet hatte. Er hatte ihm verboten, darüber zu reden. Seine Eltern sollten nichts erfahren. Keine Vertraulichkeit.

Sobald er sich erholt hatte und die Beulen verschwunden waren, wollte er zur Indienkompagnie zurückkehren. Er bat nur um ein paar saubere Tücher.

So vergingen fünf Tage. Francisca und ihr Bruder waren in Gefahr. Es war ein Risiko, einen zum Christentum bekehrten Juden außerhalb des Ghettos zu beherbergen. Er musste so schnell wie möglich gesund werden. Sein Verbleiben bei ihnen war ein Problem.

Am frühen Morgen des fünften Tages verabschiedete Simon sich von Francisca, um sich dann schnell und vorsichtig zur Indienkompagnie zu begeben. Er trat ein und wollte in den Raum gehen, wo er jahrelang gearbeitet hatte. Aber die Tür war verriegelt.

Er begab sich wieder zum Eingang und wandte sich an einen Aufseher: War die Tür aus Versehen versperrt worden? Hatte es einen anderen Grund? Als Antwort hatte der Pförtner nur mit den Schultern gezuckt.

Um jeden Zweifel zu beseitigen, begab Simon sich erneut in das Obergeschoss, um die Tür aufzubrechen. Aber da trat ihm der älteste Sohn der Familie Ruiz entgegen, der reiche Bürger, der gemeinsam mit Simon so viel Geld investiert hatte. Er versperrte ihm den Weg und schnauzte ihn an: „Hast du noch nicht verstanden, dass du aus der Kompanie ausgeschlossen worden bist? Scher dich fort, bevor ich dir den Weg mit Fußtritten weise!"

So hatte Simon erfahren, dass er seine Stelle bei der *Casa de Contratacion* verloren hatte. Sie hatten ihm auf hinterlistige Weise gekündigt, seine Aufgaben waren auf mehrere Personen übertragen worden, auf dünkelhafte Abkömmlinge, die nichts als trügerische Fähigkeiten besaßen.

Simon hatte um eine Konfrontation gebeten. Sie war ihm nicht gewährt worden.

Der Vorstand war vom eigenen Können und von dem der unbedachten Verwandten überzeugt und hatte ihn verspottet: „Du bekommst keine Zinsen mehr auf die Verdienste der Reisen. Pass auf, Jude, wage es nicht, unsere Pläne zu durchkreuzen. Wir brauchen deine schmutzige Religion nicht mehr!"

Es war unmöglich, rational miteinander zu diskutieren. Nur Vorurteile machten sich in den geldgierigen Köpfen breit.

Sie gestanden Simon zwei Monate zu, um seinen Nachfolgern das nötigste Wissen beizubringen.

„Ausgeschlossen", hatte Simon ungläubig gedacht. Das war eine brennende Demütigung.

„Los, verschwinde, du Gauner!"

Und das tat er. Er war ein zum Christentum Bekehrter, blieb aber ein schmutziger Jude. Eine minderwertige Rasse.

3

Alles war wie verschwommen. Seine Träume waren ihm in den Händen zerronnen, sein Wille war zerfetzt, ein Widerstand war unmöglich. Dieser Auftrag war zu wichtig. Er konnte sich einer Verantwortung nicht entziehen, die vom Neid in ein Privileg verwandelt wurde. Eine Verweigerung war ausgeschossen, es ging um sein Leben und um das seiner Familie.

Die Aufgabe, die sie ihm anvertraut hatten, war die Vorausnahme einer schon beschlossenen Strafe. Es war Ende August 1517.

Er hatte die Anweisung bekommen, die Vergoldung des Altars der Kathedrale zu vollenden.

Er würde scheitern. Das war klar.

Das Risiko, die Goldfolien in die Kathedrale zu bringen, war unermesslich hoch.

Es war ein unbezahlter Auftrag, als Ausgleich für die Jahre, in denen er sich in der Kompagnie bereichert hatte: die „Rückerstattung eines zu Unrecht erworbenen Gutes". So stand es im königlichen Erlass geschrieben.

Simon hatte die Verantwortung für das ihm übergebene Gold zu tragen. Sie hatten ihn aufs Korn genommen und warteten nur auf einen Fehler seinerseits. Ein Irrtum – und er wäre hingerichtet worden.

Sie hatten ihm zehn Tage zugestanden, um den Auftrag anzunehmen. Speise, Trank und Kleidung, aber kein Lohn.

Es war eine enorme Aufgabe. Abgeschieden im Schiff der Kathedrale, so gut wie keine Bewegungsfreiheit. Er streifte gedankenverloren durch die Gassen der Altstadt, war an der Flamenco-Schule vorbeigekommen. Wie hätte er es anstellen können, Francisca zu treffen?

Er war ein Gefangener der Krone, war in der Kathedrale wie in einem Käfig eingesperrt. Er hatte Angst vor der Zukunft, hasste sein Geschick, sein sanfter Charakter stand in krassem Gegensatz zum Zwang eines Lebens, das er verachtete, das vernichtet worden war. Keine Umarmungen mehr, niemals mehr!

Im zutiefst katholischen Sevilla wurde er misstrauisch betrachtet.

Ein Mann ohne Leben, dem Hauptaltar der Kathedrale geopfert.

Im Vertrag waren unglaublich präzise, ja übertriebene Verfahrensweisen angeführt.

In dem von einem Gitter umschlossenen Raum um den Hauptaltar durfte nur ein einziger Arbeiter anwesend sein, mit erhobenen Armen, offenen, gut sichtbaren Händen. Und in dieser Haltung hatte er zu verbleiben, bis er die von einem Diener herangebrachte Goldfolie in Empfang genommen hatte. Sieben Schritte, sieben regelmäßige Schritte in dem ihm zugestandenen Raum.

Wer das Gold heranbrachte, musste mit ausgestreckten Armen vorankommen, die Folie in den Händen, damit alle sie sehen konnten. Sobald er beim Handwerker angelangt war, musste er die Folie übergeben und zeigen, dass die Hände leer waren.

Der Handwerker erhob die Arme und ließ die Anwesenden das Gold sehen.

Dann stieg er die Treppe hoch, um das Gold auf den Hauptaltar und die Statuen zu kleben. Es war, wie Simon es angeordnet hatte, eine unglaublich langsame Arbeit. Ein Zeichen auf einem Pergament und drei Unterschriften als Sichtvermerk, die des Handwerkers und zweier Zeugen, die - Prälaten und Mönche - bei jeder Übergabe ausgewechselt wurden und mit folgender Unterschrift unterzeichneten: „Aus voller Erkenntnis bestätige ich im Namen Gottes, dass ich alles gesehen habe!"

„Du Jude, du wirst das Tageslicht nicht mehr sehen. Hier drinnen wirst du alt werden und sterben," hatten die Behördenvertreter zu ihm gesagt, der Kammerherr des Königs und der Beichtvater der Königin.

Simon hatte mit keinem Wort geantwortet. Die Vergoldung sollte der Zweck seines Lebens werden, Franciscas Augen im Herzen, ohne sie sehen zu können, nur ein Traum.

In der ersten Zeit hatte er alles um sich herum misstrauisch angeschaut, es war nicht leicht, das Unabwendbare richtig zu beurteilen. Er fühlte sich wie ein lebendig Begrabener, hatte sich aber der Lage angepasst. Die Tage verliefen eintönig und bedrückend. Er verbrachte viele Nächte in der Kathedrale.

Er hatte das Gitter schließen und - zur Überraschung der Behördenvertreter – das schwere eiserne Schloss entfernen lassen.

An zwei lange Ketten hatte er Ringe mit drei unterschiedlich großen Glocken angebracht, die er dann in der Form eines großen Knotens zwischen die Stangen geschoben hatte. Hätte jemand den Versuch unternommen, das Gitter zu öffnen, so hätte er die Glocken zum Läuten gebracht und die Aufmerksamkeit der Wächter auf sich gezogen.

Dieser geniale Mechanismus wurde von ihm selbst in Funktion gesetzt, auch das Auflösen der Ketten. Simon schien das Gefühl für die Zeit verloren zu haben: Angesichts der Schönheit seines Werks war er wie versteinert. Seine Arbeit war zu einem sakralen Ritus geworden.

Er hatte sich in die Kathedrale verliebt, in diesen immensen Raum, der ihm zur Heimat geworden war. Um seine steif gewordenen Glieder wieder zu bewegen, ging er hin und her. Ohne zu denken, ohne zu begreifen, hatte er die Welt verkleinert wie sein Leben, lebte umschlossen von den Säulen dieses riesigen Raums.

Auf diese Weise hatte er sich einen Bereich der Freiheit ausgeschnitten. Er genoss die Großartigkeit der Lichter, die sich auf dem Gold widerspiegelten. Die Vergoldungen, die sich Tag um Tag um den Altar hüllten, gehörten ihm.

Die Handwerker, die Wächter und die Gläubigen waren die Statisten eines großartigen Projekts.

Die Kathedrale und das Gold waren für Simon zu lebendigen Wesen geworden, die Menschen neben sich sah er nicht.

Der Altar war schmucklos, war zum Symbol des Glaubens geworden, das Volk kniete vor seiner Schönheit nieder. Er war der Schöpfer der Wahrheit, er, den sie „Simon, der Goldjude“ nannten.

Die Gläubigen flehten die Heiligen um ihren Schutz an, beteten sie an, ihm Gesundheit und langes Leben zu schenken, berührten ihn abergläubisch mit Fingern und Händen.

Dies alles war ihm gleichgültig, er war allem entfremdet. Er war der Vagabund seiner Seele geworden.

Aber im Halbschatten der Kathedrale, in den vom Licht angehauchten Vollmondnächten gingen seine Gedanken zu Francisca, zu ihren Augen und ihren Haaren. Er litt unter dem verzehrenden Riss imaginärer Blicke, sie war seinen Gefühlen unauflöslich aufgedrückt.

Er dachte an sie, unterdrückte mit Mühe seine Leidenschaft. Es war unmöglich, die Erinnerung an sie durch andere Vorstellungen zu ersetzen. Sein Herz klopfte wie wild.

In der Kathedrale hatte er leuchtende Morgen und düstere Sonnenuntergänge erlebt, eine Folge von Täuschungen, die verschwunden waren, bevor sie das Ende angekündigt hatten, nunmehr abwesende erstarrte Träume. Er hatte die Einfältigkeit einer im Fanatismus verlorenen Menschheit verstanden. Die Kathedrale ließ ihm nichts anderes übrig. Eine begeisternde Tristesse.

Die Jugend pochte, hämmerte in ihm. Francisca lebte nicht fern von ihm, aber… immer diese Aber. Er war eingeschlossen und es war ihm unmöglich, sie zu sehen. Er fühlte sich seines Lebens beraubt. Um frei zu sein, hatte er auf seine Gedanken verzichtet. Es gab nur noch den Altar, der zur Aufgabe seiner Seele geworden war.

Er hatte sich verzweifelt an das Leben geklammert.

Dann und wann kam Francisca in die Kathedrale, um zu beten. Sie kniete sich fern vom Altar nieder, hinter einer Säule. Im Halbschatten suchte sie Simons Atem zu vernehmen, manchmal hatte sie seine Stimme gehört, mit der er Anordnungen gab. Die Melancholie, die ihn umhüllte, machte ihn immer schöner.

Sie vermied es, seinen Blick zu kreuzen, sie wollte nicht, dass er ihre Anwesenheit spürte.

So waren mehrere Monate vergangen. Simon war immer asketischer, war von einer unwiderstehlichen Schönheit durchdrungen. Die Gläubigen schrieben ihm Wundergaben zu, die jungen Frauen beteten ihn an, die Kathedrale war von geheimen, unterdrückten Wünschen durchdrungen, unter den schwarzen Schleiern verbargen sich Begehren.

Die Männer waren neiderfüllt, einige waren wie berauscht, unterdrückten aber verhehlte und niemals eingestandene Verlangen.

Die Übergabe der Goldfolien war zu einem Ritus geworden. Sie erfolgte mehrere Male am Tag, im Sommer vier- oder fünfmal, im Winter mit den kurzen Tagen auch weniger.

Das Volk schaute neugierig zu. Im Sommer arbeitete ein Handwerker mit nacktem Oberkörper, die kurzen und engen Hosen reichten bis zum Knie. Nicht das kleinste Stückchen Gold konnte in einem Leinenhemd oder einer Tasche verborgen werden.

Dieser Zeremonie wohnten viele Gläubige und neugierige Zeugen bei. Sie bewunderten den Goldschmied, der, vom Gitter eingeschlossen, auf Leitern und Gerüsten immer weiter in die Höhe kletterte.

Im Sommer wie im Winter gönnte Simon sich ein Bad im Guadalquivir, und wenn er dazu die Kathedrale verließ, hatte er immer eine Leibwache bei sich. So hatte er es verlangt. Nicht zum Schutz seines Lebens, sondern um zu bezeugen, dass er niemanden treffen und unaufrichtige Worte wechseln konnte. Zur größeren Sicherheit wurden die Bewacher jedes Mal ausgewechselt.

Sie hatten ihm sein Leben genommen, er hatte sich ein neues erschaffen.

Im Gegensatz zu der Bescheidenheit, die sie ihm eingetrichtert hatten, ging er selbstsicher vor. Er blickte niemanden an, beobachtete aber diese verachtenswerte Stadt, die er liebte.

Er lebte immer wieder von Neuem auf.

Er genoss es, dass die Leute sich verbeugten, wenn er vorbeiging.

„Simon, Simon". Das furchtsame Geflüster des Volks schwächte sich ab und verwandelte sich in ein ehrerbietiges Gemurmel. Viele suchten ihn zu berühren, er war zu einer lebenden Reliquie geworden, die Kinder liefen ihm entgegen, er richtete die Unentschlossenen auf.

Für viele war er zum Sinnbild Sevillas geworden, er hatte in sein Tun seine Liebe zu Francisca übernommen, eine außergewöhnliche Mission, die den wenigen zum Christentum bekehrten und im Ghetto verbliebenen Juden Würde und Stolz zurückerstattet hatte.

Dann und wann besuchte er sein Viertel, aber er fand nichts anderes als Schatten der Tristesse und Angst in den Gemütern. Ein heruntergekommenes Quartier. Seine Gegenwart vermittelte Erwartung und Angst.

Simon betete rasch.

Er rief Gott an, fühlte sich aber beraubt. Er vermied die monotone Litanei der Sühne, sie war zu gewichtig. Sein Glauben war in Aufruhr, er schwankte, humpelte mit seinem Gott, büßte nicht begangene Sünden ab.

Er hatte sich gekräftigt, seine Unschlüssigkeit im Glauben war zu seiner Stärke geworden, seine Fähigkeit zu beobachten und die Gedanken seiner Mitmenschen zu erraten und ihnen vorauszugehen hatte zugenommen.

Er hatte sich Gedankenfreiheit geschenkt.

In den zwei in der Kathedrale verbrachten Jahren war er arrogant geworden. Er genoss es, seine Verachtung für die zu vielen Dummheiten, die die Köpfe der Weltherrscher vernebelten, an den Tag zu legen.

Er war überheblich geworden, seit sie einen Vertrag unterschrieben hatten, in dem sie sich verpflichteten, ihn „so lange arbeiten zu lassen, bis er selbst sein Werk als abgeschlossen ansah".

Seine Seele wankte. Francisca war in ihm und es wäre eine Täuschung gewesen, sie zu ignorieren. Ihre Blicke waren das Versprechen gewesen, dass sie sich auch leibhaftig lieben würden.

Er war es müde, von Bildern zu leben. Die Kathedrale, die Goldfolien waren zum Zeichen einer Geistlosigkeit geworden, die Tage verlängerten sich in der Erwartung des Unmöglichen. Die Größe und das Elend seines Lebens.

Es war unmöglich, sich selbst abzuschütteln.

Manchmal verstand man es nicht, manchmal verstand man zu viel.

4

Der Befehl war unerwartet gekommen. Er hatte sich nach Genua einzuschiffen.

Ein königlicher Bote hatte, in Begleitung von zwei Soldaten, das Kirchenschiff durchschritten, seine Schritte hatten düster auf dem Steinboden widergehallt, er hatte sich entschieden Simon genähert.

Furcht hatte ihn überfallen. Der Zweifel eines Irrtums in der Buchführung, einer falschen Anzeige, der Neid vieler Untauglicher, die Angst, dass sie Gold entwendet hatten.

Der Bote hatte sich an ihn gewandt.

„Simon, wir müssen dich in die kaiserliche Residenz begleiten."

„Nein, ich muss arbeiten. Ihr täuscht mich, um meine Redlichkeit auf die Probe zu stellen. Ich komme nicht mit euch. Ich muss erst kontrollieren und meinen Vorgesetzten berichten. Ich bin nicht so dumm, auf den ersten Betrug hereinzufallen."

Er hatte sich mit der kaiserlichen Verlautbarung abgefunden, hatte erneut jede heftige Reaktion unterdrückt.

Der Generalschatzmeister und Hofkanzler Gabriel von Salamanca hatte ihn als Ratgeber ausgewählt, um seine Kompetenzen der Grafschaft Tirol zugutekommen zu lassen. Zwei Tage Zeit und er musste in See stechen. Der Befehl war vom Bruder des Kaisers erlassen worden, von Erzherzog Ferdinand in Person.

Vor seiner Abfahrt hatte Simon einen präzisen Finanzbericht ausarbeiten wollen, mit Unterschriften und Gegenunterschriften, und angesichts der kaiserlichen Order hatten seine Gesprächspartner gehorchen müssen. Es waren formale Akten. Simon hatte darauf bestanden. Er kannte seine Gegner, kannte die Boshaftigkeit seiner Verleumder. Die Falschheiten waren nur eingeschlummert.

Er hatte zum Beweis seiner Rechtschaffenheit scheinbar komplizierte Verfahren ersonnen, um zu vermeiden, dass niederträchtige Personen eines Tages nicht ihm die Schuld für eventuelle Fehlbeträge in die Schuhe schieben konnten. Er hatte das Pergament mit dem kaiserlichen Edikt genau kontrolliert, hatte auch die Tinte unter die Lupe genommen und sie mit der Zungenspitze gekostet, hatte an dem Siegellack gerochen und festgestellt, dass er garantiert aus der kaiserlichen Verwaltung stammte und echt war wie der, den er für seine Abrechnungen benutzte. Mit der Zeigefingerspitze hatte er das Siegel berührt; es war noch weich, ohne die Risse, wie ältere Siegel sie aufweisen. Alles musste in größter Eile vor sich gehen und es schien auch in Ordnung zu sein. Sie hatten ihn in den Kaiserpalast begleitet, aber er war argwöhnisch geblieben.

Auf einmal hatte ihn die Begierde für Francisca überfallen, der unwiderstehliche Wunsch, sie wiederzusehen.

Er konnte nicht abreisen, ohne sich von ihr zu verabschieden und ihr seine Leidenschaft zu gestehen. Er war in Aufregung geraten.

Er hatte der Versuchung nachgegeben.

Die Hoffnung war nicht ermattet. Er wusste, dass sein Aufbruch in ferne Länder das Ende einer eben begonnenen Beziehung bedeuten würde.

Eine undenkbare Lage für Simon! Er wollte nicht auf sie verzichten. Er hatte nicht widerstanden, und im Dunkel des Winters hatte er alles auf eine Karte gesetzt. In der einzigen Nacht, die ihm vor seiner Abreise blieb, musste er sie treffen.

„Mutter, wir müssen alles gut vorbereiten. Noch die letzten Anweisungen, wir dürfen uns nicht entziehen. Wir müssen gehen."

Er hatte gelogen.

„Jetzt, bei Tag? Ihr stecht morgen in der Früh in See, bleibt noch ein bisschen hier bei uns."

„Mutter...".

Auch der Vater hatte sich eingemischt, er wusste von Francisca.

„So ist es richtig… er hat die Pflicht zu gehen!“

Die Mutter war erschöpft und niedergeschlagen, hatte zu Vorsicht geraten.

Sie hatten ihm den Sack mit den Kleidern gegeben, mit den warmen, die er in Sevilla brauchte, die aber an seinen neuen Zielorten gerade ausreichten. Der Vater hatte sich mit einer ermutigenden Umarmung von ihm verabschiedet, mit einem strengen, schweren Blick, der bedeutete, dass er ihn wahrscheinlich nicht mehr wiedersehen würde.

„Sei stolz auf deinen Namen, aber ohne Übermut, unterdrücke jede nervöse Geste, tu das, was sie von dir verlangen. Dein Auftrag ist unsere Rettung. Der Herr von Salamanca hat dich ausgewählt, und er ist vom Erzherzog Ferdinand ausgewählt worden. Es sind triste Tage, aber deine neue Aufgabe bedeutet neues Leben für uns. Dein Großvater hat alles verloren, es war eine gewagte Entscheidung. Wir sind in unserer Stadt geblieben, sie haben uns unser Eigentum vorenthalten. Das waren die vom König von Kastilien auferlegten Bedingungen, um bleiben zu dürfen. Der Verlust des Besitzes oder das Exil für immer: Das war die einzige mögliche Wahl. Wir haben Mut gehabt, sind immer noch Bürger von Sevilla, auch wenn wir uns einer uns fremden Religion unterwerfen mussten. Wenn du überleben willst, musst du immer tüchtiger sein als die anderen, mögen es Katholiken oder Moslems sein, Ungläubige oder Ketzer. Wann immer oder wo immer du willst, triff deine Entscheidung und werde wieder Jude. Wähle den rechten Moment.

Dann hatte er sich an Huan gewandt, der in seinem Haus drei Monate nach Simon geboren war. Seine chinesische Familie lebte nunmehr schon seit mindestens drei Generationen in Sevilla. Sie waren verspottet und ausgenutzt worden. Ihr Recht auf Leben war dem Zufall überlassen, sie wurden wegen der Form ihrer Augen verlacht, wegen der vorstehenden Backenknochen und ihrer ulkigen Sprache.

„Pass auf, dass er seine Zunge im Zaum hält, behüte ihn!“

Sie hatten sich die Hand gegeben und ein ermutigendes Lächeln ausgetauscht.

Simon hatte sich von seinen zwei Brüdern und seiner Schwester verabschiedet. Sie trugen eine Verantwortung, an die sie gewöhnt waren. Die religiöse Intoleranz war nichts als eine Lügengeschichte, aber die Macht der Inquisition nahm zu, der neue Kaiser Karl V. war das Schwert einer von der Lehre Luthers zerrissenen Kirche. Die Ketzerei und die Ungläubigen waren seine Feinde. Er musste gehorchen.

Simon hatte sich zur Flamenco-Schule begeben, die nicht weit vom Ghetto entfernt lag. Er hatte sein Leben aufs Spiel gesetzt; denn es war einem zum Christentum bekehrten Juden verboten, mit einer Katholikin zu verkehren. In dieser Nacht würden sie Abschied voneinander nehmen.

Es war kurz nach fünf Uhr, die Stunde des Lebens.

Francisca hatte ihn gesehen und war auf die Bühne gestiegen, um die Aufmerksamkeit auf sich zu ziehen. Sie war die Protagonistin der nachmittäglichen Vorstellung.

Auch sie wusste, dass Simon vor der Abfahrt stand. Alle wussten es. Die Nachricht von Gabriel von Salamanca und von Simon, beides kaiserliche Ratgeber, hatte sich wie ein Lauffeuer in der Stadt verbreitet.

Francisca und Simon waren sich bewusst, dass ihnen eine herzzerreißende Trennung bevorstand. Ein eben angedeutetes, aus den Angeln gehobenes Leben, erstickte Träume, die Angst hatte in ihrem Inneren nicht vollzogene Impulse zerschlagen.

Die Anwesenden schwiegen. Sie hatten dem Drama des Abschieds beigewohnt. Niemals zuvor hatten sie eine derartige Sinnlichkeit miterlebt, ungestüme Bewegungen. Sie trug ein enganliegendes Kleid aus rotem Satin, die schwarzen Haare zu einem Nackenknoten zusammengebunden. Die Gitarre war verstummt, die Männerstimme von sehnsüchtiger Unruhe unterdrückt. Nur sie war geblieben, sie allein, sie tanzte für Simon. Ein hemmungsloser Abschied.

Francisca hatte getanzt, ein Aufschrei des Lebens. Sie war wie in Licht und Schönheit gehüllt, alle bewunderten sie, ihre Bewegungen hatten einen Wirbel an Leidenschaften erweckt.

Einen Augenblick lang hatte sie innegehalten, in stummer Eleganz. Sie hatte Worte der Liebe gemurmelt, um dann jegliche Unschlüssigkeit aufzugeben und sich nur der Musik und dem Tanz zu überlassen. Ohne Hemmnis hatte sie sich mit provokanten Schritten bewegt. Geist und Körper wurden von Gesang und zügellosem Rhythmus getragen, sie hatte jede Schüchternheit verloren und würdiges Beben gezeigt.

Der stolze Blick brachte unangebrachte Träume zum Ausdruck, bei rhythmischem Händeklatschen und immer schnelleren Schritten. Die Zuschauer hatten den Saal verlassen, ohne zu atmen. Francisca und Simon waren allein geblieben, hatten ihren Abschied gelebt, die Erwartung war der Abschluss ihrer Emotionen.

Tanz und Gesang hatten ihre Liebe besiegelt. Francisca war ermattet, der Abschied hatte ihr Herz verletzt. Beide waren überzeugt, dass sie sich unverändert wiederfinden würden, sie hatten die Illusion der Zeit ohne Ablauf gelebt, man hatte sie ihnen gestohlen, sie waren von einer Zukunft durchtränkt, die ihnen für immer gehören würde. Nur ein großer Traum.

Sie wollte, dass die Stadt von ihrer Liebe wusste.

Sie fürchtete kein Urteil, hatte Würde, konnte endlos auf den Frühling ihres Lebens warten, in der Illusion, auf diese Weise die Torheit einer ungerechten Welt auszulöschen.

An diesem Abend hatte sie sich übertroffen, hatte nur für ihn getanzt.

Sie lebten in dieser Nacht eine unermessliche Liebe. Simon und Francisca hatten sie ersehnt, hatten sie vollzogen, hatten sich in einer süßen, brennenden Leidenschaft verloren. Sie hatten ihr Leben verstanden.

Sie hatten sich der Welt aufrichtig gezeigt, ohne Falschheit, hatten den Kerker ihres Verstandes abgewiesen. Ihre Körper hatten sich in heißer Leidenschaft umschlungen.

Sie hatten ihre Gefühle mit Gedanken gefüllt.

5

Er hatte Francisca mit der Intensität des letzten Abschieds umarmt. Ein unendlich langer, untröstlicher Kuss, der leere Blick auf ein unbekanntes Schicksal.

Er hatte die Flamencoschule verlassen. Mit tränenschweren Augen und schmerzgebeugtem Kopf. Die frische Morgenluft hatte ihn aufgeweckt. Huan erwartete ihn und gemeinsam gingen sie auf den Hafen zu.

Sie bewegten sich schnell. Simon hatte einen letzten Blick auf die Giralda geworfen, hatte die Mauern der Kathedrale berührt und sich von der *Casa de Contratacion* verabschiedet. Er liebte diese Steine und das Stimmengewirr, das niemals enden wollte.

An einem düsteren Morgen waren sie am Wachtturm vorbeigegangen. Die Fackeln brannten noch, um den Schiffen und Booten im grauen Wasser des Guadalquivir den Weg zum Kai zu weisen.

Simon hatte den Geruch seines Wohnviertels wahrgenommen, trauerte dem Ghetto nach, in dem er aufgewachsen war, dieses Quartier mit seinen Gassen und den wenigen Plätzen, wo die Karren sich kreuzen konnten, enge Höfe, die sich verschmälerten und sich ausweiteten. Er verließ seine Heimatstadt, seine letzten Schritte waren von Trauer getragen.

Die vom Nebel umschlossenen Sonnenstrahlen brachen sich an den weißen Mauern, die die Innenhöfe umschlossen, auf denen sich im Sommer farbenprächtige Blumen rankten, die die anhaltende Augusthitze etwas abzuschwächen schienen.

Das Ghetto war das Stadtviertel, wo niemand etwas zu sehen schien, aber alle von allem und allen wussten. In der Nacht lebten die jüdischen Einwohner in einem Quadrat eingeschlossen, das über das menschliche Erdulden hinausging und in dem sie nur überlebten, weil sie an eine andere, bessere Welt glaubten.

Trotz der Kälte spürte Simon, dass er schwitzte. Er suchte sich von seiner Unzufriedenheit zu befreien, war nervös. Er hatte sich in seine Mantille gehüllt, in tiefster Einsamkeit.

Als sie den Landungssteg erreicht hatten, waren sie an Bord gegangen: Es war eine zweimastige Karavelle mit quadratischen Segeln. Die ersten Schiffe kehrten vom nächtlichen Fischfang zurück. Am Dock warteten viele arme Leute darauf, den Fischfang abzuladen. Eine Mühe, um sich ein Stück Brot zu verdienen, um nicht Fischgräten essen zu müssen und den Hunger zu stillen.

Simon hatte sich nach ihrem Quartier erkundigt.

„Du Jude, du scheinst mir ein bisschen arrogant zu sein!“, hatte ihm in unfreundlichem Ton der Mann geantwortet, der dem Benehmen nach wohl der Kapitän war.

„Bevor du fragst, verneige dich und grüße. Du bist Ware, bist kein Mensch. Provozier mich nicht.“

„Sie haben Recht, mein Herr. Es ist meine Schuld. Die Unartigkeit ist wie dieser Nebel. Sie hüllt alles ein, auch die Überheblichkeit. Das haben sie mir schon als Kind eingetrichtert. Das Böse der Welt sind wir. Aber wenn wir nicht mehr da sind – auf wen werdet ihr dann böse werden?“

Huan hatte versucht, Simons Ironie abzuschwächen, hatte ihm einen bittenden Blick zugeworfen, aber Simon hatte mit immer mehr Sarkasmus fortgefahren:

„Ich bitte um Verzeihung, dass ich hier bin, aber Befehl ist Befehl…und da muss man gehorchen, alle müssen den Anordnungen nachkommen… alle. Wir zum Christentum übergetretenen Juden natürlich als Erste, aber auch ihr! Habt Geduld. Ich kann den Erzherzog nicht kränken. Regen Sie sich doch nicht auf. Ich habe gehört, dass der Erzherzog sehr übelnehmerisch ist. Ja, und da muss ich Ihnen, Herr Kapitän, eben noch auf die Nerven gehen. Aber sobald wir in Genua sind, werden Huan und ich Sie nicht länger stören!“

Und mit frechem Unterton fuhr er fort: „Bitte, zeigen Sie mir meine Kabine!“

„Kabine? Habt ihr das gehört? Er will eine Kabine“, hatte der Kapitän, der vor Wut rot geworden war, höhnisch lachend ausgerufen.

„Und jetzt? Ihr habt ihm sicher das Bett gemacht, oder? Mit Bettlaken aus Leinen, noch besser aus Seide!“

Er hatte sich an die Mannschaft gewandt und dabei ausgerufen: „Der Jude will eine Kabine, auf unsere Kosten. Die Juden bestehlen uns und bringen uns Krankheiten. Der König hat sie fortgejagt und diese hier saugen uns bis aufs Blut aus. Und womöglich will auch dieses gelbe Untier hier eine Kabine, oder? Aber dieses Untier muss auf dem Deck schlafen. Verschwinde in der Luke, da rechts ist ein Flur, den gehst du bis ans Ende, links ist dann dein Feldbett. Stolpere nicht über die Pütze, oder vielleicht doch, so bleibst du in deinem Gestank gefangen. Ist das gut so?“

Er hörte nicht zu lachen auf, hatte sie verhöhnt: Eine Folge von hämischen Einfällen mit unwiederholbaren Schimpfwörtern.

„Eure Frauen sind geile Huren. Wie viele Bastarde bringen sie zur Welt?"

„Kapitän, nie wieder nehmen wir Juden an Bord“, hatte ein Seemann der Mannschaft ausgerufen. „Nach der Reise müssen wir das Schiff segnen… wenn ihre Frauen an Bord gewesen wären, hätten wir mehr Glück gehabt!“

„Wer bezahlt das?“, hatte Simon den Kapitän gefragt.

„Ich habe nichts verlangt. Ich habe lediglich den Befehl, euch heil nach Genua zu bringen. Zum Teufel! Die Hälfte des Lohns habe ich schon bekommen, die andere Hälfte bekomme ich am Ende der Reise in Genua.“

„Unterkunft und Verpflegung? Sind wir da sicher?“

„Was ausreicht, um euch am Leben zu erhalten. Nicht mehr!“

„Was transportiert ihr?“

„Nur euch! In Genau dann laden wir Stoffe ein. Ich hoffe, dass der Wind günstig ist und die Schifffahrt schnell. Sonst werden die Mäuse nervös und ihr würdet ein böses Ende nehmen. Nicht wahr, Freunde?“

Höhnisches Gelächter schallte Simon entgegen.

Ohne auf das Gelache der Seeleute zu achten, hatte Simon begonnen, die Matratze zu untersuchen. Alles stank fürchterlich, ihm war zum Brechen zumute, es war ein Loch ohne Luft, aus dem ein schrecklicher Gestank kam. Er hatte die Hanfmatratze von den Haken gelöst, auf das Deck gebracht, an ein Seil gebunden und mit Hilfe von Huan in den

Fluss geworfen. Unter den überraschten Blicken der Seeleute hatte er den schmutzigen Stoff das ganze Schiff entlang ins Wasser gezogen, um die Matratze dann an den Bug zu ziehen und an den Schiffswänden zum Trocknen aufzuhängen.

„Wie feinfühlig ist doch dieser Mann. Ein wahrer Herr!"

„Ihr stinkt mehr als die Pfützen, seid Säcke voller Flöhe und Läuse. Ein Bad täte euch gut. Vielleicht war unter den jüdischen Frauen auch eure Mutter. Das ist natürlich nur eine Anspielung, aber für sie wäre es ein Glücksfall zu wissen, woher eure große Dummheit kommt. Nein, nicht ein Tropfen Blut, töricht, wie ihr seid."

Simon hatte diese höhnische Bemerkung von sich gegeben. Er wollte provozieren.

„Ihr stinkt so, dass kein Vogel sich auf diesem Schiff niederlässt, nicht einmal auf den Tauen. Ihr müsstet euch entlausen!"

Huan hatte ihn angefleht.

„Bitte, beruhige dich, deine Mutter hat dich gebeten... Simon, sei ruhig!"

Aber da war jede Bitte überflüssig. Er kannte Simon: ergeben und untertänig, solange er standhielt. Sie verstanden sich, waren es gewöhnt, sich sprechende Blicke auszutauschen, die Schlauheit, rasch aus der Klemme zu kommen. Aber diesmal hatte Simon übertrieben.

Ein Dutzend Männer hatten sich ihnen genähert, mit unzweideutigen Absichten. Der Kapitän rührte sich nicht und beobachtete die Szene, wobei er schon im Voraus die Lektion genoss, die die Seeleute diesem hochmütigen Mann erteilen würden.

„Es wäre besser für euch, wenn ihr ein Bad im Fluss nehmen würdet, um euch ein bisschen zu erfrischen", hatte Huan gesagt. „Warum hört ihr nicht auf meinen Herrn?" Huan war kampfbereit, mit angespannten Muskeln.

Mit einem Ruck war er zwischen seinen Herrn und diese Schurken getreten, hatte den Angriff von zwei dürren Matrosen abgewehrt, sie bei den Armen gepackt und in den Fluss geworfen. Er war zugleich von drei Männern angegriffen worden, hatte sich aber befreit und hatte sie getroffen, den ersten mit einem Faustschlag auf den Magen, die den Mann aus dem Gleichgewicht gebracht hatten, den zweiten mit dem Ellbogen am Ohr, den dritten mit einem festen Fußtritt an den Geschlechtsteilen, sodass er unter Flüchen und Rachewünschen torkelnd auf das Deck gefallen war. Eine wahre Rauferei. Simon bewunderte lächelnd, zwischen den Masten und den Seilen, Huans Gelenkigkeit. Mit Mühe hatte er sich zurückgehalten, sich in das Handgemenge zu werfen, als eine laute, energische Stimme zu hören war: „Halt!"

Es war ein Bote des Erzherzogs, der unbemerkt an Bord gekommen war, als alle in den wilden Streit verwickelt waren.

„Wenn das noch einmal passiert, dass ich so empfangen werde, endet Ihr, Kapitän, unten im Meer. Wissen Sie, wem Sie dienen? Mit Sicherheit nicht diesem Simon, sondern dem Kaiser. Und dafür werden Sie bezahlt. Gehorchen Sie! Tun Sie das, was ich Ihnen befohlen habe, wenn Sie Ihr Schiff retten wollen. Sonst beschlagnahmen wir es und vertrauen es anderen, tüchtigeren Kapitänen an. Klar?"

Dann hatte er sich verächtlich an Simon gewandt: „Und du? Du wirst der Inquisition übergeben! Willst du ihr Opfer sein? Behalte die nötige Diskretion. Dein Auftrag kann in jedem Moment widerrufen werden. Setz ihn nicht aufs Spiel!"

Der Diener hatte Simon eine in roten Stoff gehüllte Pergamentschrift übergeben.

„Übergeben Sie sie gemäß der Anordnung."

„Wem?"

„Sobald Sie in Innsbruck angelangt sind, wenden Sie sich an Gabriel von Salamanca, den erzherzoglichen Hofkanzler. Das ist sein Erkennungszeichen. Dies hatte ich Ihnen mitzuteilen, und ich habe es getan."

Auf dem Schiff herrschte Stille. Die ins Wasser geworfenen Matrosen kletterten an den Seiten der Karavelle wieder an Bord. Huan hatte ihrer Anmaßung ein Ende gesetzt.

6

Als sie in See gestochen waren, hatte Simon noch einen Blick auf sein Sevilla geworfen.

Nach der letzten Flussschleife war die Karavelle auf das Meer zu gefahren. Es war ein düsterer Morgen, den tiefhängende Wolken noch trister machten.

Bevor die Mündung sich gegen das Meer öffnete, hatte ein dichter Nebel das Schiff eingehüllt.

In regelmäßigen Abständen schlugen die Matrosen die Glocke. Es war nichts zu sehen. In der Ferne ertönten dumpfe Töne, um die Schiffe zum Abstand anzuhalten. Sie reisten vorsichtig, hatten nur ein Segel gehisst, das kleinste. Dann und wann war ein Ruf zu hören, eine Stimme.

Auf dem offenen Meer war eine gleichmäßige Brise zu spüren und der Himmel hatte sich aufgeklärt, auf den nur leicht gekräuselten Wellen ging die Schifffahrt gut und angenehm voran. Die Lateinsegel auf der Buline schlugen die Schandeckel, der Nordwestwind trieb das nach Steuerbord gebogene Schiff, die Wellen schaukelten Simon, der in trister Unruhe eingeschlummert war.

Er saß am Schiffsbug, an Deck. Das Schiff hatte Kurs auf Gibraltar genommen. Die Karavelle durchpflügte das Meer. Simon horchte auf die Wellen. Dann und wann warf er einen Blick zurück auf die Küste, die langsam verschwand und nur noch an einer dunklen Linie zu erkennen war.

Ihm war das Hanukkah-Fest in den Sinn gekommen, als im Ghetto an acht Abenden Kerzen angezündet wurden, die am Eingang und auf den Fensterbrettern aufgestellt waren. Es war ein Fest des Lichts, und in seiner kindlichen Naivität hatte er geglaubt, es wäre die Freude des Lebens.

Dann aber war das königliche Edikt zur Ausweisung der Juden erlassen worden, jede Liturgie verboten, die Dunkelheit musste in das Ghetto eindringen. Das Judenviertel hatte sich entleert, viele Häuser waren verfallen, die Mauern abgebröckelt. Kein Stimmengewirr mehr, keine fröhlichen Begegnungen, kein Trubel und Treiben mehr in den Straßen. Solidarität und Neid, Missgunst und Bosheit waren verschwunden. Nur wenige Familien waren geblieben, die couragiertesten und die am engsten mit der Stadt verbundenen. Er urteilte nicht. Viele erklärten, Halbjuden zu sein, mit nur einem Viertel jüdischem Blut, mit überwiegend katholischem Blut. Sie waren nicht mehr stolz auf ihre Herkunft. Diese Menschen wurden Tag für Tag zutiefst gekränkt.

Es war Abend. Bäume und Segel warfen in der untergehenden Sonne immer längere Schatten. Simon war mit Verspätung unter Deck gegangen, er war schlecht gelaunt. Er hatte sich gehockt, um sich besser vor dem Wind und den Wasserspritzern zu schützen. Er hasste den Gestank des Unterdecks, wo er die Nacht verbringen sollte.

Er hatte die Bodenluke offengelassen, die mit einer Treppe in den engen Raum führte, der ihm und Huan vorbehalten war. Gestank wie ein faulender Leichnam. Alles ekelte ihn an.

Er hatte Francisca versprochen, dass sie zusammenleben und sich lieben würden. Für immer. Was immer auch geschehen würde: ein Versprechen für das Leben.

Niemand hatte gewagt, sie zu stören. Huan stand in angemessenem Abstand, aber mit angespanntem Ohr. Er beschützte ihn. Die Besatzung hatte seine Faustschläge gespürt, die Matrosen hatten verstanden, dass sie – wenn sie Zähne und Rippen retten wollten – ihn in Ruhe lassen mussten. Der Befehl des Kapitäns war klar und eindeutig: Verrichtet eure Arbeit, aber ignoriert die Passagiere. Die Nichtbefolgung hätte sie um ihren Sold gebracht. Die Anweisungen des kaiserlichen Boten waren unzweideutig. Dann hatte Huan sich entschieden und Simon eine Decke gebracht.

„Willst du die Nacht hier verbringen? In dieser Kälte? Magst du die Sterne?“

„Nein! Ich betrachte das Dunkel um die Sterne. Dort oben ist mehr Leben als hier. Mit Sicherheit mehr Intelligenz! Und weniger Gestank!“

Huan hatte nicht auf ihn gehört, nicht in diesem Augenblick. Das Meer war so bewegt, dass ihm schwindlig war. Er fluchte. Nach einigen Schritten auf dem rutschigen Deck wurde ihm bewusst, dass er sich übergeben musste. Der vom Nordwind angetriebene Seegang hatte ihn erledigt. Bleich im Gesicht und mit zitternden Lippen rannte er auf die Bodenluke zu, um zu speien.

„Was machst du da? Nein, du musst dich ins Meer erbrechen, nicht hier unter Deck. Dort, auf der anderen Seite, dass dieses Loch nicht noch mehr stinkt. Und jetzt schütte alles ins Meer!"

Simon hatte es ihm lachend zugerufen. Das war der einzige akzeptable Moment an einem unerträglich langen Tag. Dann hatte ihn die Müdigkeit übermannt.

Ein Seemann hatte ihm eine Schüssel Suppe und ein Stück Brot gereicht. Simon hatte daran gerochen, um dann alles ins Meer zu schütten. Huan hatte nichts davon gesehen, er war zu sehr mit seinem Magen beschäftigt. Simon hatte einen großen Teil der Nacht auf dem Deck verbracht, hatte den Himmel betrachtet und die Sterne angeschaut, um ihren Lauf zu beobachten und mehr zu verstehen. Sie beleuchteten das Dunkel und er wünschte sich, vom Wirbel des Himmels verschluckt zu werden.

Das wäre das Höchste für ihn gewesen! In das Unendliche verliebte Fleisch, in der Hoffnung verstummt, eines Tages Francisca wiederzusehen, wo und wann, hatte keine Bedeutung. Das war seine Hoffnung.

Am frühen Morgen war er in sein Lager hinabgestiegen, das Schlingern des Schiffes hatte zugenommen, er war in tiefen Schlaf gefallen.

Als er aufgewacht war, hatte er an die Häuser seines Quartiers gedacht, an die Mauern ohne Hoffnung, hatte die Töne bescheidener Arbeiten gehört und die Kathedrale gesehen, den goldglänzenden Hochaltar, den kleinen Platz der Flamencoschule. Und er hatte sich an den Raum erinnert, in dem er Francisca geliebt hatte.

Simon hatte diese Welt verloren, er hatte sich in einen Splitter im Dienst der Macht verwandelt. Er hing von den zufälligen Launen des Fürsten ab, solange er nützlich war. Keinen Moment länger.

7

Sie waren an Land gegangen. Er war vom Durchfall erschöpft. Während der Reise hatte er keine Speise angerührt, hatte unter Bauchkrämpfen gelitten. Das bewegte Meer und der Gestank an Bord hatten ihn total entkräftet.

Der Nordwind schlug die Stadt, an eine derartige Kälte war er nicht gewöhnt. Während der Fahrt hatte er schmutziges, von Larven und Insekten verseuchtes Wasser aus einem dreckigen Eimer getrunken, hatte ranziges Essen zu sich genommen, schimmeliges Brot: Er war zu einem Skelett abgemagert, mit eingefallenen Augen. Er träumte von einem aufgeräumten, reinen Bett, von gutem Essen und einem Glas Wein, von Sauberkeit.

Er wollte sich von den Flöhen befreien, die ihm keine Ruhe ließen.

Die siebentägige Schifffahrt hatte ihre Spuren hinterlassen. Es war eine unerfreuliche Überfahrt gewesen, der Gegenwind hatte das Schiff gegen Korsika getrieben, bis die Karavelle endlich Kurs Richtung Norden genommen und im Hafen von Genua angelegt hatte. Als er es in der stinkenden Kabine nicht mehr ausgehalten hatte, war er an das von heftigem Unwetter gepeitschte Deck gegangen.

Die frische Luft wäre ihm fast teuer zu stehen gekommen. Er war auf dem nassen Deck ausgerutscht, hatte den Ellbogen angeschlagen und sich unter großer Mühe aufgerichtet, was unter diesen Verhältnissen nicht leicht war. Er hatte nach einem Seil gegriffen und sich am Hauptmast angebunden. Einige Augenblicke lang hatten ihn die Sturzwellen gepeitscht und mit dem Salzwasser hatte er sich das Gesicht sauber gewischt.

Die Beplankung des Schiffes knarrte, die Karavelle wurde von den Wellen gehoben, um dann wieder in die Tiefe zu stürzen, ihm war schwindelig, das prasselnde Meerwasser überdeckte die Befehle der Seeleute, die glücklicherweise Erfahrung genug hatten und die Route beizubehalten suchten und den Wellen trotzten, damit Seile und Seitenwände nicht zerrissen und zersplitterten. Die Luft war von Angst durchsetzt, der Kapitän hatte ihn nicht einmal bemerkt. Simon befürchtete, von den Wellen verschluckt zu werden, ohne Erinnerungen, ohne Spuren von seinem Körper.

In dem Durcheinander hatte er die Tüchtigkeit der Seeleute geschätzt, hatte verstanden, warum sie so zugerichtet waren. Ihr Leben war vergänglich, vom Nichts zum Nichts. Schmutzig und abgemagert, gewalttätig ohne eigene Schuld, lebten sie ausgegrenzt, in Bitterkeit.

Sie erlitten Regellosigkeit, misshandelten sich. In ihrem Inneren lebten sie vielleicht die unbewusste Hoffnung, sich zu demütigen, das Meer und das übermäßige Feiern hatten sie grob und ungeschliffen gemacht, sie waren verantwortungslos, ihr einziges Ziel war das Morgen. An ein Nachher dachten sie nicht, sie wussten nicht, ob es für sie eine Zukunft gab. Im Vergleich zu ihnen fühlte Simon sich privilegiert.

Die Karavelle war bei Sonnenuntergang in Genua angelangt. Die Lichter von zwei Leuchttürmen hatten sie in den Hafen geleitet, wo sie am Pier neben dem *Torre dei Greci* angelegt hatten. Mit den Säcken auf den Schultern waren sie ausgestiegen und hatten die steilen Carruggi-Wege eines übel beleumdeten Viertels durchquert, in dem die Dirnen, trotz der Kälte, sich mit bloßen Armen und Busen aus Fenstern und Türen lehnten und die Passanten mit obszönen Gesten zu billigem Sex einluden, zu flüchtigen, raschen Geschlechtsakten. Die Stadt und ihr Hafen glichen einem einzigen Bordell.

Sein heimatliches Sevilla, diese geordnete, gleichförmige Stadt, war nur noch eine Erinnerung. Genua öffnete sich gegen die Hügel, in den unglaublich schmutzigen Gassen drängten sich Männer, die einander überleben wollten. Der Wind, der unvermittelt aus den engen Passagen herausbrach, ließ sie erschauern.

Taumelnde Betrunkene waren auf der Suche nach einem provisorischen Lager, suchten Schutz vor der nächtlichen Kälte. Die Straßen waren dreckig, es stank nach Urin. Eine heruntergekommene Stadt. Und es war Winter. Unweigerlich gingen Simons Gedanken zu seinem sauberen, gastlichen Sevilla.

Aus einem kleinen Platz war plötzlich ein Junge herausgekommen. Mit einer Geste hatte er ihn zu seiner Überraschung aufgefordert, ihm zu folgen.

„Simon?", hatte der Junge ihn angesprochen, und ohne auf eine Antwort zu warten, hatte er hinzugefügt: „*Vamos, adelante*!"

Wie war es möglich, dass der Junge seinen Namen kannte? Wiewohl etwas argwöhnisch, hatten sie ihm getraut und waren ihm gefolgt. An frierenden, sich drängenden Männern vorbei waren sie durch ein Gassengewirr in der Via del Campo im Ghetto angelangt, das von den aus Kastilien geflüchteten Juden angelegt worden war. Sonderbar das Leben! Simon, ein in Sevilla verbliebener, zum Christentum bekehrter Jude, ging jetzt, in kaiserlichem Auftrag, durch den Stadtteil der vom christlichen König vertriebenen sephardischen Juden.

Diese sonderbaren Zufälle des Lebens waren schwer zu verstehen.

Die etwa zweihundert jüdischen Flüchtlinge waren von den Katholiken in Genua aufgenommen worden. Sie hatten die Stadt bereichert, den Handel belebt und neue Beziehungen zu anderen Welten angeknüpft, sie hatten einen scharfen Verstand und waren den Veränderungen gegenüber aufgeschlossen, lebten aber in einem eigenen, abgesonderten Quartier. Die Einheimischen hielten sich fern von ihrem Wohnviertel, denn sie glaubten, dass es von Geistern bewohnt war, hörten Stimmen. In Wirklichkeit war es der Wind, der pfiff und heulte und mit der Brandung immer lauter wurde. Es war die Angst vor der Unlauterkeit, herumirrende Geister im Aberglauben verhaspelter Geister.

Auch Simon hatte diese Stimmen und Geräusche gehört und warbeeindruckt.

Mit einem Stich im Herz hatte er die Kandelaber betrachtet, hatte die gastliche Atmosphäre geatmet und wieder neuen Mut gefasst. Er war wieder das unschuldige, glückliche Kind.

Die Müdigkeit hatte ihn verlassen.

In Genua konnten die Juden ihren Traditionen nachgehen, die Erinnerung an belangvolle Wunder, nicht eigentlich Glauben, sondern das Zeichen gegenseitigen Verstehens.

Er hatte seine Sprache wiedergefunden, seine Sitten und Bräuche. Aber er fand keine Antwort auf seine vielen Fragen. Es war vergeudete Zeit.

Das Spazierengehen hatte ihn aufgemuntert, auf dem Festland fühlte er sich wohl, er war nicht mehr den Wellen ausgeliefert. Der Junge hatte ihn in eine winzige Gastwirtschaft geführt. Zwei brennende Kandelaber auf dem Schanktisch warfen anheimelnde Schatten, der Gastwirt hatte ihn freundlich lächelnd und mit einer Verbeugung empfangen.

„Herzlich willkommen! Ich warte schon seit zwei Tagen auf euch, ich war besorgt. Ein leeres Gasthaus kostet, und ich habe das beste Zimmer für euch reserviert."
„Ihr wusstet, dass wir ankommen? Von wem?", hatte Simon überrascht gefragt.

„Ich stehe euch zu Diensten und werde euch, je nach der Bezahlung, so gut wie möglich behandeln."
„Wer hat euch von unserer Ankunft informiert?", hatte Simon leicht verärgert gefragt.

Sie waren müde und hungrig, aber Simon wollte mehr wissen, er war misstrauisch. Eine neue Komplikation in seinem Leben.

Huan dagegen legte einen unglaublichen Widerstand an den Tag. Nach den Umtrieben am ersten Tag nach ihrer Ankunft hatte er sich beruhigt. Die schlechte Nahrung und das schmutzige Wasser hatten ihm nichts angetan. Ein Wunder! Er hatte sich angepasst, sein Körper hatte widerstanden. Er hatte eine andere Konstitution. Simon bemerkte, dass Huan sich gezügelt hatte. Er hatte Hunger!

„Immer mit der Ruhe! Wir müssen den Anstand wahren. Wir sind erst am Anfang und du hast dich schon mit Schmutz und verdorbenen Speisen abgefunden? Wenn wir uns bei Hof präsentieren, vor dem Hofkanzler Salamanca, was werden wir ihm sagen? Dass wir zerlumpten Bettler und abgerissenen Teufel in seinem Dienst stehen?"
Er wandte sich an den Gastwirt, duldete keine Widerrede.

„Wer hat euch von unserer Ankunft informiert?"

„Abramo, hilf ihnen, das zu erstehen. Die Vorsorge… die Vorsorge, meine Herren!" Der Gastwirt hatte diese sonderbare Bemerkung gemacht, die aber der Wahrheit entsprach.

„Die Vorsehung?", hatte Simon gefragt.

„Nein, nein, das Getöse der Wellen muss euch taub gemacht haben... Die Vorsehung überlasse ich euch Christen, die Vorsorge uns Juden. Mit der Vorsorge lebst du, wenn du dich der Vorsehung anvertraust und keine Intelligenz benutzt, kommst du um. Wir sind schon in Kummer und Sorge, wenn dann noch das dazu kommt...".

„Los, beeil dich. Wer hat dich informiert?"

„Niemand. Das ist mein Spürsinn. Ohne den könnte ich nicht überleben. Vor drei Tagen ist ein Segelschiff mit der Nachricht angelangt, dass eine Karavelle mit kaiserlichen Boten anlegen würde. Daran habe ich mich erinnert und die Konsequenzen gezogen. Das brachte Arbeit. Klar, das ist eine Ehre, euch zu beherbergen; denn kaiserliche Boten kommen schließlich nicht jeden Tag an... Ihr bezahlt mich doch, nicht wahr? Wir nehmen euch bestens auf, viel besser als die barmherzigen Hospize der Mönche", hatte er mit einem lauten Husten hinzugefügt.

„Los, weiter, eine Antwort!".

„Mehrere Male habe ich den Jungen an den Hafen hinuntergeschickt. Er sollte kontrollieren, ob ein Schiff aus Sevilla angelangt war. Er ist schlau und so kommen wir zu unseren Klienten, wir bieten Unterkunft und gute Verpflegung. Der Junge ist sehr wach: Er horcht auf die Sprache der Matrosen und versteht, woher das Schiff kommt. Und schließlich seid ihr angekommen, wir hatten euch schon lange erwartet. Ihr könnt keine bessere Unterkunft finden als bei uns, wir werden euch jeden Wunsch von den Augen ablesen."

„Aber ich hatte doch nur zwei Tage Zeit, um mich auf die Abfahrt vorzubereiten. Wie konntet ihr das wissen, wenn nicht einmal ich es wusste?"

„Ich nehme an, dass der Kapitän und die Besatzung deines Schiffes schon vor dir informiert worden waren. Oder? Ein Schiff kann man nicht so schnell mieten wie einen Pferdewagen! Versteht ihr das? Die Seeleute unten am Hafen trinken und reden. Es fällt ihnen schwer, ihre Zunge im Zaum zu halten. Und so stehe ich hier zu euren Diensten. Seid ihr mit der Aufnahme nicht zufrieden?"

„Doch, doch, alles in Ordnung. Aber es ist kalt, verdammt kalt. Heize den Raum, wirf Holz ins Feuer!"

„Aber das Holz, mein Herr… kostet. Schließlich kriege ich es nicht geschenkt."

„Ich friere. Tu, was ich sage. Beeil dich, *hombre*. Ich brauche eine Badewanne mit heißem Wasser und jemanden, der mich entlaust. Auch Huan muss entlaust werden. Noch vor dem Abendessen. Eine Wanne mit heißem Wasser, und dass euch nicht einfällt, uns dreckiges Wasser zu geben. Ich will sauberes, heißes Wasser. Unsere Haut muss rot werden wie ein Krebs. Gehorche, wenn du keine Unannehmlichkeiten haben willst! Lass unsere Kleider waschen und lass sie lange kochen, gib sie zum Trocknen neben das Feuer, damit sie morgen früh wieder trocken sind. Sie stinken nach Christen!", hatte er lachend hinzugefügt.

„Wir brauchen saubere Hosen und Flanellhemden!"

„Flanellhemden? Meint ihr vielleicht, wir wären reiche Herren? So viele Ansprüche auf einmal?"

Simon war jetzt endlich entspannt. Er konnte es sich erlauben zu spotten. Ein Spiel mit umgekehrten Rollen.

„Natürlich auch für dich ein Bad, Huan, auch für dich… Ich bitte dich, Jude… wie heißt du?"

„Josua, mein Herr!" Er hatte sich verneigt und war weggegangen, um die Befehle weiterzugeben.

„Und du, du Junge da am Fenster. Pass gut auf, ob jemand sich dem Wirtshaus nähert… wenn jemand kommt, gib mir Bescheid. Verstanden?"

Er hatte ihm eine Kupfermünze geschenkt. Und der Junge war überglücklich in den oberen Stock gelaufen, um seine Aufgabe so gut wie möglich zu erfüllen.

Simon hatte Josua mit einer raschen Geste aufgehalten. „Das hätte ich fast vergessen. Ich brauche zwei feste, gut genähte Leinenhemden, und dazu ein Paar gefütterte Lederhosen, zwei Wintermäntel und zwei Umhänge aus dicker Wolle, einfarbig und in guter Qualität. Auch für Huan. Auch zwei Umhänge für die Nacht. Welche Größe? Du hast einen guten Blick… Die brauche ich unbedingt, denn ohne solche Kleider könnte ich die Reise nicht antreten. Wo ich hinkomme, ist es sicher noch kälter. Ja, was für eine Reise habe ich da angetreten! Und du, Wirt, aufgepasst, dass du mir keine Falle stellst. Ich bin friedlich, aber Huan hat einen aufbrausenden Charakter. Er ist nicht ruhig wie wir!"

Er hatte das mit blitzenden Augen gesagt.

„Aufgepasst! Und versuch nicht, uns zu betrügen!“

Josua hatte nicht zugehört und war weitergegangen.

„Die Leute erzählen, dass in Innsbruck, hinter den Gebirgspässen, wenn ihr dorthin kommt, alles voller Schnee ist und auch voller Eis. Ich habe keine Ahnung, was das ist, aber ihr müsst über hohe Berge und unbequeme Pässe steigen. Und das Geld für die Kleider, habt ihr das? Hier im Wirtshaus habe ich nichts.“

„Verflucht noch einmal! Wer hat euch denn den Namen der Stadt gesagt, in die ich mich begebe? Du wusstest, dass ich ankomme, und kennst mein Ziel?“ Simon war nervös geworden. „Was sonst weißt du denn noch von meiner Reise?“

„Klänge und Wörter werden uns vom Wind zugetragen. Wir erfahren manchmal auch Dinge, die wir nicht wissen möchten. Je nach der Lage bedienen wir uns der Informationen oder auch nicht. Ohne Boshaftigkeit. Wir hören Nachrichten und geben sie weiter! Aber nur, wenn es erlaubt ist. Diskretion ist unsere Tugend, aber nicht die der Christen. Die reden und reden, viel, vielleicht zu viel! Das können sie gut, sie erfinden sich vieles und lügen. Wir dagegen hören zu. In der Synagoge wissen alle alles von allen. Jeder erzählt dem Rabbiner, was er weiß, keine Gerüchte, sondern stichhaltige Informationen, und der Rabbiner gibt sie dann an die wenigen Personen weiter, denen sie nützlich sein können. Wir helfen einander!“

Der Wirt war ernst geworden. Er hatte sich die graue Wollmütze auf den Kopf gesetzt und einige unverständliche Worte vor sich hingemurmelt, um dann zu erklären:

„Wir wissen, was wir brauchen. Zu viel zu wissen, ist nicht immer nützlich, ja manchmal ist das sogar nachteilig. Ihr seid einer von uns, zu intelligent. Die Intelligenz ist nützlich, aber manchmal…“

„Besser dumm oder Christen? Oder beides, nicht wahr? Und du redest nur, wenn es angemessen ist“, hatte Simon gebrummt, um dann fortzufahren: „Ich will dir glauben, schließlich war das kein Geheimnis. Aber wie lange lebst du schon in Genua?“

„Ich bin aus Kastilien hergekommen, mehr oder weniger vor fünfundzwanzig Jahren, als der König von Kastilien uns aus unserer Heimat vertrieben hat… Und Genua hat uns gastlich aufgenommen. Wir sind der Stadt dankbar dafür und zahlen Jahr für Jahr unseren Tribut, ohne dass das von uns verlangt würde."

Und mit einem langen Seufzer hatte er hinzugefügt: „Alle zahlen, ohne dass es von ihnen gefordert würde. Eine Steuer für das Leben."

Die Reise war noch lang. Ein Mann in Gesellschaft eines Chinesen würde auffallen, Räuber und Halunken stellten eine Gefahr dar. Sie hatten kein Geleit und mussten sehr vorsichtig vorgehen. Simon machte ein finsteres Gesicht, um dann weiter zu reden.

„Besorg mir so schnell wie möglich, was ich verlangt habe. Und sag mir nicht, dass in diesem Häusergewirr nicht zwei Paar Hosen und zwei Mäntel zu finden sind! Aber mach keinen Verdienst daraus!"

Er war ins obere Geschoss gegangen, um den Raum zu kontrollieren, in dem sie übernachten sollten und der von einem Vorhang geteilt wurde. An einem Fenster im Treppenhaus hatte er den Jungen gesehen. Er hatte sich eine gute Stelle ausgewählt, um alles beobachten zu können. Er war konfus. Der Junge sah das, was er in seiner Jugend gesehen hatte.

Die leuchtenden Kandelaber des Hanukhah-Festes, der Geruch nach Essen, ein Gefühl des Wohlbefindens, die Gedanken eines jungen Mannes, die sich in den schillernden Flammen der Kerzen verloren.

Er hatte spontan vor sich hingelächelt, zugleich aber hatte er an Francisca gedacht, hatte sich an die Unruhe in ihren Augen erinnert.

Glücklicherweise hatte ihn die Reise abgelenkt. Er hatte sich gehen lassen und dabei versucht, nicht zu sehr an die Ecken und Kanten des Lebens zu stoßen.

Er hatte Appetit, hatte sich aber mit zwei kleinen gegrillten Sardinen mit gekochten, gehackten Eiern begnügt. Und dazu hatte er viele Glas Wasser getrunken.

Huan hatte sich ihm angepasst, hatte aber doppelt so viel Fisch zu sich genommen.

Das Bad und das endlich saubere Wasser hatten ihn wieder zu neuem Leben erweckt.

Einige Gäste, die ins Wirtshaus eingetreten waren, hatten sich am Nebentisch niedergelassen und eine Kerze anzünden lassen. Sie hatten den Wirt gegrüßt und Wein bestellt. „Weißwein, aber nicht sauer“, hatte einer von ihnen laut ausgerufen, „Wein, der auf rechte Weise geerntet und gekeltert worden ist. Nicht Wein von den Christen, der allerdings auch gut sein kann. Ich kaufe eine kleine Menge davon und vermische ihn dann mit unserem, als wäre er von uns zubereitet worden. Den Unterschied merkt keiner. Wir haben nur wenige Weinstöcke, was bleibt uns da schon übrig bei so großer Nachfrage. Wir sind gute Trinker…“.

Der Mann hatte die Atmosphäre im Gastraum aufgelockert. Er sprach Spanisch, aber mit einem ausländischen Akzent.

Bei den letzten Worten hatte er befriedigt gelächelt.

„Darin sind wir allen anderen überlegen“, hatte er ausgerufen.

In den Gassen war es dunkel geworden.

„Das hier ist keine schöne Stadt. Ich kenne sie,“ hatte er bemerkt und einen ersten Schluck getan.

„Gut! Der ist wirklich gut. Wirt, tisch neuen Wein auf! Ich habe gute Geschäfte gemacht und will feiern. Dass niemand auf die Idee kommt, wir Juden wären geizig!“

Er lächelte schief, der Alkohol ließ seine Augen aufleuchten.

„Die Stadt ist schmutzig, unten am Hafen sind viele Bettler anzutreffen. Wo es Reiche gibt, da gibt es auch arme Hungerleider. Zum Glück sind die Gassen so steil, dass beim ersten Gewitter alles in die Tiefe gespült wird.“

Er sprach laut, seine Worte waren an Simon und Huan gerichtet.

„Einige Tage lang lässt es sich atmen… versteht ihr? Und dann ist immer eine neue Pest zu erwarten. Was soll ich sagen… Wir selbst sind schuld daran. Wenn die Dummen nur daran denken würden, dass alles vom Schmutz ausgeht und nicht von uns. Wir sind sauberer als die Christen, wir stinken nicht wie sie, sogar die Moslems riechen besser. Je nach der Rasse triffst du auf andere Bräuche. Aber der Gestank hält sich in den Köpfen der Dummen.“

„Du kümmere dich um deine Angelegenheiten und beklage dich nicht. Unser Viertel ist sicher, von früh am Morgen bis spät am Abend können wir durch die Stadt gehen und Handel treiben, kurz gesagt, wir sind frei. Genua mag auch schmutzig sein, aber ich kann nicht klagen. In Kastilien… naja, lassen wir das. Sevilla? Denken wir an Sevilla. Ich bin dort gewesen, die Stadt ist zweifellos schön. Aber was die Juden angeht… die hassen sie, die hassen sie wirklich… wenn sie sie vernichten könnten… uns haben sie vertrieben!"

Simon hatte dem Gespräch mit großer Verwunderung zugehört. Auch Huan war aufmerksam geworden. Und neugierig.

„Aber wenn ich nach Norden gehen müsste, würde ich die Berge nach La Spezia vermeiden. Die sind gefährlich und werden kaum besucht. Von Genua aus begibt man sich am besten gleich nach Norden, der Weg ist sicherer, und dann durch die Poebene bis nach Verona. Mit guten Pferden kommt man schnell voran. Aber man sollte in einer größeren Gesellschaft reisen, denn unterwegs kann man von Straßenräubern angefallen werden. Im Winter liegt auf der Straße oft dichter Nebel und man kann sich leicht verlaufen. Und da kann leicht ein Unglück passieren. Man verliert kostbare Zeit und kann sogar ums Leben kommen. Raub und Totschlag sind an der Tagesordnung. Wenn sie dann noch Juden antreffen oder falsche Christen, die sie zu riechen scheinen… dann gibt es keinen Ausweg und sie ermorden sie."

„Und was würdet ihr machen?", hatte Simon mit vorgetäuschter Unschuld gefragt.

„Ich? Gar nichts. Ich wüsste, wo ich mich aufhalten könnte. Bei Freunden, bei zuverlässigen Personen. Wenn ich bis hierhergekommen bin, heißt das, dass ich den Weg kenne. Es ist schön, sich auf jemanden verlassen zu können, aber es müssen vertrauenswürdige Personen sein. Männer, die die Behörden und die Gesetze achten, die Gastlichkeit anbieten, weil sie sind wie wir. Natürlich ist es nützlich, wenn man in einer Gruppe reist. Das kann Tage und Tage dauern, auch zu Pferd sind es wenigstens acht Tage. Und da muss man schon schnell sein. Dann zu dieser Jahreszeit…"

„Und mit dem Geld?"

„Mit Geld reist es sich besser. Aber das ist nicht alles. Am wichtigsten ist die Solidarität. Die ist teuer zu bezahlen. Wir müssen vorsichtig sein und dürfen nicht reagieren. Verstanden? Du bist ein Jude, oder? Sonst wärst du ja nicht hier!“

„Ich bin hergebracht worden. Meiner Ansicht nach weißt du sehr viel mehr, als ich mir vorstelle, oder? Du redest viel. Woher kannst du denn so gut Spanisch?“

„Wenn du mit den Leuten handeln willst, musst du ihre Sprache verstehen. Ich bin ein Deutscher, kann aber gut Italienisch und ein bisschen Spanisch. Du musst den Charakter der Menschen kennen. Jede Sprache hat ihre Fehler, aber natürlich auch ihre Vorzüge. Und so kann man eben besser miteinander auskommen und die Sympathien der Kunden gewinnen. Die Italiener sind die besten, mit ihnen wird alles einfacher. Die Moslems? Die handeln so lange, bis du erschöpft bist. Stunden um Stunden, bis du an dem Punkt anlangst, wo du ankommen wolltest. So ist die Welt. Ich komme aus Verona. Hier in Genua habe ich Vorhänge im Warenlager gelassen, kostbare Gardinen aus Flandern. Ich weiß nicht, ob du etwas davon verstehst… Ich muss sie dann auf eine Karavelle laden.“

„Und wie heißt die?“

„*Esperancia*!“

„Ja, so ein Zufall! Das ist das Schiff, das mich hergebracht hat. Hast du das gewusst?“

„Absolut nicht!“

„Und wenn du es wusstest, wäre das ein reiner Zufall gewesen! Sonderbar, was sich in diesem Wirtshaus abspielt. Und jetzt?“

„Jetzt? Jetzt kehre ich nach Verona zurück, um mich dann ins Kaiserreich zu begeben, in das Gebiet nördlich der Berge. Es ist eine ungünstige Jahreszeit, aber Geschäft ist Geschäft, da kann man nicht auf die Sonne warten. Seriöse Leute, du kannst auf ihre Verlässlichkeit bauen. Wir Deutschen sind peinlich genau, bei uns wird weder improvisiert noch betrogen. Ich bin da nicht so korrekt, denn ich muss immer einen guten Preis aushandeln, immer im Rahmen der Legalität natürlich. Vorher besuche ich Bozen. In der Stadt finden große Messen statt, und da gibt es immer Gelegenheiten zu guten Geschäften.“

Der Gast war gesprächig und sympathisch, zog die Zuhörer in Bann. Und er hatte einen aufrichtigen Blick.

„Zu dieser Jahreszeit?“

„Nein, was denkst du denn? Jetzt im Dezember, Messen in der Winterskälte? Ich gehe Muster von Stoffen kontrollieren und werde mich in Rovereto aufhalten, die Samte sind genauso fest wie die grauen Stoffe aus Bayern. Die aus Loden sind noch widerstandsfähiger und halten auch Unwetter aus. Ich bestelle die gewünschte Menge, im Frühjahr schließe ich die Geschäfte ab und in Bozen werden die Verträge unterzeichnet."

„Mit anderen Worten?"

„Übermorgen reise ich Richtung Norden ab. Und ihr?"

„Auch wir nehmen mehr oder weniger denselben Weg. Hast du Pferde?"

„Ja, meins. Und ihr?"

„Keins. Wir müssen sie uns besorgen."

„Darum kümmere ich mich. Natürlich nur, wenn ihr einverstanden seid", hatte der Gast schnell hinzugefügt.

„Hast du zwei Pferde für uns?"

„Nein, nein", hatte sich der Wirt eingemischt. „Ein Kaufmann, den ich gut kenne, ein Freund von mir, kann sie euch zu einem guten Preis besorgen."

„Bis Bozen können wir gemeinsam mit euch reisen, und wir kommen rasch voran. Ihr geht dann weiter, nach Inn…", hatte der Deutsche hinzugefügt.

Simon war fassungslos und hatte Huan einen Blick zugeworfen. Der Chinese hatte sich auf den Kaufmann gestürzt und ihn beim Kragen gepackt.

„Keine Sorgen, das ist reiner Zufall. Huan würgt die Leute nur aus Zufall, so aus Zeitvertreib. Habt keine Angst! Er ist nicht bösartig, nur manchmal ein bisschen wild, wenn ihm die Reise zu langweilig wird. Zufällig bist du hier und wir auch, zufällig reist ihr nach Bozen und wir auch, und zufällig geht die Reise dann weiter nach Inn… Was wolltest du doch sagen? Klar, Innsbruck ist auch ein purer Zufall. Als du den Satz abgebrochen hast, wolltest du doch Innsbruck sagen, nicht wahr? Ein Zufall oder zuviel Geschwätzigkeit? Und zufällig bist du wohl ein Gauner, der im Dienst eines anderen Gauners steht. Du weißt mehr, als du wissen dürftest. Habe ich vielleicht noch etwas vergessen? Wer bist du? Heraus mit der Sprache! Ich bin sehr zornig, und wenn du nicht die Wahrheit sagst, du magst ein Jude sein oder nicht, dann wird Huan dich am Hals packen. Freut dich das? Aber keine Sorgen! Die Agonie ist kurz und absolut zufällig. Das verspreche ich dir! Oder soll er dir lieber die Kehle durchschneiden? Nein, das geht nicht, da würde der Boden von Blut beschmutzt, das ist eklig anzusehen. Huan, lass ihn spüren, welche Kraft du in den Händen hast… nur eine Probe."

„Lass mich los, lass mich los!" hatte der Kaufmann geschrien.

„Huan, lass ihn nicht los!"

Mit einer brennenden Kerze näherte er sich dem gelockten Bart des Kaufmanns, als wollte er ihn anzünden. Und mit fast erstickter Stimme – denn Huan würgte ihn am Hals – hatte der um Mitleid gebeten.

„Wer bist du?"

Mit einer Kopfbewegung hatte er zu verstehen gegeben, dass er alles erklären würde. Huan hatte ihn ohne große Umstände auf den Boden fallen lassen. Der Kaufmann schrie vor Schmerz auf, aber auch aus Angst und wegen der überstandenen Gefahr. Mit knapper Not hatte er seinen Bart vor den Flammen gerettet und brachte kein Wort hervor.

„Huan, gib ihm ein bisschen Wasser!"

„Ich heiße Elia, komme aus Innsbruck und habe Freunde in Bozen. Die haben mich hergeschickt, um dich zu kontrollieren. Wir wissen, welche Aufgabe dir zukommt."

„Mich kontrollieren? Und wer hat dich hergeschickt?"
„Ich sage die Wahrheit. Die Kassen des Kaiserreichs sind leer. Und wisst ihr, was das bedeutet? Dass ihr sie sanieren sollt. Sicher seid ihr sehr tüchtig, aber was haben wir damit zu tun?"

„Wir?", hatte Simon gefragt.

„Wir Juden sind besorgt. Die Finanzen der Grafschaft in den Händen von Juden! Unsere Gemeinschaft hat beschlossen, dass ich dich begleiten und dir unterwegs erklären soll, wie gefahrvoll diese Aufgabe ist. Die Schuld an Abgaben und neuen Steuern wird nur uns treffen. Wir werden sowieso schon überall verfolgt. Und die Leute werden uns verfluchen, sobald neue Steuern auferlegt werden. Ihr seid zu fünft im Dienst des Salamanca und er steht in kaiserlichem Dienst. Ob ihr Juden oder zum Christentum Bekehrte seid – die Bevölkerung wird zum Aufruhr aufgewiegelt, und es ist nicht vorauszusehen, was da passieren kann. In Trient und Bozen gibt es keine Ghettos, wir können handeln und uns frei bewegen. Aber das Klima ist sehr heikel, es herrscht Armut und überall sind böse Gesichter zu sehen. Leichtgläubigkeit und Predigten hetzen rachesüchtige Personen auf!"

Alle schwiegen. Simon hatte dem Kaufmann ein Glas Wasser gereicht, der es in einem Zug ausgetrunken hatte. Am Hals waren noch Huans Fingerabdrücke zu sehen.

„Und was hast du damit zu tun?"

„Ich soll euch begleiten. Unterwegs soll ich euch von der Lage in Kenntnis setzen: Art und Weise der Steuereintreibung, Probleme des Handels, Grenzen, Ambitionen, die unterschiedlichen Mentalitäten."

„Ich habe in der Indienkompanie gearbeitet, habe miterlebt, wie sie sich entwickelt hat. Ich habe also ausreichend Erfahrung!"

„Mach dir keine Illusionen. Um dich herum wirst du nichts als Misstrauen spüren. Du magst ja äußerst aufrichtig sein. Aber du musst alle Leuteauspressen und ausbeuten: Bauern, Dorfbewohner und Städter, Schmiede und Schreiner, Kaufleute und Notare: Die Juden gegen alle.

Im Wirtshaus war es still geworden.

Am darauffolgenden Tag hatten sie zwei fuchsfarbene Pferde erworben. Der Wirt hatte auch die rechte Garderobe für sie gefunden: Er hatte ihnen zu einfachen, in Farben und Formen wenig auffallender Kleidung geraten.

Am frühen Nachmittag hatten sie auf einer Landkarte den Reiseweg studiert. Der Innsbrucker Kaufmann hatte ihnen viele nützliche Ratschläge gegeben. Sie würden bei Bekannten von ihm übernachten. Das Reisetempo hing von der Witterung ab, Schutz und Gastlichkeit würden sie in Trento genießen, denn in dieser Bischofsstadt würde sie ein Bankier beherbergen. Dann sollte die Reise über Neumarkt nach Bozen weitergehen, wo einige Tage Rast eingeplant waren. Alles war auf das Beste vorbereitet; denn sie durften nicht auffallen und in der Menge der Pilger und Kaufleute keine Neugier erwecken. Das Risiko war trotzdem groß. Der Nebel würde den Weg erschweren und verlangsamen, aber Mitte Januar mussten sie in Innsbruck anlangen, wo die Begegnung mit Erzherzog Ferdinand eingeplant war.

„Um kein Aufsehen zu erregen, werden wir weder in Hospizen noch in Spitälern übernachten. Unterwegs sind allein zwischen Trento und Neumarkt vier dieser Übernachtungsmöglichkeiten anzutreffen. Gefahren sind überall an der Tagesordnung. So sieht es im Kaiserreich aus. Die letzten Winter waren sehr lang, und die Erntezeit war so kurz, dass Hungersnöte drohten, die Leute sind abgemagert uns ausgehungert."

„Aber das Kaiserreich…", hatte Simon eingeworfen.

„Das Kaiserreich liefert weder Brot noch Käse, sondern es verlangt sie von den Untertanen! Die Predigten Luthers hetzen die Bauern auf, die ebenfalls uns Juden feindlich gegenüberstehen. Sie machen sich garantiert auf die Suche nach Schuldigen."

Simon hatte nicht geantwortet. Er war überzeugt, dass dieser Mann wirklich besorgt war.

„Kein Erkennungszeichen! Kein gelber Stoff an der Jacke. Sicher, wir sind Juden, dürfen aber nicht zu identifizieren sein. Wir sind inkognito unterwegs." Simon war kategorisch.

„Es besteht aber doch die Pflicht…", hatte der Kaufmann eingewandt. „Jeder Jude muss an der linken Jackenseite ein rundes, gelbes, in Safran gefärbtes Stück Stoff tragen. An jeder Zollstätte haben wir zu zahlen. Unsere Identität zu verstecken, wäre ein Delikt. Das würde uns Geld kosten, womöglich sogar das Leben."

„Genug damit! Das weiß ich alles. In Spanien haben wir die Inquisition… macht euch keine Sorgen. Schließlich bin ich nicht dumm. Ich habe einen kaiserlichen Geleitbrief, und das wird ja wohl reichen. Im Notfall werde ich ihn herzeigen."

„Seit wieviel Tagen weißt du von unserer Ankunft? Der Gastwirt hat einige Tage zuvor erfahren, dass wir ankommen, aber du?"

„Seit etlicher Zeit! In Innsbruck erwarten sie die jüdischen Ratgeber. So heißt es. Wir wissen es. Jetzt wissen es alle!"

Simon war in lautes Gelächter ausgebrochen, ansteckendes Gelächter, das die Spannung gelöst hatte.

„Verdammt noch mal, wie dumm bin ich doch! Ich dachte, wenn ich davon rede, bin ich ein toter Mann. Und du", wandte er sich an den Kaufmann, „du darfst nicht mit meinem Leben scherzen, wenn dir dein Leben recht ist. Du würdest es in Huans Händen verlieren, bevor dir das überhaupt bewusst geworden ist."

Das hatte sich spaßig angehört, war aber in Wirklichkeit ernst gemeint. Und niemand hatte protestiert. Alle waren einverstanden.

8

Nach sechs Tagen Fußmarsch hatten sie Verona erreicht. Unterwegs hatte sie dichter Nebel eingehüllt und unsichtbar gemacht.

Spät am Abend zogen sie in eine menschenleere Stadt ein, sie waren durchnässt und die Pferde ermüdet. Der Innsbrucker Kaufmann hatte sie in eine schlammige Seitengasse des Marktplatzes geführt, wo das Judenviertel lag. Sie hatten an ein Portal geklopft.

„Herr Jenna, wir sind es. Da ist der Kaufmann, von dem ich euch erzählt habe".

In der Finsternis war eine Lampe aufgeleuchtet. Der Mann, der sie trug, hatte sie hereingewinkt. Die Pferde wurden abgesattelt und in einen Schuppen geführt.

Der Hausbesitzer hatte ihnen eine Schüssel mit Wasser zum Waschen gebracht. In einer anderen Schüssel mit lauwarmem Wasser hatten sie sich Hände und Gesicht gewaschen. Jenna hatte sie gebeten, die schmutzigen Schuhe auszuziehen, und ihre Mäntel zum Trocknen in das Lampenlicht gelegt.

„An der Lampe sollen wir uns wärmen?", hatte Simon missmutig gefragt.

„Im Augenblick ja", hatte der Hausherr geantwortet, „ihr werdet euch bald wohler fühlen."

Um auf ein anderes Thema zu kommen, hatte er gefragt:

„Und wie war die Reise, alles in Ordnung? Ihr kommt aus Spanien, nicht wahr?"

Simon war verblüfft und hatte Jenna fragend angeschaut.

„Ja, natürlich", hatte er geantwortet. Dann hatte der Innsbrucker Kaufmann eingegriffen.

„Er möchte gute Stoffe nach Spanien einführen und überprüft Bedingungen und Gelegenheiten."

Er hatte sich wie um Entschuldigung bittend an Simon gewandt: „Als ich nach Genua reiste, habe ich hier übernachtet und gedacht, es wäre gut, eure Absichten vorauszunehmen. War das ein Fehler?"

„Sehr weitblickend!", hatte Simon erwidert. „Das war fast zu gut. Ich danke euch für eure Aufmerksamkeit!"

„Gewiss, nur wenn die Zahlungsbedingungen günstig sind", hatte der Kaufmann hinzugefügt, ohne auf Simons Ironie einzugehen. „Und natürlich muss alles garantiert sein."

„Kein Zweifel! Gedeckte Kreditbriefe mit guten Garantien. Das ist mein Traum. Ich hatte geglaubt, inkognito zu reisen, aber von Tag zu Tag wird mir deutlicher, dass alle schon auf mich warten. Auch wenn es Glaubensgenossen sind, muss man vorsichtig sein und sich Gierige und Schlaue vom Leibe halten. Habe ich Recht?"

Jenna hatte nicht geantwortet, war aber mit seinen Erörterungen fortgefahren.

„Aber es ist ein Risiko. Ich könnte, sofern ihr einverstanden seid, der Mittler eurer Geschäfte sein. Aber überprüft genau, was ihr schuldig seid. Wo genau wollt ihr denn hin?"

Er hatte verschlagen gelacht.

Der Innsbrucker Kaufmann hatte erneut mit ins Gespräch eingegriffen.

„Wie du weißt, kehre ich von Bozen aus wieder nach Innsbruck zurück. Die Herren hier setzen zusammen mit dem Chinesen – er heißt Huan – ihren Weg nach Bayern fort, zu den dort ansässigen Webern."

„Zu dieser Jahreszeit! Aber das ist gefährlich…", und er hatte die Stimme gesenkt. „die wahre Gefahr ist der Krieg. Ich bin ein Untertan der Republik Venedig, er der Grafschaft Tirol, aber wir sind Juden, ich weiß nicht, ob das ein Glück ist… aber das Kaiserreich liefert unserer Republik ständig Scharmützel. Verona und Vicenza gehörten dem Kaiserreich bis ins 16. Jahrhundert an. Für uns hatte sich nichts geändert. Die Regenten ändern sich, aber nicht die Untertanen! Es wird erzählt, dass wir anders sind, aber im Grunde sind wir nur unternehmungslustiger, und deshalb hassen sie uns… Auch hier, in Verona, werden wir manchmal angegriffen, wir sind wehrlos, nur der Glaube schützt uns und die Arbeit. Schuld an allem hat Rovereto, diese Stadt hat ihre Hände immer im

Spiel. Aber der Krieg ist Handel, er behindert unseren, doch die Uniformschneider und die Waffenhandwerker machen Bombengeschäfte."

„Auch ihr?", hatte Simon gefragt.

„Ja, indirekt auch ich. Wir leihen Geld aus, wer keins oder zu wenig hat, um der Republik Uniformstoffe oder Waffen abzukaufen. Wir produzieren nichts, geben den Leuten aber die Möglichkeit zu produzieren."

„Und der Verdienst?", hatte Simon nochmals gefragt.

„Gut, aber ich möchte nichts... wir müssen verschwiegen sein. Stellt Fragen, um das Notwendigste zu erfahren... aber nicht mehr! Zu unserem Leben gehören Kenntnis und Diskretion."

„Ihr dürft für niemanden Partei nehmen", hatte der Kaufmann eingegriffen und das Gespräch unterbrochen.

„Wir sind treue Bürger, aber ohne Begeisterung. Für das Vaterland sollen sich die anderen erwärmen. In der Vergangenheit waren wir Untertanen des Kaiserreichs, jetzt unterstehen wir der Republik Venedig. Der Unterschied? Keiner! Da ist immer nur zu zahlen, dem einen wie dem anderen!"

„Tisch Wein auf, Brot und ein Stück Käse, ein gutes Stück. Kredenze den Wein in der Berakhà, ja nicht im Krug!"

„Natürlich! Und den Käse mit Senf!"

Auf diesen lauten Ruf hin war ein hübscher junger Mann erschienen. Er blieb eingeschüchtert stehen. Im Licht der flackernden Flamme sah er Simons Gesichtszüge. Er war beeindruckt und grüßte mit einer leichten Verneigung.

„Beeil dich! Unsere Gäste sind müde. Serviere ihnen Wein. Und dazu auch eine Schale Honig, um das Brot zu süßen. Das gibt euch neue Kraft und Energie für die Reise. Täglich zwei Löffel in einem Glas lauwarmes Wasser. Das stärkt und macht widerstandsfähig."

Der Käse war gut, schmackhaft und nicht zu fett, und dazu hatten sie Nüsse und Senf genossen. Gerade ausreichend genug, um ihren Hunger zu stillen. Der Rotwein hatte sie gesprächig gemacht und ihre Zungen gelöst. Und Simon profitierte davon.

„Die Zölle? Was verlangen die denn? Und gibt es viele Stellen?"

„Zollstationen gibt es genug, und die Abgaben sind recht hoch. Manchmal kann man auch etwas riskieren, aber ich rate es niemandem."

„Riskieren? Was?"

„Man kann versuchen, nur die Hälfte zu zahlen. Die Zöllner sind manchmal abgelenkt, müde von der Kontrolle der Personen und der Waren. Und da kann man schon einmal einen kleinen Betrag im Gebüsch am Straßenrand vergessen, nicht? Das ist schließlich kein großer Verstoß. Sie sehen nichts und registrieren nichts. Schließlich können sie nicht alles bemerken. Mit dem Alter und Krankheiten gehen die Zölle runter, aber man muss sich gut in diesen Kreisen auskennen. Verstanden?"

„Ja, aber ich möchte keine Risiken eingehen!"

Simon hatte einen Blick aus dem kleinen Fenster getan. Nichts als dunkle Dächer, ein irreales Licht, der Nebel hüllte alles ein. Kein Laut in den Straßen, nicht einmal Hundegebell, auch kein Schein eines brennenden Feuers.

Jenna schien es eilig zu haben und hatte den anderen zu verstehen gegeben, dass es an der Zeit war, schlafen zu gehen.

„Die Herren werden müde sein, so…"

Simon hatte ihn brüsk unterbrochen. „Wenn die brennende Kerze zu teuer kommt, mach dir keine Sorgen. Die bezahle ich. Hast du Decken? Das Haus ist verdammt kalt."

„Jaja, sicher, so arm bin ich nicht!"

„Aber sauber müssen sie sein, ohne Flöhe!"

„Was denkt ihr denn von mir! Aber das Bett und die Decken kosten. Wenn ihr sie warm wollt… könnte ich…"

„Warm?"

„Meine Tochter…"

„Nein, nein, keine Rede davon. Statt mit derlei Dummheiten Zeit zu verlieren, erklärt mir lieber, was ihr wisst. Es ist schon spät, aber ich wüsste schon gern…", hatte Simon verärgert hinzugefügt.

Er hatte einen Viertel Gulden auf den Holztisch gelegt. Eine Versuchung.

Jenna war gesprächig geworden, er hörte sich aufrichtig an und erklärte, was er wusste. Der Kaufmann stimmte zu oder schüttelte dann und wann den Kopf, und seine Reaktion machte Simon deutlich, ob er die Wahrheit sagte oder nicht. Er hielt alles im Gedächtnis fest. So verstand er, dass der interessanteste Markt für den Stoffhandel Bozen war, dass die Messen interessant und auch kleine Kaufleute in der Lage waren, ansehnliche Summen Geld zu investieren, dass sie mit Waren jeder Art handelten, aber die besten Stoffe aus den Gegenden jenseits der Alpen kamen. In Bozen durften, das erfuhr er bei dieser Gelegenheit, nur qualitätsvolle Waren ausgestellt werden, Loden, Leinen und Stoffe aus Verona, dass genau gemessen wurde und die größten Stoffe von einem Magistrat geprüft wurden und dass an den Zollstellen präzis kontrolliert wurde und man die Zahlungen nicht umgehen konnte. Auf diesem Markt wurde auch mit Barchent aus Bergamo gehandelt und mit besonderen Stoffen, die aus dem fernen Nürnberg kamen.

Simon erfuhr, dass die Messen ehrliche wie unehrliche Kaufleute anzogen, Tugend und Untugend waren schwer auseinanderzuhalten. Scharlatane und Gaukler liefen da zusammen, um zu betteln und sich bewundern zu lassen, Vagabunden und auf den Index gesetzte Personen, ausgegrenzt und dazu verdammt, außerhalb der Ortschaften zu schlafen, Frevler des Glaubens. Sie waren Künstler in allem, in der Sprache und in den Bewegungen, lenkten die Leute ab und bestahlen sie: Das Talent des Überlebens.

„Sind die Zölle hoch?“, hatte Simon unvermittelt gefragt.

Jenna war sofort aufmerksam geworden.

„Im Grunde eigentlich nicht. Ein Kreuzer für jede Fracht, die über die Stadtgrenze geht, eine doppelte Abgabe auf verkaufte und nicht verkaufte Waren. Wie auch immer die Geschäfte gehen – die Steuer wird beim Durchgang der Waren erhoben. Man muss schon aufpassen. Es ist daher wichtig, sich rechtzeitig an die Zollstationen zu begeben, um Kontakte zu den möglichen Vertragspartnern anzuknüpfen, ihr Vertrauen zu erwecken, schon lange voraus die Gelegenheiten abzuschätzen und dann die Lieferung der Stoffe gemäß schon geschlossenen Verträgen zu vereinbaren. Nichts darf dem Zufall überlassen werden. Aber wahrscheinlich ist euch das schon gesagt worden…“

„Was?“.

„Auch wir zahlen, das heißt, auch wir Juden zahlen. Nicht wie die Waren, aber bei jeder Passage müssen auch wir

‚verzollt' werden. Da gehen Gauner problemlos über die Grenze, aber wir, mit diesem verfluchten gelben Abzeichen an der Jacke, müssen zahlen. Das ist nicht so sehr eine Frage des Geldes – aber es ist demütigend".

Simon begann sich allmählich ein Bild von der Lage und den Handelsbedingungen in der Gegend nördlich von Verona zu machen.

„Werden Zölle nur in Bozen erhoben?"

„Leider nicht! Aber hast du ihm das nicht erklärt? Der weiß ja nichts! Ihr wollt Handel treiben? Da braucht es Schlauheit und Arglist, sonst verliert ihr beim ersten Geschäft alles, Geld und Ware. Aber jetzt ist Zeit zur Nachtruhe".

„Bitte, noch einen Augenblick", hatte Simon eingeworfen, „ich will noch etwas wissen, was ihr mir erklären müsst. Ein halber Gulden ist nicht ausreichend?"
„Wenn sie das Licht sehen, kann man nie wissen, was sie denken!"

„Wer?"

„Wer, wer? Die Nachbarn. Alles sind brave Leute… gewiss, aber auch unter braven Leuten… Und die Versuchung, einen von uns für eine halbe Münze zu verraten, liegt nahe. Ein Licht tief in der Nacht bei mir zuhause? Da denken sie, wir machen schmutzige Geschäfte. Einen halben Gulden für die Kerze und für die bösen Gerüchte, die mich morgen umgeben. Und dann meine Tochter… und ihr guter Ruf!"

„Deine Tochter? Ihr guter Ruf? Wolltest du denn nicht, dass sie…"
„Nur mit Fremden. Und auch da nicht mit allen. Wir sind eine ehrenhafte Familie. Das bestimme ich, wann und mit wem…!"

Simon hatte keine Argumente mehr. Am folgenden Tag würde er neue Informationen bekommen, ohne weitere Gulden zahlen zu müssen.

Im fahlen Licht des frühen Morgens war er die Treppe hinabgestiegen und in der Küche angelangt. Jennas Tochter hatte ihm einen vorwurfsvollen Blick zugeworfen. Sie hatte ihm zu verstehen gegeben, dass sie auch ohne Geld zu allem bereit gewesen wäre. Der Vater war an allem schuld. Wenn sie hätte entscheiden können!

„Dein Vater?“, hatte Simon in vertraulichem Ton gefragt.

„Er ist mit meiner Mutter draußen im Garten, um einen Blumenkohl zu holen. Von hier aus sehe ich ihn nicht. Soll ich ihn rufen?“

Sie hatte Simon vor eine Tür aus gespaltenen Brettern geführt, die einen Raum unter der Treppe abschloss. Sie hatte die Tür geöffnet, ihn hineingeschoben und die Tür sofort wieder geschlossen. Ein kleines Fenster ging auf den Garten. Der Raum war ein staubiger Keller, eine Rumpelkammer mit wenigen Geräten. Das Mädchen hatte sich auf die Zehenspitzen gestellt und auf die Figur ihres Vaters gedeutet. Ohne sich von der Stelle zu bewegen, hatte sie das Kleid über dem Busen geöffnet, sich gedreht, Simon umarmt und ihm einen leidenschaftlichen Kuss versetzt.

Im schwachen Licht hatte Simon die dunklen Augen des jungen Mädchens gesehen. Einen kurzen Augenblick lang.

Simon, von langeunterdrückten Impulsen erfasst, hatte das Mädchen umfasst und gegen die Wand gedrückt. Ein unwiderstehliches Verlangen. Er fast unbeweglich, während sie vor Lust stöhnte. Die Körper hatten sich durchdrungen, ohne sich zu kennen.

Es war wunderschön gewesen. Ein rascher, nicht gesuchter Genuss. Sie waren stehengeblieben, umarmt, befriedigte Atemzüge. Simon hatte ihr einen letzten Kuss auf den Hals gegeben, ein Glücksschauer, befriedigte Körper.

„Ich bin für euch in den Garten gegangen, mein Herr. Wenn ihr noch eine Nacht bleiben wollt… meine Frau wird euch eine schmackhafte Kohlsuppe zubereiten, für heute Abend.“

Jenna war mit seiner Frau ins Haus zurückgekehrt, voller Stolz auf seinen Kohlkopf. „Der ist gesund. Ich habe ihn gerade erst geerntet“, hatte er befriedigt hinzugefügt.

„Ich habe euch einen Teller Brühe kochen lassen, mit etwas Gemüse. Schön warm! Und im Preis inbegriffen!“ Jenna war gut gelaunt.

„Die zweite Nacht kostet weniger. Aber wie ihr wollt. Eventuell…“, mit einem Blick auf die Tochter. Ohne Aufpreis. Ihr wisst ja selbst, wie es heutzutage geht… je länger ihr euch aufhält, desto mehr verdienen wir. Das Essen ist billig.“

Das Mädchen hatte den Suppenteller auf den Tisch gestellt. In Gedanken verloren, fleißig.

„Aber bis Bozen", hatte Simon gefragt, „gibt es da viele Stellen zur Zollerhebung?"

„Glaubt mir. Fragt euren Begleiter, fragt ihn, den Innsbrucker Kaufmann. Er kennt sie alle. Einige kann man umgehen, verlängert damit aber den Weg. Und zu dieser Jahreszeit ist das nicht ratsam."

Der Kaufmann aus Innsbruck war gerade aufgestanden und hatte mit Genuss die Tasse Brühe getrunken. Dann begann er zu erklären:

„Können wir frei und in Ruhe reden? Wenn du Stoffe aus Flandern und Frankreich kaufst und importierst, dann bist du ein Feind, wenn du Waren aus dem Orient einführst… von wem? Seide geht über Venedig, die Stadt hat das Monopol für diese Stoffe, aber sie ist unsere Feindin. Offiziell ist es nicht verboten. Aber… sie geben uns zu verstehen, dass es besser wäre, sich nicht auf gewisse Geschäfte einzulassen, auch wenn sie im Grunde wissen, dass diese Waren ihren Wert haben und es dumm wäre, nicht damit zu handeln, aber eben auf deine, eigene Gefahr. Aber wenn du die Seide vorsichtigerweise über Genua einführst, dann ist das nicht ungebührlich, auf dem Weg kommen sie an, aber da sind unterwegs Zölle über Zölle zu entrichten, unzählig viele Steuern, jede Stadt erfindet sich eine, am liebsten möchten sie auch noch das Atmen besteuern, das Recht auf Rast, das Recht auf Hafer, das Recht auf die Kontrolle, das Recht auf Feuer, auf das Kochen, Säubern, Krankwerden und Heilen, auf Dummheit und Intelligenz, nein, die Intelligenz haben sie noch nicht besteuert, denn da würden sie so gut wie gar nichts einnehmen! Intelligenz ist wenig auf der Welt, aber Verschlagenheit mehr als genug!"

Er war in lautes Gelächter ausgebrochen. Seine Frau hatte die Tochter verwiesen: „Fort mit dir! Das sind keine Angelegenheiten für dich!"

„Rechte über Rechte", hatte Jenna eingegriffen. „Wir sind eine Welt voller Rechte, Rechte links und Rechte rechts. Das sind alles nur Ausreden, um die Belanglosigkeiten und Roheiten der Unfähigen zu bezahlen, die auf unsere Kosten leben… und dann sagen sie, dass wir… oder ? Abramo, lass uns leben! Den Herrschern fehlt es nicht an Fantasie. Das Wichtigste ist

Besteuern und Einkassieren, wo und wie spielt keine Rolle. Die Könige und die Prinzen müssen schließlich leben!"

Bei dieser Bemerkung hatten alle gelacht. Es war klar, dass Jenna den Herrschern gegenüber nicht gerade freundlich eingestellt war.

„Allen zu Diensten, aber nur den Herrschern!", hatte Simon ausgerufen. „Was meinst du dazu, Jenna? Wenn wir nur ein kleines Stück Paradies mieten könnten, würden wir das Martyrium auch an die dummen Leichtgläubigen verkaufen und dabei gute Geschäfte machen."

Alle waren der gleichen Meinung. Aber die Christen machten das schließlich schon.

Sie hatten sich verabschiedet. Mit einem kurzen Gruß. „Wenn ihr über Verona kommen solltet, erinnert euch an mich. Wir sind sehr gastlich!" Jenna hatte sich leicht verneigt und dabei die Mütze achtungsvoll in den Händen gehalten. „Kommt, wann immer ihr wollt."

Plötzlich hatte er sich an den Hafer für die Pferde erinnert. „Zwei kleine Kupfermünzen. Die seid ihr mir schuldig. Ich habe die Pferde gepflegt und betreut."

„Das weiß ich!", sagte er lachend. „Ihr habt euch bei Nacht im Dunkeln um sie gekümmert, während ich schlief? Auch euch gebührt, wie üblich, das Stallrecht."

Er hatte ihm zwei Münzen zugeworfen. „Da, der stolze Doppeladler unseres geliebten Kaisers! Gott sei der Seele Maximilians gnädig!"

Beim Abschied hatte Simon den verlockenden Blick von Jennas Tochter bemerkt. Sie war artig neben ihrem Vater stehengeblieben. Besonnen und voller Anstand. Aber der Simon zugeworfene Blick war eine Einladung zu neuen sinnlichen Abenteuern, ohne nichts mehr fantasieren zu müssen. Oder vielleicht noch viel mehr?

„Sollte ich wieder einmal nach Verona kommen, dann übernachte ich garantiert wieder hier bei euch!"

Simon hatte sich in seinen Mantel gehüllt und war auf das Pferd gestiegen, und nach einem kurzen Gruß hatte er sich gemeinsam mit Huan und dem Innsbrucker Kaufmann auf den Weg gemacht.

Auf dem grasigen, vereisten Etschdamm kamen sie nur langsam voran.

9

„Träume kosten. Jemand vor uns hat zu viel geträumt. Jetzt haben alle zu zahlen!"

Die laute, volltönende Stimme des Gabriel von Salamanca de Burgos hatte keinen Raum zu Illusionen gelassen.

„Wir haben die Aufgabe, unsere Welt zu reorganisieren und zu sanieren. Das gilt nicht nur für ein Dorf, für eine Stadt, sondern für das ganze Kaiserreich. Die Macht, die diesem Palast innewohnt, muss neu gestärkt werden. Wir dürfen nicht scheitern!"

Die fünf jungen Männer vor ihm standen aufrecht, hörten ihm aufmerksam zu.

„Ich habe euch kommen lassen, weil ich euch für die fähigsten Personen zur Durchführung dieser Aufgabe halte. Es war keine leichte Wahl. Ich, der Sohn des Gonzalo Rodriguez de Salamanca de Burgos und der Isabel de Ayala, bin der Erbe einer zum Katholizismus bekehrten jüdischen Familie. Es ist ein Wagnis, junge Juden oder zum Christentum Bekehrte einzubeziehen, aber die Lage ist so heikel, dass Erzherzog Ferdinand mir die Erlaubnis dazu gegeben hat. Ich habe euch hier in den kaiserlichen Palast einberufen; denn in einer Woche sollt ihr dem Erzherzog, dem Bruder des Kaisers, die Finanzen in Ordnung bringen: Schulden in Höhe von sechs Millionen Gulden lasten auf der Bevölkerung. Diese Fakten sind durch keinerlei Überlegungen, keinerlei Vermutungen und keinerlei Bewertungen abzuändern. Wir müssen dem Kaiserreich gegenüber treu und aufrichtig sein, denn es hat uns mit seinem Auftrag eine große Verantwortung auferlegt. Das Überleben der kaiserlichen Würde, unserer Verwandten, von uns allen – dies alles hängt von unserem Einsatz und von unseren Erfolgen ab.

Ihr kommt aus verschiedenen Städten: aus Konstantinopel, aus Prag und Paris, aus Antwerpen und aus Sevilla. Ich habe euch an meine Seite gerufen, um von euch zu hören, was richtig ist. Wir zählen auf die Intelligenz und die Erfahrung von euch allen. Jede getroffene Maßnahme beinhaltet auch eine ungerechte Komponente. Ich wäre glücklich, wenn ich zu einer weniger ungerechten Gerechtigkeit kommen könnte. Das wäre ein großer Erfolg! Ich habe schon die Gebiete und die Aufgaben bestimmt, die jedem von euch zukommen. Du, Navé, gehst nach Westtirol, an die Grenze zu den mit Frankreich verbündeten Staaten, du, Yosseph, kommst in die Tiroler und die österreichischen Berge, du, Schaoul, nach Osten, in das Herzogtum Görz an den Grenzen zu Illyrien, du, Geremia, wirst der Kurier für geheime Botschaften, die wir niemandem anders anvertrauen können. Von deiner Schnelligkeit hängen dein und unser Leben ab. Und du, Simon, wirst in Gegenden eingesetzt, wo die deutsche und die italienische Sprache aufeinandertreffen, vom Brenner bis zum Bistum Trient, ein kompliziertes Gebiet, wo die Macht des Fürsten und der Bischöfe von Brixen und Trient sich überlagern. Ihr müsst euer ganzes Geschick an den Tag legen und euch zwischen nicht immer übereinstimmenden Bräuchen und Gesetzen zurechtfinden. Die Spiritualität der Kirche und die Macht des Kaiserreichs sind dem Anschein nach miteinander verbündet, aber nicht in den Fakten, die Machtbegierde stellt sie einander gegenüber. Ihr müsst beobachten, verstehen und Anregungen geben: Das ist eure Aufgabe. Wir haben eine Woche Zeit, um uns zu verstehen. Danke für eure Aufmerksamkeit!"

Die jungen Männer hatten sich zum Abschied ehrerbietig verneigt, als Salamanca Simon zu sich gerufen hatte.

Er hatte ihn in einen Nachbarraum geleitet, der mit rosafarbenem, mit Stickereien verziertem Atlas tapeziert und von einem Porträt des verstorbenen Kaisers Maximilian beherrscht war. Ein großes Fenster tat sich auf einen verschneiten Park auf. Es war Anfang 1521.

Salamanca hatte unmissverständlich seine Meinung von sich gegeben.

„Die Juden sind ein Zwischenfall des Lebens. Ihre Intelligenz zieht Neid und Bosheit an. Dein Leben ist ein Beweis dafür. Vom Gehorsam hängt deine Zukunft ab, ja die von uns allen. Unser Leben erlaubt uns kein Zaudern, sondern nur Demut im Dienst des Kaiserreichs! Du, Simon, hast Francisca geliebt, eine Katholikin. Die Inquisition kennt eure Geschichte in allen Details, auch über die Wahrheit hinaus. Zum Wohl von Francisca und zum Wohl deiner Familie, vergiss sie!"

Simon hatte einen Schritt nach vorne getan und mit dem Arm um Erlaubnis gebeten, sprechen zu dürfen.

„Halt! Wir dürfen weder mit dem Leben der anderen noch mit unserem spielen!"

Er war wie zu Stein erstarrt, und es fiel ihm immer schwerer, mehr zu verstehen.

Seine Welten hatten sich verkleinert.

„Dein gutes Aussehen und deine Jugend sind ein Hindernis. Du darfst keinen Versuchungen erliegen und keine Liebeleien eingehen. Die gefährlichsten sind die adeligen Damen, die schlau und in ihren Lastern heimtückisch sind, wenn sie auch unschuldig lächeln und ihre Würde zu wahren suchen. Du darfst keinen Versuchungen nachgeben, weder mit Blicken noch mit Worten. In dir darf keine Spur von Arglist sein. Gib keiner Begierde nach, auch nicht mit der geringsten Andeutung. Du musst gleichgültig bleiben, deine Gefühle kühl und du darfst keinen Neid hervorrufen. Die vornehmen Damen verzeihen nicht, die Verweigerung eines Versprechens würden sie als Beleidigung interpretieren, sie spielen falsche Zurückhaltung vor. Während sie neben ihrem Gemahl wandeln, schauen sie nach Abenteuern aus, nach einem Leben ohne Langeweile. Verfeinde dich nicht mit den Mächtigen, falsche Gerüchte werden in diesen Mauern weitergetragen. Lebe deine Schönheit, als wäre sie ein Mangel!"

„Aber wenn ich Francis…!"

„Kein Gedanke! Für deine Triebe gibt es hier sicher genug leichte Mädchen. Im Übrigen wirst du ein Mönchsleben im Dienst des Kaiserreichs führen!"

Simon hatte sich in sein Zimmer zurückgezogen, er wollte nicht glauben, was er gehört hatte. Er verstand aber einmal mehr, dass er auch diesmal nachgeben musste!

Das Schlafzimmer war eiskalt. Sevilla war ein Traum.

Die Erinnerung an Franciscas Augen hielt ihn wach, gaben ihm Energie und Kraft. Aber er verstand immer noch nicht, was er hier in diesem Palast zu tun hatte. Das Kaiserreich, der katholische Gott, die Pflicht zu gehorchen, sein Leben ohne Passionen und ohne Emotionen.

Er hätte aus Verzweiflung schreien wollen. Aber er musste widerstehen. Eines Tages würde das Leben ihn entschädigen. Wer weiß… vielleicht eines Tages.

10

Die fünf jungen Mitarbeiter des Herrn von Salamanca waren an den Hof des Erzherzogs Ferdinand vorgelassen worden.

Bei ihrem Eintritt hatten sich die Anwesenden – Adelige, Prälaten und kaiserliche Würdenträger – in einem Halbkreis aufgestellt und der Hofkämmerer hatte ihre Namen ausgerufen.

Sie waren angewiesen worden, niemals direkt den Erzherzog anzusprechen. Allenfalls konnten sie sich an den Kämmerer wenden, um das Wort ergreifen zu dürfen.

Sie hatten den Empfangssaal betreten, einen strengen Raum ohne Schnörkel und Verzierungen. Nichts im Vergleich zu Sevilla. Hier war alles streng und auf das Einfachste reduziert, der Schein einer Ambition auf der Suche nach sich selbst.

Der Erzherzog saß auf einem mit rotem Samt verkleideten Thron, die Armlehnen gepolstert, das Holz purpurrot gefärbt.

Alles war schmucklos, die üppigen Formen machten eine geschwächte Macht lächerlich. Das Herz der Grafschaft? Das hier? Der Bruder des Kaisers? Dieser Jüngling mit dem hageren Gesicht? Das war schon alles? Was war das für eine Grafschaft, welche Macht besaß sie?

Aber im Grunde hatte ja auch er mit nur neunzehn Jahren die Indienkompanie geleitet. Aber jetzt? Ein Rat eines eben aus der Pubertät herausgewachsenen Erzherzogs? Glücklicherweise, so hatte er gedacht, war da der Herr von Salamanca.

Der Erzherzog hatte entschieden zu reden begonnen, er hatte eine leise Stimme, sprach aber offen.

Er war gleich zur Sache gekommen. Er hatte den Anwesenden verständlich gemacht, dass er im Auftrag seines Bruders, des Kaisers Karl V., die Kontrollen über die

Münzprägeanstalt und die Monetisierung wiederherstellen musste, über die Finanzgeschäfte mit den Bankiers und über die Einnahmen dass er den Papst gegen die Lutherische Irrlehre unterstützen musste.

„Die Handwerker fallen über mich her. Kosten über Kosten. Der Palast, in dem ich lebe, wird ständig ausgebaut. Neue Ausgaben und wieder Ausgaben. Der Vorgänger von Kaiser Karl V., der geliebte und beliebte Maximilian I., hat mit Anstrengungen nicht gespart. Uns kommt jetzt der Ruhm des Bezahlens zu. Er hat große Ideen hervorgebracht, wir Armseligen müssen das Geld finden, um die Schulden zu bezahlen. Herr von Salamanca, erläutern Sie die Lage, erklären Sie, dass unsere Kassen leer sind! Ich sage das allen Anwesenden, Adeligen und Prälaten. Und ich sage es mit lauter Stimme. Unser Kaiser Karl V. hat mir die unangenehme Aufgabe übertragen, diesen Bereich seines Reiches glaubhaft zu machen. Ich verlange die nötige Klarheit und Einstimmigkeit. Von allen… niemand ausgenommen! Aus diesem Grund haben wir den von uns sehr geschätzten Herrn von Salamanca herangezogen. Er ist der einzige Mitarbeiter, ihm vertraue ich das Geschick der Grafschaft an. Ihr alle schuldet ihm Achtung… solange ich es für angebracht halte.“

Während seiner Rede herrschte äußerste Stille. Die Anwesenden hatten misstrauisch zugehört. Kaiserliche Worte brachten Ungerechtigkeit mit sich.

Der Erzherzog war blass. Er hatte eine lange, schmale Hakennase, er war nicht schön. Er sprach leise, leicht näselnd, als würde ihn jedes Wort anstrengen. Als er seine Erörterungen beendet hatte, war sein Mund offengeblieben.

Simon betrachtete ihn mit Mitgefühl.

Ein schwacher Körper an der Spitze eines von Egoismen getragenen Reichs.

Der Erzherzog hielt zwischen Daumen und Mittelfinger eine Silbermünze und hatte sie in die Höhe gehalten, damit alle sie sehen konnten.

„Kennt ihr diese Münze? Wenn ihr es nicht wissen solltet: Diese Münze trägt das Porträt unseres verstorbenen Kaisers. Es handelt sich um eine Silberprägung von zwanzig Kreuzern aus der Münzprägestelle der Stadt Verona, die wir im Zuge eines glücklosen Krieges vor vier Jahren verloren haben. Die Aufschrift ist „Maximilianus Caesar". Das Heilige Römische Reich hatte damals noch seinen „Cesare", seinen „Kaiser". Maximilians Porträt ist auf allen Münzen anzutreffen, auf den Testonen, auf den „Bussolotti" aus Verona, auf den Golddukaten. Unsere Macht war Maximilians Traum. Jetzt haben wir diesen Traum zu bezahlen. Herr von Salamanca, bitte erläutern Sie den Anwesenden die Lage unserer Finanzen, und tun Sie es mit der nötigen Ernsthaftigkeit."

Der Herr von Salamanca hatte sich tief verneigt, seine Stimme hatte bei den ersten Worten gestolpert. Trotz all seiner Erfahrung hatte ihn die Aufregung erfasst,

„Hochadeliger Erzherzog, Kaiser Maximilian I. wollte den Glanz Karls des Großen, des Kaisers Ottos des Großen und der Hohenstaufen nachvollziehen, hatte das Volk auf seiner Seite und befreite die Bauern vom Waffendienst, einzig mit der Ausnahme, dass sie den Kaiser verteidigen durften, wenn Feinde die Grafschaft angriffen. Es war schwer, die Republik Venedig zu bekämpfen. Um angreifen zu können, braucht ein Heer Soldaten und Waffen. Während des Schwabenkrieges kam es zur Niederlage an der Calven. Seit damals sind zwanzig Jahre vergangen und die Finanzen sind in Krise."

„Bitte, eine etwas raschere Darlegung", hatte der Erzherzog eingegriffen.

Von dieser Aufforderung ermutigt, hatte der Herr von Salamanca fortgefahren.

„Wir haben ein Problem: Die Kassen des Kaiserreiches sind leer und werden auch leer bleiben, denn die Einnahmequellen sind ausgetrocknet, da sie als Pfand für die Darlehen eingesetzt worden sind. Die Bergbaukonzessionen sind verpfändet worden und es dürfte ein schwieriges Unternehmen sein, den Bankiers der katholischen Fuggerfamilie die ihnen zukommenden Beträge zurückzuzahlen. Die einträglichsten Bergwerke, die Silbergruben in Schwaz, sind zur Deckung von Umlaufskapital verwendet worden, das unser geliebter Maximilian brauchte."

„Nur weiter! Ich zahle, um die Wahrheit zu hören. Von euch will ich sie hören; denn unsere katholischen Adeligen wären dazu nicht in der Lage!"

„Die Welt gründet sich auf Missbrauch. Die Wirtschaft stagniert, viele Unternehmer sind am Bettelstab, die Bergwerke bringen nichts mehr ein, die Förderkosten sind übermäßig hoch, die Schulden werden nicht mehr honoriert, in den vergangenen Jahren hat es fast nur Missernten gegeben, in übermäßig langen Wintern haben sich Krankheiten verbreitet. Die Träume eures Großvaters Maximilian sind zerbrochen. Und ihr habt die undankbare Aufgabe, das Geschick der Grafschaft aufzurichten!"

Der Erzherzog hatte aufmerksam zugehört, aber Adelige und Prälaten schenkten diesen Worten keinen Glauben, sie wiesen die Wirklichkeit zurück. Die Darlegung des Ungewollten hatte begonnen. Sie fürchteten um ihren Reichtum, ja einige um ihr Leben.

„Wo ist euer geliebter Bischof von Schrofenstein? Ich möchte seine Meinung hören. Glaubt er vielleicht, von den Schwierigkeiten des Kaiserreichs nicht berührt zu werden? Hofft er womöglich, dass die Kirche und das Bistum Brixen von unseren Sorgen verschont bleiben?"

Der Erzherzog hatte sich in geringschätzigem Ton an die Anwesenden gewandt.

Der Sekretär des Bischofs war vorgetreten. Er hatte den Bischof entschuldigt, der wegen einer Krankheit abwesend war, und hatte um das Wort gebeten.

„Salamanca verbreitet falsche Notizen. Wir Geistlichen haben Nächstenliebe im Herzen, uns liegt vor allem am Wohl der Seelen. Wir beichten und segnen… Auf der Burg Bruneck findet sich die Inschrift ‚*manete in caritate*'".

„Eben das meine ich. Haltet euch in der Barmherzigkeit, in der Ergebenheit für euren Kaiser und den Erzherzog in meiner Person. Sagt eurem Bischof, er soll die Bauern nicht mit dem Zehnten unterdrücken, soll in schlechten Jahren nicht ebenso viele Abgaben verlangen wie in den guten. Der Ablassverkauf ist nur denjenigen gestattet, die durch eine päpstliche Bulle einen entsprechenden Auftrag erhalten haben. Berichtet alles genau! Herr von Salamanca, erklären Sie, was Sie mir privat erzählt haben. Keine Angst!"

„Aber… ich weiß nicht… euer Zorn. Aber in gewissen Fällen wäre Diskretion…!"

„Ich befehle Ihnen zu sprechen. Verlieren Sie keine Zeit! Alle sollen das wissen. Erklären Sie, was der Satz ‚Kauf mir einen Kaiser' bedeutet. Erzählen Sie von dem Opfer, das wir gebracht haben. Alle müssen die Kosten der Privilegien kennen, die ich garantiere. Von unseren Entscheidungen hängt das Schicksal der Nationen ab, und Ihr Herren verschleudert, veruntreut und verbraucht, was uns zukommt. Herr von Salamanca, ihr habt keine leichte Aufgabe, dies alles zu erklären."

Salamanca hatte gehüstelt, seine Augen waren denen des Erzherzogs begegnet, der ihm Mut gemacht hatte. Er hatte sich geräuspert, dann aber nach einer kurzen Pause der Verlegenheit zu reden begonnen:

„Die Anwesenden mögen es nicht gern hören, aber die Thronbesteigung eures Bruders Karl V. hat viel Geld gekostet. Der Kaiser hat Unmengen an Gulden an die Kurfürsten gezahlt… Mit anderen Worten: Er hat seine Krone gekauft."

„Was? Mein Bruder, Kaiser Karl V., hat seine Investitur gekauft? Hätte er etwas anderes machen können? Werden die Bischofswürden, die Adelstitel, die hochrangigen Aufträge vielleicht nicht gekauft?"

Im Saal herrschte Verwirrung.

Aus den Fenstern des Empfangssaals betrachtete Simon die leise fallenden Schneeflocken. Während er die harte Realität anhörte, umhüllte dieser reine Schnee ihn mit Wohlbefinden. Ein Flüstern ungewohnter Freundschaft.

Der Herr von Salamanca war dann zu den Details übergegangen.

„Er hat Darlehen mit bedeutenden Bankiersfamilien aufgenommen, wie den Welsern aus Augsburg und den Gualterotti aus Genua, aber die größte Summe in Höhe von 500.000 Gulden hat er bei den Fuggern in Augsburg ausgeliehen, die die Prägeanstalt im Vatikanischen Staat beherrschen. Die Schulden sind unermesslich angestiegen und belaufen sich jetzt auf über sechs Millionen Gulden. Wir sind nicht einmal in der Lage, Silber zum Prägen unserer Münzen anzukaufen und den Markt und den Handelsaustausch zu halten. Wir kehren zum Tauschhandel zurück."

„Um aus der Krise herauszukommen? Was haben Sie vorzuschlagen? Legen Sie das doch hier vor uns allen dar!"

„Wenn Sie erlauben, mein gnädiger Herr, möchte ich meine Vorschläge ausbreiten", hatte Simon unvermittelt eingegriffen.

„Dann reden Sie doch“, hatte der Hofkämmerer verärgert gesagt.

„Ich bin Simon aus Sevilla, ein Ratgeber des Herrn von Salamanca.“

Er durfte das Wort ergreifen.

„Ich bin ein Jude, und wenn ich als solcher von mir nicht genehmen Gesetzen gebunden wäre, sie aber nicht achtete, wäre das Anarchie. Was, wie ihr bestimmt habt, bezahlt werden muss, ist eine ehrerbietige Huldigung für Ihre Majestät, nicht weil Ihr das Kaiserreich verkörpert, sondern weil Ihr das Kaiserreich seid! Wenn die Regeln für mich gelten und ich sie missachte, dann achten die Katholiken die von Euch erlassenen Gesetze noch mehr.“

Der Erzherzog war aufmerksam geworden.

„Katholiken oder Juden oder irgendwelche anderen Bürger einer anderen Religion sind vor Euch gleich. Unsere Intelligenz ist zu klein, um mit Eurer verglichen werden zu können, mein Herr. Aber die Vernünftigkeit des Begehrens garantiert die Gerechtigkeit.“

„Mit anderen Worten?“

Simon hatte erleichtert fortgefahren.

„Bezahlen tut niemand gern, denn der Mensch sieht es als Raub auf seine Arbeit und seine Rechtschaffenheit an.“

„Also?“

„Ich habe nur so einen Einfall. Während der Reise, die mich hier vor Ihre Majestät geführt hat, habe ich zu viele Steuereinnahmestellen angetroffen; sie verlangsamen den Weg, der Reisende wird von den Soldaten und den Angestellten oft beleidigt und verhöhnt, nicht alle sind gut erzogen und der Spott ist ihnen am Gesicht abzulesen. Und dann gehen die Einnahmen nicht immer den rechten Weg in die Kassen.“

Im Saal hatte sich ein allgemeines Raunen erhoben, die Anwesenden hatten sich von den couragierten Ausführungen Simons beleidigt gefühlt, aber der Erzherzog hatte sie mit einer Handbewegung zur Ruhe gerufen.

„Sprich!“

„Das Steuersystem ist zu lückenhaft, es besteht keine angebrachte Beziehung zwischen den Kosten der Angestellten und den Einnahmen. Wie viele Soldaten werden gebraucht, wie viele Buchhalter? Sind sie wirklich notwendig und nützlich?"

„Was schlagt ihr vor?"

„Ich würde die Anzahl der Zollstationen herabsetzen. Wenn die Zollstellen erhalten bleiben, würde das zwar du geringeren Einnahmen führen, aber ihr könntet höhere Einnahmen auf den langen Strecken einkassieren. Der Handel würde nicht verlangsamt, es gäbe weniger Veruntreuungen und die Kontrollen würden strenger. Die von diesen Aufgaben befreiten Soldaten könnten die Kaufleute geleiten und die den Räubern ausgesetzten Straßen würden sicherer. Meine Vorschläge wären ein Zeichen des Interesses für alle die Personen, die am Handel verdienen. Mehr Ordnung würde zu höheren Einnahmen führen!"

Simon hatte eine Pause eingelegt.

„Weiter!"

„Nur Ihr, mein Erzherzog, könnt entscheiden, was richtig ist. Aber die Ungerechtigkeit ist so weit verbreitet, dass alle darunter leiden. Eure Entscheidungen sind nicht willkürlich, denn ihr müsst Verpflichtungen für ungerechte Pakte nachkommen, die nicht Ihr unterschrieben habt!"

„Reden Sie offen und ehrlich!"

„Nicht mehr als erlaubt... Ich darf auf keinen Fall die hier anwesenden Würdenträger der Kirche beleidigen", hatte er zu sagen gewagt.

Der Herr von Salamanca hatte Simon einen flehenden Blick zugeworfen.

„Es gibt Störungen aus übermäßigem Herrschaftswillen... das heißt, die Kirche geht mit ihren Gesetzen vor, mit den göttlichen Gesetzen natürlich, aber die weltlichen Gesetze gestehen ihr nicht zu, die verwalten wir: die anderen kommen euch zu, ihr seid der „*Deus terrenus*". Da darf keine Unbilligkeit herrschen. Und ich möchte unwiderlegbar eins unterstreichen: um von Gerechtigkeit sprechen zu können, müsste die Autorität des Kaisers wiederhergestellt werden..."

„So spricht ein Jude", war der Stellvertreter des Bischofs herausgeplatzt. „Mein Erzherzog, was für falsche Berater hat der Salamanca angeworben? Juden in der Tat und im Denken. Denen müssen wir misstrauen!"

„Niemand hat euch das Wort gegeben!"

Simon hatte weitergeredet.

„Das Reich Gottes entfernt sich, die Weisheit oder Dummheit der Entscheidungen hängt nicht vom Geld ab. Intelligent oder dumm wird man geboren, aber arm oder reich wird man, mit Rechtschaffenheit oder mit Betrug. Geistliche wie Laien treiben zu viel Misswirtschaft. Und sie schämen sich nicht, als ginge es um eine Wette! Das Volk ist auf Eurer Seite, die Armen nehmen Euch zum Vorbild. Eine Expansionspolitik würde noch mehr Geld kosten. Aber Ihr, mein Erzherzog, könnt Euch nicht noch mehr verschulden, als Ihr es schon seid. Die Würde des Kaiserreiches und Missstimmung können nicht zusammenleben. Auch bei der Erhebung der Steuern braucht es Frieden und

Gerechtigkeit, auch der Kirche gegenüber. Die Klagen der Bevölkerung zerfressen die Fundamente Eurer Macht. Sofern Ihr nicht die Absicht habt, … Aber darüber sprechen wir lieber hinter geschlossenen Türen."

Er hatte vorgebracht, dass das Banditentum zunehmen würde. Vagabunden und Verbrecher, Ausgegrenzte, Kranke und Strolche würden das Reisen unsicher machen, die Zehnten für Kirchen und Klöster müssten aufgehoben werden. Jeder müsste seine Pflicht erfüllen.

„Mein Herr, Ihr könnt nicht verlangen, dass die Menschen sich abmühen, ihnen dann aber das Produkt abgenommen wird, doppelte Steuern, Eure und die unseres Bischofs, werden schwer ertragen. In Missernten bleibt nichts übrig, unser Imperium kann nicht das Reich des Hungers sein."

Die Unduldsamkeit Simon gegenüber war deutlich zu spüren: ein unreifer Jüngling wollte dem Kaiserreich die Entscheidungen einflößen, mit der Arroganz der Wahrheit.

Der Erzherzog hätte die Zehnten für den Klerus auf die Hälfte herabsetzen wollen, war aber unentschlossen. Es war eine schwierige Entscheidung.

Es hatten sich Proteste erhoben. „Aber wie können wir dann Mönche und Kleriker erhalten?"

„Wenn das meine Entscheidung ist, habt ihr die Regel der Bescheidenheit und der Würde der Mönchsorden zu respektieren. Was den Klerus betrifft, so käme mehr Fasten der Gesundheit zugute und eure dicken Bäuche würden davon profitieren."

Und dann fuhr der Erzherzog fort:

„Wir sind am Rand der Katastrophe, stehen der Hölle nahe, und Ihr denkt an Eure Geliebten und an die Bastarde, die Ihr zeugen werdet und die Ihr aufziehen und mit Pfründen und Luxus beschenken müsst, während das Volk sich in Lobhudelei vor Euch verneigt!"

Die Spannung erhöhte sich, von Zurückhaltung war keine Spur mehr.

Im fahlen Licht dieses Mitte-Januar-Tages waren die ermüdeten Antlitze kaum zu erkennen.

Dicke Schneeflocken hatten den Palast eingehüllt.

Der Kammerherr hatte befohlen, die Fackeln anzuzünden.

Der Erzherzog hatte den Saal verlassen, gefolgt von Salamanca und seinen Gefolgsleuten. Die Anwesenden hatten sie mit einer demütigen Verneigung verabschiedet, in offensichtlich feindseliger Haltung den kaiserlichen Beratern gegenüber.

Sie waren gelähmt von dem, was sie gehört hatten. Von Sicherheit war nichts mehr zu spüren.

11

Der Erzherzog hatte sich niedergelassen.

„Sagen Sie mir, Herr von Salamanca, ist die Lage tragischer als angenommen?"

„Erlauchter Erzherzog, versteht mich recht. Die einzigen sicheren Einnahmen ergeben sich aus dem Verkauf der Ablässe. Ihr verkauft Illusionen, entwendet, ohne zu geben… die Hälfte geht an Euch, die andere Hälfte an die Kirche. Aber Ihr fördert die Verbreitung der Lutherschen Irrlehre."

„Das ist Hartherzigkeit."

Simon hatte eingegriffen.

„Die Wege sind langsam, die Kosten der Ablässe… hier und da gehen ein paar Münzen verloren, das kommt schon vor, und das ist auch die einzige Möglichkeit, um die Kassen zu füllen, es ist ungerecht, aber anderes ist nicht möglich. Um zu überleben, bleibt dem Kaiserreich und der Kirche nichts anderes übrig, als vereint voranzuschreiten. Aber den Rhythmus gebt Ihr an."

„Der ist wirklich weise, unser Simon. Die Ablässe stellen ein intelligentes System dar, um Geld einzuholen, ohne neue Steuern aufzuerlegen. Der Gewinn ergibt sich aus der Stärke des Glaubens und im Verhältnis zu den jeweiligen Geldmitteln."

Salamanca hatte den Blick des Herzogs gekreuzt. Sie hatten sich verstanden. Das war dramatisch wahr. Der Erzherzog hatte sich erhoben und war an das Fenster getreten. Der Schnee hatte ihre tristen Aufgaben eingehüllt. Als wollte er diese Männer vom Staub des Lebens reinigen.

„Die Schulden nicht zurückerstatten?", hatte der Erzherzog mit unsicherer Stimme gefragt.

„Nicht zurückerstatten? Das wäre eine schwergewichtige Entscheidung, denn das würde bedeuten, dass die kaiserlichen Abmachungen nicht erfüllt würden!"

„Na und?“

„Ich würde eine solche Entscheidung nicht vorausnehmen. Ich würde warten, bis sich eine von Eurem geliebten Bruder nicht gewollte, ja aufrichtig angefochtene Sachlage einstellt, dass die Schulden nicht zurückerstattet werden können... Ihr werdet schon eine geeignete Lösung finden. Könnt Ihr Euch die Folgen einer solchen Entscheidung vorstellen?“

„Ja sicher! Die Banken würden bankrottmachen, aber Eure Macht würde zunehmen!“

Der Herr von Salamanca hatte sich dem Erzherzog genähert.

„Mein Herr, wir sollten lieber allein bleiben. Schickt die Dienerschaft weg und lasst die Türen überwachen, damit niemand horchen kann.“

Er hatte den Rat befolgt, sodass nur sie sieben und der Hofkämmerer zurückgeblieben waren.

„Genua ist mein Kreuz. Die Stadt kostet Macht und Geld. Kann eine so kleine Republik reicher als das Kaiserreich sein? Ihre Bankiers beeinflussen mein Leben. Ich, der Bruder des Kaisers und Regent der Grafschaft Tirol und von Oberösterreich, bin in den Händen dieser Bankiers. Wer herrscht eigentlich: der Kaiser oder sie?“

„Mein Erzherzog, die Grimaldi, die Doria und die Centurioni haben Euch Darlehen gewährt.“

„Das Wort ‚gewährt‘ verstimmt mich, es setzt meine Autorität herab!“

„Auch die katholische Bankiersfamilie der Fugger ist Euer Gläubiger, in noch größerem Maße. Warum regt Ihr Euch nur über die Genuesen auf?“

„Wenn ich den Genuesen nicht ihr Darlehen zurückgeben müsste, könnte ich die Lage ins Gleichgewicht bringen, oder? Ich könnte die den Habsburgern treuen Fugger vor dem Ruin retten. Mit ihrer Hilfe könnte ich die Geldgier der deutschen Fürsten bremsen, die auf Luthers Seite stehen!“

„Nein!“ Der Herr von Salamanca war entschieden. „Mit meinen getreuen Beratern hier habe ich alles kontrollieren und wieder kontrollieren lassen. Die Schulden können nie mehr zurückerstattet werden. Ob wir jetzt die Zahlungsunfähigkeit statuieren oder diese unabwendbare Entscheidung auf den Zeitpunkt verschieben, an dem die Geschichte sie unvermeidbar macht, ändert nichts an den Tatsachen."

„Und Eure Berater? Was meinen die dazu? Haben sie mitzureden?"

Die jungen Männer sagten kein Wort.

„Sie kennen die Lage. Sie sind intelligent und wissen mehr, als sie zum Ausdruck bringen. Seit einer Woche überprüfen wir die Lage, suchen nach Lösungen, aber dann..."

Der Herr von Salamanca wollte auf andere Fakten eingehen, als der Erzherzog plötzlich lächelnd das Wort ergriff:

„Und du, Simon, hast nichts zu sagen? Du hast doch vor allen couragiert das Wort ergriffen!"

Simon war zwei Schritte vorgetreten.

„Es mag eine Obsession sein oder nicht, aber diese Schuld ist nicht zu verwalten. Es wäre ein grober Fehler, den Genuesern nicht das Geld zurückzugeben. Die Entscheidung geht auf das Kaiserreich zurück, nicht auf andere Mächte. Wollt Ihr die Genueser in die Arme des Königs von Frankreich treiben?"

„Bitte, erklär das besser!"

„Genua ist stark, seine Macht hat Venedig abgewertet, das dank seines Hinterlandes noch seine Bedeutung behalten hat, und es hat Sevilla überstiegen. So hat sich der Mittelpunkt des Handels nach Genua verlegt. Sevilla? Es liegt zu weit von Mitteleuropa entfernt. Das wird von meiner Reise bezeugt; denn ich bin in Genua an Land gegangen. Die Lage von Ländern und Meeren ist gottgewollt. Sevilla liegt im äußersten Süden unseres Kontinents. Es hat Bedeutung als Etappe, aber nicht mehr als Ziel. Die Landreisen sind langsam und gefährlich. Genua ist dank seiner Lage zu Reichtum gelangt, der Warentransport nach Europa nimmt seinen Anfang in Genua."

„Es gibt dort, wie ich höre, auch viele Juden," hatte der Erzherzog mit deutlicher Ironie gesagt.

„Die Republik Genua hat den vom König von Kastilien vertriebenen Juden Asyl gegeben, was, so hoffe ich, keine Schuld ist. Ihr Spanier seid ein Volk von Bauern, Hirten und Viehzüchtern geblieben, das sich mit dem Raub von Gold und Silber aus Indien bereichert. Die Herrscher haben die Produktionsfähigkeit eines ganzen Volkes zerstört."

Aus dieser Antwort sprach die Anmaßung eines unbeherrschten Jugendlichen.

„Simon", hatte der Herr von Salamanca ausgerufen, „bezähme deine Überheblichkeit!"

„Lass ihn reden, er hat recht. Falsche Entscheidungen haben ihren Preis. Aber die Politik den Juden gegenüber hat keinen Preis... aber Ihr wisst besser als ich, was eure Schuld ist. Nichts wird sich in dieser Hinsicht ändern, vielleicht lässt sich etwas mildern, aber..."

„Eure Gläubiger sind Katholiken wir Ihr. Wenn es möglich wäre, die Lage frei von religiösen Gegebenheiten zu beurteilen..."

„Dann wäre alles einfacher. Ein paar Juden auf dem Scheiterhaufen... und damit hätte es sich. Die Zahlungsunfähigkeit wird in der Läuterung unreinen Verstandes verbrannt."

„Das könnte eine gute Idee sein. Aber, mein Herr, meiner Meinung nach ist diese Idee verr..."

„Simon! Genug damit! Das Maß ist voll!"

Gabriel von Salamanca konnte seine Verlegenheit nicht mehr zähmen, sein Gesicht war vor Zorn rot angelaufen.

„Ich lese die Zeichen der Zukunft, bin aber weder ein Kartenleger noch ein Wahrsager... aber die Wirklichkeit, mein Erzherzog, ist so deutlich, dass..."

Der Hofkämmerer ertrug den jungen Mann und seine Dreistigkeit nicht mehr, er ging über sein Amt hinaus. Und während Gabriel von Salamanca ein „Genug, Simon, genug!" ausgerufen hatte, hatte der Kämmerer seine Feigheit überwunden und herausgeschrien:

„Mein erlauchter Erzherzog, Euer Berater ist dreist und unverschämt. Erlauben Sie, dass wir diese triste Audienz unterbrechen und morgen wieder aufnehmen, damit wir die Schamlosigkeit dieser im ganzen Kaiserreich unbeliebten Juden beurteilen können."

„Mit welcher Courage", hatte der Erzherzog aufbrausend eingegriffen, „mit welcher Courage wagst du es, du aufgeblasener Weichling, du dreckiger Wirrkopf und Schwindler einer Aufgabe, der ich dich hier und jetzt enthebe. Und ihr aufgepasst, dass niemand weitergibt, was er hier gehört habt. Jahrelang haben wir Euch in Eurer Nutzlosigkeit erhalten, Ihr habt Euch für Treffen mit dem verstorbenen

Kaiser bezahlen lassen, jeder Eurer Atemzug ist mit einer Lüge eingehandelt worden. Dankt Gott, dass ich Euch nicht hinrichte!"

Der Hofkämmerer war erblasst, er konnte diese Entscheidung nicht glauben, wollte antworten, aber das kleinste Wort blieb ihm in der Kehle stecken.

„Raus mit Euch!"

Er hatte den Saal verlassen. Ein in seiner Würde getroffener Mann.

„Weiter, Simon, rede weiter! Erkläre mir, was uns daran hindern würde, die Schulden zurückzuerstatten. Was hast du gesagt? Dass alle… wie hast du das gesagt? Das sei ganz deutlich… dass auch ein Blinder… wolltest du das sagen? Und wenn, dann liefere Beweise für deine Behauptung!"

„In dieser Lage spielt keine Rolle, ob ich Jude bin oder nicht. Katholik, Moslem, Protestant oder Jude? Was haben die Schulden des Kaiserreichs mit der Religion zu tun? Die Angelegenheit wird von Katholiken verwaltet, aber die haben eher den Vorteil als die Karitas im Sinn."

„Erkläre das besser!" Auch Gabriel von Salamanca hatte sich genähert.

„Ich habe gehört, dass die Genueser in Sevilla Wertpapiere Eurer Schulden angeboten haben. Euer Bruder ist im selben Jahr Ende Juni zum Kaiser vorgeschlagen worden, im September hat er die Schulden von Maximilian I. erneuert und ich selbst habe schon im November unterzeichnete Verträge zur Abtretung gesehen. Der von ihm versprochene Zinssatz war verlockend. Die Genueser haben ihren Kredit verkauft und das Kapital zusätzlich des niedriger als vorgesehen angesetzten Zinses einkassiert. Alle sind sicher, dass sie bei Fristablauf sowohl das Kapital als auch die Zinsen einziehen werden, in der Überzeugung, den Unterschied zwischen dem niedrigen, beim Ankauf bezahlten Zins und dem vom Kaiser versprochenen Interesse zu gewinnen. Die wahren Geldgeber des Kaiserreichs sind die spanischen Untertanen. Nicht zurückerstatten, was ihnen zusteht, würde den Ruin Spaniens bedeuten."

Der Erzherzog war bestürzt.

„Kann ich weiterreden?", hatte Simon kurz eingeworfen. „Es gibt zwei Möglichkeiten. Wenn die Genueser die Kredite abtreten, kann man daraus schließen, dass sie fast kein Vertrauen in die Finanzfähigkeiten der Habsburger haben. Eure Feinde, der König von Frankreich und der von England, zögen daraus Gewinn. Eure Glaubwürdigkeit ginge zurück, und im Notfall würdet Ihr keine neuen Gläubiger finden. Es würden sich beunruhigende Szenarien auftun."

„Und also?"

„Also müsstet Ihr greifbare Zeichen verbreiten, dass Ihr fähig seid, die Schulden in einem kurzen Zeitraum zu begleichen, indem Ihr die Ressourcen mit der Besteuerung oder geringeren Ausgaben einholt, und Euer Bruder könnte diese sinnlose Form der Spekulation verbieten, Kredit nach Kredit und Geldgier nach Geldgier!"

„Bist du davon überzeugt?"

„Absolut, mein Herrscher! Schließlich bin ich ein kaiserlicher Berater!"

„Und die zweite Überlegung?"

„Sie betrifft die Beziehungen zur Kirche. Aber das ist ein rutschiges Terrain, wo ich mich weniger auskenne. Ich möchte nicht missverstanden werden, dass meine Anregungen so interpretiert werden, als wären sie von Kirchenfeindlichkeit eingegeben worden."

Die Anwesenden hörten Simons Ausführungen aufmerksam zu.

„Ich müsste also, wenn ich recht verstehe, die Einkünfte der Kirche mit Steuern belegen?"

„Ja, das meine ich, aber nicht vor der Krönung Eures Bruders! Ich möchte auf keinen Fall, dass das Motto ‚Plus Ultra' unseres geliebten Karl V. zu Verspottungen Anlass geben könnte und auf die Steuererhöhung bezogen würde. Maximilian hatte das Volk auf seiner Seite und das muss auch für Euch gelten. Verbessert Euer Deutsch, es hat keinerlei Vorteil, Französisch oder Spanisch zu sprechen. Euer Großvater Maximilian sprach die Sprache seines Volkes!"

Erzherzog Ferdinand sah müde aus. Im schwachen Licht der Kerzen waren seinem Gesicht zu große Sorgen für sein junges Alter anzusehen. Er atmete schwer, mit immer offenem Mund. Er war nicht schön.

„Zu viele Schicksale sind im Spiel. Wenn Ihr erlaubt, meine Majestät", hatte Simon fortgefahren, „möchte ich an dieser Stelle verständlich machen, dass das Kaiserreich so, wie es gegliedert ist, nicht regiert werden kann!"

Im Saal war eine bestürzte Stille eingetreten.

„Und es ist klar, dass, solange Frankreich im Spiel ist, nichts zusammenpassen kann. Spanien zusammen mit den Niederlanden? Die Entfernungen sind zu groß, da sind zu viele Sprachen, der Kaiser müsste gegensätzliche Interessen verwalten, die deutschsprachigen Protestanten im Norden, Euer ‚treues' Papsttum in Italien, die Piraten im Mittelmeer, die Ottomanen in Sizilien und Spanien… Ihr, Erzherzog, regiert von hier, von der Grafschaft Tirol aus, Kärnten und die Besitztümer in Böhmen und Österreich. Ihr müsstet Euch mit diesen Gebieten belehnen lassen und Karl V. sich Spanien widmen. Ihr würdet beide an Macht gewinnen. Dem Heiligen Römischen Reich fehlt schon das ‚Römische'. Ich habe keinerlei Absicht, Euch herabzusetzen, aber auch dem ‚Heiligen' fehlt…"

Simon hatte die Machtträume ausgelöscht.

Erzherzog Ferdinand war in Gedanken versunken, um dann herauszuplatzen. „Die Wahrheit ist schändlich. Nicht die Worte sind es… Die Wahrheit ist schändlich!"

Er hatte sich mit folgenden Worten erhoben: „Bis zum Sommer will ich Simon von Sevilla an meinem Hof! Das befehle ich!".

12

Am darauffolgenden Tag hatte es aufgehört zu schneien. Eine schwache Sonne erwärmte die Luft, die in die Lungen eindrang. Das Licht beleuchtete die spitzgiebeligen Häuser, Farben und Schatten belebten die Stadt. Simon wollte sie kennenlernen.

Mit seinen Gefährten hatte er sich lange zu intensiver Arbeit in die Hofburg zurückgezogen, um Verträge, Bürgschaften, Bergrechte und von den Hypotheken annullierte Grund- und Gebäudeerträge zu kontrollieren, auch notarile Einträge von Grund- und Dienstbarkeitsübertragungen.

Sie waren alle Urkunden durchgegangen, um die Zuverlässigkeit der Rückerstattung der Kredite zu beweisen, hatten nicht berechtigte, ja sogar falsche Forderungen ausgemacht, Verschlagenheit und Unehrlichkeit hatten sich im Gewirr der Buchführung ausgebreitet, alle suchten nach Profit. Dabei stellte sich heraus, dass einige durch Mittelspersonen vorgenommene Transaktionen fälschlicherweise zugunsten von Würdenträgern des kaiserlichen Hofes eingetragen waren. Simon hatte diese Entdeckung dem Erzherzog mitgeteilt, der sehr bestürzt war: „Hoffentlich ist das nicht wahr!"

Aus der kaiserlichen Hofburg hatte Simon sich in die Gassen der Altstadt begeben, war vor Kälte erstarrten Männern mit tristen Antlitzen begegnet. Er horchte auf die Geräusche, beobachtete die Bewegungen. Die Nacht tat sich den Tönen des Lebens auf.

In der Ferne war Pferdegetrappel zu hören, das Knarren von schweren Holzschlitten. Simon ging vorsichtig, er hatte auf der eisglatten Straße schon zwei Männer ausrutschen sehen. Er hatte sich in einen dicken Mantel gehüllt, aber die Füße blieben kalt.

Innsbruck wirkte nicht wie eine Stadt auf ihn, eher wie ein großes Dorf. Keine große Kirche, nur neben der Hofburg ein hölzernes Bauwerk als Zeichen einer bescheidenen Heiligkeit. Es war der Autorität nicht würdig.

Er hatte ein Gasthaus betreten, ein eben angezündeter Ofen verbreitete morgendliche Wärme. Er hatte sich gesetzt, aber niemand kümmerte sich um ihn. Weder die junge Kellnerin, noch der Mann, der wohl der Besitzer war, hatten ihn gefragt, ob er etwas wünsche.

„Störe ich? Ich möchte... wenn möglich... Ist schon offen? Ich hätte gern eine Tasse Brühe, Rindsbrühe, wenn möglich."

Simon hatte seine Füße an den Kachelofen getan, um sie zu wärmen Sie taten ihm weh. Der Schnee war in die Schuhe eingedrungen, die für diese Witterung nicht geeignet waren.

„Also, kann ich bestellen? Oder seid ihr taub? Braucht ihr keine Kunden? Und wenn ihr keine Brühe habt, dann eben warme Milch."

Der Gastwirt, der am Schanktisch zu tun hatte, warf ihm einen misstrauischen Blick zu.

„Milch? Hier in diesem Lokal? Wir sind kein Heim für Neugeborene! Wenn ihr Bier wollt, und dazu geräucherten Speck... zu diesen Zeiten... das hier ist ein seriöses Gasthaus! Aber ein bisschen Geduld. So zeitig in der Früh servieren wir normalerweise noch nicht."

Simon hatte ein Bier bestellt.

„Speck nicht! In der Früh ist er schwer verdaulich!"

Sie hatten ihm aber außer dem Bier auch den geräucherten Speck serviert.

„Das ist wegen dem Preis. Das Bier kostet zu wenig und ich habe anderes zu tun, als mich um einen einzigen Kunden zu kümmern."

Der Speck roch einladend. Simon hatte etwas von dem Bier getrunken, den Speck aber in der Jackentasche verschwinden lassen. Er als Jude durfte kein Schweinefleisch essen. Draußen auf der Straße würde er es dem ersten Kind schenken, das ihm über den Weg lief.

Mit gespielter Neugier hatte er sich an den Wirt gesandt:

„Was habt ihr vorhin gesagt? ... zu diesen Zeiten...?"

„Nein, nein, gar nichts... Wir sind inzwischen schon daran gewöhnt. Das wird immer schlimmer. Die Kälte allein war noch nicht genug, jetzt auch die Steuern… So wird gemunkelt, das mag ja erfunden sein, aber wenn von etwas die Rede ist, dann trifft das früher oder später auch ein. Am Hof geben jetzt die Juden den Ton an, sie befehlen… eine verfluchte Entscheidung, in den Kirchen wird die Strenge Gottes angerufen, die Sünde im Dienst des Kaiserreiches. So wird gepredigt, während falsche Männer erhalten werden, die uns mit neuen Steuern erdrücken. Wir werden jetzt von den Mördern Jesu beherrscht."

Während der Wirt die Biergläser in schmutzigem Wasser ausspülte, versuchte er mit böser Miene zu erklären, warum die Juden Einfluss auf das Leben der gläubigen Untertanen hatten.

„Schon unsere Häuser, die Steuer auf unseren Atem… auch dazu wird es kommen. Aber, glaubt mir, am Hof werden nicht viele von ihnen bleiben. Besser für sie, dass sie verschwinden. Ich habe da gewisse Gerüchte gehört…"

„Was wird denn da gesagt?"

„Aber ich habe euch hier in der Gegend noch nie gesehen. Wer weiß…!"

„Was? Ich bin ein guter Christ, ein Tuchhändler. Das wird immer schwieriger, glaubt mir!"

„Früher oder später wird man sie töten, zu unserem Wohl!" Der Wirt hatte beruhigt fortgefahren. Er erzählte gern weiter, was er erfahren hatte, malte das Gehörte dann auch noch etwas aus. Das war die Kunst der Gastwirte: respektlosen Worten Form zu geben, Vermutungen in angebliche Wahrheit zu verwandeln, die beim Schnickschnack von Mund zu Mund zu Wirklichkeit wurden.

„Sie sind Juden. Ich an ihrer Stelle würde mich bei Nacht nicht auf die Straße wagen."

„Wer sind Juden?"

„Verflucht noch einmal! Ihr versteht wirklich nichts. Die neuen Ratgeber des Erzherzogs, der Finanzminister ist ein bekehrter Jude. Denen darf man nicht trauen. Wusstet ihr das nicht?"

„Ogottogott! Wie ist so etwas denn möglich? Die sind hier? Hier in eurer Stadt?"

„Ja, stellt euch vor… sie sind am Hof. Aber die werden garantiert ermordet. Sobald man weiß, wie sie aussehen und man einen zum Töten bereiten Ganoven findet… das ist dann nur ein Kinderspiel. Und es würde auch nicht viel kosten. Zwei gut versetzte Messerstiche, der Transport bis zum Fluss. Und alles wäre wieder sauber und in Ordnung. Da ist auch ein Diener, der kommt aus Katai. Keine Ahnung, wo dieser Ort liegt. Er wird mit einem komischen Gesicht und mit schiefen Augen beschrieben."

„Aber das ist doch nur Wirtshausgeschwätz! Und der Erzherzog?"

„Der ist jung und unerfahren. Wir werden von einem Weichling regiert, aber die Hofadeligen werden schon daran denken, ihn zu unterweisen. Adelige und Priester, wozu sind die denn gut? Beten sie für uns oder nicht? Was sonst haben sie zu tun? Mit den Almosen, die sie bekommen, sollten sie ja beten. Oder verprassen sie sie in Bier und mit Huren?"

Die Kellnerin hörte zu. Sie war von dem Gerede fasziniert, noch mehr aber war sie es von Simon.

„Du blödes Mädchen, hast du diesen Gentleman jetzt genug angeschaut? Mach dich an die Arbeit, du Nutte! Raus aus dem Zimmer, mach schon Ordnung!"

Simon hatte das junge Mädchen mit seinen dunklen Augen betrachtet. Sie war rot geworden! Nach diesem intensiven Blickwechsel hatte sie gehorcht und war langsam im Hinterzimmer verschwunden, im Gesicht ein leichtes, von vorgetäuschter Scham abgeschwächtes Lächeln.

Simon hatte sich die Zehen am Ofen erwärmt. Durch ein Fenster mit Butzenscheiben hatte er nach außen geblickt, um allmählich die Stadt kennenzulernen. Betrachten und verstehen, um Bräuche und Mentalität zu durchschauen.

„Leider spreche ich nicht gut Deutsch. Ich bin aus Verona. Wissen Sie, wo Verona ist?"

„Nein, nur vom Hörensagen. Ich weiß es nicht, und das interessiert mich auch nicht!"

„Was? Sie kennen die Münzen der Prägeanstalt Verona nicht? Die mit dem Porträt unseres geliebten Kaisers Maximilian? Einige Monate werde ich hierbleiben, im Dienst eines Nürnberger Händlers. Ich spreche schlecht Deutsch, aber Sie verstehen mich, oder?"

„Ja, Sie machen sich verständlich. Aber wenn Sie mir die Rechnung bezahlen, verstehe ich noch besser. Wir sind nicht mehr die Herren in unserer Stadt. Wo logieren Sie? Wenn Sie wollen – ich habe Platz und das junge Mädchen könnte das Zimmer in Ordnung halten, und nicht nur das… schließlich ist sie jung…"

Er war in ein obszönes Gelächter ausgebrochen.

„Nein, danke, ich wohne nicht weit von hier, etwas außerhalb der Stadt. Ich wollte Innsbruck kennenlernen, mehr von der Stimmung verstehen und erfahren, ob man hier gut oder schlecht lebt, ob es sich lohnt, hier zu bleiben oder ob es besser ist, weiter zu reisen."

Wie gleichgültig, aber mit scheinbarer Verachtung hatte er plötzlich gefragt:

„Aber sind diese Juden wirklich so unzuverlässig? Kennen Sie sie? In meiner Heimatstadt sind sie nicht so … gefährlich."

„Natürlich kenne ich sie!"

„Persönlich?" Er hatte sich bekreuzigt.

„Nein, persönlich nicht! Aber ich habe es von Notaren und Priestern erfahren. Und mit denen ist nicht zu scherzen."

„Aber gibt es welche auch hier in Innsbruck?"

„Um Gottes Willen! Glücklicherweise nur zwei oder drei Familien, und die leben außerhalb der Stadt. Wir haben sie gut behandelt."

Er war stolz auf das, was er zu erzählen hatte.

„Wir haben sie verprügelt und einige auch ertränkt. Ich habe gehört, dass sie die geweihten Hostien durchstechen, um das Blut Christi zu trinken. Stellen Sie sich vor! So weit sind wir gekommen!"

„Für meine Geschäfte und die von meinem Arbeitgeber möchte ich mehr wissen. Ich bin unerfahren. Wenn ich besser wüsste, wie die Welt funktioniert, käme das auch meiner Arbeit zugute. Im Handel muss man aufpassen und darf sich nicht betrügen lassen. Betrügereien sind immer an der Tagesordnung. Und gerade die Juden erfinden sich Tricks und Hexereien. Da muss man die Augen schon offenhalten!"

Simon hatte diese Worte leise ausgesprochen, und mit einer vertraulichen Geste hatte er den Wirt aufgefordert, sich zu nähern.

„Wenn Sie könnten… Natürlich würde ich Sie für die Belästigung bezahlen, die rechte Summe für das, was Sie mir anvertrauen!"

„Anvertrauen? Ich verstehe nicht…"

„Was in der Hofburg so gemunkelt wird, über die Bewohner. Ich würde mehr über die Stimmung im Volk erfahren und demnach auch über die Handelsmöglichkeiten. Ein paar Glas Bier und die Zungen von Geistlichen und Adeligen lösen sich. Ihr hört zu und tragt mir alles zu. Aber um nicht aufzufallen, komme ich früh am Morgen vorbei, einmal ja und einmal nein, macht Euch keine Sorgen. Ich melde mich schon. Alles klar? Wenn ich bei Tag vorbeikomme, betrete ich Euer Lokal nicht. Spät am Abend ist es womöglich voller Gäste, auch mein Arbeitgeber könnte darunter sein… und dann würde alles schief gehen. Ich vertraue auf Eure Verschwiegenheit. Wo könnte ich auf Euch warten? Ich habe eine Idee! Schickt mir das junge Mädchen! Im Hinterzimmer."

„Ich zeige Euch, wo das ist."

Eine Wendeltreppe führte ins Obergeschoss, wo sich die Gästezimmer befanden. Eine Tür ging auf einen Innenhof. Von dort aus gelangte man in das Gassengewirr, durch das man die Hofburg erreichte.

„Wenn Sie mir etwas zu erzählen haben, dann könnte ich hier auf Sie warten. Wie heißt denn das Mädchen?"

„Josepha!"

„Ist sie getauft? Gott sei mir gnädig!"

„Sie ist eine Waise. Ich habe sie schon mit diesem Namen bekommen. Keine Ahnung, wer sie so getauft hat. Aber wenn man gut ist, dann…"

„Mit so roten Haaren… ich möchte es nicht mit einer Hexe zu tun haben! Garantiert Ihr für sie! Ich falle doch am Ende nicht in schlechte Hände! Dass ich Sie kennengelernt habe, soll mir Nutzen bringen und nicht Schaden. Jedenfalls bin ich dankbar für alles, was Sie mir sagen."

Er hatte einen halben Gulden aus der Tasche geholt und die Münze auf die Hand des Gastwirts gelegt, der sie festgehalten hatte.

„Aber ist es wirklich wahr, dass der neue Finanzminister des Kaiserreichs ein bekehrter Jude ist?"

„Ja, aber aus Opportunismus. Wir sind von Missetätern umgeben, von Hexenmeistern, Magiern, Juden und was immer da herumläuft. Angeblich bereiten sie Zaubertränke aus Froschhäuten und Tierkrallen zu. Sie wirken unschuldig, aber sie kaufen die Seelen von Unschuldigen und verkaufen sie dem Teufel…"

„Ja, ja, sicher ist es so, wie Ihr erzählt! Ihr habt mir die Augen geöffnet, aber Ihr müsst jetzt die Ohren auftun. Das wird Euch einen guten Gewinn einbringen."

Simon war ins Freie getreten. Ihm war ein aufstrebendes Bauwerk aufgefallen, das sich an einem rechteckigen Platz erhob. Es wies mehrere Balkons auf, von denen einer ein Dach mit goldbronzefarbenen Ziegeln trug.

Er hatte von dem ‚Goldenen Dachl' sagen hören, war aber leicht enttäuscht. Er hatte sich etwas sehr viel Kunstvolleres vorgestellt, denn schließlich war er an den Hochaltar der Kathedrale in Sevilla gewöhnt. Und das hier war der Mittelpunkt des Kaiserreichs? Eine Kleinstadt, eine Kirche aus Holz und ein Balkon, der ein Dach mit wenigen, nur leicht vergoldeten Ziegeln trug?

In der Nähe der Hofburg erhob sich der Stadtturm, der keinen Vergleich mit dem Giralda-Turm in seiner Heimatstadt Sevilla aushalten konnte. Das Gassengewirr bestand hauptsächlich aus Schenken und Wirtshäusern, einige wenige Adelspalais, ein Gerber. Und dann plötzlich eine Brücke und der Fluss, der weniger Wasser führte als der sanfte Guadalquivir in Sevilla. Der stürmische Inn schloss die Stadt ab. Er bildete die Grenze zwischen Leben, Mentalitäten, Sprachen und Begehrlichkeiten.

Was für ein Unterschied zu seinem Sevilla, das reicher und schöner war. Eine schmerzende Leere in seinen Gedanken.

Am Fluss wehte ein heftiger Wind.

Das gurgelnde Wasser trug am Ufer kleine Eisschollen zusammen, in denen Luftblasen eingefangen waren. Er war auf der Brücke stehengeblieben und hatte dieses seltsame Lichtspiel begeistert bewundert. Er wollte die Stimmung der Stadt verstehen, zog die Luft ein und genoss den warmen Atem, der aus seinen Lungen kam.

Im Norden ragte eine schneebedeckte Bergkette auf, die die Stadt vor kalten Winden schützte.

Er hatte dieses Alleinsein gesucht, nach zu vielen Gefühlen, die ihn eingehüllt hatten, erregende und tragische Eindrücke, unendlich viele Augenblicke, das Nichts und das

Alles. Es war ein Leben ohne Hoffnung, ohne Illusionen, ohne ein Morgen.

Der Schnee hatte seine Vergangenheit besänftigt, die Überlegungen erleichtert.

Die Begebenheiten des Lebens hatten ihn in eine Ortschaft geführt, die ihm langsam zu gefallen begann. Er war vom Widerschein fasziniert, vom Atem niemals gefühlter Empfindungen, von einem Lächeln, dem Frieden mit sich selbst. Die Sonne brannte auf seinem Gesicht. Er hätte einschlafen wollen, mit den entzückten Augen eines Kindes träumen.

Langsam hatte er den Gang durch die Gasse aufgenommen, die ihn zu seinen Pflichten zurückführte. Er hatte sich von der Leere angedeuteter Gedanken wiegen lassen, ein sonderbares Gefühl, Abstoßung und Überheblichkeit, um die Komplexität einer misstrauischen Welt zu verstehen und zu erklären, die verbreitete und geheiligte Korruption, die Unbeweglichkeit von hinterhältigen Hierarchien.

Sein Leben, seine Zukunft. Er hatte nichts mehr. Wer nicht entscheiden kann, muss erleiden, nur das… und danken, dass dies geschehe.

Er fühlte sich leicht, die Nostalgie einer Liebe war von einem leichten Wind ausgehoben worden, der ihm die Haare zerzauste. Sonderbar, dieser Gedanke an Josepha, die er nicht kannte und zu der er sich doch schon hingezogen fühlte, die Befreiung aus der Qual des Zuvielen, von Francisca, der immense Traum einer magischen Liebesnacht in Sevilla.

Die Gebete waren überflüssig, Qualen und Hoffnungen gehörten allen, Gott hörte nichts und entschied nicht, er war nichts als eine Illusion der Schwachen.

Seine Intelligenz bot ihm die einzige Möglichkeit, um sich aus den vielen Hindernissen zu befreien, die das Leben ihm auferlegt hatte und noch immer auferlegte. Wenn er gefallen wäre, hätte er sich allein aufgerichtet.

Auf dem Rückweg hatte er etwas Holz gekauft und es sich auf die Schultern geladen. Er wollte sich in der Banalität des Lebens tarnen, das aus kleinen Gesten bestand, sich Schritt für Schritt unter den Leuten verkleiden und im prekären Gleichgewicht auf schmalen und immer rutschigeren Passagen einer von ihnen sein.

Die Straßen begannen sich zu beleben, ein mutiger Fuhrmann sang ein ihm unbekanntes Lied, unbekannte Wörter, die im Licht verschwanden.

Er genoss diese Einfachheit, die ihn von nutzlosen Antworten ohne Form entfernte, die unerträgliche Leere, die Unermesslichkeit war nicht für die Erbärmlichkeit der Welt geeignet.

Er war gern allein, um seine Gedanken zu genießen.

Aber die Vernunft hatte die Oberhand gewonnen, die Gutheißung der Anstandsregeln, ohne sich zu widersetzen; er wollte sich verlieren und die Nostalgie zerstreuen. Er würde andere Leidenschaften leben, würde sich anpassen. Aber Francisca? Nein, sie blieb unvergessen, wiewohl er sie betrogen hatte.

Das Leben war aber auch anderes. Oder vielleicht nur anderes.

Er war einigen Kindern begegnet. Sie waren schlecht angezogen, kaum geformte Seelen liefen sich nach und wärmten einander.

Er erinnerte sich an seine Kindheit, die Liebe seiner Familie. Ob sie arm oder reich waren, spielte keine Rolle. Er war von Zuneigung umgeben, von gepflegten Freuden, die den Wunsch zu verstehen entzündeten, Neugier und Versuchung des Lebens. Hier waren die Kinder blond, rechthaberische und sanfte Blicke, die Kindheit als harte Probe, weiter. Er war in der drückenden Hitze seiner Heimatstadt aufgewachsen, jetzt lebte er in einer Kleinstadt, wo die Mühen sich in warmen Winkeln versteckten.

Aber die Kinder, mochten sie in der Hitze oder der Kälte leben, waren die gleichen.

Ihm war eine von Windstößen geschüttelte Weide aufgefallen. Was für ein seltsames Land! Die Sprache, das Essen, alles war anders und seltsam, aber auch schön. Nichts war zu verstehen, nur zu erahnen. Sich unter die Leute mischen, scherzen und sich ärgern. Er war in der Zeit, lebte sie. Es gefiel ihm.

Er hatte die Hofburg von der Seite her betreten, wo sich Dienstboten und Lieferanten in einem Hin- und Hergelaufe ohne Kontrolle bewegten, zwei Wachen mit überflüssigen Hellebarden waren damit beschäftigt, ein paar Stücke Brot zu packen, kleine, von zu vielen Händen verkleinerte Stücke Fleisch, zu teure Portionen, eine kleine Gruppe von Ausbeutern, die dank des Herrschers lebten.

Er war durch die Küche gegangen.

Keine Spur von der vom Erzherzog gewollten Mäßigkeit. Viele Personen an der Arbeit, obwohl es ein normaler Werktag war, ohne Bankette oder Empfänge. Nur ein Dutzend Personen, ihr Brot, ihr Wein, ihr Fleisch und ihr Fisch.

Er ging rasch, als hätte er sich verlaufen, durch Küchen und Speisekammern. Unglaubliche Mengen an Hühnern und Tauben und Hasen, frischer und gelagerter Käse, viele Eier, duftende Brotlaibe, Körbe voller Wirsing und Weißkohl, seit Monaten gelagerte Rüben und Trockenpilze. Er hatte das Holz ins Feuer gelegt, es war hoch aufgeflammt, der Kessel mit der kochenden Suppe war für die Dienerschaft. Für weniger als zwanzig Personen wäre sie zu viel gewesen.

Als er bei Gabriel von Salamanca angelangt war, hatte er nichts davon erzählt. Er hatte seine Gedanken für sich behalten und sich weiterhin bemüht, seinen anständigen Lebensstil beizubehalten, ohne sich zu verschulden. Schon das war kein leichtes Unternehmen.

Er hatte den Erzherzog überredet, die Steuern, die auf der Bevölkerung lasteten, zu senken. Das Volk würde ihm dafür dankbar sein und die Treue bekräftigen, die die Bauern seinem Großvater, dem Kaiser Maximilian, erwiesen hatten.

13

Er war ins Wirtshaus zurückgekehrt. Es war Mitte Februar. In der Luft hing ein sonderbarer Duft, der den Frühling ankündigte. Der Schnee auf den Wiesen war geschmolzen, die ersten Knospen taten sich auf. Die Kälte war noch beißend kalt, aber in der Nacht war schon ein warmer Wind zu spüren.

In den Straßen war der Frühling zu ahnen, der Fasching belebte und verwirrte die Köpfe. Der Beginn kommender Fastenzeiten, Krankheit und Elend waren auf einen Schlag vergessen. Eine Illusion der Freiheit. die Leichtheit der Sünde ohne Strafe und Buße. Blitze vorgetäuschter Freude gaben verlassenen Männern neue Ruhe.

Die Widersetzlichkeit den Behörden gegenüber war ein Spiel, aber für Viele auch eine Gelegenheit, vorzugeben zu leben, nicht ein Kratzer an den Härten schon vorbestimmter Schicksale. Sie verkleideten sich, ehrfurchtslos dem Sakralen und dem Tod vor dem endlosen Schlaf gegenüber, in skurrilen Gesängen und in Possen verlorene Stimmen, der Sex von daran gewöhnten Frauen verspottet, die anderen schamhaft in ihren Häusern verschlossen und neidisch.

Aus einigen Wirtshäusern drangen grobe Lieder, der Klang der Lauten wurde vom Stimmengewirr von Bier- und Weingeprasse überdeckt. Auf den Straßen gebärdeten sich zerlumpte Personen, die sich als Herren aufspielten.

Simon hatte das Bierlokal betreten, wo er im Raum unter der Treppe auf die gewünschten Informationen warten sollte. Durch die Spalte der Bretterwand beobachtete er den Saal. Vollbusige Frauen wurden lasziv aufgefordert, die Brüste beäugt und betastet, die Röcke angehoben, die Schenkel schamlos geöffnet.

Das sittenlose Wirtshaus gab sich undenkbaren Freiheiten hin.

Plötzlich war Josepha vorbeigekommen und die Treppe hinaufgestiegen, in den Händen einen Krug mit warmem Wasser. Sie hatten sich wortlos angeschaut.

Simon hatte sie aufgehalten. Sie stand eine Stufe über ihm, wandte ihm in gespielter Weigerung den Rücken zu, in Wirklichkeit eine sinnliche Aufforderung. Sie hatte den Krug auf den Boden gestellt. Simon hatte ihren Rock angehoben und war in sie eingedrungen. Rund um sie der Lärm der Betrunkenen, sie hatten sich voller Begeisterung geliebt.

Es waren rasche, heftige, sanfte Bewegungen. Als Josepha den Höhepunkt erreicht hatte, stöhnte sie als Zeichen einer betäubten Hingabe. Simon hatte ihr eine Hand auf den Mund gelegt, um ihre Lustschreie zu unterdrücken.

„Josepha! Beeil dich! Nun mach schon und bediene die Gäste! Bring sechs Krüge Obstwein herauf! Wo bist du denn?"

Die raue Stimme des Gastwirts war bis zu ihnen gedrungen.

Sie hatten sich nichts gesagt und waren auseinandergegangen, als wäre nichts geschehen. Sie hatte ihre Röcke in Ordnung gebracht, den Krug in die Hand genommen und war die Treppe hinuntergegangen, hatte Simon dabei aber einen frechen Kuss zugeworfen.

„Ja ja, ich komme ja schon! Ich hatte andere zu bedienen!"

Simon brauchte einige Zeit, um wieder zu sich zu kommen. Er war erhitzt. Vom Reiz des Verbotenen und Überraschten angezogen, hatte er – und fast wollte er es nicht glauben – nach der Benommenheit keine Spur einer Schuld Francisca gegenüber gespürt.

Er war in das Wirtshaus gegangen, um mehr zu erfahren, aber die Anziehung für Josepha hatte seine Schritte beschleunigt. Er wollte sie. Es hatte keinen Sinn, sich zu betrügen. Warum hätte er auf sie verzichten sollen?

Während er auf Informationen über Untaten und Bestrebungen wartete, hatte sich die Tür aufgetan und ein Lichtstrahl hatte die vereiste Straße beleuchtet. Da war der Hofkämmerer erschienen, dickbäuchiger denn je, auf dem Gesicht eine Maske, die gerade seine Augen verdeckte. Seit wenigen Tagen war er seines Amtes enthoben worden.

Der Wirt hatte ihn mit einer ehrerbietigen Verbeugung begrüßt, hatte dessen Gegenwart nicht erwartet: „Oh mein nobler Herr, welche Ehre, nehmt neben dem Feuer Platz, möchtet Ihr etwas essen?“ Keine Spur mehr von der Unmanierlichkeit, nur noch respektvolle Bücklinge. An den Freudentagen des Ungehorsams hatte die Angst, möglichen Herren nicht zu gefallen, alle Begeisterung für Trivialität ausgelöscht.

„Mein nobler Kämmerer, wie kann ich euch dienen?“

„Bringt mir einen Krug Obstwein – Obstwein für alle! Heute müssen wir feiern! Wir müssen den Erzherzog retten… Unmöglich, dass unsere Grafschaft von solchen Lügnern beherrscht wird!“

„Was ist denn los? Ich wusste es ja… die sind kaum angekommen und schon glauben sie, uns in der Gewalt zu haben. Sie meinen doch die Gauner am Hof, nicht wahr?“

Der Wirt war überzeugt von dem, was er sagte, und während er allen Obstwein kredenzen ließ, hatte er Simon zugeflüstert, im Hinterraum zu bleiben.

„Hast du gehört? Pass auf!“

Der Hofkämmerer hatte die Anwesenden aufgefordert, den Lärm und die Tänze wieder aufzunehmen und sich von den Steuern nicht die Laune verderben zu lassen: Die Armut sei von den Juden ins Land gebracht worden, sie seien an allen Schandtaten schuld, an neuen Abgaben und Krankheiten.

„Der Handel wird leiden, die Wirtshäuser werden ihre Gäste verlieren. Alles wird zurückgehen, unsere Freiheit, unsere Religion und unsere Geschäfte, nur die Steuern werden zunehmen. Die schmieden schon seit etlicher Zeit Ränke. Aber habt keine Angst, der Tag wird schon kommen… das kommt aus der Ferne, ist aber schon nahe!“

„Das… was? Bitte, Exzellenz, was ist schon nahe?“

„Das Ende… das Ende dieses Herrn von Salamanca… aber kein Wort darüber!“

Als er leise Salamanca erwähnt hatte, waren zwei Frauen mittleren Alters erschienen, die zahlbaren Sex anboten. Sie hatten sich in raffinierten Pöbeleien ergangen, in anstößigen Bemerkungen, die den korpulenten Kämmerer zum Lachen gebracht hatten, und nach einem zu großen Schluck aus dem Weinkrug hatte er laut gerülpst.

„Die Juden da sind nicht mehr wert als meine Rülpser und meine Furze!"

Gelächter ohne Ende, Obstwein und Bier in Unmengen, immer volle Krüge und Kelche, dazu Würste, Braten, Schweinshaxen und Wildgerichte. Der Geruch nach Speisen, Schweiß, Erbrochenem und Unrat füllte die Räume, die Möglichkeit, mit dem Kämmerer privat und gratis zu prassen und zu schlemmen, war ein Glücksfall.

„Trinkt, trinkt! Das zahle ich. Bald werden wir wieder kommandieren."

„Aber wann, Exzellenz? Müssen wir noch lange warten? Die sind hier seit einem Monat und haben schon genug Schäden angerichtet."

Der Hofkämmerer war wie zusammengefallen, Bier und Wein hatten seinen schon unförmigen Bauch über den Hosenbund treten lassen. Für die schlauen Frauen eine gute Gelegenheit, in seinen Hosentaschen nach Geld zu kramen, aber Zeichen einer früheren Männlichkeit waren nicht zu finden. Eine nahm aus einer kleinen Geldtasche zwei silberne Gulden, die sie, nachdem sie den Kämmerer mit einem gekonnten Lächeln abgelenkt hatte, in ihren Kleidern verschwinden ließ.

„Ein Hurra auf unseren geliebten Hofkämmerer!", hatte eine der Frauen ausgerufen.

„Ja, alle zusammen! Dass der Adel uns beschütze! Ein Prosit auf unseren geliebten Hofkämmerer!"

„Viel Glück für unsere Exzellenz. Für unser ganzes Volk. Tod den Juden!"

Die Schwierigkeiten des Lebens waren im Obstwein ertränkt worden. Alle strömten Begeisterung aus. Das Wirtshaus war das bescheidene Hospiz von den drückenden Dramen des Kaiserreichs geworden, der Mittelpunkt der Machenschaften.

„Mehr Holz ins Feuer", hatte der Kämmerer geboten. „Ich will die Schönheit dieser Damen hier nicht verpassen. Ich brauche Licht!"

Die Gäste hatten sich im Kreis aufgestellt und die zwei Frauen zu unzüchtigen Gesten angespornt. Der Obstwein floss durch Kehlen, die von impotenten Wünschen ausgetrocknet waren.

Simon war von soviel Dummheit betroffen und bestürzt.

Er hatte die Aufmerksamkeit des Gastwirtes angezogen. „Bitte, versuche mehr zu verstehen. Möchtest du noch einen Gulden mehr?“

„Ja schon, aber wie?“

„Gib ihm noch Obstwein zu trinken, tu etwas Schnaps hinein und du wirst sehen: Er wird seine Geheimnisse enthüllen!“

Die Kellner hatten dem Kämmerer zwei Schnäpse kredenzt, die er auf einen Schluck hinuntergestürzt hatte.

„Also, Exzellenz?“

„Schick die Leute hier weg, dann erzähle ich dir alles. Zur letzten Faschingsnacht will ich ein großes Fest organisieren. Hier, in deinem Wirtshaus.“

Mit einer Handbewegung hatte er dem Wirt bekundet, sich zu nähern.

„Wenn alles klappt wie vorgesehen, wird gefeiert.“

„Ja was denn?“

„Für den Salamanca. Für die letzte Faschingsnacht haben sie am Hof ein Maskenfest organisiert. Ich kann dir nur sagen: Das wird eine schöne Faschingszeit!“

„Los, reden Sie weiter!“

„Der Herr von Salamanca wird ermordet. Während er sich in den Festsaal begibt, warten im Korridor, den der Geizige hat verdunkeln lassen, zwei maskierte Männer auf ihn. Und die bringen ihn ums Leben. Wir haben kontrollieren lassen, dass sich in diesem Flur keine bewaffneten Wächter befinden.“

„Aber die jüdischen Berater?“

„Die werden schon vorher mit einem falschen Befehl in den Empfangssaal gerufen. Gabriel von Salamanca wird allein sein. Wenn alles fertig ist, um elf in der Nacht, verbreiten die zwei Männer, die den Mord begangen haben, die Nachricht und wir können feiern. Der Erzherzog wird schon verstehen; denn derartige Signale sind von großer Bedeutung… Er wird sich anpassen und dann wird er sich freuen.“

„Was für ein Plan! Da gehört Mut dazu! Ich bereite euch viel gutes Essen vor. Und dazu Wein und Bier. Kein Obstwein. Denn so ein Ereignis muss gebührend gefeiert werden!“

Von außen waren Zimbeltöne zu hören, unzüchtige Stimmen von Klerikern, die hohe Prälaten und Nonnen verspotteten, Flöten und Schellen, die die Tänzer begleiteten. Eine aufgekratzte Stimmung.

„Ich bin auf unseren Hofkämmerer stolz. Gott wird Ihnen dankbar sein!“

„Still! Wir müssen vorsichtig sein, sehr vorsichtig!“

Die Frauen, rotwangig vor Begeisterung, hatten sich ihm genähert-

„Vergnügen wir uns, jetzt oder nie. Nobler Herr, wir sind bereit für Sie!“

Aber der Kämmerer war zusammengefallen, kein Schwelgen und Prassen. Er lag unbeweglich, war eingeschlafen.

Simon hatte das Lokal verlassen, hatte sich in der Nacht unter die Menge gemischt.

Er hatte den Erzherzog informiert, der diese Nachrichten anfangs kaum glauben wollte, dann aber Vorsichtsmaßnahmen getroffen hatte. Der chinesische Diener sollte Gabriel von Salamanca bei Tag und Nacht diskret überwachen: Der kaiserliche Finanzminister musste geschützt werden.

14

Der Fasching hatte seinen Höhepunkt erreicht. Lärmende Feiern und Lustbarkeiten gaben auf Straßen und Plätzen den Ton an. Doch bald begann die Fastenzeit, und die kurzlebige Rebellion würde sich wie Hauch in der Nacht auflösen.

Der Hofkämmerer war seit etlicher Zeit im Wirtshaus angelangt, umgeben von Freunden und Dienern. Sie aßen und tranken an Tischen, die mit Blumen- und Laubgirlanden geschmückt waren.

„Jetzt werden wir endlich befreit. Unsere Bevölkerung wird gerettet und nicht mehr irregeführt," hatte er ausgerufen. „Morgen ist ein anderer Tag!"

Die vergnügte und ausgelassene Gesellschaft zog junge Mädchen und junge Männer mit sich, die zu allen Ausschweifungen bereit waren. Es waren unflätige Reden, Gotteslästerungen, Flüche und schlüpfrige Lieder zu hören.

Eine halbe Stunde nach zehn war an der Tür ein lauter Schlag zu hören.

Die Tür hatte sich aufgetan und aus dem Dunkel war eine Figur hervorgetreten, ein offensichtlich junger Mann, der eine Maske aus Pappmaché trug: Sie hatte die Züge des Erzherzogs. Nach einem Moment überraschter Stille war er von einem langen Applaus empfangen worden. Die Begeisterung hatte zugenommen, das Fest hatte sich belebt und üppige junge Mädchen hatten den fingierten Erzherzog umgeben und sich fantasievollen Tänzen hingegeben.

Trommel- und Zimbelklänge hatten zwei Zwerge begleitet, die hin- und her hüpften und die Neuankömmlinge mit Pöbeleien empfingen. Sie hatten sich mit ihren unförmigen Hintern in kindlichen, lächerlichen Purzelbäumen produziert.

„Oh, welche Anmut, mein Erzherzog. Meine Damen und Herren… wir haben hier die Maske seiner Majestät des

Erzherzogs… bitte… treten Sie vor!" hatte der Hofkämmerer mit Nachdruck ausgerufen. „Ein Gruß. Bitte, nehmen Sie Platz!"

Als Antwort war ein vulgäres Geräusch zu hören, das aber von nach Bier stinkendem Gelächter aus zahnlosen Mündern überdeckt wurde.

„Bitte, Hoheit, seien Sie nicht schüchtern!"

Der falsche Erzherzog hatte, majestätisch schreitend, den Saal durchquert. Alle hatten die Maske bewundert, hinter der kluge, intelligente Augen zu sehen waren.

„Ich bin hergekommen, um mich zu vergnügen. Das Fest am Hof ist nicht mein Stil. Lassen wir dem Erzherzog seine Sorgen!"

Der Maskierte hatte die Worte elegant und deutlich ausgesprochen.

„Besser die Gesellschaft von Schweinigeln wie Sie, Herr Kämmerer, nicht wahr? Besser weit weg von den Juden am Hof. Wir können uns vergnügen, wir sind Possenreißer. Der König Karneval will es so, amüsiert euch, unehrerbietiges Volk! In meiner Autorität befehle ich Späße und Witze, aber auch Grausamkeiten und Demütigungen sind erlaubt. Meine Hommage an Sie alle!"

Und an den Hofkämmerer gewandt: „Geben Sie mir die Ehre, mit Ihnen Karten zu spielen?"

„Sehr gern!"

„Aber verzeihen Sie mir meine Kühnheit. Ihr seid der Hofkämmerer, der wahre oder der falsche? Die Maske oder die Wirklichkeit. Seid Ihr derjenige, dem Sie seine Rolle entzogen haben… was… was sage ich da… für mich wäre das eine zu große Ehre."

Der Hofkämmerer hatte ihn verärgert unterbrochen: „Ja, der Hofkämmerer bin ich. Egal ob wahr oder falsch. Ich war es und werde es in Zukunft wieder sein. Aber Ihr?"

„Das einzige Mal im Leben habe ich mir große Macht zugestanden. Das war schon immer mein Traum… wie auch Eurer!"

„Lassen wir das bleiben. Das ist Unsinn. Ich kann auf mich selbst aufpassen. Was steht auf dem Spiel?"

„Euer Leben!" war die prompte Antwort des vorgeblichen Erzherzogs.

„Das Leben? Meines und Eures? Das ist ja wohl ein Scherz! Hört alle gut zu. Unser Leben steht auf dem Spiel! Ich bin an anderes gewöhnt. Mit dem Leben der anderen zu spielen, mein Herr, nicht mit dem meinen!"

Er war in heftiges Gelächter ausgebrochen, seufzte und schluchzte, während ihm Tränen über die Wangen rannten. Aber im Saal war es still geworden. Die Anwesenden hatten verstanden, worum es ging, und wollten dabeisein.

„Was ist denn da schon Böses dran? Schließlich ist Karneval. Ihr habt doch wohl keine Angst? Wer verliert, muss das Pfand bezahlen. Verstanden? Aber das Spiel ist eine Fiktion… aber eine wahre Fiktion! Also, nur Mut!"

„Ich verstehe nichts mehr, vielleicht wegen der Müdigkeit. Eine wahre Fiktion?"

„Wenn es eine Fiktion ist, ist es eine verzerrte Wahrheit, versteht ihr?"

„Ich bin verwirrt und kann euch nicht mehr folgen, mein falscher Erzherzog. Es geschehe, was geschehen soll."

Es war Fasching.

„Nur aus Fiktion", hatte er unterstrichen. „Das habt ihr versprochen, oder? Also… es geht ums Leben!"

Der maskierte Erzherzog war aufgestanden und hatte feierlich erklärt: „Kommt, ihr zügellosen Frauen, zeigt eure Busen, verführt unsere Sinne, Mönche und Kleriker, habt keine Angst, ihr ertrinkt in der Sünde, Tänzerinnen und Nonnen, worauf wartet ihr, genießt das Leben. Nur Mut, morgen ist Fastenzeit. Dirnen und Komödianten, beobachtet unser Spiel, unflätige Reden sind willkommen, ich fordere euch auf und ich erlaube es, bin ich oder bin ich nicht der Erzherzog? Ich bin der Faschingsprinz."

„Ihr seid unverschämt", hatte der Hofkämmerer einzuwerfen gewagt. „Ihr spielt meine Rolle! Ich schließe mich Euch an. Alle zusammen weiter, wenn die guten Sitten übertreten werden sollen, dann werden sie übertreten!"

Der Kämmerer hatte versucht, erneut Haltung anzunehmen und sich wieder manierlich anzuziehen. Aber vergebens. Er war verschwitzt und müde, aber die Erwartung auf das Attentat in der Hofburg hielt ihn wach.

Auf derselben Stufe mit einem wenn auch falschen Erzherzog zu spielen, das reizte ihn. Er wollte unbedingt siegen, aus Scherz oder in Wirklichkeit, das spielte keine Rolle. Er wollte sich mit dieser wollüstigen Hoffnung berauschen… und dann sollte die Nachricht vom wahren Sieg kommen. Was für ein Abend!

Er war aufgeregt, die Erwartung nervte ihn. Nach der Ermordung von Gabriel von Salamanca würde sein Prestige wieder zunehmen, seine Ratschläge würden beim Kaiser Widerhall finden. Und nicht die von Verderbten auferlegten Steuern.

Er hatte die Karten gemischt. Das Spiel war intrigant, Scharfsinn und Glück wechselten ab. Der Kämmerer hatte um Aufmerksamkeit gebeten. Die letzte Faschingsnacht versprach ernsthafte Fröhlichkeit. Viele Gäste standen im Kreis um den Tisch.

„Denkt an euer Glück. Mein lieber Hofkämmerer, das Glück ist euch hold, ihr kennt schon eure Zukunft, ja, noch mehr… das Schicksal eures Lebens."

„Was sagt ihr da?"

„Aber, lieber Hofkämmerer, wie seid ihr denn zugerichtet? Das ist unter eurer Würde! Ihr wirkt verstört, eure Kleidung ist verdreckt, die Spucke um den Mund. Ein bisschen Anstand bitte! Was würden sie denn am Hof sagen?"

Nach einer kleinen Pause hatte er beschlossen: „Hört nicht auf mich, was ich sage, ist nur, um euch zu zerstreuen."

Der Kämmerer hatte sich aufgerafft. Er wollte siegen und nicht der Herausforderung nachgeben. Es war sein Abend, das spürte er.

Das Spiel nahm einen unterschiedlichen Verlauf, und die Anwesenden, die sich immer enger um die Spieler drängten, hielten es einmal mit dem einen, dann mit dem anderen.

„Mein lieber Kämmerer, ihr seid ein Edelmann, und ich verstehe nicht, wie der niederträchtige Erzherzog es wagen konnte, euch zu entlassen. Aber nach dem Sturm heitert es sich immer auf… doch aufgepasst… ihr gewinnt immer mit den Eicheln… und die Eicheln sind den Schweinen vorbehalten… nein… ihr seid nicht so… zum Teufel, was sage ich da… aufpassen muss ich!"

Er hatte den Wirt gerufen und ihn gefragt, wieviel Schmalz ein tüchtiger Metzger wohl aus dem Bauch des Kämmerers gewinnen könnte.

„Oh, sicher eine ganze Menge, aber das braucht mindestens zwei Tage und zwei Nächte auf langsamem Feuer. Soll ich es versuchen? Aber vorher muss ich ihn ausschlachten, hier vor euch allen!“

Es hatte ein Ringelspiel mit Tänzen und viel Gegrunze begonnen. „Schwein, du Schwein“, riefen die Anwesenden im Chor. „Wir adoptieren dich, wir lassen dich schmelzen, jetzt gehörst du uns und kannst nicht flüchten, gib uns Freude und mach uns satt, Schwein, du Schwein!“

Es herrschte ein unvorstellbarer Wirrwarr. Alte taumelnde Männer liefen falschen Mädchen nach, am Boden lag zerbrochenes Geschirr, Witze und Stimmen hallten wider, die Raufereien fanden kein Ende, ein Alter lag auf dem Boden und schnarchte, ein anderer simulierte eine Paarung mit einer dicken Magd.

Stickiger Kerzenrauch füllte die Luft und brannte in den Lungen, Schweißgeruch und Hitze waren erstickend.

In einem großen Kamin wurde ein aufgespießtes Schwein gebraten. Auf ein Zeichen des Kämmerers sollte es den Anwesenden serviert werden.

Der Kämmerer hatte die Augen halb geschlossen, schwere Augenlider hingen über dicken Wangen, die in den feisten Nacken übergingen. Das Kerzenlicht schien ihn zu stören, aber er brauchte es, um die Karten zu kontrollieren und die Züge der anderen Spieler zu beobachten.

„Pardon, Majestät, Eminenz oder Herr Erzherzog… was ist in Wirklichkeit euer Beruf?“

„Im Fasching sagt man niemals die Wahrheit, denn man verkleidet sich. Aber euch will ich es sagen: Ich mache nichts, ordne nur das eine und das andere an, je nachdem, ob es mir gefällt oder nicht, nach meinem Belieben und Gutdünken oder nach meinem Vorteil.“

„Ah, Ihr Glücklicher! Seid ihr Metzger? Oder ein Dichter? Oder der Ausbeuter von verständigen Frauen?“

„Nein. Ich befehle. Versuchen Sie, mich zu verstehen, denn das ist nicht leicht zu erklären. Ich entscheide gut oder schlecht, ich hoffe, immer das Rechte zu verfügen, aber wie alle habe auch ich meine Zweifel.“

„Wie die Geistlichen! Seid ihr ein Priester oder ein Mönch?“

„Die Priester! Die bitten um nichts, denn sie haben Gott bei sich."

Er war in lautes Gelächter ausgebrochen und die Gesellschaft hatte ihn nachgeahmt.

„Soweit es mir möglich ist, spiele ich meine Rolle, und ich akzeptiere auch Kriecher und Schmeichler, ja ich dränge darauf, dass das Verderben unser Motto ist. Also los, falscher Kämmerer!"

Die Anwesenden konnten sich nicht mehr zurückhalten. Es war ein Riesenkrawall ausgebrochen und Teller und Gläser flogen durch die Luft.

„Passen Sie sich an! Ich sehe, dass Sie traurig und besorgt sind. Spielen Sie Ihre Rolle bis ans Ende, sonst haben wir kein Fest!"

Es war elf Uhr. Die Glockenschläge waren gut zu hören. Der Hofkämmerer atmete tief aus. Er hatte angeordnet, dass auf zwei große Tische Tabletts mit Speisen aufgetragen wurden: Braten, geräucherte Würste, gekochtes und gefülltes Fleisch, Kuchen und Torten und ein Dutzend Bierkrüge.

Josepha lief hin und her, von der Küche in den Saal und wieder zurück. Die Männer suchten sie mit respektlosen Gesten aufzuhalten. Zwei behelfsmäßige Kellner trugen auf wackelnden Brettern bis an den Rand mit rauchender Zwiebelsuppe gefüllte Schüsseln.

Ein großer, in Butter gebratener Eierkuchen war mit einem lauten Applaus empfangen worden. Er war mit geschmolzenem Käse und Salzhering garniert. Eine Köstlichkeit!

„Greifen Sie zu, mein Herr, nehmen Sie, soviel Sie wollen. Er ist aus fünfzig Eiern. Probieren Sie die Suppe oder was sonst Ihnen Appetit macht. Mit der verdammten Maske da! Nehmen Sie am Fest teil, geben Sie ihre Gleichgültigkeit auf. Lassen Sie Ihre Augen lachen, enthüllen Sie sich, Sie sind hier unter Freunden, genießen Sie die Gerichte. So Gutes bekommen Sie nicht jeden Tag vorgesetzt. Vermummen Sie sich nicht unter der Maske. Kosten Sie diesen Wein. Ich habe ihn extra kommen lassen, aus dem Kloster Neustift bei Brixen. Um zu feiern. Die Gläser müssen immer voll sein. Die Schicksalsstunde hat geschlagen. Jetzt genießen wir die Freiheit!"

„Erwarten Sie Gäste?“, hatte der falsche Erzherzog gefragt. „Was wollen Sie feiern? Noch mehr Lärm und Lustigkeit? Das ist ja genial! Machen Sie sich keine Sorgen um mich. Ich will mich nicht ablenken. Die Maske verbietet es mir, mich gehen zu lassen, wie ich möchte. Aber ich kann warten.“

Der falsche Erzherzog hatte nicht mit Komplimenten gespart und war glücklich, dass die letzten Stunden des Faschings von neuen Ideen bereichert wurden.

„Mein verehrter Erzherzog, Ich danke Ihnen für Ihre Anwesenheit. Wir wollen Intelligenz und Glück feiern. Ich werde mich immer an Sie erinnern, ich vergesse nicht!“

Mit Selbstgefälligkeit hatte er hinzugefügt: „Jetzt Achtung auf das Spiel! Ich stehe kurz vor dem Sieg. Ich kann einen Buben auflegen. Da, schauen Sie! Welche Geschicklichkeit, welches Glück! Die Karten habe ich jetzt. Das Spiel ist fertig. Sie, mein imaginärer Erzherzog, schenken mir eine große Freude. Punkt Mitternacht nehmen Sie die Maske ab und geben mir die Ehre, Ihre Gesichtszüge zu würdigen? Tischt Honigpfannkuchen auf! Schnell. Ihre Süße wird die Freude über meinen Sieg begleiten“, und weiter: „mit Verlaub, ich lege auf und siege. Und Sie haben verloren. Euer Leben ist in meinen Händen!“

Ein Feuerkünstler hatte ein Brandmittel gegen eine Flamme gespuckt und großen Beifall geerntet.

„Aber wenn Sie wollen, können Sie mein Gesicht auch schon vorher sehen. Aber das Spiel ist noch nicht fertig. Ein Bube? Achtung! Sehen Sie? Ich lege den König auf. Ist das genug?“

Die Spannung wurde immer größer. Der Kämmerer war immer bestürzter.

„Aber der war doch schon aufgelegt worden… das verstehe ich nicht. Woher kommt der denn?“, hatte er mit weinerlicher Stimme hervorgebracht.

„Von mir, mein Lieber. Der König besiegt alle. Ich habe gewonnen. Ihre Buben, Ihre noblen Verbündeten, sind verloren, verschwunden. Haben Sie Zweifel? Keine Langeweile! Der Fasching geht jetzt zu Ende. Trinkt und genießt!“, hatte der imaginäre Erzherzog laut ausgerufen. „Um Mitternacht ist alles zu Ende.“

Der Kämmerer hatte ungeduldig und tief durchgeatmet. Er fühlte sich beleidigt. Die Lage war unerträglich geworden.

Ein junges Mädchen war mit einladenden Bewegungen auf den Tisch gestiegen. Ihre hellen Augen warfen den Männern verführerische Blicke zu, die bei den Betrunkenen sinnliche Wünsche erweckten. Es war der Triumph von an die Frauen gerichteten Possen und Ulken, die über derlei Pöbeleien befriedigt lachten.

Der Kämmerer war einen Moment abgelenkt, dann aber aufgefahren.

„Sie erklären, dass Sie gesiegt haben? Sie betrügen… das sagen Sie aus Spaß!"

„Ich betrüge? Sie beleidigen mich! Was unterstellen Sie mir? Ich spiele mit Fleiß und Eifer. Sie Dummkopf! Verdrehen Sie nicht meine Worte. Sie haben nichts verstanden!"

Die Stimme hatte einen ganz anderen Ton angenommen.

„Sie haben im Leben immer betrogen. Ihre Freunde verspäten sich? Ihre Anwesenheit würde mehr Sorglosigkeit in den Abend bringen. Mein Hofkämmerer verliert nicht gern? Seine zwei Vorkämpfer, die zwei Gauner, die verfehlten Mörder, sind verschwunden, vom König vernichtet?"

Mit diesen Worten war er aufgestanden und hatte sich dem Kämmerer genähert: „Sie sind hingerichtet und in den Fluss geworfen worden. Ein schöner Sieg… Oh, verflucht, das habe ich vergessen und das tut mir sehr leid, bei dieser Kälte… da werden sie ja krank werden, aber Sie haben das Privileg gehabt, das frische Wasser unseres Flusses kennenzulernen, sie haben nicht gelitten, da sie gleich gestorben sind. Nicht einen Moment kann ich die Hofburg verlassen, und da passiert sofort etwas Schändliches. Das ist doch auch Ihre Meinung, oder?"

Der Hofkämmerer brachte kein Wort mehr hervor.

Das Echo imaginärer Freuden war von Tristesse durchdrungen, die Anwesenden waren bestürzt, sie verstanden nicht, was um sie herum vorging.

Die Frauen waren verstummt. Tiefe Atemzüge der Angst und der Neugier waren zu hören.

„Nur zu, mein schöner Kämmerer, versteht ihr nichts? Eure Intelligenz und Eure Lebenskraft sind verschwunden? Aber nicht doch!"

Der zum Faschingsspaß verkleidete Erzherzog hatte diesen Satz noch nicht beendet, als sich die Wirtshaustür plötzlich auftat und ein kaiserlicher Bote eintrat. Von vier Bewaffneten begleitet hatte er sich mit martialischem Schritt in die Mitte des Saals begeben und vor dem maskierten Erzherzog tief verneigt.

Die Neuankömmlinge waren geschniegelt und gebügelt, mit echten Säbeln und Hellebarden. Die seriöse Transgression hatte neue Possen hervorgerufen. Die Anwesenden applaudierten und folgten diesem Narrenstreich, solange der Fasching es ihnen erlauben würde.

„Das Theater geht weiter. Hören wir zu, was der vermummte Bewaffnete uns zu sagen hat."

Auch der Wirt hatte Halt gemacht. Er war mehr als stolz: Sein Lokal beherbergte bedeutende Persönlichkeiten. Aus Spaß, sicher, aber es hatte sich in eine Insel der Schwelgerei verwandelt.

Auf der Straße waren Trommelwirbel zu hören, und nach wenigen Augenblicken war eine kleine Prozession eingetreten: zwei Höflinge und eine Person mit gespenstischem Antlitz, das trotz des schwachen Fackellichts gut zu erkennen war. Der elegant gekleidete Mann trug einen langen braunen Überrock, aber die Kopfbedeckung eines Juden.

Die Personen waren stehengeblieben. Die von dieser sonderbaren Prozession faszinierten Anwesenden versuchten zu verstehen. Ein so fantastisches Schauspiel hatten sie noch niemals gesehen.

Der Mann mit der Kopfbedeckung hatte ein weiß bemaltes Antlitz; es glich dem eines auferstandenen Toten und war erschreckend. Er hatte sich langsam umgeschaut, um sich dann langsam dem Kämmerer zu nähern.

„Wer sind Sie denn?", hatte der Kämmerer mit vor Angst fast erstickter Stimme geschrien. „Aber das interessiert mich nicht. Gehen Sie mir aus dem Wege!"

„Ich bin der Geist des Herrn von Salamanca, das Gespenst des Mannes, den ihr habt ermorden lassen. Meine Seele wird euch bis an Euer Ende verfolgen…"

Der Kämmerer hatte weinend geleugnet: „Ich habe niemanden ermorden lassen!"

Der maskierte Erzherzog hatte einem der Männer befohlen, alles zu erzählen.

Der vorgebliche Salamanca hatte erzählt, dass er angegriffen worden war, sich aber nur dank des Eingriffs des treuen Huan hatte retten können, der die Angreifer zu Boden geworfen hatte. Die im Schatten der Hofburg aufgestellten Wachen hatten die Schurken blockiert und verhaftet. Zur allergrößten Überraschung hatte sich herausgestellt, dass es sich um den Kommandanten der Palastwachen handelte und den Mittelsmann zwischen dem Erzherzog und dem Adel. Sie hatten alles gestanden und unterzeichnet, dass der Kämmerer bei den Intrigen mitgewirkt hatte.

„Eine fantastische Darbietung." Der Kämmerer war terrorisiert. „Gehört sie zum verrückten Fasching? Das…, das sind ja alles nur Verleumdungen…", hatte er gestottert. „Nie und nimmer hätte ich… Aber erlaubt eine Frage, die Neugier… Wer seid Ihr? Wer versteckt sich hinter der Maske? Die Stimme… ja, die erinnert mich an jemanden, den ich kenne…"

„Das überlasse ich Euch. Handelt es sich um eine fantastische Lüge oder um die Wahrheit?", hatte die Maske des Erzherzogs gefragt. „Nur ruhig! Schließlich ist Fasching! Was jagt euch denn einen solchen Schrecken ein?".

Völlig unvermittelt hatte er die Maske abgenommen: Im Schein der Fackeln und der Kerzen war eindeutig das Antlitz des Erzherzogs zu erkennen. Die Gesichtszüge der Maske. Unglaubliche Überraschung im Saal angesichts Seiner Majestät.

Der Erzherzog war von mehreren kaiserlichen Wachen eskortiert, und auf sein Zeichen war der getreue Huan eingetreten.

„Hier eine neue Maske. Merkt euch das Antlitz und die Augen dieses Mannes. Und wenn ihr Lust und Laune habt – denn schließlich ist Fasching –, dann stürzt euch auf ihn, nicht einer allein, sondern eine ganze Gruppe. Nur Mut! Heute feiern wir."

Mehrere der Schlemmer waren, zuerst zögernd, dann aber entschiedener, auf den Chinesen losgegangen. Doch er hatte sie, mit Beinen und Ellbogen und Füßen, zu Boden geworfen

Mit eleganten Schritten hatte der Erzherzog sich dem Hofkämmerer genähert, hatte dessen feisten Hals angehoben und eine Hinrichtung nachgeahmt, ein Rasiermesser nur wenige Millimeter vom Gesicht entfernt. In der Luft war das Zischen der Klinge zu hören. Im Wirtshaus war es mucksmäuschenstill geworden.

„Was meint Ihr, mein nobler Kämmerer, wie viele Blutwürste könnten wir aus Eurem Blut machen? Aber Ihr verdient Besseres… Eure Strafe muss länger dauern."

Er ging langsam um den Kämmerer herum, mit angeekeltem Blick und verärgerter Stimme.

„Nur zu, mein lieber Hofkämmerer, ich verzeihe euch. Tröstet euch! Ich lasse euch das Leben".

Die letzten Worte hatte er langsam ausgesprochen.

„Ihr verbringt Eure Tage in einem Klausurkloster, bei Stille, Gebet, Buße und Fasten. Das wird euer Leben sein. Ihr allein in einer Zelle, nur Ihr und Eure Schuld. Aber nach zehn Jahren..."

Er hatte die Augen auf ihn gerichtet, Wohlwollen und Ironie waren aus seinem Blick verschwunden. Der Spaß war vorüber. Im Wirtshaus herrschte Bestürzung, die Gäste waren schockiert.

„Ihr kommt in das abscheuliche Pestlazarett. Ihr steckt euch an, euer Körper wird verfaulen, ihr werdet den Geruch eures Todes einatmen und die Haut wird sich in Fetzen von eurem Fleisch lösen."

Klarer als so.

„Aber der Kaiser Maximilian hat mich immer be….", rief der Kämmerer schluchzend aus.

„Genug jetzt! Ruhe! Oder Eure Zunge wird den Hunden als Fraß vorgeworfen."

Dann wandte der Erzherzog sich an die Anwesenden: „Dass alle es wissen! Ihr habt Euch selbst gedient, aufgrund eurer Treulosigkeit habt ihr euch in der Illusion gewiegt, über der Krone zu stehen. Damit ist jetzt Schluss. Ihr bekommt das, was ihr verdient. Eure Besitztümer werden beschlagnahmt, das Gleiche gilt für Eure Frau, die in ein Nonnenkloster kommt. Macht euch keine Sorgen um Eure Tochter. Ich werde sie standesgemäß verheiraten. Ihr, mein treuer Minister Salamanca, deckt euer Gesicht auf, damit der Kämmerer euch ins Antlitz blicken kann. Meine getreuen Untertanen, feiert mit mir, schminkt den Kämmerer wie einen verächtlichen Hanswurst. Der Faschingsprinz hat es so entschieden. Den anderen Verschwörern werde jeglicher Titel genommen. Sie werden einfache Männer des Volks."

Die Trommeln schlugen Fröhlichkeit, die Bosheit hatte sich über den Schmerz der heruntergekommenen Adeligen gefreut, der menschliche Neid hatte sich entfesselt. Die einstmals Mächtigen wurden jetzt verachtet, wer früher dem Sieger gedient hatte, unterdrückte jetzt den Verlierer. Die Spielleute hatten wieder begonnen, obszöne Lieder zu singen.

Der Erzherzog hatte sich an die Anwesenden gewandt: „Ich überlasse euch den Kämmerer. Wein für alle!"

Der Kämmerer war eingekreist worden und wurde von sadistischen Unanständigkeiten umgeben, wurde bespuckt und mit Schmähungen überhäuft. Das so lange erträumte Fest war zum Theater seiner Verurteilung geworden.

Er hatte sich auf den Boden gekniet, hatte gefleht und vergebens seine Treue geschworen.

Die Turmuhr der Hofburg hatte Mitternacht geschlagen. Die letzten Blitze der Fiktion hatten sich in eine irreale Betrübnis verwandelt, die Welt war in ihre Banalität zurückgekehrt. Jetzt herrschte wieder Respekt.

„Der Erzherzog bin ich. Die Falschheit wird von der Wahrheit besiegt. Wir waren alle Narren. Es lebe der Fasching!", hatte der Erzherzog ausgerufen-

Die Komödie des Unwahrscheinlichen war in der Konfusion untergegangen.

„Wir alle haben gespielt. Das Schicksal wird uns für das belohnen, was wir gegeben haben. Was die Untat angeht, so verlange ich, dass bei Todesstrafe niemand darüber spricht. Die Wahrheit geht niemals in die Geschichte ein. Der Fasching hat triumphiert. Jetzt ist er zu Ende. Es lebe der Kaiser!"

Das Fest war beendet.

In Begleitung mehrerer Bewaffneter und des getreuen Huan hatte der Erzherzog zusammen mit dem Herrn von Salamanca unter tiefen Verneigungen das Wirtshaus verlassen.

Die schläfrige und müde Stadt war zu ihrer Frömmigkeit zurückgekehrt.

Die Mühen des Faschings waren zu Ende. Am darauffolgenden Tag würden wieder die wirklichen Mühen beginnen.

15

Simon war Ende Juni in Bozen angelangt. An einem Spätnachmittag. Es herrschte drückende Hitze, die Schwüle verdunkelte den Sonnenuntergang.

Beim Abstieg aus den Bergen hatte er gesehen, dass der Fluss wildes, dunkelbraunes Wasser führte. Während der Nacht war ein heftiges Gewitter über die Stadt hergegangen, das auch weiter oben zu spüren gewesen war, in Lengmoos, wo er in der Kommende des Deutschherrenordens übernachtet hatte, gleich nach dem St.-Ulrich-Pass.

Regenschauer hatten die Bäche anschwellen lassen, Erdschollen und Felsblöcke waren in die Tiefe gerissen worden und hatten den an sich schon nicht ruhigen Eisack übermäßig ansteigen lassen. Sein Wasserstand konnte sich von einem Moment zum anderen ändern, da er ein weites Einzugsbecken hatte. Er entsprang am Brenner als mageres Bächlein, um dann nach Bozen, unter den Mauern von Schloss Sigmundskron, als kräftiger Fluss in die Etsch zu münden.

Auf den ersten Blick hatte Simon von Bozen den Eindruck einer geordneten Stadt gewonnen. Er hatte sich hier schon auf seiner ersten Reise aufgehalten. Aber damals war Winter gewesen. Wenige Stunden Rast, eine Nacht Ruhe, das beißende Dunkel der kurzen Tage hatte ihm keine Überlegungen erlaubt.

Beim Eingang in die Stadt hatte er in der Nähe der Zollstation Halt gemacht und das Pferd getränkt. So hatte er Gelegenheit, die Zolltransaktionen zu beobachten: das angegebene Gewicht der Waren, der Woll- und Leinenstoffe, der Holz- und Kohlenwagen, der Wagen mit Weinfässern, Werkzeugen und geschlachteten Ochsen. Die Angaben wurden auf Vertrauen gemacht, die Maße waren, wenn überhaupt, ungenau.

In der Stadt wimmelte es von Menschen und sie wirkte sehr arbeitsam. Die Hitze hatte ihm die Gliedmaßen gelähmt. Vom Zollstangenplatz war er in die Zollgasse gelangt und von dort leicht ansteigend in die Bindergasse. Am Kornplatz, wo sich das Waaghaus und der Bischofssitz befanden, hatte er sich nach der Judengasse erkundigt.

„Jude?“, hatten sie ihn gefragt.

„Nein! Wegen Geschäften. Ich bin Tuchhändler.“ Er hatte gesprochen, wie um sich zu rechtfertigen, nicht unterwürfig, aber doch versöhnlich.

Nach den Lauben mit ihrem geschäftigen Treiben hatte er sein Ziel erreicht: rechts von einem eben angedeuteten Platz vier wie schützend aneinandergelehnte Häuser, in der Hoffnung auf eine ungewisse Zukunft. Ihre Bewohner hatten nicht die Pflicht, das gelbe Kennzeichen der Juden zu tragen; denn in der kleinen Stadt kannten alle einander, und die wenigen hier ansässigen Juden waren gern gesehen. Simon hatte verstanden, dass auch die Anderen – Andere in Sprache und Religion – hier akzeptiert wurden, die Juden waren harmlos, gesonnen zu gehorchen und sich mit dem zufrieden zu geben, was sie waren.

In Bozen war die Meinung, sie als Gottesmörder anzusehen, wenig verbreitet und beeinflusste kaum den Ablauf der Tage, die Juden lebten von dem, was sie zurücklegten, und genossen es.

Ihm war bewusst geworden, dass das Städtchen aktiver und reger war, als er es sich vorgestellt hatte. Es war eine Bischofsstadt, aber sie war weltlich ausgerichtet und blickte auf den Erzherzog. Hier fielen die verschiedensten Gleichgewichte zusammen, gegensätzliche Interessen. Das einzige Problem waren die Steuern und ihre Aufteilung, ihre Höhe und ihre Empfänger.

Eine Lösung war nicht leicht zu finden. Die natürliche Zurückhaltung war überall verbreitet, die Überzeugung, dass der Reichtum nicht vorenthalten werden durfte, die Dienstleistungen schon, die mussten immer zurückerstattet werden, aber die Taschen der Reichen durften nicht angegriffen werden, die Flussdämme, die Brücken, der Feuerschutz, die alle wichtig waren, aber nichts kosten durften, die Gefängnisse und die Wachdienste. Die Kosten? Die waren immer zu hoch und brachten ungerechte Steuerlasten mit sich.

Einige Tage nach seiner Ankunft in Bozen hatte Simon beschlossen, sich von der Familie Maggio beherbergen zu lassen, die im zentral gelegenen Judenhaus wohnte, in Rathausnähe am Ende der Lauben. Sie stammte aus Bassano, stellte ihm viele Informationen zur Verfügung und versprach, ihm so lange wie möglich Unterkunft zu gewähren.

Salomon, das Familienoberhaupt der Maggio, genoss seit fünf Jahren das ihm vom Kaiser übertragene Wohnrecht in der Grafschaft, da er auf die Rückzahlung einer dem Kaiser zur Verfügung gestellten Geldsumme verzichtet hatte.

Salomon hatte sich als Wohnstätte für Bozen entschieden, wo er Steuerfreiheit und einen Geleitbrief auf Reisen genoss. Er hatte Simon das Dokument gezeigt, auf das er sehr stolz war und das zweisprachig abgefasst war, auch auf Hebräisch. Das sehr seltene Attest bezeugte Salomons Treue für das Kaiserreich.

In Bozen gab es kein Ghetto und in der kleinen Stadt lebten nur wenige Juden, getrennt von den übrigen Einwohnern zur Miete oder in Eigentumswohnungen. Jakob zum Beispiel wohnte in der Schlachthofstraße, andere zwei Familien am Stadtrand, wo die Weinberge sich in die Straßen vorschoben.

Beim Gang durch Bozen hatte Simon die Atmosphäre der Stadt aufgenommen und war sich der besonderen städtebaulichen Struktur bewusst geworden. Die Wohnungen, die Läden und die Lagerräume bildeten ein Ganzes mit den Lauben, in denen die Waren ausgestellt waren. Ein langer Gang führte in einen Hof, dann folgten die Treppen und ein großer Wohnraum zum Essen und Schlafen der Familie. Die wenigen Fenster waren mit Transparentpapier verschlossen. Ein Kachelofen mitten im Raum diente als Schlafstätte für die Besitzer, während die Bediensteten auf Strohballen und Stoffmatratzen schliefen. Eine Waschwanne, Wandregale und Kommoden für die Kleidung ergänzten die Einrichtung.

Die Wohlhabenden trugen Pelzkrägen und Ledermützen, besonders verbreitet waren wasserfeste Filzhüte. Holzgeschnitzte Balken waren ein Zeichen für Reichtum, für die Wände Tonmörtel und Stroh, kleine Steine für die Risse, die Mauern weiß gekalkt.

Die Stadt hatte ein Rathaus, einen Merkantil- und einen Rechtsmagistrat. Die Einheimischen waren gesprächig und neugierig, nicht übermäßig sparsam, gaben gern auch nicht erforderliche Ratschläge: eine gesunde Mischung aus Kleinhändlern und Handwerkern, Weinhändlern und Fassbindern, Fuhrleuten und Tischlern, Schmieden, Metzgern, Webern und Wirten. Die Bozner Bürger waren sparsam und dem Kaiser treu ergeben.

Sie praktizierten die Religion ohne Übertreibung und Hysterie, nur die Neigung, im Kielwasser der gesunden Lehren der Kirche, Probleme und Epidemien den Juden in die Schuhe zu schieben. Auch das ohne Unmaß.

In der Stadt gab es viele Mönche, besonders Angehörige des Bettelordens. Ihr Kloster lag am Stadtrand, unter den Flussufern, in der Nähe eines Ofens und eines Wirtshauses.

Das Dominikanerkloster befand sich am anderen Stadtrand, nicht weit vom Kapuzinerkloster entfernt.

Am Fuß der Berghänge, die gegen die Stadt abfielen, lag der Deutschherrenorden, ein standhaftes Zentrum der Macht.

Es hatte sich das Gerücht verbreitet, dass der bekehrte Jude im Dienst des erzherzoglichen Finanzministers in Bozen angelangt war.

Die Bozner waren stolz, dass sich der Abgesandte des Erzherzogs Ferdinand in der Stadt aufhielt, denn dadurch erhöhte sich ihre kommerzielle Bedeutung.

In den Tavernen ging es lebhaft zu. Die anwesenden Kaufleute waren den Gesten von jungen Frauen nicht abgelehnt, die sich von Fall zu Fall entgegenkommend oder abweisend zeigten, je nach der Tageszeit und den finanziellen Möglichkeiten. Simon hatte schon in anderen Städten ähnliche Situationen kennengelernt, mochte es Sevilla oder Innsbruck oder eben hier in Bozen sein. Es war eine bunt gemischte Menschheit aus Aufrichtigkeit und simpler Schlauheit, die den Ablauf der Tage prägten.

Am dritten Tag hatte er sich weiter nach Westen begeben. Durch eine schmale Gasse, in der es nach frisch geschlachteten Tieren roch, war er auf einen Damm gestiegen, der ein großes Flussbett begrenzte. Das wenige Wasser floss faul dahin, verwandelte sich aber nach heftigen Regenfällen in einen Fluss voller aufrührerischer Strudel.

Eine recht wackelige Brücke führte über das Kiesbett des Flusses.

Er hatte nur wenige Obstbäume gesehen, dafür aber mehr Weingärten mit weißen und roten Trauben. Bozen war eine Weinstadt mit lebendigem Handel und reger Gastlichkeit. Die Einheimischen wirkten gesund, Krankheiten wurden versteckt. Eine blühende Stadt.

Dann, am vierten Tag, hatte er sich endlich entschieden: Er war zur ersten offiziellen Begegnung bereit.

Die Behördenvertreter waren beleidigt, sie fühlten sich von Simon ignoriert, er hatte ihnen nicht ausreichend Ehrerbietung entgegengebracht. Er hatte sie absichtlich provozieren wollen. Die überhebliche, ganz und gar nicht unterwürfige Haltung des jungen Beraters war als Schmähung der städtischen Würde angesehen worden.

Aber Simon kannte sich in der menschlichen Psychologie aus. Hinter der Würde verbarg sich der Stolz der Behördenvertreter, mochten sie bedeutend sein oder nicht, alle waren auf der Suche nach Anerkennung. Er hatte sich mit dem Bürgermeister getroffen, hatte den Sitzungen des Stadtrates beigewohnt.

Dieses Gremium hatte die Aufgabe, die Preise für Brot, Fleisch und Wein festzusetzen, den Pfarrer zu ernennen und die Kaplane einzustellen und zu entlassen.

Nach anfänglichem Misstrauen war Simon mit Ehrerbietung aufgenommen worden und die Arbeiten gingen rasch voran.

„Eines möchte ich euch sagen", hatte er angehoben, „ich bin einer von euch, stehe auf der gleichen Stufe wie ihr, ich habe meine Aufgabe vom Erzherzog direkt übertragen bekommen und werde mich daran halten."

Er hatte die Rechnungslegungen aufmerksam kontrolliert, die Geschäftsberichte analysiert und alle Vorsichtsmaßnahmen getroffen, um das Horten von Waren und Spekulationen zu vermeiden.

Er hatte die Gilde der Kaminfeger kennengelernt, die zwei Inspektoren zur Kontrolle der Rauchfänge in Dienst hatte. Bei Zuwiderhandlungen, Unmäßigkeiten und Unvorsichtigkeiten wurden Strafen angedroht; denn da die Stadt zu einem großen Teil aus Holz errichtet war, konnten leicht Feuer ausbrechen.

Zum Schutz der Flussufer waren zwei Arbeiter eingestellt, denen schwere Aufgaben zukamen, da Häuser und

Warenlager leicht den Überschwemmungen zum Opfer fallen konnten.

Simon hatte mit den Arbeitern gesprochen, die gut instruiert waren und sich in ihrem Beruf auskannten.

Er ging dabei langsam und vorsichtig vor, um keinen Neid oder keine widerborstigen Reaktionen von Seiten der Behörden zu erwecken.

Misstrauen und Argwohn mussten, das war seine Meinung, abgeschwächt werden. Menschen und Waren waren ständig unterwegs, die ganze Stadt war ein großes Geschäft mit vielen unterschiedlichen Abteilungen. Simon fühlte sich wohl.

Der Turmhauptmann wurde vom Stadtrat ernannt, wurde bezahlt und war für die Ordnung in der Stadt zuständig.

Mit dem Verantwortlichen der Pfarrkirche hatte Simon ein stürmisches Gespräch geführt: Sie hatten einander absolut nicht verstanden, denn der Priester lehnte die Mitwirkung eines weltlich ausgerichteten Juden ab.

„Bozen untersteht dem Bischof von Trient. Vergessen Sie das nicht! Die Benefizien und die Messefreiheiten sind von seiner Eminenz erlassen worden. Der Stadtrat nimmt meiner Ernennung die Heiligkeit, ich werde wie ein Knecht behandelt, mein Amt hängt vom Bürgermeister ab, die Ernennung seitens des Stadtrates ist ein Missbrauch!"

„Aber Sie sind hier und ich glaube nicht, dass Sie sich beklagen können. Fühlen Sie sich nicht beleidigt, denn schließlich leben Sie gut."

„Sie unverschämter Grünling, der sich Ämter aneignet, die ich nicht anerkenne! Was ich habe, gebührt mir! Ich hänge vom Bischof von Trient ab und nicht vom Erzherzog. Es steht nicht Ihnen zu, zu beurteilen, was recht ist oder nicht… alles ist geregelt, der Vertrag ist eindeutig."

„Jaja, vereinbart, aber nicht verpflichtet. Die Gesetzestermini sind veränderbar. Die irdischen Dinge, das wissen auch Sie, sind keine himmlischen Tendenzen. Ertragen Sie es und beten Sie, damit Sie das, was Sie haben, auch lange behalten können."

Der Landesfürst – es mochte der Kaiser oder der Erzherzog sein – war der natürliche Bezugspunkt für die Institutionen. Die Kirche war das Sakrale des Lebens, der obligate Weg für ungebildete Gläubige. Das Geld klang anderswo.

Nach dem Treffen mit dem Landesrichter verstand er alles besser. Er hatte die Befugnis, Strafen zu verhängen, die Termine der Märkte festzulegen und sie zu überwachen, verurteilte das Glücksspiel, die Prostitution, die Geldfälschung, Mord und Irrlehren, Unkeuschheit und Gefluche, von Adeligen und Geistlichen begangene Gotteslästerungen. Er hing vom Stadtrat ab.

„Sie haben den Auftrag, Befehle zu erteilen?“, hatte der Landesrichter schlecht gelaunt gefragt.

„Nein, ich muss kontrollieren. Das ist etwas Anderes. Ich muss darüber berichten.“

„Mein Leben hängt von Ihren Worten ab. Ist das nicht absurd?“

„Ich spiele nicht mit dem Leben. Weder mit dem meinen noch mit dem Ihren. Ich muss verstehen und Vorsorge treffen.“

„Vorsorge, wofür? Reiche ich dafür nicht aus? Wollen Sie mich in meinem Amt ersetzen?“

„Das müssen Sie beim kaiserlichen Amt fragen. Ich hänge von den Befehlen ab, die ich von dort bekommen habe. Ich bin weder verrückt noch dumm. Ich habe zu große Achtung für die Person, die mich berufen hat. Hören Sie mit Ihrer Geringschätzung auf. Ihre Unverschämtheit führt zu nichts. Das ist nur Zeitverlust.“

Simon hatte beißend scharf geantwortet, ohne den kleinsten Ton von Nachsicht. Er hatte einen stolzen Blick, seine Aufgabe hatte ein Zeichen hinterlassen.

„Die Geldstrafen? Wieviel geht an das Kaiserreich?“

„Ein Drittel, nur ein Drittel der Einnahmen, nicht der angedrohten Strafe.“

„Und wann werden die Einnahmen überwiesen?“

„Einmal im Jahr.“

„Die Zeiten müssen gekürzt werden, auf kürzere Abstände, viermal im Jahr. Sind die Strafen absolut oder entsprechen sie dem Reichtum?“

„Ich verstehe nicht, was Sie meinen“, hatte der Landesrichter verlegen geantwortet.

„Mir ist zu Ohren gekommen, dass gewisse Strafen nicht gelöscht worden sind. … Folgen Sie mir? Oder haben Sie sie herabgesetzt?“

„Das sind falsche Verleumdungen!“

„O weh“, hatte Simon ausgerufen, „wieviel Bosheit kommt da auf mich zu! Verleumdungen auf Schritt und Tritt. Das muss ja abgeschafft werden. Wenn Sie wollen, garantiere ich für Ihre Ehrlichkeit. Aber seien Sie pflichtgetreu!“

Sie hatten dann über die Kontrollmöglichkeiten diskutiert, die Register der Strafen, die Termine der Überweisungen und die Anzahl von Messen und Märkten.

„Ich habe bemerkt, mein lieber Herr, dass die Kontrollen an den Zollstationen sehr locker vor sich gehen. Zuviel Vertrauen. Ein bisschen mehr Misstrauen würde nicht schaden, mein lieber Herr Richter. Ob es um die Grafschaft oder das Kaiserreich geht, das spielt keine Rolle. Der Erzherzog zählt. Haben Sie vom Hofkämmerer gehört? O mein Gott, welches Unglück, wieviel Leiden… Der war nicht ausreichend pflichtgetreu, und so ist er in einem Kloster gelandet. So etwas Ungehöriges! Wirklich schade!“

16

Er hatte sich ein Bild von der Lage gemacht. Eine seltsame Stadt, dieses Bozen. Der aus sieben „Weisen“ bestehende Stadtrat hatte sich um Verwaltung und niedriges Recht zu kümmern und versuchte, sich aus den Schlingen der bischöflichen Macht zu befreien, die ihn eingesetzt hatte, ein erdrückender Gesprächspartner, der die Machtambitionen einschränkte. Eine latente Konfliktlage, eine ersehnte, aber nie erreichte Selbstverwaltung, der Bischof von Trient gegen das Laientum der Burgen von Gries und Wendelstein.

Flüchten beruhigte die Seelen der Adelsgeschlechter, mochten sie vom Kaiser oder vom Bischof abhängen. Die Macht wurde seit jeher schlecht ertragen, aber geachtet, die Verneigungen kosteten nichts, sie befriedigten die Ambition vieler und den Respekt der Fehlbeträge. Simon hatte eine Begegnung mit dem Amtsschreiber vereinbart, der sich bestens in den Gesetzen und deren Verkündigung auskannte.

Er war auf Misstrauen gestoßen. Die Feindseligkeit war offenkundig, die gute Erziehung bremste nur schlecht verborgene Animositäten. Aber Simon war klug und aufmerksam und ans Rechnen gewöhnt. In den Rechnungsbüchern war ihm aufgefallen, dass ein Posten durchgestrichen und korrigiert worden war.

„Und hier? Was stand da geschrieben?“, hatte er gleichgültig gefragt. „Jetzt steht hier 91, aber vorher? Das ist nicht zu lesen. Sie können sich doch sicher erinnern. Wahrscheinlich…, aber bestätigen Sie mir das oder korrigieren Sie mich. Ja, mir scheint 97. Ja, vielleicht. Warum diese Korrektur?“

Simon hatte normal gesprochen, einfach neugierig. Aber der Stadtschreiber hatte ärgerlich reagiert. In höflichem Ton hatte er unnötige Informationen und Details vorgebracht, auf die es keine Antworten gab.

„Alles klar! Lassen Sie die Elemente bleiben, auf die ich nicht eingegangen bin", hatte Simon eingeworfen. „Bestätigen Sie, ob ich das Richtige sage oder korrigieren Sie mich. Wenn Sie einen Vorschlag haben, müssten die Korrekturen hervorgehoben werden, die erste und die korrigierte Version, beide gut lesbar, mit Angaben des Datums und des Grundes. Ich möchte sehen, dass die Korrekturen höher sind und nicht das Gegenteil. Aber wahrscheinlich war das nur ein Zufall. Fassen Sie die Schriften ab, wie es sich für einen gehorsamen Diener des Kaiserreichs gebührt. Hören Sie auf mich. Es ist opportun für Sie."

Er hatte Anweisungen gegeben, dass die jährlichen Rechnungsbücher der Einnahmen und Ausgaben reihenweise erschienen, die des Bürgermeisters und des Propstes für die Einnahmen der Kirchen, und dass bei Neuernennungen beide zu unterschreiben hatten, für die Ablösung bei der Kassenverwaltung und der Gläubiger- und Schuldnerbilanz.

Die Schriften sollten auf Deutsch verfasst werden, nicht mehr auf Lateinisch, damit sie von allen ohne Probleme verstanden werden konnten.

Aber Simon interessierte sich vor allem für den Gemütszustand der Einheimischen.

Er hatte es sich zur Gewohnheit gemacht, sich in das Wirtshaus in der Kotgasse zu begeben, wo Reisende und Kaufleute ein und ausgingen. Er trank keinen Wein, setzte sich aber auf eine Bank, ein Kissen im Rücken, den Filzhut quer aufgesetzt und den Hutrand über den Augen. Er schien zu schlafen, hörte aber alles, was um ihn vorging.

Gegen Abend füllte sich das Lokal, immer mehr Betrunkene palaverten und schwafelten miteinander. Simon passte gut auf, und trotz des Stimmengewirrs hörte er heraus, was ihn interessierte. Das häufigste Wort war „Steuern": Alle beklagten sich, dass die Abgaben die Ressourcen verminderten und sie arm machten. Am meisten wurde auf die Kirche geschimpft: Sie sei zu nichts fähig und nicht in der Lage, die Weinberge vor Hagelschlag zu schützen, alle Zahlungen an sie seien überflüssig.

Die mühsame Arbeit machten die Männer aus dem Volk, das ruhige Leben in Luxus und Sünde genossen die Prälaten.

Der Winter war lang gewesen, der Schnee wollte nicht schmelzen, doch dann auf einmal war es drückend heiß geworden. Strömender Regen und Hochwasser hatten die Weinberge zerstört und die Ernte gefährdet, die Brücken drohten einzustürzen.

Angesichts des Rückgangs des Warenhandels hatten sich auch die Zolleinnahmen verringert, zum Mittfastenmarkt waren weniger Kaufleute in Bozen erschienen.

Die Stadt sah dem Bartholomäusmarkt mit großer Hoffnung entgegen. Bei gutem Wetter würden Händler und Waren ankommen.

Simon war inzwischen nicht untätig geblieben. Er hatte sich durch das Eisacktal nach Sterzing begeben, ein ansehnliches Städtchen am Fuß des Brennerpasses. Es war die erste Ortschaft, die man beim Aufstieg zum Pass erreichte, eine Stätte zur Erholung unterwegs, auf der einen wie der anderen Seite. In Sterzing befand sich das vom Deutschen Orden verwaltete Pilgerspital.

Die bedeutendste Persönlichkeit am Ort war der Bergrichter, der im Mittelpunkt des wirtschaftlichen Lebens stand. Er genoss, unabhängig von der normalen Justiz, eine eigenständige Gerichtsbarkeit und hatte das Berghoheitsrecht inne. Die Einnahmen der Rechte auf die Bergbaukonzessionen stellten für die Grafschaft eine unerschöpfliche Quelle von Einkünften dar. Die Abbaurechte und die Steuern auf den Aushub erforderten strenge Kontrollen, die Registrierung von Daten, Gewogenem, die Übereinstimmung des Inhalts, das verarbeitete Silber und das gereinigte Metall.

Der Bergrichter war ein aufrichtiger Diener der Behörden, hatte die Lage ohne Anmaßung in der Hand, war auf das Gleichgewicht der verschiedenen, manchmal sich überlagernden und bisweilen aufeinander neidischen Mächte bedacht, die alle stolz auf ihre Kompetenzen waren.

Simon hatte sich auch nach Ridnaun begleiten lassen, das von Bergwerken geprägte Tal oberhalb von Sterzing. Unterwegs hatte er Karren gesehen und Schmelzöfen und Grubentürme betrachtet. Die Grubenarbeiter hatten müde Gesichter und – was ihn noch mehr beeindruckte – triste Blicke, sodass er sich nach dem Grund erkundigt hatte.

„Sie sind besorgt, verschuldet und zu gering belohnt. Die einstige Begeisterung ist wie Schnee an der Sonne dahingeschmolzen."

Simon wusste um die Gründe, hatte diese Fragen aber dennoch mit gespielter Unschuld gestellt.

„Der Preis?"

„Der Silberpreis ist unverändert geblieben, aber die Arbeiter, die Äcker und Häuser verpfändet haben, hatten mit einem Wertanstieg ihrer Besitztümer gerechnet. Was aber nicht der Fall war. So sind sie verarmt und verbittert."

„Aber sie haben doch noch Arbeit?", hatte Simon eingeworfen.

„Ja, aber sie haben Angst, sie zu verlieren."

Sie hatten die Pferde angespornt und waren ins Tal vorgedrungen, auf Karrenwegen, die zu mächtigen Bergen führten. In der Ferne glänzten Gletscher.

Es war ein später Sommernachmittag.

An der rechten Talseite ragten steile, kahle Felswände auf, linkerhand abfallende Wälder, deren Bäume sich auf mageren Böden hielten. Eine raue Natur.

Einige zu Tal führende Bäche fraßen sich in schwarze Felshänge ein. Im Talgrund wenige Rübenfelder und magere Heuwiesen.

Feuer und Tunnel wechselten miteinander ab, Überreste der Erzwäsche, der Kohlenbrecher, der Steinhaufen, der Kohlenmeiler, von Sägereien und Schmieden. Die verbrannte Erde strömte einen scharfen Geruch aus. Die Unordnung von geschwächten Mühen.

„Und die Konzessionen?", hatte Simon gefragt.

„Seit dem vorigen Sommer fragt niemand mehr danach. Wer verarmt ist, kann nur noch so weitermachen. Viele Bergwerke und Häuser sind beschlagnahmt worden. Jetzt werden sie von den Bankiers besoldet, mehr als ein Stück Brot kommt kaum heraus. Sie besitzen nichts mehr, sie haben sich ergeben, in ihrer Zukunft ist nichts als Hunger. Der Rübenpreis hat sich verdoppelt, der Roggen ist nicht mehr zu bezahlen. Von der Gerste reden wir lieber nicht. Not über Not, der Schnee kommt bis in die Städte herunter. Und die Butter, die beim Abgang zu den Almen gesegnet wurde? Keine Spur mehr. Die Eier für die Klöster? Da sind mehr Arme als Eier."

Diese Männer hatten keine Würde mehr.

Sie hatten die Pferde angehalten. Simon hätte es nicht wahrhaben wollen, aber er atmete die Schwäche von leeren Leben.

Beim Weiterreiten hatte er sich einer Gruppe aus Männern und Kindern genähert, die furchtsam vor ihm zurückgewichen waren.

Simon hatte sie wortlos betrachtet. Sie waren mager und hatten eingefallene Augen, die Haare voller Läuse, die Haut voller Wunden und trotz der sommerlichen Wärme violettfarbene Nasen. Er hätte ihnen helfen wollen, aber es waren zu viele, Mitleid allein reichte nicht aus. Die Kinder hatten ihn stumm angeschaut, ohne eine Spur von Hass, nur eine Aufwallung von unbekannten Hoffnungen.

Die magere Sonne schien auf gottverlassene Menschen, aber das Schlimmste hatte noch zu kommen.

„Worauf wartet ihr denn?", hatte Simon den Vater gefragt.

„Auf nichts, wir erwarten einen Wagen, der uns nach Brixen bringt. Dort werden wir von der Kirche… hoffentlich. Eines Tages wird Gott auch uns bemerken."

„Warum geht ihr weg?"

Der Mann, überrascht von dieser Frage, hatte mit der Hand auf einen großen Berghof gewiesen.

„Der gehörte uns. Er ist uns wegen der Bergwerke verlorengegangen. Sterben wollen wir nicht, also… Mit dem Land bezahle ich keine Miete. Ich habe es versucht. Von einer Nacht zur anderen, nur drei Stunden Schlaf. Aber ich habe für nichts und wieder nichts gearbeitet!"

Simon war stumm und verstört. Die Lage war zu schwer. Zu große Beklemmung sprach aus diesen Antlitzen. Egal ob Katholik oder Jude, das hatte keine Behörde angeordnet. Nichts als Misere. Er schaute ihm direkt in die Augen. Die unterernährten Körper dieser Kinder waren ein Faustschlag für sein Gewissen. Verlorenes Lächeln, Lächeln ohne Rückkehr.

Simon war unruhig geworden.

Er hatte dem Mann eine Münze gereicht. „Nun geht schon! Das müsste euch reichen!"

Der Mann hatte Simon die Hand küssen wollen, aber der hatte sie zurückgezogen.

„Nun geht schon weiter! Auf was wartet ihr? Sucht euch einen Karren und verschwindet."

Er konnte den Anblick dieser hohlwangigen, spindeldürren Kinder nicht mehr ertragen.

Die Kinder hatten ihn ohne ein Lächeln angeschaut, ohne einen Gruß, gar nichts. Stumm und unbeweglich. Die Welt war zu groß für sie, von gleichgültiger Starrheit.

Sie hatten sich entfernt. Während sie weiterritten, hatte der Bergrichter bemerkt:

„Sie glauben, die Körper zu retten, aber der Bischof von Brixen rettet nur ihre Seelen, eine Segnung, eine Predigt, die Arroganz einer falschen Wahrheit und dann der Tod."

„Der Bischofspalast ist die Lüge des Mitleids", hatte er dann hinzugefügt. Berichten Sie das dem Erzherzog!"

„Soll ich die Worte wiedergeben? So wie Sie sie gesagt haben?"

Simon war erschüttert, denn eine derartige Härte hätte er nicht erwartet.

„Geben Sie die Worte so wieder, wie ich sie gesagt habe!"

„Sind Sie sicher?"

„Ja, ich bin sicher. Wir müssen uns an die Wahrheit halten. Ich will eiterige Wunden nicht verschönern!"

Sie waren mit gesenktem Kopf weitergegangen. Der Bergrichter hatte fortgefahren:

„Da ist zu viel Fieber in Umlauf und Ruhr. Das Essen ist knapp und schlecht. Für diese Kinder wird es keine Rettung geben. Bei der ersten Winterkälte werden sie sterben."

„Ja, ich weiß", hatte Simon gemurmelt. „Das war mir schon klar."

„Niemand wird sich darum kümmern. Hunger, Krankheiten, Tod? Das sind die Glockenschläge einer rissigen Zeit. Sie erleiden und billigen. Wenn es dann zu viel wird…"

Verzweifelt wahr.

„Aber Christus aufersteht immer. So wird es erzählt, und das ist der Betrug des Lebens."

Der Bergrichter hatte bitter gelächelt, zornig auf die Vorteile, gegen die ehrenhaften Herren.

Simon war sich überflüssig vorgekommen. So hatte er den Waldrand bewundert, die Ablenkung eines Gedankens,

Funken der Leichtheit, um die Tragödie zu vieler Wahrheiten zu zerstören.

Im Tal war der Beginn einer Krise zu spüren, aber das Leben ging weiter.

Eine Wagenkolonne hatte das Jaufental verlassen. Die Karren waren mit großen Baumstämmen beladen, die sie zu den Sägereien in Mayern und weiter oben brachten.

„Wozu werden die denn gebraucht?“, hatte Simon gefragt. Er wusste es, wollte es aber von den anderen hören, wollte glauben, dass diese Welt anders war, als er sie kennengelernt hatte.

„Zur Arbeit in den Gruben und zur Stütze der Stollen. Die Arbeit wird nicht bezahlt. Die Illusion lindert die Magenkrämpfe.“

„Aber wenn wir die Steuern auf das Silber abschaffen würden?“, hatte Simon plötzlich gefragt.

Eine Frage der Hoffnung, die mögliche Lösung für ein begonnenes Drama, das nunmehr ohne Rückkehr war.

„Sicher wissen Sie selbst schon die Antwort. Aber ich will sie Ihnen trotzdem geben. Es wäre sinnlos, die Steuern abzuschaffen. Der Unterschied zu den Silberpreisen jenseits des Ozeans ist zu groß und unhaltbar für uns. Die Münzprägeanstalt in Hall nimmt es nicht so genau. Die Zeiten haben sich geändert. Die Staaten bekämpfen sich auch mit Münzen. Die Prägekosten müssen erträglich sein und der Silbergehalt darf nicht sinken, denn die Münzen würden sonst vom Geldumlauf in Mailand und Venedig ausgeschlossen. Zur Finanzpolitik gehört auch dies: der Stolz, Münzen zu prägen. Unsere Prägekosten übersteigen den Wert der Münzen. Aber ein Staat, ein Kaiserreich leben davon. Stellen Sie sich vor: Venedig prägt Münzen und das Kaiserreich nicht? Vor allem der Stolz: Münzen, Fahnen und Gott!“

Der Bergrichter hatte kein Blatt vor den Mund genommen.

„Das Silber aus Indien stammt von Räubereien und ist nicht der Ertrag von Arbeit“, hatte er fortgefahren, „unser Silber ist zu teuer, mögen wir auch Steuern, Provisionen und was sonst noch abziehen... Das Holz für die Stollen, die Kohle zum Schmelzen, die Karren für den Transport, die wenn auch niedrige Besoldung der Bergarbeiter, die Rückzahlung der Anleihen an die Bankiers sind Kosten, die zu einem schon an sich schwierigen Abbau kommen, mit Schnee im Winter, Regen und Bergrutschen im Frühjahr. Nur der Sommer und der Herbst sind akzeptabel, aber zu kurz. Spanien raubt Silber aus Indien. Unsere bescheidenen Unternehmer können nicht rauben, sie können nur Schächte abteufen."

Der Bergrichter hatte ruhig und gelassen gesprochen und er hatte erklärt, dass viele aufgegeben hatten, da ihr Leben sich in toten Träumen verloren hatte.

„Es ist hart, aus einem Traum zu erwachen. Viele haben sich geweigert, einige haben sich das Leben genommen."

In Städten wie Bruneck und Brixen waren immer mehr Bettler anzutreffen, die ruhelos um Almosen baten. Es waren einst brave Leute gewesen, Bauern, Fuhrleute, Tischler, Gerber und Weber, arbeitsam und dem Kaiser treu ergeben. Ihre Resignation hatte sich in Provokation verwandelt.

„Ich habe Berichte nach Innsbruck geschickt, an den Hofkämmerer. Ein Teil der Bevölkerung hegt Groll, Anzeichen von Auflehnung machen sich bemerkbar, aber sie sind blind und wollen nicht sehen. Nicht einmal mir hat er geantwortet. Ich tue meine Pflicht, wenn es möglich wäre, die Probleme mit den Pergamenten zu lösen!"

Sie hatten eine Anhöhe überwunden, mit einer kleinen, dem Heiligen Lorenz, dem Schutzpatron der Bergleute geweihten Kapelle. Vor dem Abbild wenige, verwelkte Blumen.

„Sie glauben nicht mehr an die Heiligen. Nichts als Misstrauen. Das ist mir bewusst, aber ich muss aufmuntern. Ich weiß, das ist nicht richtig, ich täusche die Leute, führe sie hinters Licht und bestreite die Wahrheit. Aber ich muss meine Pflicht tun. Es ist widerwärtig. Aber wenn die Spannung gelockert würde, käme es zum Zerfall und dann… Ich will nicht daran denken…"

Der Bergrichter hatte mit sicherer Stimme gesprochen, ohne einen Anklang von Feigheit.

„Sagen Sie es dem Erzherzog. Genug jetzt mit Kriegen. Wir sind im Krieg mit dem Leben. Schauen Sie, wie die Leute sich bewegen, sie sind müde. Der Winter war hart und lang, in allen Tälern, keines ausgenommen. Die Ernte wird gerade für einige wenige Mahlzeiten reichen und für die Aussaat im

Herbst. Die Gebete nutzen nicht, an die Prozessionen glauben sie nicht mehr. Zu viel Not und… sagen Sie selbst! Der Erzherzog muss tröstende Worte finden, ein Zeichen, der Wille, sich vom verneinten Gott zu unterscheiden. Distanzieren Sie sich vom Bischof. Christus und Gerechtigkeit? Das ist ein Scherz. Gott gibt es nicht mehr, von Gerechtigkeit ist kein Schatten mehr. Sicher, die Justiz bin ich, aber ich kann weder Brot noch Rüben geben. Frieden und Hochherzigkeit, nur dies ist zu hoffen. Ich habe nichts anderes zu sagen, Sie haben die Aufgabe zu erklären und verständlich zu machen!"

Sie waren nachdenklich, mit gesenktem Kopf hatten sie ein paar magere Grasschollen aufgehoben, hatten in der Ferne das Rauschen wild tosender Bergbäche gehört.

Sie hatten das Zentrum des Kohlenbezirks erreicht. Männer, Pferde, Winden, Flaschenzüge, Rasseln von Eisen und Kreischen von abgenutzten Rädern. Als sie vorbeigingen, hatten einige wenige Männer sie gegrüßt und die schäbige Knappenmütze abgenommen. Die meisten hatten nur einen zerstreuten Blick auf sie geworfen. Die Message des Nichtrespekts.

„Auf das in Schneeberg gewonnene Silber wird keine Fördersteuer erhoben, sie ist zu hoch und auch die Kosten sind zu hoch…"

Leise, fast eingeschüchtert, hatte er hinzugefügt: „Mit dem Silber geraten wir in Not. Das ist schwer zu erklären, aber der Reichtum macht arm.

Ohne Silber hatten alle zu essen, die Bauern konnten überleben, bearbeiteten die Felder und produzierten. Jetzt sind sogar die Bankiers in Schwierigkeiten, da die Kredite, die sie vergeben haben, nicht zurückerstattet werden. Unser Tal ist zu einer Grube der Illusionen geworden!"

„Und da oben?", hatte Simon mit einer Handbewegung gegen die Berggipfel gefragt. „Auch da oben wird Erz gefördert?"

Er hatte einen Karren gesehen, der gebremst zu Tal kam, und in seiner Nähe mehrere zerlumpte Männer.

„Ja, das sind Schurken und Gauner, die bei ihrer Verurteilung die ‚Freiheit' gewählt haben: den Tod da oben; denn in der Höhe ist es kaum auszuhalten."

„Aber wenn sie nicht arbeiten?"

„Wenn sie nicht eine angebrachte Menge Erz ins Tal schicken, bekommen sie nichts zu essen. Und das würde den Tod in sicher nicht mehr als zwei, drei Wochen bedeuten."

„Könnten sie fliehen?"

„Das hat schon mal jemand versucht. Es gibt eine überwachte Sperre. Andere Wege führen über den Gletscher, was aber unmöglich ist. Flüchtige, die gefangen wurden, sind an Ort und Stelle hingerichtet oder in den Graben der Verdammten gestürzt worden. Mörder und Vergewaltiger, schlimme Leute."

Er hatte auf eine Höhle verwiesen: „Da hinein werden Kranke und Flüchtige geworfen, die dort verfaulen. Ein fürchterlicher Gestank. Im Winter etwas weniger ekelhaft."

„Die Juden? Das heißt, haben die auch mit den Anleihen zu tun?"

„Nein! Die größten Darlehensgeber sind die katholischen Fugger. Ihr Juden verleiht nur kleine Beträge. Ihr verdient langsam, an vielen kleinen Beträgen. Ihr seid nützlich und notwendig, das ist euer größter Fehler. Achtung und Hass vermischen sich, aber der Hass gewinnt immer die Oberhand."

Sie hatten die Pferde angespornt und im Galopp waren sie nach Sterzing zurückgekehrt. Simon logierte im Schwarzen Adler, einem Gasthaus in der Nähe des Glockenturms. Es hatte fünf geläutet, *A las cinco de la tarde,* wenn sein Sevilla zu neuem Leben erwachte.

Wieviel Heimweh!

In Sevilla der Beginn, in Sterzing der Abschluss von besorgniserregenden Tagen.

Sie hatten zu Abend gegessen: etwas Brot, eine Forelle für Simon, geräuchertes Schweinefleisch für den Bergrichter.

Es hatte sich abgekühlt, die Rast war angenehm.

„Wein?"

„Nein, wir Juden trinken nur koscheren Wein, der auf eine bestimmte Art und Weise gekeltert werden muss. Das mögen dumme Überlieferungen sein, aber sie helfen uns, unsere Identität und unsere Würde zu wahren. Jeder Mensch muss seine eigene Überzeugung haben, aus Vorteil oder Angemessenheit, aus Opportunität, Überzeugung oder Gewohnheit. Was für mich gilt. Aber wenn es für mich schwierig ist, ein Jude zu sein, dann lassen Sie mir wenigstens die Kraft, mich nicht der Überheblichkeit zu unterwerfen."

„Es fällt mir schwer, Ihnen zu folgen."

Simon wusste, dass in Sterzing wie auch in Brixen keine jüdischen Familien ansässig waren.

„Stellen Sie sich das vor! Juden in der Bischofsstadt. Ein Affront angesichts der kirchlichen Macht!", war der Bergrichter herausgeplatzt.

„Aber in Trient..."

„Trient ist etwas Anderes, mit anderen Bewohnern. Die Stadt ist so groß wie Innsbruck, mit vielen Geschäften und Verbindungen. Hier leben Arbeiter und Bergleute, Bauern und Abenteurer, die die Brotkrumen aufsammeln. Da braucht es keine Juden. Pardon. Es käme nur zu Spannungen."

Er hatte sich ein Glas Wein eingeschenkt und langsam getrunken.

„Gut! Wenn er frisch ist und nicht nach Essig schmeckt, dann ist er gut! Hören Sie mir gut zu. Wenn Sie eine Stadt verstehen wollen, dann verlieren Sie keine Zeit. Dies sind einige Details. Die Steuern und die Grubeneinnahmen bewerten, die Ernten und die Bauern begutachten, die Schmiede und die Schneiderwerkstätten, die Fassbinder und die Metzger, die Preise und die Güte der Produkte, den Bildungsgrad und den Glauben des Volks. Lassen Sie das bleiben und hören Sie mir gut zu. Richten Sie Ihre Aufmerksamkeit auf zwei Fakten und Sie werden in kürzester Zeit vieles verstehen. Beobachten Sie die Bettler in den Straßen und den Hospizen und die Prostituierten in den Bordellen. Das sagt viel aus. Wenn es wenige Bettler gibt, aber viele Prostituierte, dann handelt es sich um eine gesunde Stadt. Im umgekehrten Fall kündigen sich schlechte Zeiten an."

„Sterzing? Wo kann ich da kontrollieren?", hatte Simon gut gelaunt eingeworfen.

„Wollen Sie das Hospiz kontrollieren oder das Bordell?"

Sie hatten sich verständnisvoll angelächelt.

„Der zweite Ort ist besser."

„Aber wo gibt es die?"

„Hier in Sterzing? Das würde unseren guten Ruf ruinieren. Das Spital und die Ordenskommende? Sie glauben doch wohl nicht, dass es einen bestimmten Ort dafür gibt? Aber in den Wirtshäusern, im Bedarfsfall, mein Gott! Wollen Sie es versuchen? Mäßigkeit ist unsere Tugend… Die Anfragen werden mit der nötigen Aufmerksamkeit befriedigt."

„Aber wo sind sie denn?"

„Ah, das möchten Sie wissen! Sie sind alle tüchtig und arbeitsam. Aber wenn sie erfahren… dann trödeln sie etwas herum, Sie glauben doch wohl nicht, dass das sofort geht… Ein bisschen gute Laune, ein zustimmendes Lächeln, die Gesellschaft muss heil bleiben."

Sie hatten sich bei oberflächlichen, dummen Bemerkungen entspannt.

„Wenn Sie die da fixieren, Sie wissen schon, wen ich meine, oder? Die junge, mollige. Sie werden schon selbst entscheiden, ob es der Wein ist oder…"

Simon hatte kurz geantwortet.

„Die interessiert mich nicht. Ich habe anderes im Kopf."

Die Schritte und die Stimmen auf der Straße hatten sich abgeschwächt, das Ächzen der Karren und das Hufgetrampel der Pferde waren verklungen. Simon atmete die Tristesse der Stadt ein, eine frische Brise hatte den Geruch nach Speisen fortgetragen, aber nicht seine Gedanken.

Sie hatten vereinbart, dass Simon sich am darauffolgenden Tag in die Wohnung des Bergrichters begeben würde. Ein Besuch, der ein Muss war.

„Die Bergwerksordnung ist zehn Jahre alt, aber meiner Meinung nach ist nichts daran zu ändern. Die 24 Artikel legen die Zeiten, die Mengen und die Kosten fest, auch die Strafen. Es ist eine gute Arbeit."

Sie hatten geschwiegen, um das Essen zu beenden.

„Waren Sie schon in Brixen?"

„Der Bischof hat mir die Audienz verweigert. Er will mit mir nicht reden. Ich bin ein bekehrter Jude. Er traut mir nicht. Er hat mich zu einem Sekretär gesteuert. Ich weiß nicht genau. Ein gewisser Michael. Ich soll mich nach Neustift begeben, mich allerdings außerhalb der Mauern halten. Ich könnte ja seine Besitztümer verschmutzen!"

„Tun Sie, was Sie für richtig halten. Auch ein Bischof hat seine Würde, wir leben von erfundenen Ehren und Dignitäten. Das ist das Spiel des Lebens. Was haben Sie gesagt, wie er heißt?"

„Michael… mehr kann ich nicht erinnern."

„Michael Gaismair? Wollen Sie mich hinters Licht führen? Sie wissen nicht, wie er heißt? Und Sie sollen dem Kaiser Bericht erstatten?“

„Ja, genau, so heißt er. Und wer ist das?“, hatte er neugierig gefragt.

„Eine intelligente Person. Auch der Bischof trifft das Richtige. Selten, aber in diesem Fall schon. Er untersteht jetzt dem Statthalter von Tirol, für den südlichen Teil der Grafschaft, vom Brenner über Bozen nach Trient hinunter, und auch noch weiter, bis Ala. Er stand im Dienst des Tiroler Landeshauptmannes Leonhard von Völs, war aber auch Schreiber der kaiserlichen Bergwerke in Schwaz. Eine sehr gebildete, wenn auch temperamentvolle Person. Wenn er mit dir spricht, schaut er dir direkt in die Augen. Ich bin ihm nur zweimal begegnet, habe aber verstanden, dass …“

„Die Familie?“

„Er ist hier ganz in der Nähe geboren, in Tschöfs bei Sterzing, dort, wo der Anstieg zum Brenner beginnt. Er stammt aus einer wohlhabenden Familie, die einen großen Berghof, Ländereien und Wälder besitzt, allerdings nicht viele, die aber doch ausreichen, um die Gruben mit Holz zu beliefern. Sie sind auch Geschäftsleute und sind zu Pflegern der Passstraße ernannt worden, sodass sie Mautgebühren erheben können. Die Straßenerhaltung kostet und muss bezahlt werden. Haben Sie nicht bezahlt?“

„Schon, jetzt kann ich mich erinnern. Ich habe also den Mann bezahlt, den ich in Brixen treffen werde.“

„Genau. Er hat bei den Deutschherren studiert und dann in Verona. Ein sehr weltgewandter Mann.“

„Wie alt?“

„Etwas älter als Sie. So um die Dreißig. Fragen Sie es ihn doch. Er genießt großes Ansehen. Er entscheidet und arbeitet.“

„Seine Vorzüge?“

„Für die heutigen Zeiten ist er außergewöhnlich freimütig.“

„Fehler?“

„Das fragen Sie mich? Urteilen Sie doch selbst. Ich beurteile nicht, wer mir nicht untersteht. Mit Ihnen bin ich sogar schon zu weit gegangen.“

„Aber bitte, sagen Sie doch, was Sie denken? Ist er ehrgeizig?"

„Nein, ich glaube nicht, ich weiß nicht. Für sich selbst wohl nicht, aber für die Grafschaft hat er wohl den rechten Ehrgeiz."

„Redlich?"

„Da bin ich sicher. Aber wenn ich einen Fehler suchen müsste... vielleicht ist er zu einsichtsvoll..."

„Ja und...?"

„Dass seine Überlegungen über ..."

„Das heißt?"

„Er verteidigt übermäßig die Schwachen. Sicher, der Bischof schätzt Ratschläge... wenn sie in die christliche Lehre passen und nicht zu einem Problem werden. Er beurteilt nicht die Absichten, sondern schlägt Abhilfen vor. Und da... ich weiß nicht..., da geht er in seinen Vorschlägen manchmal etwas zu weit."

„Wie soll ich das verstehen?", hatte Simon neugierig gefragt.

„Es tut mir leid, aber das sind nur so Ahnungen."

Der Bergrichter hatte sich unterbrochen. Er hatte sich durch den Bart gestrichen, war mit der Hand über das Gesicht gefahren und tief geatmet. Offensichtlich war er verlegen. Mit leiser Stimme hatte er dann versucht, eine Erklärung zu geben.

„Händler, Handwerker und Arme liegen auf der Lauer. Luther? Ein Problem schwer wie ein Felsblock. Die Justiz? Zu viele. Luther schlägt nur eine vor, die aber schädlich ist. Das Volk sucht Gott ohne Mittelsmänner, die Kirche wird in Diskussion gestellt. Gaismair müsste seine Zunge etwas im Zaume halten, gewisse Formulierungen sind abzuwägen, der Justizgeist ist nicht für alle!"

„Ja, Gaismair als Mann ist mir sympathisch, aber er hat eine andere Einstellung... er sündigt in Überheblichkeit. Hoffentlich nur das. Aber wenn ich mit der Wahrheit herausrücken soll..." Er hatte sich Simon genähert und hatte ihm mit der Hand vor dem Mund zugeflüstert:

„Mir ist er sympathisch, es ist schön, ihm zuzuhören."

„Ist er verheiratet?"

„Aber Sie sind ja ein Untersuchungsrichter. So viele Fragen!"

„Ich bin ein Vertreter des Erzherzogs."

„Er hat eine Frau, ist aber nicht verheiratet. Er ist gläubig und liest viel in der Bibel."

„Kommen Sie nicht vom Thema ab. Ist das eine Sünde?"

„Zu viel Bibellektüre kann…". Er war etwas unsicher geworden. „Ich möchte nicht falsch verstanden werden. Es ist gut und recht, die Heilige Schrift zu lesen, aber wenn man nur die Bibel liest… ich meine… in der Welt gibt es doch auch Anderes, oder?"

Simon hatte nicht kommentiert. Er wusste das schon lange. Es war besser so.

17

„Also was? Habt ihr Weizen und Gerste eingelagert?“

„So viel wir konnten. Mit umsichtigen Ankäufen außerhalb der Grafschaft, angesichts der bescheidenen Bestände. Es war aber nicht einfach. Die Straßen in unseren Bergen sind unwegsam. Das Getreide ist knapp und die Preise sind angestiegen. Hungersnot überall. Es sind immer mehr Hungerleider zu sehen, die konsumieren, aber nicht produzieren. Gott scheint uns verlassen zu haben, egal, ob wir ihn anbeten oder nicht. Sie sind Jude, ich Katholik, aber die Probleme werden von den Menschen geschaffen, und die Menschen müssen sie lösen. Ich bin der Ansicht, dass es gut ist, zu Gott zu beten, aber heutzutage… ich weiß nicht.“

Michael Gaismair, anfangs etwas verärgert, hatte sich beruhigt und ein leicht ironisches Lächeln angedeutet. Er trug einen kurzen Bart, die gut geformten, fleischigen Lippen ließen schöne Zähne sehen. Ein kräftiges Gesicht mit einer geraden Nase und einem offenen, freien Blick. Er machte den Eindruck eines Mannes, der weiß, was er will.

Simon hatte ihn in Neustift aufgesucht, in einer Taverne außerhalb der Rundmauer des Festungsturms.

Gaismair hatte lange auf sich warten lassen. Die Dienstboten hatten sich auf ihn gestürzt und das Pferd sofort bei den Zügeln genommen, und daran hatte Simon erkannt, dass er es sein musste.

„Ich hoffe, es stört Sie nicht, dass wir uns hier treffen, hier im Stift der Augustiner Chorherren. Und ich entschuldige mich für meine bedauernswerte Verspätung, aber ich komme direkt aus Klausen.“

„Probleme mit dem Zoll?“

„Ja. Das wissen Sie schon?“

Gaismair war perplex.

„Soviel ich muss und soviel ich kann, bin ich informiert. Aber mich interessiert das Wesentliche. Das erwarte ich mir von Euch. Die Lage?“

„Kurz gesagt?“

„Nach Möglichkeit.“

„Sagen wir, dass der Hunger die Not schichtet. Der schafft keinen Groll unter den Reichen, der Reichtum ist kein Reichtum, aber seit Langem ertragener Hunger führt zu Hass, Gold wird zu Glut und mit dem kleinsten Funken gerät alles in Brand.“

„Erinnerungen an einen verlorenen Wohlstand, oder?“

„Der Magen verkleinert sich mit der Entbehrung, es kommt zu Krämpfen, Der Prunk der Paramente ruft Unwillen hervor, die Prozessionen und das Zurschaustellen des zu Vielen demütigen die Bescheidenheit und den Gehorsam, lassen die Körper Hunger leiden.“

„Haben die es verstanden?“

„Absolut nicht. ‚Die Wahrheit sind wir‘, sagen die Priester ohne Unterlass, ‚wir sind das Göttliche, Gott ist mit uns und mit dem Volk. Das Gold dient nicht uns, sondern der Glorifizierung des ewigen Lebens‘.“

„Und das Volk glaubt daran?“

„Manchmal ja und manchmal nicht. Ich hoffe, dass Gott zuhört; denn wenn er taub bleibt, werden die Seufzer zu Schreien!“

„Also was raten Sie dem Bischof?“

„Predigten und Prozessionen zu vermindern und seinen Weg den Armen anzupassen. Es gibt nur ein Leben, das des Volkes und der Herrscher. Wenn es in diesen Leben zu große Unterschied gibt, dann entflammen Aufruhre. Das sage ich ihm, aber auch Ihnen.“

„Und der Bischof hört auf Euch?“

„Er lebt in der Illusion, aber die Reihen der Entrechteten nehmen zu. In Brixen sind es mindestens zweihundert, Bettler, die eine Demütigung für die Stadt sind, sie sind arrogant und stehlen, wo es möglich ist. Arme und Tölpel, einfache Leute und Gauner vermischen sich. Im Augenblick schaffen wir es noch, sie zu bezähmen.“

Dienstboten hatten einen Krug Obstwein, Brot mit Nüssen und etwas Butter auf den Tisch gestellt.

Er hatte auch Käse bestellt, der sofort aufgetischt worden war, und auch Bratäpfel mit gehacktem Senfsamen.

„Wie gut! Der Käse ist ausreichend fett. Die Äpfel mit den Senfsamen sind gut für die Verdauung. Probieren Sie doch!"

„Äpfel hier? Und Ende Juli?"

„Das ist kein Wunder. Sie stammen von einem Apfelbaum, der hier hinter dem Kloster mit Liebe und Sorgfalt angebaut wird. Eine Seltenheit. Zufrieden?"

Die Antwort war leicht spöttisch, leicht selbstgefällig und ein bisschen ironisch, aber im Grunde doch voller Respekt und Achtung.

„Wenn möglich, helfen Sie uns."

Simon hatte verständnisvoll genickt. Um sich herum hatte er viele Reisende gesehen.

„Und die?", hatte er gefragt.

„Pilger auf der Reise nach Rom. Die Wallfahrten sind noch in Mode. Wir beherbergen sie, verpflegen sie mit dem Wenigen, was wir haben. Schwarzbrot und im Glücksfall ein Stück Speck. Wir können uns nicht weigern, sie zu verköstigen, das würde dem Prestige der Kirche schaden, sofern noch etwas übrig ist. Die Deutschherren in Sterzing und die Augustiner Chorherren hier in Brixen. Die Augustiner stehen im Mittelpunkt einer streitenden Kirche, weder arrogant noch anmaßend, sie sind dem Bischof treu, insgesamt unter dem guten Aspekt der Kirche. Anders der Deutschorden, der ist aufdringlicher. Aber die Unterschiede annullieren sich jetzt."

„Denn da sind auch andere…"

Er hatte den Satz noch nicht beendet und wurde schon unterbrochen.

„Ihnen kann ich es ja sagen. Simonie und Korruption haben nichts mit den Kanons der Kirche zu tun, geschweige denn mit den Geistlichen. Wer die Sünden vergibt und das ewige Leben verspricht, versündigt sich mehr als die Sünder. Die Kirche selbst verrät ihre Gläubigen. Ich höre zu viele leere, sinnlose Worte. Sünde, Apokalypse, Verdammung und ewiges Feuer, göttliche Justiz, Weltuntergang. Die Gläubigen sind es müde, sie leben im Terror! Sie sind überzeugt, dass die Geistlichen die Ordnung der Kirche umstürzen. Wir sind in Erwartung der Wahrheit und des Friedens… von Nahrung… aber…"

Er hatte das Thema gewechselt.

„Ich hoffe, Sie sind nicht beleidigt, dass ich Sie außerhalb der Klostermauern empfangen habe. Aber sicher verstehen Sie: ein Jude in Brixen? Ein schlechtes Zeichen für den Bischof."

„Ich verstehe, ich verstehe", hatte Simon erwidert. „Die Heiligkeit der Bischofswürde und seiner Residenz in Brixen. Das sind Probleme der Reputation. Haben Sie keine anderen Sorgen?"

„Er bittet Sie um Verzeihung, aber er hatte einen anderen Termin", war er dann herausgeplatzt. Aber dann hatte er seinen Ärger nicht zurückhalten können: „Es stimmt nicht, der Bischof hat sich nicht entschuldigt und hatte keinen anderen Termin. Er wollte Sie einfach nicht treffen. Das ist die Wahrheit!"

„Lassen wir es bleiben… aber eine Frage", hatte Simon einzuwerfen gewagt. „Warum herrscht Hungersnot, wenn doch so viele Felder brach liegen?"

„Es fehlen Bauern. Sie haben die Felder aufgegeben, um in den Bergwerken zu arbeiten. Waren Sie nicht im Ridnauntal?"

Beide schwiegen und gingen ihren Gedanken nach. Simon rieb sich nervös die Hände. Er war besorgt.

Plötzlich hob Gaismair an: „Sehen Sie? Hier beten sie zu einem Gott, den es nicht gibt. Hier", hatte er leise hinzugefügt, „gibt es nur Lüge und Korruption!"

Simon war von dieser Aufrichtigkeit sehr beeindruckt.

Sie hatten sich voneinander verabschiedet. Beide waren wieder in die Alltagswelt mit all ihren Sorgen und Unruhen zurückgekehrt.

„Im Notfall wissen Sie, wo Sie mich finden können. Immer hier in der Gegend. Gott stehe Ihnen bei. Und denken Sie daran: immer außerhalb der Mauern."

Sie hatten sich zugelächelt.

„Und passen Sie auf sich auf. Es kann gefährlich sein, den Personen zu großes Vertrauen zu schenken."

„Bitte, noch eine Frage", hatte Simon ihn unterbrochen. „Der Erzherzog und der Bischof… ich meine… verstehen sie einander oder…?"

„Es sind zwei müde Wanderer. Beide sind verkrüppelt. Der eine stützt den anderen, und es ist besser so, dass sie das weiter machen. Dann wird ihnen jemand ein Bein stellen und es wird zu einem Sturz kommen."

„Ja, ich habe verstanden. Aber wer wird denn stürzen?"

Gaismair war gelassen geblieben.

„Vielleicht beide. Aber meine Gedankengänge sind etwas gewagt. Fragen Sie die Pilger, auf wessen Seite sie stehen, ob sie zum Erzherzog halten oder zur Kirche. Mischen Sie sich unter die Wallfahrer. Fragen Sie. Rom ist der Weg zur Erlösung, aber auf dem Rückweg widerstrebt ihnen die Kommerzialisierung. Machen wir uns keine Illusionen. Und berichten Sie genau. Aber vieles muss sich ändern. Wir können uns nicht das Jenseits erwarten, die Würde des Menschen ist auf der Erde! Aber Sie?"

„Ich?"

„Was werden Sie tun?"

„Ich werde dem Erzherzog zum rechten Zeitpunkt Bericht erstatten. Hoffnung und Angst. Das habe ich verstanden. Es sind gegensätzliche Leidenschaften."

„Nur das sagen Sie mir? Also?"

„Ich denke wie Sie, aber wollen Sie, dass wir jetzt hier diskutieren, während Sie auf dem Pferd sitzen?"

Gaismair hatte zustimmend genickt.

„Sie haben Recht. Wir werden uns schon noch wiedersehen. Erinnern Sie sich daran, dass ich meine Meinung nicht ändere. Gott wird mir den rechten Weg weisen!"

Sie hatten sich voneinander verabschiedet.

„Wir werden uns wiedersehen", hatte Simon ausgerufen und ihm die Hand gegeben.

Gaismair hatte sie fest gedrückt und das Pferd angespornt. Dann war er im Staub verschwunden, den das galoppierende Pferd aufgewirbelt hatte.

Es war eine schöne Begegnung gewesen.

„Gott sei mit ihm!" hatte Simon gedacht. „Gott ist mit ihm!"

18

Er war, von seinem Geleitbrief geschützt, bis nach Bruneck gereist. In den Besitztümern des Bischofs lag das Kloster Sonnenburg, eine Versorgungsstätte für die Töchter des heimischen Adels, die aber der strengen Benediktinerregel nicht unterstehen wollten. Sie waren zum Eintritt ins Kloster gezwungen worden und gaben sich nicht erlaubten Zerstreuungen hin, weshalb es zu ständigen Verweisen und Ablehnungen kam.

Sie wurden von der kaiserlichen Macht geschützt, aber von der bischöflichen Autorität zur Annahme strenger Regeln gezwungen. Doch der Anstand musste gewahrt werden. Die jungen Nonnen waren, von der Gebetspflicht befreit und ohne Kontrolle seitens ihrer Familie, auf der Suche nach Freiheit. Ihr Verhalten grenzte an Sittenlosigkeit, der sie sich ohne Verantwortung hingaben.

Simon war von der Schönheit des Klosters beeindruckt. Er war hier Anfang August angelangt. An einem Spätnachmittag, nach zwei Tagen unter Gewittern mit heftigen Platzregen. Er war am Fluss entlanggeritten und hatte das Dorf St. Laurenzen erreicht und den Fluss bewundert, der mit einer Schleife den Klosterfelsen berührte. Im grünen Wasser, das langsam dahinfloss, spiegelten sich die Mauern, und gleich unter dem Kloster waren das Hospiz und die Schule mit ihren grauen Steindächern zu erkennen.

Vor dem Anstieg zum Kloster war er bei einem Bauern stehengeblieben, der mit einer Sense die Wiese mähte, und hatte ihn nach dem Weg nach Sonnenburg gefragt. Mit sarkastischem Tonfall und respektloser Haltung hatte er geantwortet:

„Das fragst du mich? Du kennst den Weg nicht? Von hier bis Brixen ist der doch allen bekannt. Woher kommst du denn? Geh weiter, schöner Jüngling, aber nimm dich in Acht. Du musst deine Kräfte messen, denn dort oben werden die schnell aufgebraucht."

Simon hatte nicht geantwortet. Nach kurzer Zeit stand er vor einem mit Steinreliefs verzierten Portal: vielerlei sakrale Symbole, Tiere, Dämonen und Engel.

Er hatte an der Besucherglocke geläutet und gewartet. Das Fenster im Portal hatte sich aufgetan und eine weibliche Stimme hatte ihn gefragt, wer er sei und was er wolle. Nach Simons Antwort hatte sie ihn willkommen geheißen:

„Jetzt mache ich Euch auf, mein Herr. Gott sei mit Euch!"

Sie hatte ihn eingelassen und auf einem steingepflasterten Weg in die Höhe geführt. Der im Halbkreis verlaufende Gang war regelmäßig von Schießscharten unterbrochen, dann folgte ein gerader Weg an einer mannshohen Mauer entlang. Ein Eisengitter ging von hier auf kleine, in Terrassen angelegte Gärten, die auf Trockenmauern ruhten.

Das Licht des nahenden Abends wärmte ihn und nahm ihm die Müdigkeit.

Die Bauern, die in den Gärten arbeiteten und mit dem Jäten beschäftigt waren, hatten ihn ehrerbietig gegrüßt, eine unterwürfige Verbeugung. Beschäftigte Männer, Kinder, die sich haschten, der Weg von einem zusammengenagelten Karren versperrt. Ein kräftiger Mann erteilte Befehle zur Ablage von Nahrungsmitteln und Waren.

Simon hatte sich dicht an der Mauer gehalten, die gegen einen Fluss abfiel, der mit einem eigenartigen Farbenspiel beeindruckte. Ein bescheidener Bach hatte gelbes, schlammiges Wasser, das bei heftigen Gewittern zu Tal ging, der Fluss dagegen, der aus Bruneck kam, führte durchsichtig klares, grünes Wasser. Sie verliefen, bevor sie zusammenflossen, ein gutes Stück parallel zueinander, zwei getrennte, weiche Linien, zwei verschiedene Farben. Und auf einmal war ihm der Gedanke gekommen: Kirche und Kaiserreich.

Die Schatten wurden länger und gaben den mächtigen Rundmauern ein strengeres Aussehen.

Er war auf einen von blühenden Hecken umgrenzten Hof geführt worden, eine niedrige Mauer ging auf einen in Terrassen angelegten Garten, der im Westen den Blick auf runde, dunkel bewaldete Berge freigab. An der Seite schützten hohe Mauern ein hölzernes Portal. Die Nonne hatte mehrmals mit einem Eisenring gegen die Tür gepflopft, ein Zeichen, dass Besuch angekommen war. Simon verstand, dass hier die Klausur begann, der Meditation und Gebet vorbehaltene Bereich.

Sie waren eingetreten. Über eine Holztreppe hatten sie das Zwischengeschoss eines rechteckigen Turms erreicht, mit einem robusten Holzfußboden, zwei Stühlen und einer Bank, an der Wand ein großes Kruzifix.

„Ihr müsst euch etwas gedulden. Es ist die Stunde des Gebetes:“

Es war die Vesper der zwölften Stunde, kurz vor dem Abendessen, wenn das Licht bei Sonnenuntergang noch ausreicht, um Verse und Noten ohne Kerzen zu lesen.

„Kein Problem, ich werde warten. Herzlichen Dank.“

Simon war höflich gewesen, die Nonne zeigte ein Lächeln, die Unschuld des Gebetes, die Reinheit eines gelassenen Lebens.

Während er wartete, war ihm eine Melodie zu Ohren gekommen: kniende Wellen von Gebeten, ein Chor und eine Solo-Stimme.

Er war eingeschlummert, aber seine Gedanken gingen weiter. Die Leere des Friedens, die Müdigkeit des entspannten Körpers, die nackte Seele fern von Unglücklichen, von Not und Krankheit. Simon war in seine Ruhe eingetaucht.

Während er mit geneigtem Kopf vor sich hindämmerte, hatte sich plötzlich die Turmtür aufgetan.

„Herzlich willkommen! Sicher sind Sie müde. Ich wollte Ihre Ruhepause nicht stören. Es ist Zeit zum Abendessen. Wenn Sie wollen, können Sie neben dem Refektorium speisen. Wir leben in Klausur, aber ich kann euch das, was Sie essen möchten, in einem getrennten Saal servieren lassen. Wenn Sie wollen, können wir Sie auch beherbergen. Denn bald ist Nacht.“

„Und Sie?“

„Ich bin die Äbtissin!“

Simon hatte sich erhoben und ehrerbietig verneigt.

Die Äbtissin hatte eine strenge Figur, im Gesicht eine undefinierbare Müdigkeit, nicht jung und nicht alt, im Blick ein adeliger Stolz, der vom Habit kaum abgeschwächt wurde und die Macht ausdrückte, die sie hatte und anwandte.

Sie hatten sich durch einen gepflegten Garten in einen tiefer gelegenen Gemüsegarten begeben, der in Stufen gegen den Felsrand abfiel. Auf der anderen Talseite ragte die mächtige Michelsburg auf, in der er logieren würde. Sie war nicht weit entfernt, mit dem Pferd die Dauer einer Sanduhr.

Der Äbtissin war Simons Neugier aufgefallen.

„Die Burg gehört dem Erzherzog. Sie ist der Sitz des kaiserlichen Richters, der Gutes und Böses bewertet und die Strafen verhängt. Er beschützt uns auch vor der übermäßigen Zudringlichkeit unseres verehrten Bischofs und hält dessen Übergriffe auf unsere Besitztümer im Zaume.

Simon war stark beeindruckt. Er wusste von dem Gemurmel um das Kloster und dem üblen Gerede, das seine Insassen betraf, hätte aber nicht gedacht, dass die Äbtissin die kirchliche Hierarchie ablehnte: Das schien ihm etwas zu weit zu gehen.

Die Äbtissin war sich seiner Reaktion bewusst geworden. Sie war eine gebildete Frau, die sich auch in hohen Kreisen zu bewegen wusste und keine Zurückhaltung und Verlegenheit kannte.

„Ich weiß nicht, ob Sie ein Jude oder ein bekehrter Jude sind, das spielt keine Rolle. Sie können das nicht verstehen. Es wäre einfach, wenn Sie es wollten…“

Nach der zweiten Ringmauer waren sie in der Mitte des Klosters angelangt. Durch einen kleinen Kreuzgang und einen großen Saal hatten sie das Refektorium erreicht. Ein leichtes Stimmengewirr war von der Äbtissin mit einer Handbewegung zum Schweigen gebracht worden.

„Geliebte Schwestern, ich bitte um Bescheidenheit. Simon von Sevilla ist der Abgesandte unseres Gönners. Ihm gebührt, wie es auch im Geleitbrief steht, eure ganze Achtung. Wir verneigen uns vor ihm als Zeichen der Demut unserem Erzherzog gegenüber.“

Simon hatte einen raschen Blick auf die versammelten Nonnen geworfen. Einige hatten sanfte Antlitze, andere provokante, das Gerede war schwächer als die Wahrheit über dieses Kloster und seine Insassen, die schwer zu unterwerfen waren.

Sie hatten sich zurückgezogen. Die Äbtissin hatte ihn in einen abgelegenen Saal geleitet. Sie hatten, von zwei betagten Nonnen serviert, zu Abend gegessen.

„Also, wie Sie mir erzählen, sind Sie unabhängig von Hierarchien und Einnahmen“, hatte Simon gefragt.

„Was meinen Sie damit?“

„Sie haben Besitztümer, Einnahmen von Ackerland und Wäldern, das Holz hat seinen Wert. Sie nehmen Steuern und die Abgaben von Frondiensten ein und Sie sind keiner Steuer unterworfen, weder seitens des Kaisers noch seitens der Bischöfe. Irre ich? Dann bitte ich um Entschuldigung für meine Dreistigkeit. Ich habe gehört, dass das Kloster viele Besitztümer in Abtei hat wie auch in Mühlwald.“

Die Äbtissin war, bis auf ein leichtes Zucken der Augenlider, unbeweglich geblieben.

„Das ist nicht alles, das Verzeichnis ist nicht vollständig. Wir besitzen Wälder und Wiesen um den Antholzer See, in Wirklichkeit sind sie recht bescheiden und gehören überwiegend Seiner Eminenz dem Bischof, aber der Erlauchte Kaiser Maximilian hat uns damit belehnt, aus Liebe oder aus Verachtung… wer weiß…“

„Verachtung für wen oder wofür, wenn ich fragen darf…“

„Verachtung für den Bischof. Einige der Besitztümer sind umstritten. Der eine besteht auf seiner Jurisdiktion, der andere…“

„Entschuldigung, aber seine Eminenz der Bischof hat die Kühnheit, die Besitztümer, mit denen Sie belehnt worden sind, in Frage zu stellen?“

„Dieser Streit ist so lang, wie es die Winter sind.“

„Ich verstehe“, hatte Simon sie unterbrochen, „Sie sind der Schwerpunkt.“

„Der Schwerpunkt wovon? Erklären Sie besser, was Sie meinen…“

„Ihre Stellung im Benediktinerinnenkloster, die Ordensregel der Benediktiner, Ihr Motto beschützt Sie, es ist heilig. Wie könnte der Bischof seinen geliebten Nonnen Renditen abnehmen?“

Sie hatten beide befriedigt gelächelt, waren froh über den angenehmen Verlauf der Unterhaltung. Es war kein formales Lächeln.

Sie hatten sich wieder den Speisen zugewandt, besonders schmackhaft war die Apfeltorte, ein Genuss auch für gewöhnte Gaumen.

„Seid nicht naiv! Geliebte Nonnen? Geweiht? Nicht das sind die Sorgen des Bischofs, es sind die Sorgen seiner Macht."

„Aber von den Bauern verlangen Sie viel?"

Simon hatte die Frage aus purer Neugier gestellt.

„Wir verlangen, was recht ist. Das hängt von der Größe der Weiden und der Wälder ab, von der Höhenlage und der Sonneneinstrahlung, von den Gepflogenheiten: All diese Faktoren bestimmen die uns zustehende Summe. Falls der Erzherzog es so entscheiden sollte, wären wir in der Lage, den Erwartungen zu entsprechen! Aber im Rahmen des Möglichen. Wir verwalten das Pilgerhospiz, das Krankenspital, die Schule für die Novizen mit dem Studium der Andachtstexte."

„Wird alles registriert? Die Mengen, die Produkte und mögliche Nichteinhaltungen seitens der Bauern und der Bediensteten?"

„Wir sind sehr penibel und lassen nichts aus."

„Sie werden es mir erlauben, dass ich die Mengen kontrolliere, nicht wahr? Ich möchte nicht überheblich sein, aber ich möchte schon selbst kontrollieren. Sie zeigen mir die Pergamenthandschriften und ich werde darunter ganz zufällig eine auswählen, in der die Berghöfe angeführt sind. Natürlich nur einige, ja wahrscheinlich nur zwei! Auf diese Weise verkürzen wir die Zeiten. Was meinen Sie dazu? Eine zufällige Kontrolle hat für mich große Bedeutung. Einverstanden?"

„Natürlich", hatte die Äbtissin erwidert und zustimmend den Kopf geneigt.

„Aber Sie, verehrte Äbtissin, verzeihen Sie mir meine Gedankenlosigkeit, wie heißen Sie?"

„Ich dachte, dass Sie mich kennen. Ich bin Felicitas von Schroffenstein."

„Aus einer Adelsfamilie? Eine Verwandte des Brixner Bischofs?"

„Seine Schwester!"

„Zwei aus derselben Familie? Zwei Kinder und zwei Berufungen? Das wäre zu viel der göttlichen Güte!"

„Nein, ich hatte zwei weitere Brüder und habe noch eine Schwester. Ich bin die Jüngste. Meine Brüder sind beide im Krieg gefallen, im Jahr 1508, im Cadore, in einer Schlacht gegen die Venezianer. Das sind unsere tödlichsten Feinde, habgierig und aufdringlich, katholisch, aber vom Papst weit entfernt. Mir ist nur meine Schwester Dorothea geblieben, sie hat den Adeligen Sixtus von Trautson geheiratet. Meine Mutter war Barbara Hohenems, die ebenfalls aus einer Adelsfamilie stammte. Ich habe dieses Amt hier nicht zufällig."

„Kein Zweifel! Aber wir können Sie mit seiner Eminenz dem Bischof diskutieren, Ihrem Bruder?"

„Mein lieber Herr, nicht das Blut diskutiert, sondern die Ämter. Wir haben unterschiedliche Rollen und Aufgaben. Sie finden das seltsam? Wir übertreiben nicht im Disput. Mein Bruder ist alt und kränklich. Ich will nicht, dass er übermäßig leidet."

Sie hatten eine Pause gemacht.

„Aber was die Ländereien angeht, wie lösen Sie da die Streitfragen?"

„Mit Umsicht. Mit einem Übereinkommen hinsichtlich der Steuern auf die Ländereien. Was uns jeweils zukommt."

„Also für jeden die Hälfte?"

„Nein, für jeden in gleicher Höhe, wie es ursprünglich festgelegt war."

„Die Steuern werden also verdoppelt. Aber die Bauern? Sind die nicht unzufrieden?", hatte Simon einzuwerfen gewagt.

Die Äbtissin schwieg und Simon hatte nichts anderes mehr gefragt.

Der Tisch war reich gedeckt: Eier, weicher und harter Käse, viel Gemüse, gebratene Zucchini und gefüllte Paprikaschoten. Viel Fleisch, aber aus Respekt für Simon kein Schweinefleisch, was er sehr geschätzt hatte, frischer, berauschender Obstwein.

„Aber die Bauern? Gehorchen die?"

„Seit meiner Kindheit habe ich immer gehört, dass die Bauern sich aus Prinzip beklagen, sie sind von Natur aus habgierig, dumm und egoistisch. Wir treten ihnen Ländereien und Wälder ab, wir lassen sie leben und Kinder zeugen, ist das nicht genug?"

Von seinem Sitzplatz aus konnte Simon durch eine Bogentür einen Teil des Refektoriums sehen, aus dem schwach die Stimme der Leserin heraufkam. Ihm war aufgefallen, dass die Nonnen kaum auf die Lektüre konzentriert waren. Sie interessierten sich mehr für das Essen als für die heiligen Texte. Der Äbtissin war Simons Reaktion aufgefallen.

„Sie finden, dass meine jungen Nonnen nicht aufmerksam genug sind? Ich verstehe sie und mache ihnen deshalb keine Vorwürfe. Heiliges hören sie den ganzen Tag: Gebete, Predigten und so weiter. Das Essen ist wichtig für uns. Es ist eine Pflicht, unseren Appetit zu stillen! Vom Heiligen hören wir auch zu viel!"

„Appetit auf Essen?"

„Diese Respektlosigkeit verdient keine Antwort. Sie beleidigen uns, aber da Sie das schon wissen, vergessen Sie nicht, dass die Tugend eine Eroberung ist, dass es Versuchungen über Versuchungen gibt und dass wir die unterschiedlichsten Appetite haben… wie auch Sie. Sind Sie vielleicht frei davon?"

„Das nicht, aber ich trage keinen Ornat."

„Ihr Auftrag erlaubt es Ihnen, unseren Glauben zu untersuchen? Oder ist der Obstwein Ihnen zu Kopf gestiegen und hat Sie zu derlei Überlegungen gebracht? Wollen Sie unmögliche Perfektion auferlegen? Bis zu diesem Punkt kommen Sie?"

Die Äbtissin hatte die Statthaftigkeit der Versuchung verteidigt.

„Stellen Sie sich vor: Von einem Tag auf den anderen werden Sie in eine Welt geworfen, die nur aus Kniefällen und dem Verzicht auf Gefühle besteht. Antworten Sie mir, nicht Gott, weder meinem noch Ihrem Gott. Bemühen Sie sich. Haben Sie kein Verständnis? Beurteilen Sie gebrochene Leben, die Seelen wehrloser junger Mädchen werden auf dem Altar des Glaubens geopfert? Nein, auf dem der angstvollen Unruhe des Egoismus. Das ist die Tristesse, die Sie und die anderen tadeln. Ich weise die Falschheit und die eigennützigen Glaubensformen zurück und mildere den Schmerz der Novizinnen, denen ihre Hoffnungen genommen worden sind. Auch Sie heucheln und verachten?"

Einen Augenblick lang hatte sie geschwiegen, um dann eindeutiger fortzufahren.

„Sie sind arglistig, Sie beurteilen die Lage, ohne sie zu kennen. Der Glauben erleuchtet einige der Nonnen, aber ich zwinge sie nicht. Sie haben diesen Glauben aus eigener Wahl im Gebet und in der Demut gefunden. Ich dagegen nicht. Ich habe erduldet und nicht akzeptiert. Ich mache für mich und die anderen das Recht geltend, der Freiheit zu folgen, die ich mir zugestehe und einräume!"

Simon hatte um Entschuldigung gebeten.

„Wollen Sie die Gesinnung von uns Nonnen kontrollieren? Glauben Sie, die Kontemplation für Leben halten zu können? Der Egoismus der Welt unterdrückt und gebietet, dass alles Licht und Meditation ist. Merken Sie sich: Nicht alle sind wir Missbildungen der Existenz!"

Sie hatte kurz und knapp gesprochen.

Simon hatte den Reiz einer Innerlichkeit erkannt, die sich ohne Zurückhaltung offenbarte.

„Ich wollte nicht urteilen! Aber hat der Kirchenbann des Papstes noch sein Gewicht? Zahlen Ihre Pächter noch die verlangten Beträge oder verweigern sie die Zahlungen? Müssten die Steuern Ihrer Meinung nach gesenkt werden? Sind sie zu zahlen, weil sie heilig sind, oder hat die Exkommunikation die Anmaßung der Bauern in Arroganz verwandelt? Bitte, verzeihen Sie mir, wenn ich diese Fragen stelle, aber das päpstliche Urteil... vor wie vielen Jahren? Mindestens sechzig Jahre sind vergangen, und das wirkt sich auf die Ehrwürdigkeit des Erzherzogs aus. Die Exkommunikation des Herrschers und der Äbtissin ist eine schwerwiegende Erbschaft. Hat der Bischof den ihm zustehenden Respekt zurückgewonnen? Übersteigt der Glaube an sein Kredo die kaiserliche Autorität? Das sind absolut keine belanglosen Fakten. Sie müssen zugeben, dass mein Wunsch, die Wahrheit zu erfahren, über das Urteil Ihres Verhaltens hinausgeht."

Die Äbtissin war heiterer geworden.

„Sie, wie auch das Volk, glauben, dass der Kirchenbann eine Folge des Verhaltens der Nonnen war? Welche Naivität! Diese Exkommunikation wird für immer und ewig auf dem Kloster lasten. Es ist nur eine Frage der Macht, nicht der Freiheit. Mein hübscher Jüngling, ich dachte, Sie hätten eine offenere Mentalität und wären ein klügerer Kenner des Lebens. Herzog Siegmund von Österreich hatte den Brixner Bischof Nikolaus Cusanus eingekerkert. Nur eine Frage der Oberherrschaft und der Regentschaft. Nichts anderes. Dies war das Problem und der päpstliche Kirchenbann war nur die natürliche Folge. Die den Regeln nicht ganz ... gemäßen kirchlichen Verhaltensweisen sind nur die Verkrustungen der Sünden. Die Bauern? Das habe ich doch schon gesagt. Keine Angst. Sie hassen die Kirche, die doppelten Steuern, sie bringen dem Erzherzog Respekt entgegen, da können Sie beruhigt sein."

Plötzlich hatte sich das Antlitz der Äbtissin verfinstert. „Ich versuche, den jungen Nonnen etwas Freiheit zu lassen, aber jede Entscheidung in dieser Richtung wird als Sünde angesehen. Ich bin unterdrückt worden und unterdrücke, ich lebe in einer kleinen Welt, in die ich gegen meinen Willen eingeschlossen worden bin. Sie können sich nicht vorstellen, wieviel Ungerechtigkeit ich in jedem Abschnitt meines Lebens erlitten habe."

Simon hatte sich sehr über das gewundert, was er gehört hatte. Auch das Gesicht der Äbtissin hatte ihn angezogen. Nichts Unerlaubtes, nur zustimmende Blicke, der Wunsch, einander über die Rollen und die Förmlichkeiten hinaus zu verstehen.

„Kennen Sie einen gewissen Gaismair?"

Simon hatte diese Frage wie nebensächlich gestellt.

„Persönlich nicht. Mein Bruder hat mir von ihm erzählt. Ein gutaussehender Truppenführer, so heißt es. Ein starker Mann."

„Ein guter Truppenführer?"

„Ja, zweifellos ein Kämpfer. Und Sie? Haben Sie ihn kennengelernt?"

„Eine kurze Begegnung, zusammenhanglose Worte. Doch er soll auch sehr geschickt und intelligent sein."

„Auch mir ist so beschrieben worden. Der Bischof schätzt ihn sehr, auch Maximilian bewunderte ihn, aber... er läuft Gefahr, so habe ich gehört, seinen Aufgabenbereich zu überschreiten."

Simon hatte den letzten Schluck Obstwein aus dem Krug genossen, mehr hatte er zurückgewiesen.

„In welchem Sinn geht er zu weit?"

„Er ist zu fromm! Er glaubt an Gott. Angeblich will er unterrichten, was er nicht kann. Er ist anmaßend und daher gefährlich. Aber der Bischof und der Erzherzog schätzen ihn und lassen ihm Redefreiheit."

„Aber was sagt er denn so Gefährliches?"

„Aufrichtig gesagt, interessiert mich das wenig. Aber ich habe sagen hören, dass er von einem Steuererlass redet. So etwas von Arroganz! Die Steuern erlassen? Und wir, wovon leben wir?"

Simon hatte zustimmend genickt.

„Er sagt, dass die Bettelei abgeschafft werden muss. Die gibt es doch schon seit Beginn der Welt. Die Zehnten sollen zur Fürsorge der Armen und Allerärmsten dienen, und wenn das nicht ausreicht, soll Geld von uns Adeligen benutzt werden. Die Heiligkeit der Kirche wird in Frage gestellt! Auch der Adel!"

„Das ist seine Meinung? Ich glaube nicht, dass das zu verwirklichen ist. Da redet er wohl in den Wind."

„Aber Verrückte gibt es genug und überall, und immer mehr Neid. Betrüger und Versager, Gauner, Schwindler und Bösewichte, Diebe und Lumpen, Dirnen und was auch sonst noch, die sind alle selbst an ihrer Misere schuld. Sollen wir uns vielleicht für sie schuldig fühlen? Muss ich die Schuld der Feigheit und Erbärmlichkeit anderer tragen?"

„Natürlich nicht!", hatte Simon mit gespielter Überzeugung geantwortet. „Hier? Was Sie beschrieben haben, ereignet sich eher hier als anderswo? In der geheiligten Erde unseres Bischofs? Das ist unzulässig, unglaublich. Sie machen sich über mich lustig!"

„Ganz und gar nicht!", hatte die Äbtissin prompt geantwortet. „Das scheint das Schicksal zu sein. Luthers Lehre geht um. Wir wissen, dass sie sich verbreitet. Sie ist wie Unkraut, mischt sich unter die Gläubigen. Sie ähnelt dem Wort Gottes, ist es aber nicht! Sie umzingelt die Burg und das Kloster. Der Bischof und der Erzherzog sind zu gutmütig, sie trauen ihm, aber ich bin überzeugt, dass Gaismair für die Heilige Römische Kirche zu einem Problem wird."

Die Unterhaltung war lebhaft und interessant, schön die Gegenüberstellung mit dieser Frau. Sie begann Simon zu faszinieren.

„Erlauben Sie mir, Ehrwürdige Mutter, dass ich mir die Freiheit nehme: Bei den Messen habe ich bemerkt, dass die Liturgie des Klerus… wenn ich zu weit gehe, unterbrechen Sie mich…“

„Verlieren Sie sich nicht in Lappalien und stellen Sie sich nicht schüchtern.“

„Meiner Ansicht nach ist die Liturgie nichts anderes als eine Kruste, die die Leere des Glaubens überdeckt.“

Simon hatte vergebens auf eine Reaktion der Äbtissin gewartet. Es war nicht der rechte Moment…

Nach dem letzten Gericht –mit Eiern gefüllte Kalbspastete und eine übermäßig große Portion Mandelkuchen – hatte Simon sich verabschiedet und für die gastliche Aufnahme gedankt. Auch für die Übernachtung. Eine Nonne, die eine flackernde Kerze in den Händen hielt, hatte ihn in ein Zimmer im Rundturm geleitet. Eine Schlafpritsche, zwei Decken und eine eben angezündete Kohlenpfanne. Feuchte Steinmauern, er fror im Körper und im Geist.

Die Dunkelheit hatte das Kloster umschlossen, die letzten Gebete waren in einem tristen Spätsommertag erloschen. Einige Fackeln erhellten die Finsternis um junge Mädchen, die die Hoffnung verloren hatten.

Vor dem Schlafengehen hatte Simon um ein warmes Bad gebeten. Er war müde, sein Körper war von dem stundenlangen Ritt versteift, der Rücken tat ihm vom langen Galopp weh. Es war ein anstrengender, aber überaus interessanter Tag gewesen, reich an Speisen, Getränken und wertvollen Informationen.

Zwei Bedienstete hatten ihn verständigt, dass das Bad in der Wanne fertig war. Er hatte sich ausgezogen, die staubige Kleidung auf den Boden geworfen, sich eingeseift und war in das heiße Wasser eingetaucht. Ein Hochgenuss!

„Noch mehr Wasser!“, hatte er verlangt.

Nach einigen Momenten hatte er Schritte gehört. Ein Guss warmes Wasser und zwei Hände, die ihn massagiert hatten. Er begann sich zu entspannen.

Auf den Schultern hatte er die Berührung glatter Haut gespürt. Und plötzlich hatte er es verstanden. Zwei Brüste auf seinem Rücken. Er hatte sich plötzlich umgewandt und – er wollte es nicht glauben – den Körper einer Frau gesehen, die blonden Haare aufgelöst. Sie stand aufrecht vor ihm, mit bloßem Oberkörper, der Blick stolz, herausfordernd und verschmitzt. Die Äbtissin. Ohne Kopfbedeckung und ohne Habit hatte sie ihre Formen gezeigt. Attraktive Formen. Simon war wortlos. Ohne Überraschung. Zwei Brüste, zwei Schenkel und ein wollüstiger Blick bedurften keiner Erklärung. Er empfand nur Triebe, die Dankbarkeit der Sinne.

Er hatte sich in der Wanne erhoben, nur die Unterschenkel standen im Wasser, ein Schauer hatte seinen Rücken überlaufen.

Die Äbtissin hatte Beine und Knie gespreizt, den Oberkörper nach vorne geneigt und sein Glied in die Hand und den Mund genommen. Aber Simon hatte sich plötzlich zurückgezogen und war im Wasser untergetaucht.

Im Licht des Kandelabers war zu erkennen, dass sie erbost war.

Es herrschte Spannung, beide waren empört und atmeten tief. Der Äbtissin war die Enttäuschung über eine verfehlte Gelegenheit anzusehen, ein spöttisches Lachen, das Gesicht vor Zorn rot überlaufen.

„Das ist nicht der rechte Moment", hatte Simon gesagt, „ich bin müde."

Der Instinkt hatte ihn zurückgestoßen, das Heilige war profaniert worden und vielleicht nicht, die Ablehnung nicht gesuchter Wollust. Er wusste es nicht und verstand es nicht.

Die Äbtissin übernahm wieder ihre führende Rolle, sie hatte die schwere Tür laut zugeschlagen. Und beim Hinausgehen hatte sie ihn angefahren:

„Wie dumm sind Sie. Sie verstehen nichts vom Leben."

Simon hatte nicht geantwortet. Er war lange in der Badewanne geblieben. Dann war er eingeschlafen. Und im Traum hatte er sich an Franciscas Augen erinnert.

Am darauffolgenden Tag war er gereizt. Er hatte die Äbtissin beleidigt und den Stolz einer Frau gedemütigt.

Er hatte sich in die Klosterbibliothek begeben. Eine hübsche Novizin, die von seinem guten Aussehen eingeschüchtert war, hatte ihn begleitet. Er bemerkte, dass viele ihn anschauten, was er aber ohne Verlegenheit hinnahm.

Die Äbtissin kam verspätet. Simon hatte den Grund verstanden, aber geduldig gewartet.

Er hatte sich an die Novizin gewandt.

„Also, worauf warten wir? Das Buch der Dienstbarkeiten und der Pflichten? Kann ich es konsultieren?“, hatte er gefragt.

„Etwas Geduld bitte. Müssen Sie wegen Ihrer Neugier womöglich auf die Freuden des Lebens verzichten?“

Plötzlich war die Äbtissin eingetreten.

Simon war verlegen, er hatte zweifellos an die Äbtissin gedacht. Sie war ihm in ihrer ganzen Schönheit erschienen, mit angespannten, aber regelmäßigen Gesichtszügen, die er im schwachen Licht des Abendessens nicht in ihrer Attraktivität erkannt hatte.

„Wählen Sie, was Sie wollen. Machen Sie sich keine Sorgen um die Novizin. Es wird nicht viel Zeit vergehen und dann wird auch sie sich anpassen. Sie wird verstehen und anzudeuten verstehen. Keine Sorgen!“

Das Urbarium bestand aus einer Reihe von Pergamenthandschriften, die von einem festen Netz zusammengehalten wurden. Die Buchstaben waren klar und ordentlich, am Anfang einer Reihe leuchtende Majuskeln aus roter Tinte, der Triumph der Präzision. Simon hatte sie bewundert und an der Farbe gerochen, sie waren mit Mennige und Zinnober geschrieben.

„Gefällt Ihnen die Handschrift? Die geschwungenen Großbuchstaben?“

Die Äbtissin war über die Ablehnung noch verärgert, von einem konvertierten Juden zurückgewiesen, eine unanständige Überlegenheit des Nichts. Die Stimme war scharf, eben noch zurückgehalten, sie war zutiefst beleidigt worden.

„Die Handschriften gefallen Ihnen so?“, hatte sie verdrossen fortgefahren. „Womöglich sind Sie auch noch ein Schreiber?“

„Sie werden es nicht glauben, aber meine Anwesenheit hier hängt von meinem Auftrag ab. Viel Einsatz und viele Mühe, in Rechnungen wie in Schriften. Aber ich habe nicht kopiert, sondern ich musste schreiben und kontrollieren. Das ist etwas ganz Anderes als das Berichten.“

„Was für ein seltsamer Geschmack, aber ich will keine Zeit mit solchen Dummheiten verlieren.“

Sie hatte zwei Schritte auf Simon zu gemacht und ihm direkt in die Augen gesehen.

„Sie ziehen den Frauen die Jünglinge vor?"

Auf diese bissige Bemerkung der Äbtissin hatte Simon prompt geantwortet.

„Mir scheint, das haben Sie selbst feststellen können. Aber die Wollust ist nicht alles. Die menschlichen Triebe werden von seltsamen Mechanismen geregelt und die Gefühle können die Leidenschaften des Augenblicks unterdrücken."

Sie standen sich unbeweglich gegenüber. In gegenseitigem Vorwurf. Doch der Groll der Äbtissin war verschwunden. Simon hatte ohne Verlegenheit weitergesprochen: „Ich habe zu tun. Der Kaiser wartet. Es gibt Ablenkungen, aber nicht mit Personen, die Informationen liefern können. Andere Nonnen ja, aber nicht Sie!"

„Wählen Sie, entscheiden Sie sich! Ziehen Sie der Devotion frisches Fleisch vor? Wenn ja… dann könnte ich, wenn Sie eine junge Novizin möchten… aber ich will nicht. Und damit es klar ist: Mein Angebot wird sich nicht wiederholen!"

Simon hatte sich dem Vergleich entzogen, er wollte schnell entscheiden. Es war überflüssig, noch mit der unerwarteten und dann verfehlten Nacht Zeit zu verlieren.

„Ich möchte ein Dorf besuchen, so weit wie möglich vom Kloster entfernt, und dort wähle ich zufällig, welche Bauern ich überprüfe."

„Nehmen Sie das Register von Leupach!"

Die Novizin hatte die genannte Pergamenthandschrift herausgeholt, auf der in goldenen Lettern stand „Ampt Muelwalt".

„Es das auf Deutsch geschrieben?"

„Logisch, die Grobiane können nicht Lateinisch. Wir haben es übersetzt und übertragen, so kommt es zu keinen Missverständnissen über die Mengen und die Termine!"

„Ist der Ort weit von hier?"

„Er liegt am weitesten von unserer Gerichtsbarkeit entfernt. Hinten in einem langen Tal, man braucht eine Ewigkeit, um aufzusteigen, nicht einmal Gott würde es dort aushalten. Das Dorf ist arm und erzeugt wenig. Ob es da ist oder nicht, würde kaum jemandem auffallen. Bloß ein paar Grundstücke, die wir den Bauern aus purer Großzügigkeit zugestanden haben. Wir, unser geliebter Bruder der Bischof und auch der Erzherzog haben Besitztümer auf der Sonnenseite des Tals. Mit Nächstenliebe und Gebeten."

„Nächstenliebe? Nur die? Haben Sie das Dorf aufgesucht?"

„Einmal, und das hat mir gereicht."

Simon hatte den dicken Band geöffnet und planlos zwei Handschriften herausgenommen. Es waren Namen, Felder und Wälder angeführt.

Er hatte sich angestrengt, hatte die Wörter gelesen, verstand sie aber nicht. Sein schlechtes Deutsch reichte nicht aus, um ihm unbekannte Termini zu entziffern. Er hatte laut gelesen: *„Am schot scharchorn"*, Und dann weiter: *„Ain galuay*, habe ich das richtig ausgesprochen?"

Er hatte gelächelt, fühlte sich lächerlich und unangepasst. *„Ze weisode anderthalb scülte"*. Oh, mein Gott, was ist denn das für eine Sprache? Jetzt habe ich verstanden, was sie mit den ‚Barbaren' meinen! Bitte, können Sie mir das übersetzen?"

Er hatte sich an die Novizin gewandt, die Bibliothekarin. Mit Zustimmung der Äbtissin hatte sie begonnen: „Einen Sack Getreide, einen Korb Mohnsamen, einen Rücken Fleisch."

„Und dann weiter? Das ist noch nicht alles. Wieviel muss er bezahlen? Dieser Felder-Hof? Habe ich das richtig gesagt?

„*'Ainen weichen vrischinch'*, das bedeutet ‚ein ganzes Lamm'."

„Ein ganzes?"

„Ja, genau! Ein ganzes Lamm", hatte die Äbtissin eingeworfen. „Das ist wenig und würde gerade für mich und Sie ausreichen!"

„Und dieser Hof? Der Name hier unten. In *velde Lenpach*? Ja, dieser, der Walder-Hof. Habe ich den Namen von diesem zweiten Hof richtig ausgesprochen?"

Die Novizin hatte fortgefahren: „Jedes Jahr, zu Sankt Bartholomäus… kennen Sie den Schutzpatron der Verpflichtungen und der Verträge?"

„Ja, weiter, sonst verliere ich die Geduld."

„Dieser Hof hat vier Schillinge zu zahlen, so steht es hier klar und deutlich geschrieben, *vier schillinge* von der kaiserlichen Münzpräge, von keiner anderen, dann ein Lamm und einen Korb Getreide. Fast hätte ich es vergessen, pardon, auch *fuenf ayer*, fünf Eier und *fuenf*… Verstanden?"

„Nein, ganz und gar nicht!"

„Einfach: auch fünf Körbe Gras. Aber die muss der Bauer persönlich ins Kloster bringen. Eine nicht leichte Aufgabe, recht anstrengend, das werden Sie selber auch merken."

„Wie weit ist der Hof denn entfernt?", hatte Simon die Äbtissin gefragt.

„Zu Pferd, wenn es schnell ist, nicht weniger als drei Tage", hatte sie geantwortet, „wenn Sie nicht aus Wanderlust Halt machen."

„Sie wollen sagen, dass ich ein Vagabund bin?"

„Mehr oder weniger. Wenn Ihnen nicht die Äbtissin gefällt, finden Sie vielleicht Geschmack an einem Bauernmädchen. Sie sind fest und riechen nach Schweiß. Die werden Ihnen Ihre Schwäche nehmen oder… es kommen andere dazu!"

„Sie stellen sich vor, dass ich unterwegs so viel Verfügbarkeit finde?"

„Ein kaiserlicher Bote in diesem Tal? Der findet offene Türen. An Bädern und Kneipen fehlt es nicht, für Priester und Müßiggänger, für betrügerische Bauern, wie Sie Euch so gut gefallen. Ich habe gut verstanden, wozu Sie neigen. Die göttliche Gnade kennt viele Facetten. Auch die eines kaiserlichen Engels. Tugend und Befreiung sind eng miteinander verwandt. Sie sind alle fest umschlungen. Der Stolz einer kaiserlichen Besamung wird doch wohl den Wert einer Erlösung haben, oder? Erwägen Sie selbst, aber wenn Sie diese Wälder kennen, werden Sie es leicht verstehen. Der Mensch hat so viel zu entdecken."

Simon hatte ihre Provokation unterbrochen, er hatte sich zurückgehalten. Die Äbtissin hatte ihn mit wohlwollendem Gefallen angeschaut.

„Jetzt gehe ich auf die Burg, auf der anderen Seite des Flusses, um mit dem Richter zu sprechen und übermorgen begebe ich mich nach Leupach. Darf ich mich verabschieden?"

Er hatte sich leicht ehrerbietig verneigt, war dann aber stehengeblieben. Ein letztes Lächeln.

„Nun gehen Sie schon! Die Selbstsicherheit der Jugend begleite Sie, auch die Bescheidenheit. Tauchen Sie in die Armut der Felder ein, in die schmutzige Misere von verlassenen Dörfern, führen Sie Ihre Aufgabe als Diener aus, bleiben Sie, wer Sie sind. Noch ein letzter Ratschlag: Nehmen Sie angemessene Kleidung mit. Hier ist es warm, aber dort oben herrschen andere Temperaturen."

Simon hatte sie unterbrochen.

„Ich tue das, was Ihnen gefällt. Und was gestern Abend betrifft: Seien Sie mir nicht böse. Ich war erschöpft. Gutes Essen und Obstwein sind keine guten Ratgeber. Aber Beleidigungen können auch wiedergutgemacht werden."

Ein ironisches Lächeln. Und ein Versprechen. Die Äbtissin hatte nur das Versprechen zur Kenntnis genommen.

„Sie sagen, dass Sie weniger müde sein werden? Das Angebot einer Äbtissin ist einmalig und wiederholt sich nicht. Ihnen die Gelegenheit!"

Sie wirkte überzeugend, provokant an unbekannten Fähigkeiten, die hellen Augen eine Einladung.

„Eine Antwort bei meiner Rückkehr. Es ist nur eine Frage der Geduld. Ich denke, dass wir uns versöhnen können."

„Versprochen?" Ein leichtes Zittern war über das Gesicht der Äbtissin gegangen. Sie war unbeweglich. Sie hatte die Anziehung nicht bremsen können. Momente der Wahrheit einer Frau.

Simon hatte es bemerkt.

„Versprochen! Auf jeden Fall werde ich berichten, was ich gesehen habe. Diese Treue bin ich dem Kaiserreich schuldig. Und auch anderes."

Sie hatten einen einvernehmlichen Blick ausgetauscht.

Simon hatte die Klosterbibliothek verlassen.

Das einsame Läuten einer kleinen Glocke hatte die morgendliche Messe angekündigt. Die Nonnen waren verschwunden, aufgenommen von den Zerstreuungen eines schlecht gelebten Glaubens. Die ersten, von einer verschleierten Sonne geworfenen Schatten hatten sich auf das Kloster gelegt.

Simon hatte tief geatmet.

19

Er fand keinen Schlaf. Er konnte sich nicht erwärmen. Das Feuer war schwach. Es wütete ein Schneesturm, die Windböen peitschten die Tannen, die unter dem Unwetter stöhnten.

Der Bauer und seine Familie hatten sich abseits gehalten, das Feuer in der Mitte, alle zusammengekauert, aber die Wärme war nichts als der Atem eingeschüchterter Personen.

Simon war am späten Abend angelangt, umgeben von dunklen Wolken, hinter denen sich steile Gipfel verbargen. Der Weg verlief inmitten senkrechter Wände, unten spitze Felsen und im Hintergrund ein rauschender Bach, der Felsblöcke ins Tal mitgerissen hatte, an den Seiten unregelmäßige Wasserläufe. Ein entrechtetes Land.

Er war vom Pferd gestiegen und hatte auf dem rutschigen Boden einige Schritte getan.

Er hatte nach dem Felder-Hof gefragt. Der Bauer war beeindruckt: Vor ihm stand ein pelzgekleideter Mann, das Pferd mit Sattel und kostbarem Geschirr.

Er hatte nicht verstanden, wer vor ihm stand, hatte ihn aber mit einer Kopfbewegung eintreten lassen. Er betrachtete ihn mit Ehrfurcht und Neugier.

Im Haus ein beißender Geruch nach Milch, Heu und Mist. Eine armselig gekleidete, abgearbeitete Frau, zwei magere Kinder und ein Knecht. Alle waren stumm.

Zu Abend hatten sie ein Stück schlecht riechenden Käse geteilt und, soweit möglich, genossen. Simon hatte sich aus Achtung für diese Armen dazu gezwungen. Eine Scheibe Brot, sonst nichts, nur ein Zeichen, dass sie gegessen hatten. Im flackernden Licht des Feuers hatte er sich mit einem Schluck frische Milch von der einzigen Kuh begnügt.

Er hatte sich an die Dunkelheit gewöhnt. Kein Wort von den Anwesenden. Sie waren eingeschüchtert, schämten sich vielleicht wegen ihrer Armut. Auch Angst, während der Wind zunahm. Alles seufzte und ächzte. Auch Simons Seele war von dem Sturm benommen. Läuse hatten ihn angegriffen. An die war er nicht gewöhnt. Er hatte kein Auge zugemacht. In der Nacht hatte er geglaubt, das Rauschen von zu schnell verstorbenen Seelen zu hören. Ihn hatte eine seltsame Angst vor der bitteren Einsamkeit des Todes überfallen.

Die Zehnten, die Steuern waren das Zuviel des Nichts, die Kasteiung ermatteter Armut, erschöpftes Leben, das begann und mühsam weiterging. Alles Schmach von Egoismus und Leiden. In dieser Nacht war er einer von ihnen geworden! Er war schockiert. Es war noch Sommer.

Er hatte an sein Sevilla gedacht, an seinen trägen Fluss trüber Wasser, an die Wärme seiner Erde, die Schönheit der Häuser und Paläste, und er war von tiefstem Heimweh erfasst worden. Francisca, immer sie, unwiederbringlich im Leben verschwunden.

Simon dachte nach, in der Schwebe zwischen Leben und Tod. Dem inneren Tod. Dem seines Geistes.

Am darauffolgenden Tag hatte es aufgehört zu schneien. Die Wiesen waren weiß, schlammig und rutschig, ein Gemisch aus Erde und eben aufgetautem Schnee, und die Sonne hatte Mühe, die im kleinen Tal stagnierende Luft zu durchbrechen. Er war ausgerutscht und hatte sich mit Matsch und Mist beschmutzt.

Das Dorf war schon lange erwacht. Die Nachricht von der Ankunft des kaiserlichen Boten hatte sich rasch verbreitet. Die Einheimischen hatten sich am Felder-Hof versammelt, einige hatten aus Ehrfurcht ein Ei mitgebracht. Es war ihr Fest, eine große Ehre. Der Abgesandte des Kaisers stand vor ihnen. Sie waren seiner Achtung würdig. Mehr konnten sie nicht verlangen. Der Priester hatte die Bauern mit einer Geste aufgefordert, sich zu verneigen, aber Simon hatte sie zurückgehalten.

Sie verehrten ihn wie einen Heiligen, waren glücklich über diese unglaubliche Ehre. Die kaiserliche Autorität, hier oben bei ihnen. Eine Gnade des guten Gottes. „Genug damit, genug! Die Welt will anderes. Schluss mit diesen Dummheiten! Ich bin ein Diener wie ihr!“

Das hatten sie nicht verstanden.

Er war von schmächtigen Kindern umgeben, einige mit rotziger Nase, nur wenige mit Holzschuhen, Husten von allen Seiten.

Die einzige Kuh des Berghofes war eine Kostbarkeit, sie durfte nicht sterben, sie musste leben, damit sie leben konnten.

Er hatte den Pfarrer gefragt, ob die Zehnten und die Steuern gerecht waren. „Was für eine dumme Frage!", hatte er gedacht, wollte aber hören, was sie davon dachten. Der Pfarrer hatte resigniert die Schultern angehoben.

„Die hat es schon immer gegeben und wird es immer geben!"

Simon war verwirrt, es hatte sich ihm ein trauriger Gott enthüllt. Der Tumult einer Illusion, in einer falschen Wahrheit. Es durfte keinen Gott geben, der die Hoffnung in trockene Knochen ohne Zukunft verwandelte.

Er hatte sich nach dem Walder-Hof erkundigt. Keine Antwort. Sie waren verängstigt. Er hatte vom Pfarrer eine Antwort verlangt, aber auch der hatte störrisch geschwiegen, um dann zu erklären: „Der Hof ist abgebrannt!"

„Die Familie? Die Bauern?", hatte Simon gefragt. „Wo sind die?"

Alle waren stumm geblieben. Da hatte er etwas vermutet.

„Sind sie nicht geflüchtet?"

Die Tragödie hatte ihn erreicht.

Er hatte den Pfarrer beim Talar genommen und ihn geschüttelt.

„Alle gestorben. Drei Kinder und die Eltern. Auch ein Knecht. Die zwei Kühe, die er hatte, sind noch gerettet worden. So hat Johann es gewollt. Er hat es nicht ausgehalten. Er wusste nicht, wohin er gehen sollte. Er lebte oben, zu weit oben, endlose Winter, keine Ernten, keine Nahrung. Er hat mit dem Leben abgeschlossen."

Der Priester hatte erzählt, dass Johann gebeichtet und um den Segen gebeten hatte. Alle hatten verstanden, aber niemand hatte etwas machen können. Kein Ausweg aus diesem Hunger.

Johann hatte sich im Hof verbarrikadiert und das Feuer gelegt.

Simon war zum Bach abgestiegen. Er wollte allein bleiben. Sein Geist war von den Schatten des Todes geschmäht worden, von der Unabwendbarkeit des Geschicks, für die es keine andere Lösung gab. Die Vernichtung von verzweifelten Menschen. Er hatte die Strudel des Baches betrachtet, hatte verstanden, dass sein Leben nutzlos war, verloren im Dienst von Unverständlichem. Was sollte er berichten, was sollte er schreiben? Alles oder nichts? Er würde es versuchen, aber da war nichts zu verstehen, alles war zu erzählen. Aber sicher wussten sie alle schon alles.

Er hatte einen Kieselstein ins Wasser geworfen. Er war verschwunden, in der Härte anderer Kiesel.

Der Nebel hatte sich aufgelöst. Die Gipfel waren noch von grauen Wolken verhüllt, die auf den Menschen lasteten.

Er hatte verlangt, dass alle Männer ihn zum Walder-Hof begleiteten.

Sie hatten sich auf die Gipfel zu begeben, waren am Fuß von steilen Wänden hinaufgeklettert, hatten Wiesen überquert, nebelige Wände durchstreift, die Reste von unsicheren Geröllhalden überwunden. Der Schnee machte den Weg glitschig, er kam unsicher und mit Anstrengung voran, mit angespannten Muskeln, er wollte jedes Erbarmen von diesen Menschen auslöschen.

Er hatte gezweifelt, dass sie vielleicht übertrieben, dass sie ein Unglück vortäuschten, um womöglich Vorteile zu gewinnen, die „hinterlistige, gewinnsüchtige Schlauheit der Bauern".

Sie hatten gerade einen Berggrat mit einigen wenigen störrischen Zirbelkiefern überwunden, als sich vor ihnen ein Hang auftat, eine Pause in der ermüdenden Anstrengung eines durstigen Anstiegs. Am linken Wiesenrand schützte ein massiver Felsblock den Hof vor Lawinen. Er hatte die brandgeschwärzten Balken gesehen.

Im Inneren verbrannte Körper. Ein Anblick des Entsetzens. Der Hunger hatte sein Gesetz auferlegt. Ein Ort ohne Horizonte, ohne Räume, ohne Leben. Der Atem hatte ihm gestockt.

Nur Angst. Vor ihm, um ihn.

Sein Schrei war zwischen den Felsen widergehallt. Ein leeres Echo.

Die Talbewohner waren stumm geblieben.

„Gott der Rache, wo bist du?“, hatte er ausgerufen. „Werde diesen Menschen gerecht!“

Er hatte verlangt, dass die Anwesenden sich niederknieten, aber der Priester hatte es mit einer Armbewegung verhindert.

„Nein! Wir rufen den Gott der Barmherzigkeit an! Unser Gott ist nicht dein Gott!“

„Eure Heiligkeit ist eine niederträchtige Sünde. Gott ist rau wie diese Gegend. Gott kann derlei Grausamkeiten nicht ertragen. Er muss die Arroganz der Macht doch wohl bestrafen!“

Er kam sich vor wie ein kleiner Stein inmitten heftiger Bergstürze. Er hatte sich eingebildet, etwas wert zu sein, hatte sich aber getäuscht.

Er hatte sich niedergekniet und das vom Schnee weiße Gras geküsst. Er hatte wegen seiner Verspätung um Verzeihung gebeten, wusste aber selbst nicht, an wen er sich gewandt hatte.

Er war vom Pfeifen des Windes umschlossen. Außerhalb nur die Grenze der Hoffnung.

Er hatte den Befehl gegeben: Gruben ausheben, um die Körper hineinzugeben. Und zur Erinnerung ein Holzkreuz.

„Etwas Geld, ein Lamm und Korn? Das waren die Schulden des Berghofs? Ist das wahr? Das waren die Schulden?“

Die Umstehenden hatten genickt, ohne ein Wort zu sagen.

„Auch zwei Formen alter Käse“, hatte der Priester hinzugefügt. „Das waren sie dem Kloster schuldig. Ich hatte die Abrechnungen zu machen. Ich verstehe, der Hunger ist zu groß… aber vielleicht will Gott es so.“

„Lassen Sie Ihren Gott in Ruhe. Er ist entweder blind oder dumm. Aber die Münzen?“, hatte Simon gefragt.

Der Priester war etwas auf die Seite getreten, vor dem Grab der Frau hatte er sich bekreuzigt und sie von ihren Sünden losgesprochen.

Dann hatte er erklärt.

„Einmal im Jahr begab sich die Frau auf den Bartholomäusmarkt unten im Tal, um mit ihrem Körper Geld zu verdienen.“

„Sie sprechen von den Sünden los, auch wer keine Schuld hat?"

Simon hatte geschaudert. Es waren bittere, schwer anzunehmende Worte, die er da gehört hatte.

„Anderes können wir nicht tun!", hatte der Priester zurückgegeben.

Simon hatte sich etwas entfernt und dann gefragt: „Wer will dieses Land? Keiner tritt vor?"

Die Männer hatten einen Schritt zurückgetan und Simon hatte sie verstanden: ständige Hungersnot bei zu mühseliger Arbeit. Diese Männer waren am Ende von allem.

Simon war auf die Weisheit der Ablehnung gestoßen, auf die Sinnlosigkeit eines Lebens von kurzen Tagen.

Es war der höchstgelegene Hof, er lag am Ausgang des engen Zossentals, ein paar Bretter fern von der Welt, wo die Glockenschläge der Kirche gedämpft anlangten. Es war teilweise vor den Sturmwinden geschützt, da von steilen Felswänden abgeschlossen. Es war von Menschen bewohnt, die sich das Schreien abgewöhnt hatten, sodass niemand ihr Leiden wahrnehmen konnte. Es waren Personen ohne Gefühle.

„Die Weiden auf der Alm? Alles hier?", hatte er beunruhigt gefragt.

„Nein! Hinter diesem Bergrücken tut sich das Moos auf, eine kleine sumpfige Ebene."

Er wollte alles selbst sehen. So war er auf kaum erkennbaren Wegspuren aufgestiegen.

Er hatte eine von Felsen umschlossene Arena erreicht. Ein unglaublich schöner Anblick.

„Aber die Hänge sind ja grün!", hatte Simon verwundert ausgerufen.

Ein Lichtstrahl hatte für einen Moment das Panorama erleuchtet. Ein fantastisches Farbenspiel, über den Gipfeln schwere graue Gewitterwolken und steil aufragende senkrechte Wände in leuchtendem Grün! Simon war überrascht.

„Nicht einmal die Ziegen steigen in die Höhe, um dieses ungute Gras zu fressen", hatte der Priester erklärt, „es ist zu kurz, zu schwammig. Die Tiere wissen genau, was für ihren Magen gut und nahrhaft ist, und sie gehen den trügerischen Wänden aus dem Weg."

„Sie passen sich an“, hatte er hinzugefügt. „Das ist Moos, das auf dem Felsgestein wächst. Es ist unzuverlässig und rutschig.“

Der Priester schien den Mut zu seiner Mission wiedergefunden zu haben.

„Und der Glaube? Wie ist der zu verstehen?“, hatte Simon gefragt.

„Der Glaube ist nicht zu verstehen. Man folgt ihm. Er nährt, soweit er kann. Je mehr wir vom Tod umgeben sind, desto mehr suchen wir ihn… aber manchmal verliert man ihn.“

Die Bäche flossen fächerförmig und sonderbar ruhig gegen die Ebene. Sie führten Wasser in ein Gelände mit glatten Kieselsteinen, Grashalme streckten sich auf der Suche nach Licht und Wärme der Sonne entgegen, kleine, von engen Horizonten umschlossene Lichtungen.

Sie waren zu den tiefergelegenen Bauernhöfen zurückgekehrt. Der kräftiger gewordene Bach wand sich mit Windungen ins Tal hinab, floss einmal schneller und dann wieder langsamer.

Die senkrechten Wände verbargen Körper und Gedanken, schützten, bedrohten und flößten Respekt ein, formten den Stolz derer, die widerstanden.

Sie waren der Stolz eines Landes, der Geschmack nach Hunger, die Freude über ein Ei, einen Schluck Milch, eine wilde Knolle und etwas Schwarzbrot.

Simon hatte sich in diese Welt verliebt. Er bewunderte die Antlitze der Männer mit von der Kälte rauer Haut, dunkel wie die Holzbalken der von Stürmen geschwärzten Hütten.

Das war die Grenze der Natur und würde auch die Grenze des Menschen sein.

Es war eine Wette mit sich selbst. „Wann ist der Schnee hier verschwunden?“, hatte er plötzlich gefragt.

„Mitte Juli.“

Das hatte er gedacht. Wenig Erde, hartes Gras für die Tiere, unfruchtbares Felsgestein, der Kot der Herden als einziger Reichtum.

Der schwarze Tannenwald war von Weiß durchsetzt, wenige Bäume standen kämpfenden Männern bei, die Müdigkeit wollte sie ergreifen, die Schwäche konnte nicht bis morgen widerstehen.

Simon war erstarkt und hatte beschlossen: Er wollte diesen Hof der Gier entreißen. Diese zerbrochenen Bretter würden niemanden ernähren, durch zu viele Risse pfiff der Wind.

Er stand aufrecht, ein Mann der Amtsgewalt, der Blick entschieden.

In feierlicher Haltung hatte er geäußert:

„Ich, Simon von Sevilla, proklamiere am Tag des heiligen Lorenz vor euch allen, dass das Land dieses Hofes angesichts der mir vom Kaiserreich zugestandenen Autorität von der Bezahlung von Abgaben und Steuern befreit wird. Die Rechtsprechung fällt unter kaiserliche Zuständigkeit. Wer beabsichtigt, die Führung zu übernehmen?", hatte er dann mit sicherem Tonfall gefragt.

Drei Familienoberhäupter waren vorgetreten.

Mit drei unterschiedlich langen Grashalmen hatte er das Schicksal entscheiden lassen. Der vom Zufall begünstigte Bauer war außer sich vor Freude.

„Euch allen sage ich", hatte Simon fortgefahren, „von heute an gehört mein Pferd dem ganzen Dorf. Benutzt es, wann ihr es braucht, um die trockene, steinige Erde aufzubrechen, ernährt es alle zusammen. Die tiefergelegenen Äcker müssen tiefer und für die Kornaussaat schneller gepflügt werden. Auf die Ernte sind keine Steuern zu zahlen. Diese meine Entscheidung wird im Flurbuch vermerkt. Ehre dem Erzherzog Ferdinand!"

Es war ein Tag der Hoffnung gewesen, ein Tag erneuerter Würde des Kaiserreichs.

Er hatte sich von ihnen verabschiedet. Er war ermutigt.

Als er nach zwölf Tagen Fußweg auf die Michelsburg zurückgekehrt war, hatte er keine Erklärungen abgegeben. Er war verändert: schmutzig und abgemagert, die Kleider zerfetzt, ein langer Bart. Ein vagabundierender Bettler, in den Mäandern seiner Gedanken gefangen.

Sie hatten ihn aufgehalten. Er hatte sich zu erkennen gegeben und war in die Burg eingetreten.

Beim Abendessen hatte er die Aufmerksamkeit der Anwesenden auf sich gezogen. Er hatte erzählt, was er erlebt und gesehen hatte, in freundlichem Ton, aber mit bisweilen rauer Stimme.

Unterwegs hatte er sich unter die Menge gemischt, wanderte unter Bettlern, Bauern, Händlern und Tölpeln, fanatischen Mönchen und Sündern. Und er hatte zugehört.

Er hatte sich an Antlitze, böse Witze und Pöbeleien erinnert. Gemeinheiten schienen der größte Wunsch von verlassenen, heruntergekommenen und ungebildeten Männern zu sein, Gesindel ohne Gefühle, abgesehen von unterdrückter Bosheit. Die Religion war entheiligt, die Priestergewänder waren verachtet, die Äbtissin und der Bischof wegen ihrer Forderungen verhasst.

Er hatte einen Bericht abgefasst, der Sekretär des Richters hatte das in Luepach Versprochene auf Pergament niedergeschrieben und mit dem kaiserlichen Siegel beglaubigt.

Der Richter war überrascht, denn Simon hatte die ihm zugestandenen Befugnisse überschritten.

„Erlauben Sie mir eine Bemerkung", hatte der Richter kommentiert. „Sie dürften nicht verändern, was schon im Flurbuch steht. Sind Sie sich im Klaren über diesen Missbrauch?"

„Kein Missbrauch. Die verlassene Erde ganz hinten im Tal wollte niemand haben. Lassen wir sie also unbebaut und unproduktiv? Wollen Sie das? Mit den Steuerlasten kann da oben niemand überleben. Das müssen Sie mir glauben. Ich habe gemäß meiner Amtsgewalt entschieden. Wir müssen das Leben begünstigen, die Talbewohner nehmen zu. Wenn wir weniger Abgaben verlangen, arbeiten sie lieber und besser. Wir müssen ihnen Vertrauen einflößen. Sie werden Euch und dem Kaiser dankbar sein."

Er hatte den Geleitbrief und die kaiserliche Bevollmächtigung herausgenommen und die umstrittenen Abschnitte mit lauter Stimme vorgelesen:

„In Vertretung des Kaiserreichs und mit der damit verbundenen Amtsgewalt! Verstanden? Mit der damit verbundenen Amtsgewalt, da ich ihr Vertreter bin. Nicht aus meiner Gewalt heraus. Und das Siegel? Wozu ist das nütze, wenn nicht zur Formalisierung dessen, was ich entschieden habe."

„Der Bischof und die Äbtissin werden sich erzürnen. Sie haben kodifizierte Bräuche abgeändert. Ich glaube nicht, dass das eine korrekte Prozedur ist!"

„Ich habe ihre Amtsgewalt herabgesetzt, aber beide haben noch mehr als genug Benefizien. Das Kloster strömt schon von sich selbst Reichtum aus … und Heiligkeit! Bin ich zu streng? Oder zu hochherzig mit den Armen? Sagen Sie, was Sie meinen!"

„Sie sind ein Ritter, der das Pferd mit den Spornen antreibt und es mit den Zügeln im Zaum hält. Spornen Sie nur an, aber halten Sie die Zügel und das Pferd locker…"

„Aber die Richtung?", hatte Simon ihn unterbrochen. „Ich muss auch die rechte Richtung einhalten."

„Die Pferde sind intelligent, sie verstehen, wohin Sie getragen werden wollen!"

„Die Menschen?"

„Ich hoffe, dass sie den Pferden ähneln. Ein zu strenger Zaum kann bisweilen beleidigend sein und das Gegenteil bewirken!"

„Ich danke Ihnen für Ihre Offenheit. Die Zeit wird zeigen, wer Recht hat! Priester und Nonnen werden lernen müssen, sonst muss die Welt sie dazu zwingen!"

Er hatte sich verabschiedet und den Weg Richtung Brixen genommen, ohne der Äbtissin einen Gruß zuzusenden. Er war erbost über die blinde Anmaßung. Er würde sie wohl nie mehr wiedersehen, er war von ihrem Egoismus beleidigt. Die Freiheit, die sie sich selbst nahm und den Novizen zugestand, hatte mit der unsensiblen Überheblichkeit der Not gegenüber zugenommen.

Er war in der Nacht abgereist, während der Mond die schlafenden Profile der Berge beleuchtete.

Der Äbtissin hatte er, um sich zu entschuldigen, ein kurzes Schreiben hinterlassen:

„Hochwürdige Mutter Oberin, noble Äbtissin,

mein Versprechen, Sie zu besuchen, ist im Dunkel der Unterdrückung verschwunden.

Die Würde der armen, verlassenen Menschen lastet auf meinem Gewissen, ich kann mir unsere Freuden nicht inmitten von Grausamkeiten vorstellen, die die Hoffnungen einer verlorengegangenen Menschheit verdunkeln. Was ich gesehen habe, hat meine Unduldsamkeit verschärft. Ich bitte Sie um Verzeihung. Sie haben mich unbekannte Erwartungen berühren lassen, und das werden sie bleiben. Ich lasse mich leben, ohne Sie zu suchen.

Alles Gute für Ihr Leben und die Heiligkeit. Ich stelle mir vor, dass Sie voller Erwartungen sind.

Ihr ergebener Simon."

20

Er hatte Bozen erreicht. Der Bartholomäusmarkt war schon seit fünf Tagen im Gange. Es war Ende August. Er hatte wieder Mut gefasst. Eine andere Welt. Er hörte von Geschäften diskutieren, von Spitzfindigkeiten beim Abschluss der Verträge, von der Lage der Grafschaft. Es war der Merkantilfrieden geschlossen worden, der Magister Nundinorum hatte die Warenkontrollen aktiviert. Bozen war eine seriöse Stadt.

Die Jahreszeit war ausgesprochen günstig für Handelsreisen. Die italienischen Kaufleute belegten die Nordseite der Lauben, die deutschen die Südseite. Viel Stimmengewirr, die Verlockung der Geschäfte. Den Gauklern und den Dirnen war der Zutritt um die Mittagszeit verboten, am Abend mussten alle raus, eventuelle Gauner fanden in der Stadt keine Unterkunft.

Auf Straßen und Gassen, in Wirtshäusern, auf kleinen Plätzen wie auch auf dem großen um den Dom herrschte reges Treiben: lebhafte Unterhandlungen, laute Stimmen, fremde Sprachen, die man verstand, Männer, die auf der Suche nach leichten, gefälligen Frauen waren, unruhige Nächte voller Interessen.

Von den vier Bozner Messen war der Bartholomäusmarkt der bedeutendste. Viel Bewegung, Sprachen und Unterkunft, Kennenlernen und Händedrücken und wiederholte Versprechen, Freude über gute Geschäfte. In diesen Tagen gab es mehr lächelnde als mürrische Gesichter.

Die Kneipen genossen die vielen Gäste, die Kaufleute Speisen und Getränke in großen Mengen, die geschlossenen Verträge breiteten Optimismus aus. Der Wein vermehrte ihn. Den Bauern aus der Umgebung gereichte er zum Nutzen.

Eine unglaublich reiche Auswahl an Waren. Ungefärbte Stoffe für weniger Wohlhabende und wertvolle Nördlinger

Gewebe für schon entworfene Kleider, Filz, Baumwolle, gemischte Tücher und Leinen als Futter. Und dann das von deutschen Händlern herantransportierte Wachs für Kerzen aller Art, Leder und Pelze für Schuster und Schneider. Eben die Schneider waren ausgezeichnete Handwerker, die Kleider für alle Taschen herstellten, aber auch für ranghohe Adelige.

Die Italiener dagegen waren auf feine Stoffe spezialisiert, sie stellten Mützen in den unterschiedlichsten Formen und Damaste aus. Die meisten kamen aus Verona und aus Bergamo, mit Stoffballen, die sie mit Blei befestigt hatten, die Seidengewebe aus Venedig.

Auf der Messe waren auch viele Handelsmakler zum Ankauf von Kupfer aus dem Ahrntal tätig.

Simon hatte auch die vielen unterschiedlichen Behälter aus bemaltem Porzellan bewundert: Suppentassen und Blumenvasen mit gelöchertem Boden, damit die Wurzeln nicht verfaulten. Auch die gehassten Venezianer waren mit wertvollen, blauen und roten Gläsern vertreten, die zum Transport mit Strohballen geschützt wurden. Auch gesalzene und getrocknete Fische fehlten nicht: Heringe, Störe und Stockfische. Mit Interesse hatte er auch dem Pferdehandel zugeschaut, und die Händler aus den Gegenden nördlich der Alpen deckten sich mit reichlich Wein ein.

Bunte Farben, scharfe Gerüche und lebendige Männer. Nichts erinnerte an Not und Hunger. Simon war erleichtert.

Die Behördenvertreter kontrollierten mit erfahrenem Blick den Gesundheitszustand der Neuankömmlinge. Die Stadt musste vor Pestepidemien bewahrt werden. Und die in Salz eingelegten Fische durften auf keinen Fall stinken.

Auch der Zufluss der „Messefrauen" hatte zugenommen. Sie lebten an verschiedenen Orten, solange sie es mit dem Alter verantworten konnten oder gesucht waren. Simon hatte verstanden, dass es zu viele waren, viermal im Jahr jeweils 15 Tage, gute Laune und Geld waren bei den Behörden nicht verachtet. Der Magistrat hatte die Bewaffneten verdoppelt und die Kontrollen intensiviert, um den Gästen und den ehrlichen Bürgern die Ruhe zu garantieren.

Während der Messe waren die Beauftragten der Bankiersfamilie Fugger tätig, aber auch der Jude Gioia kümmerte sich um den Garantiehandel mit in Bozen lokalisierten

Schuldbriefen. Die Verdienstspanne entsprach dem Risiko des nicht eingezogenen Betrags.

Simon war zufrieden. Er genoss das milde Klima, das gesunde Essen. Es war zu Ende mit Aussatz und Magerkeit, mit Husten und Katarrh in den rauen Tälern. Endlich etwas Fröhlichkeit.

Er hatte sich wieder mit dem Leben versöhnt.

Im Gasthaus Zum Pfauen war er ein gern gesehener und geachteter Gast.

Er war um Mittag in das Lokal eingetreten und hatte Platz genommen. Aus dem Hintergrund der Schankstube hatte er die Stimme eines Betrunkenen gehört: „Hallo, du Jude, bist du wieder zurückgekommen, um zu befehlen? Wir sollen uns von einem Gauner kommandieren lassen? Von einem Abtrünnigen?"

Die Worte hatten sich ihm im Mund verhaspelt, mit einem erhobenen Zeigefinger hatte er besser zu erklären versucht. Seine Stimme war schal, die Augen rot und voller Tränen vom zu vielen Trinken.

„Ja, ich bin wieder da! Wegen dir! Um dir zu helfen. Bist du froh?"

Simon hatte gelacht, aber was er von diesem Mann gehört hatte, war beunruhigend.

Er glaubte, geachtet zu sein. Eine Illusion. Die Erinnerungen an die Vergangenheit nahmen ihn gefangen. Er war ehrlich, aufrichtig und erledigte seine Aufgabe mit Begeisterung. Aber er war von Missgunst umgeben: Er war und blieb ein Jude. Wie hatte er sich getäuscht!

„Dummkopf!", hatte er eingeworfen.

„Der Vogt persönlich hat mir gesagt, dass Ihr Amt mit Betrug erlangt worden ist und dass Ihr bald die Folgen spüren werdet!"

Er war aufgestanden und hatte sich schwankend auf Simon zu begeben.

„Kennen Sie den Vogt? Er persönlich hat es mir bestätigt. Sie glauben, unsere Rechnungen kontrollieren zu können. Habt ihr das verstanden? Er kontrolliert die Rechnungen der Stadt!"

Allgemeines Gelächter.

„Möchtest du sie kontrollieren? Du kannst nur die Gläser Wein kontrollieren. Und nicht einmal die!"

„Der Jude nimmt sich unsere Frauen. Er ist jung und sieht gut aus, und den Huren ist die Religion gleich."

Wieder allgemeines Gelächter.

„Du hast immer noch etwas zu sagen? Schlecht von mir zu reden? Deine Bosheiten werden bald ein Ende finden!", hatte Simon erklärt.

Er hatte es mit der Autorität gesagt, mit der er sich versehen glaubte.

Der Lärm im Saal hatte nachgelassen, die Aufmerksamkeit der Anwesenden hatte sich erhöht.

Er hatte diese Gemeinheiten satt.

„Du hasst mich, aber die junge Magd aus Sarnthein haben sie für dich gebracht."

„Wer ist dieses Mädchen?", hatte Simon gefragt.

Jetzt auf einmal sah er sie: ein junges blondes Mädchen mit blauen Augen, ein Bauernmädchen, das die Fantasie anregte.

Simon hatte sie bestürzt nach ihrem Namen gefragt.

„Lucie", war die schüchterne Antwort.

Inzwischen waren die bewaffneten Männer angelangt.

„Ihr seid Zeugen für das, was ich sage."

Er war in die Mitte der Gaststube getreten, hatte sich stolz aufgestellt.

„Ich habe dieses Mädchen niemals gesehen oder kennengelernt. Ich bin mit ihr nicht verwandt und kenne ihre Familie nicht. Das bringe ich hier vor euch allen zum Ausdruck!"

Sicher hatte der Vogt diese Lage eingefädelt, er, der zu falschem Lächeln bereit war, gern dunkle Machenschaften trieb und die Interessen seiner Familie mit den allgemeinen vermischte.

Simon hatte Hans Breyolt rufen lassen, den Bürgermeister. Er wollte ihn über diese Beleidigung informieren.

Er wirkte beunruhigt, als er anlangte.

„Hört zu, was dieser Mann zu sagen hat!"

Der Betrunkene hatte genuschelt, was er schon zuvor gesagt hatte, und die Anwesenheit von Lucie machte ihn noch resoluter.

„Ja, das ist das junge Mädchen von Simon. Das hat mir der Vogt persönlich gesagt. Ich lüge nicht."

Der Bürgermeister hatte ihn in den Hintern getreten, dass er zu Boden gefallen war.

„Du Blödling. Verschwinde! Morgen werde ich an den Vogt denken."

Der Bürgermeister hatte sich an Simon gewandt und sich für den Zwischenfall und das Verhalten des Vogtes entschuldigt. Er würde der Angelegenheit nachgehen und feststellen, ob es sich um Lüge oder Wahrheit handle.

Simon hatte sich mit fester Stimme an die Umstehenden gewandt: „Lucie steht unter meinem Schutz. Wer ihren Namen verunglimpft und Falschheit verbreitet, wird verurteilt. Was ich hier gesagt habe, teile ich schriftlich dem Standortkommandanten mit."

Er hatte das Mädchen neben sich gestellt.

„Bleib so, wie du bist, arbeite und sei ehrlich. Lass dich nicht einschüchtern. Du musst geachtet werden: Das ist mein Wille!"

„Der predigt wie die Pfaffen. Was glaubt er denn zu sein?", hatte der Betrunkene eingeworfen. Es schien ihm unmöglich, soviel angerichtet zu haben. „Nicht einmal die Priester sind so geschickt!"

Er hatte zu lachen angefangen und fand kein Ende.

Die bewaffneten Männer hatten ihn angehoben und auf die Straße geworfen.

Es hatte große Unsicherheit geherrscht. Simon hatte die Situation nicht erlebt, sondern bewegungslos erduldet. Er suchte die Gedanken, die ihn umhüllt hatten, zu entwirren, die Leere des Geistes erstickte ihn.

Er bezahlte und verließ das Lokal, gefolgt vom Bürgermeister.

Sie hatten sich zur Pfarrkirche begeben. Simon vorne, mit nervösen Schritten, rechts von ihm der Bürgermeister, einen halben Schritt zurück, wie es für einen weniger ranghohen Behördenvertreter gehörte. Simon hatte einen der vier innerstädtischen Wasserläufe überwunden, die sich von Norden nach Süden durch die Stadt zogen und den Einwohnern ein gesundes Leben ermöglichten.

Nach dem großen Platz hatte Simon sich zum Friedhof begeben. Der Bürgermeister war ihm wortlos gefolgt.

„Na, also?"

„Was also?"

„Was habe ich angeblich so Unanständiges im Wirtshaus gesagt? Erklären Sie mir die Stille und sagen Sie mir, warum ich missachtet werde."

„Niemand miss…."

„Bitte, seien Sie nicht falsch. Raus mit der Sprache!"

Der Bürgermeister war verlegen und wollte nicht reden.

„Also?" Simon war missmutig auf ihn zugegangen.

„Ich weiß nicht, wo ich anfangen soll. Aber ich glaube, es ist niemals vorgekommen, dass ein Jude eine Christin in Schutz genommen hat. Es ist kein Delikt, natürlich, aber die Anstandsregeln, die Unterschiede, die verschärfen sich, wenn… ich weiß nicht, wie ich es Ihnen sagen soll… wenn Sie eine Haltung einnehmen, die Sie als Jude nicht haben dürften, verzeihen Sie mir die Freiheit, aber Sie, mit Ihrem Glauben, dürften eine Katholikin nicht in Schutz nehmen. Sie wollen die Welt umkehren."

„Dank mir steht das Mädchen unter kaiserlichem Schutz."

„Das glauben Sie? Das Mädchen ist für das ganze Leben gezeichnet. Von einem Juden beschützt… Sie wird zur Zielscheibe des Spottes, sie werden Schändlichkeiten aller Art über sie erzählen, Bosheiten und Gemeinheiten ohne Ende."

„Ich habe also einen Fehler begangen?"

Der Bürgermeister hatte geschwiegen. Das war seine Antwort.

„Und jetzt?", hatte Simon unvermittelt gefragt.

Erneut Schweigen.

Die Kaufleute waren weniger geworden. Jenseits des Friedhofes bewegten sich Karren mit Holz und Kürbissen. Ein von vier Pferden gezogener Karren war mit Baumstämmen zur Verstärkung der Dämme am Zusammenfluss von Talfer und Eisack beladen. Der Fluss war hier angeschwollen und sehr bewegt, das Wasser war tief und prallte lärmend gegen den Damm.

„Haben Sie eine Vorstellung, wie das Leben dieses Mädchens aussehen wird?"

„Was kann ich für sie tun?“, hatte Simon zögernd gefragt.

Sie waren stehengeblieben. Sie beobachteten die Wasserwerker, die, mit Stricken festgebunden, bis zur Brust im sprudelnden Fluss hingen, um Baumstämme zur Festigung der Uferwände einzutreiben.

„Das ist eine schwere, heikle Arbeit.“

„Ja, ich weiß, Ihr müsst sie für die Gefahr und ihre Fähigkeit bezahlen.“

Simon war gedankenverloren. Er hatte die Wogen und die Männer betrachtet, aber mit abwesendem Blick. Er dachte an anderes. Das gegenüberliegende Ufer des Flusses mit seinem grünen Gelände machte ihm Mut. Das ferne Felsenprofil der Mendel verschwand im Gegenlicht eines heiteren Sonnenuntergangs. Er suchte Einsamkeit. Seine Betrübnis war verschwunden. Seine Pflicht hatte ihn wieder.

„Ist die Brücke nicht ein bisschen unsicher?“

„Die Unterhaltungskosten sind sehr hoch,“ hatte der Bürgermeister bemerkt.

„Herr Bürgermeister, seit mehr als zweihundert Jahren haben die Bewohner von Haslach, Gries, Mölten, Rentsch und Dorf die Pflicht, zur Unterhaltung beizutragen. Bezahlen sie? Haben Sie die zustehenden Beträge verlangt? Sie tun nichts! Die Eisackbrücke ist die wichtigste. Verflixt noch einmal! Mangelnde Unterhaltung? Die Verbindung mit der Stadt hängt von der Nachlässigkeit ab? Treffen Sie sofort die rechten Maßnahmen!“

Seine Identität war von übler Nachrede beschmutzt. Er war nicht Gaismair und nicht der Sterzinger Bergrichter, das waren nicht die Bauern von Luepach und nicht die Pilger, die mit wackeligem Glauben aus Rom zurückkehrten, das waren nicht die armen Bergleute und nicht die Waisenkinder, nicht die Leprakranken und nicht die Schwindler, die sich an der Einfalt der anderen erfreuten.

Er spürte auf der Haut den Geruch eines zerknitterten Gewissens und wusste nicht, wie er sich davon befreien konnte.

Er konnte den Lucie zugefügten Schaden nicht wiedergutmachen.

„Was kann ich tun?“, fragte Simon mit Nachdruck.

„Lassen Sie es bleiben. Lucies Schicksal ist gezeichnet. Machen Sie sich keine Sorgen. Was geschehen ist, pardon, ist geschehen. Lucie ist hübsch. Auf die eine oder andere Weise wird sie es schon schaffen."

„Aber ich muss für Abhilfe sorgen!"

„Kümmern Sie sich nicht um sie… nein, vielleicht ist es besser, dass sie in ihr Heimatdorf zurückkehrt. Ein paar Münzen, sie ist hübsch und wird sich verheiraten. Mit ein paar Münzen findet sie mit Sicherheit auch Männer, die ihre Dienste und ihre Jugend zu schätzen wissen. Sie werden schon sehen… wer mehr hat, erreicht auch mehr. Der von Ihnen versprochene Schutz wird in Vergessenheit geraten, sorgen Sie sich nicht."

Simon schien erleichtert und ging leichten Schrittes. Aber seine Schuld lastete auf ihm.

„Ich werde mich darum kümmern. In Sarnthein sind keine Erinnerungen da, sie kosten zuviel, da schauen sie bis morgen Mittag in die Zukunft, nicht weiter. Und in die Vergangenheit schon ganz und gar nicht!"

Nach einer kurzen Pause hatte er hinzugefügt: „Gehen Sie in ein anderes Wirtshaus. Lassen Sie mir die Zeit, um Lucies Rückkehr in ihr Dorf zu organisieren. In der Zwischenzeit nehmen Sie bitte keine Notiz von ihr. Suchen Sie eine andere Gesellschaft und andere Vertraute."

Sie waren langsam in die Stadt zurückgekehrt. Unterwegs hatten sie kein Wort gewechselt.

Der Spätsommer hatte milde Temperaturen mit sich gebracht, der klare Septembertag lud zu geruhsamem, gesprächigem Aufenthalt auf Straßen und Plätzen ein. Im Halbschatten des Abends wurden Körper und Gedanken freundlicher. Ein Duft nach Leben lag über der Stadt und brachte gute Laune mit sich.

Es gefiel Simon, unter den Leuten zu spazieren.

Lucie war verlorengegangen, aus seinem Leben gelöscht. Er hatte in ihr eine Schwester gesehen, aber vielleicht war es anderes. Er hatte sie niemals begehrt, aber beim Abschied hatte sich alles geändert. Seine Gedanken waren oft bei ihr.

„Vielleicht werde ich das tun, was Sie mir geraten haben", hatte er zum Bürgermeister gesagt. „Ich werde ihr einige Münzen geben, damit niemand denkt, dass sie sie auf unredliche Weise verdient hat. Sorgen Sie dafür!"

„Ich werde Ihren Anweisungen folgen", hatte der Bürgermeister erwidert. „Mit Diskretion. Keine Angst!"

„Ich möchte mir eine andere Wohnung suchen. Was halten Sie davon? Außerhalb der Stadt, weiter oben, nach Schloss Maretsch, isoliert und ignoriert. Meine Gegenwart nur, wenn der Dienst sie unerlässlich macht. Nur dann."

„Nein, trauen Sie mir. Zwischen uns hat es Reibereien gegeben, aber ich bin aufrichtig. Ihre Abwesenheit würde als Schwäche interpretiert, als Angst vor einer Gegenüberstellung, und es würde noch mehr unterstrichen, dass Sie ein Jude sind. Dann… aber werden Sie nicht argwöhnisch…"

„Ich bin in Wirklichkeit ein getaufter Jude. Aber was wollten Sie sagen?"

„Ich müsste Ihnen eine Eskorte geben."
„Eine Eskorte mir?"

„Mein Gott, verstehen Sie das nicht? Die Rückkehr bei Nacht, in der Dunkelheit des Herbstes und des Winters, die Entfernung, und es würde geschehen, was ich nicht will. Ein Hinterhalt, den Sie nicht vermeiden könnten!"

„Ein Hinterhalt mir? Dem Vertreter des Kaiserreichs?"

„Nicht dem Vertreter des Kaiserreichs, sondern dem bekehrten Juden, der ein Vertreter des Kaiserreichs geworden ist."

„Sind Sie verrückt?"

Simon war ärgerlich geworden.

„Die Mönche, das habe ich gehört, sprechen schlecht von mir. Ich verstehe sie, sie machen ihr… auch wenn es… wie ich gehört habe… ihnen nicht schlecht geht. Sie haben Einnahmen, ohne dem Staat Steuern bezahlen zu müssen, sie können in Saus und Braus leben, sie essen gesalzene Austern, deren Schalen den Dom füllen könnten, sie nutzen die Armut armer junger Mädchen käuflich aus. Soll ich weiter gehen? Ich weiß von diesen Dingen und werde sie den Personen berichten, die sie hören müssen."

„Bitte, keine Drohungen, da machen Sie einen Fehler. Die Mönche sind die Kirche, sie sind das Heilige, sie erlösen und können sündigen. Aber ein Sünder aus Religion, aus der … Natur, was denken Sie kann er tun, wenn nicht die Reinheit des Gedankens unseres geliebten Papstes beschmutzen?“

„Ich möchte den Prior sprechen, helfen Sie mir.“

„Er wird sich weigern.“

„Das ist mein Befehl.“

„Er ist außerhalb Ihrer Rechtsprechung. Sie lassen Ihrer Nervosität freien Lauf.“

„Antworten Sie auf meine Fragen! Wie viele Jurisdiktionen gibt es in dieser Stadt? Wie viele Personen haben Befehlsgewalt? Meiner Ansicht nach viele, zu viele, und alle unabhängig voneinander, jeder mit seinen Privilegien. Egal ob sie groß sind oder klein, wichtig ist nur, dass es sie gibt und dass sie nicht in Diskussion gestellt werden!“

„Genau, so ist es. Machen Sie sich keine Illusionen. Sie werden unsere Welt nicht ändern. Die Juden, ihre Freunde?“

„Ich habe keine Freunde unter den Juden. Klar?“

„Sie haben ihre Dose Freiheit gekauft. Sie dagegen liefern Dienste, kein Geld. Die anderen kaufen Rechte und zahlen gut, Sie verkaufen nur Ideen. Ihre Macht gilt bis… Ihr Wert hängt von den Ereignissen ab, nicht von Ihnen. Die Münzen haben immer ihren Wert. Und Sie verstehen das nicht?“

Simon hatte nicht erwidert.

„Ich will den Ministerialen des Bischofs von Trient auf Schloss Sigmundskron treffen und den Kommandanten von Burg Eppan.“

„Eppan? Pardon, aber Sie träumen wohl?“

„Kündigen Sie mich an. Das ist mein Befehl!“

21

Ein heftiges Gewitter hatte die Stadt aus dem Schlaf gerissen. Zerstörung, Lärm, Windgeprassel und Donnerschlag, abgedeckte Dächer, ächzende Balken und in Zimmer und Innenhöfe eindringendes Wasser. Dröhnende Donner, blendende Blitze. Mehr als ein Gewitter war es ein Orkan. Der Regen hatte die Häuser von bedeutenden Männern gepeitscht.

Simon war wach geblieben.

Plötzlich hatte er den Eindruck, dass es an der Tür geklopft hatte. Er hatte die Ohren gespitzt. Er war sich nicht sicher, ob er aufmachen sollte oder nicht.

Er hatte die Kerze gelöscht und die Sicherung von der Tür entfernt. Er hatte sie einen Spalt geöffnet und gespannt hinausgeblickt, unsicher, ob er aufmachen sollte oder nicht.

„Lucie! Was machst du hier? Bist du verrückt?"

Er hatte sie eintreten lassen, sie war vom Regen patschnass.

„Du darfst nicht kommen!"

„Heute Früh habe ich den Befehl bekommen, in mein Heimatdorf zurückkehren", hatte sie aufgeregt gesagt.

„Leise, sprich leise! Es darf niemand erfahren, dass du hier bist!"

Er hatte ihr Platz gemacht, den Mantel abgenommen und zum Trocknen ausgebreitet.

„Ich wende mich an Sie, denn ich will hier bleiben. Ich will nicht in mein Dorf zurückkehren. Dort sagen sie, dass ich eine Sünderin bin. Ich habe nichts Böses getan, niemals. Sie haben mir Ihren Schutz angeboten. Sagen Sie es dem Bürgermeister. Ich will nicht weggehen."

„Leise, ruhig. Setz dich auf die Bank. Du zitterst ja!"

Er war zum Fenster gegangen und hatte es mit einem Tuch verschlossen, dann hatte er eine Öllampe angezündet, gerade ein bisschen Licht, um sich zu sehen und sich sprechen zu können.

„Also? Aber leise!“

Er hatte sich neben sie gesetzt.

„Sag mir“, aber er wusste es schon.

Lucie erzählte ihm, dass sie innerhalb von drei Tagen in ihr Heimatdorf zurückkehren sollte. In dem vom Bürgermeister unterzeichneten Befehl stand geschrieben: „Eine Person ohne Interesse für die Stadt, denn der Schutz des kaiserlichen Vertreters bezog sich auf ihren Geburtsort und nicht auf die Stadt, in der sie sich aufhielt.“

„Verstehen Sie? Was soll das denn heißen, dass der Schutz nur für mein Heimatdorf gilt. Und außerhalb? Ich bin also nicht mehr frei? Was soll ich machen?“

Draußen hatte es gekracht, gestürmt und heftig geregnet. Blitze und Donner folgten aufeinander, man konnte kaum miteinander sprechen. Dann plötzlich ein fürchterlicher Krach und ein blendendes Licht, als hätte die ganze Stadt geschrien. Ein Blitz hatte ganz in der Nähe eingeschlagen.

Lucie hatte sich an Simon gedrängt. Einen Moment lang hatte sie seinen Atem gespürt. In der Dunkelheit hatte sie ihn mit verschreckten Augen angeschaut, hatte ihn angstvoll umarmt. Sie war spontan, erregend, hatte weiche Formen. Er hatte sie an sich gezogen, um sie zu beruhigen.

Sie hatten nicht widerstanden. Im Lärm der ruhelosen Nacht hatten sie sich umarmt.

Während er sie küsste, wiederholte er immer wieder: „Du musst weg, du musst weg. Bald einmal finde ich dich und bringe dich weg. Es ist für dein Bestes.“ Er war aufrichtig.

Der Lärm des Gewitters hatte das Stöhnen der Liebe überdeckt.

Sie hatten sich gestreichelt, voller Freude, ein langsames Lebewohl. Überzeugt, dass sie sich wiedersehen würden.

Sie waren befriedigt.

Lucie hatte geweint.

„Geh, pass auf. Geh schon, geh! Hüll dich in den Mantel. Sie dürfen dich nicht sehen!“

„Kommst du mich holen? Du hast es versprochen!“

„Garantiert! Geh rückwärts hinaus, nicht hier auf dieser Seite. Ich begleite dich, komm, geh die Treppe hinunter."

Ein Kuss, eine Umarmung, eine letzte Liebkosung auf das noch nasse Gesicht.

Lucie war in der Nacht verschwunden.

In der Nacht und auch am darauffolgenden Tag hatte es ununterbrochen geregnet. Am Abend darauf hatten die Dämme nicht mehr standgehalten, die Flüsse waren über die Ufer getreten. Eine Katastrophe.

Die Stadt war von Hochwasser umgeben. Die Häuser zerstört, die Ernten verlorengegangen und wohl kaum vor September wieder einzubringen. Rebstöcke und erntereife Trauben waren verschwunden.

Nach der Überschwemmung war alles schlammbedeckt, die Straßen voller Kieselsteine, die Flussufer durchbrochen, nunmehr unbrauchbare Bruchstücke von Bauten, Unmengen an Wasser überall. Die Bevölkerung war verzweifelt, viele Familien hatten alles verloren, Not und Hoffnungslosigkeit, Hilfstruppen und Hilfsmittel langten langsam an, die Missstimmung nahm zu. Viele waren auf der Suche nach einem Schuldigen. Und den wollten sie finden.

Die Gebete waren nutzlos, und es war nutzlos, die Natur zu beschuldigen. Gott hatte diese Tragödie verursacht, der mit den Ungläubigen erboste Gott.

Die Kaufleute waren in der Stadt gefangen, nur das Stadtzentrum hatte keine Schäden zu verzeichnen. Die Obdachlosen hatten Unterkunft in Gastwirtschaften und bei ärmeren Familien gefunden. Die Wirtschaft der Stadt war zerrüttet und zugrunde gerichtet. Die Messe war auf einen anderen Termin verlegt worden.

„Die Stadt muss bezahlen?", hatte einer gefragt. „Die Gemeindeverwaltung? Wir vergüten nichts. Die Juden, die verdienen, sündigen und zahlen nichts. Ihre Häuser sind vor dem Hochwasser bewahrt worden. Es sind Gauner, sie üben Zauberkünste aus. Sie müssen die Schäden des Hochwassers übernehmen."

Simon hatte allerhand zu tun. Er hatte bei einer Sitzung des Gemeinderates den Vorsitz geführt. Viele waren gegen diese Entscheidung gewesen. Die Finanzreserven der Stadt sollten, soweit möglich, zur Wiedergutmachung der Schäden benutzt werden, die Einheimischen hatten kleine Beiträge zu entrichten, die Unterbringung der Gäste ging zu Lasten der Gemeinde, der andere Teil für künftige Lieferungen von Agrarprodukten an die Gäste. Auch die Juden. Wer keine Schäden erlitten hatte, musste bezahlen. Es war eine ausgewogene Lösung.

„Aber auch die Klöster? Auch der Deutschherrenorden, der keine Schäden erlitten hat?", hatte einer der Ratsmitglieder eingewandt.

„Keine Schäden? Auch sie haben den Solidaritätsbeitrag zu leisten. Probleme? Ich glaube nicht, dass der Prior vorgibt, dass sie keine Christen sind. Zeigt die Nächstenliebe sich nicht gerade in der Not?"

Er war beschuldigt worden, die Bräuche über den Haufen werfen zu wollen. Das Auferlegen von Zahlungen für Personen, die von Zehnten, Renditen, Geld für die Segnungen und Einnahmen für die Pflasterung der Wege ins Paradies durch Gebete lebten, schien absurd zu sein.

Aber Simon hatte erklärt, dass es sich nicht um Zahlungsverpflichtungen handelte, sondern um kleine freiwillige Spenden.

„Und Sie, wieviel werden Sie zahlen?", hatte anmaßend einer der Gemeinderäte gefragt.

Simon war aufgestanden und hatte mit erhobenem Zeigefinger prompt geantwortet:

„Ich besitze nichts, bin hier als Gast und bezahle Unterkunft, Nahrung und Wein an die Wirtshäuser, ich bringe Verdienst und Wohlstand. Ihr verlangt von mir einen Beitrag? Ich gebe ein Beispiel und bezahle ihn, auch als Zeichen der Zuneigung zu dieser Stadt."

Er hatte eine Halb-Gulden-Münze auf den Tisch geworfen.

„Also los, jetzt seid ihr Herren an der Reihe. Entzieht euch nicht dieser Pflicht und folgt meinem Beispiel!"

Er war um den Tisch gegangen und vor dem Bürgermeister stehengeblieben.

„Los, ahmt mein Beispiel nach! Ihr wollt nicht? Ja, meine lieben Bürger, Eure Ehrbarkeit misst sich an den Münzen, die ihr auf den Tisch legt. Löst euch von eurer Habsucht!"

Die Stadt war vom Hochwasser zerstört. Die Lage hatte sich verschlimmert, ja sie war unerträglich.

Die Männer, wiewohl von zu wenigem Schlaf stumpf und träge geworden, hatten wieder zu arbeiten angefangen. Nach zwei Tagen und zwei Nächten in Angst und Schrecken musste das Leben weitergehen. Was nicht einfach war.

In Begleitung des Kommandanten der Wasserwerker hatte Simon das Gebiet durchstreift. Sie begaben sich über die Etsch hinweg. Das schlammige Wasser zerfraß die Ufer und der Fluss drohte ebenfalls über die Ufer zu treten. Die Niederungen würden ebenfalls bald überschwemmt werden. Zeit und Männer reichten nicht aus, um die Schäden einzuschränken. Am dritten Tag dann war die Sonne wieder durchgekommen. Der Nebel hatte sich in einen endlich freundlichen Himmel verzogen.

Neben einer Klamm waren sie auf einem Felssporn zur Burg Eppan angestiegen, die von oben die Ebene von Bozen beherrschte. Ein unerlässlicher Besuch.

Auf dem steilen Weg waren sie brüsk angehalten worden.

„Wer seid ihr? Meldet euch an!“ Ein mit Fetzen bekleideter Bauer hatte sie, mit umgehängtem Säbel, bösartig angefahren.

Misstrauisch angeschaut waren sie in das Innere der Ringmauer geführt worden.

Simon hatte den Turm betrachtet, den von einem Mauerring umgebenen Innenhof und den fünfeckigen Hauptturm. Etwas tiefer zog sich eine kürzere Ringmauer um einen weiteren Verteidigungsturm.

Eine Stimme hatte ihn von seinen Betrachtungen abgelenkt.

„Ihr seid also der Vertreter des Kaisers, derjenige, der mir meine Rechte entrissen hat? Seid ihr hergeschickt worden, um mir weitere Diebstähle mitzuteilen? Wollt ihr die Erinnerung an den Stammvater der Familie verletzen? Reicht euch nicht aus, was die Tiroler Grafen uns mit Lügen genommen haben?“

„Ich bin heraufgekommen, um die vom Hochwasser angerichteten Schäden aus der Höhe zu sehen und mir bewusst zu werden, wo die Dämme um die Stadt schwache Punkte haben, und die notwendigen Eingriffe zu entscheiden.“

„Oh, wie freundlich! Zuerst reißt ihr die Mauern der Stadt ab und erobert sie und dann bekümmert ihr euch um ihre Rettung. Wie kluge Geister!... Sicher wisst ihr nicht, dass die Tiroler Grafen wortbrüchig sind! Ich habe Euren Namen sagen hören: Ihr seid derjenige, der unser Volk unterdrückt? Wollt ihr etwa ableugnen, was ich sage?“, hatte der Mann geschrien.

Er sah gut aus, trug einen rötlichen Bart und hatte mit Verachtung gesprochen.

„Die Herren von Tirol waren die Vögte meiner Familie, wurden bezahlt, um uns zu dienen. Wir die Adeligen, sie die Diener!“

Die letzten Worte waren vom Zorn verschluckt worden. Der Graf, rot im Gesicht, hatte sich nicht kontrollieren können.

„Ich verstehe Ihre Entrüstung, kann aber nichts anderes tun. Ich erleide die Geschichte. Ich opfere mich für das Wohl der Grafschaft auf. Ich stehe im Dienst des Kaiserreiches. Ich diene ihm mit Treue!“

„Ein bequemes Leben! Der ewige Jude im Dienst der Verräter!“

„Gehen Sie nicht zu weit“, hatte Simon geantwortet. „Mir gegenüber verkörpern Sie absolut nichts. Die Grafen von Eppan sind vor zwei Jahrhunderten erloschen. So steht es in den Urkunden. Der Letzte der Familie, Gottschalk von Eppan, Dekan des Kapitels von Trient, ist gestorben.“

„Jaja! Das ist die offizielle Version. Aber glauben Sie denn, dass Dekane, Bischöfe und Päpste nicht zeugen können? Ich bin ein Nachkomme von ihm, allerdings nicht anerkannt, denn der Dekan konnte die Geburt eines Kindes nicht anerkennen. Der Sohn des Dekans ist hierhergebracht und von diesen Leuten hier mit Liebe aufgezogen worden. Das ist die Wahrheit. Die Bauern verehren mich und gehorchen mir. Ich bin ein Abkömmling des Dekans, bin der Letzte aus dem Haus Eppan.“

Er hatte sich an die Ringmauer gelehnt.

„Schauen Sie hier herunter. Der Wald liefert uns Holz und Kastanien, aus den wenigen Weinstöcken keltern wir Wein, und da unten rechts einige Apfelbäume, die wir zu einem guten Preis verkaufen, dann die Schweine und einige Kühe. Einen Gutshof in der Gegend von Neumarkt. Aber den größten Verdienst bringt uns die Jagd ein. Hier gibt es viele Rehe. Jagdverbot? Das sollte Ihr Erzherzog vergessen. Wir müssen leben. Sagen Sie das den Habsburgern. Die Eppaner leben noch. Voller Stolz!“

Der Graf hatte seinem Herzen Luft gemacht. Seine Gesichtszüge hatten sich entspannt. Die Bitterkeit eines verlorenen Mannes.

„Ich fürchte nichts und niemanden. Klar? Es ist mein Recht, als der aufzutreten, der ich bin!“

Simon hatte nicht erwidert. Er hatte auf jeden Versuch, seine Meinung zu sagen, verzichtet. Es hätte keinen Sinn gehabt.

Sie waren auf einer steilen Holztreppe aufgestiegen, die außen von einem Zaun begrenzt war, die Stufen bestanden aus kräftigem Lärchenholz und waren gut gezimmert.

„Schön, nicht?“, hatte der Graf gesagt. „Wir haben gute Tischler und können uns gut wehren.“

Von diesem Punkt aus hatte Simon die in der Ebene angerichteten Zerstörungen beobachten können, er hatte gesehen, an welchen Stellen die Deiche nachgegeben hatten, war sich bewusst geworden, wo das Wasser abfloss und wo es einzugreifen galt.

Er war vom wunderschönen Panorama beeindruckt, vom Blick auf den mächtigen Felsriesen des Schlern mit dem schneebedeckten Gipfel.

Der Kommandant der Wasserwerker hatte die Laufgräben im Osten und Norden begangen.

„Ihr müsst verhindern, dass das Wasser vom höher gelegenen Gelände wieder in die Stadt zurückfließt. Straßen und Gassen dürfen sich nicht in Bäche verwandeln, die Keller und Wohnungen überschwemmen. Dann müsst ihr nach und nach die Deiche verstärken und nach Westen verlegen, und dann müssen neue und mächtigere Dämme angelegt werden, um weitere Überschwemmungen zu vermeiden. Was sind die Mauerreste dort?“

Simon hatte sich an den Grafen gewandt und auf teilweise zerrüttete Mauern gewiesen, die nicht weit vom Stadtzentrum entfernt isoliert in der Ebene aufragten.

Das sind die Ruinen des Klosters Sankt Maria in Au. Es hat uns verraten und ist zur Strafe dafür zerstört worden. Wer von Brüderlichkeit redet, macht sich zum Komplizen der Grafen von Tirol. Diese Mönche verdienen nur, von den Flammen der Hölle oder den Wassern der Flüsse verschluckt zu werden. Wer auf der Seite der Tiroler… „

„Ja, ja, ich habe verstanden. Die Zerstörung der Stadt ist schuld der Tiroler und Gottes, der die gerechte Strafe auferlegt hat!"

Die Stadt glich einer Halbinsel, die aus dem Matsch aufragte. Wirklich beeindruckend. Alles Grün war verschwunden, nur noch Kies, Schotter und Sand, Wiesen, Bäume und Weinberge waren zerstört. Das Hochwasser hatte die Mauerreste des Klosters in der Au berührt und die Fundamente untergraben.

„Der Verrat dieser Mönche ist vom Schlamm der Sünde begraben worden!"

Der Graf ließ keine Ruhe, er schimpfte und schürte niemals beschwichtigten Zorn.

„Sie sehen die zerstörte Ebene von Bozen. Sie gehörte uns, den welfischen Grafen von Bozen und Eppan. Vergessen Sie das nicht!"

Der Graf von Eppan folgte den Laufgräben.

Er hatte sich an ein Dutzend schlecht gekleidete Bauern gewandt, die den Sieg lobgepriesen hatten.

„Haben Sie noch viele?", hatte Simon, mit gespielter Verlegenheit, bei ihrem Anblick gefragt. Er wollte den Grafen nicht beleidigen.

„So viele ich will. Alle Männer sind zum Kampf bereit. Es sind Tausende! Sie werden kampflustig und bewaffnet vom Gampenpass herabziehen!"

„Und wo sind sie jetzt?"

„Sie halten sich in den Wäldern versteckt, arbeiten und bereiten sich auf den Aufstand vor. Drei Trompetenstöße und die nächtlichen Feuer leiten die Schlacht ein. Wenn ich wollte, könnte ich Sie einen eindrucksvollen Schrei hören lassen. Aber ich erspare Ihnen diesen Terror. Wir halten ihn bis zum Tag des Aufstands zurück."

„Aber die Herren von Boymont? Die Burg hier nebenan ist gut erhalten. Man erreicht sie in einer halben Stunde zu Pferde. Ein mächtiges Bauwerk von arroganter Schönheit.

Oder? Nicht wie Ihres. Das ist eine Festung. Besser für Sie. In der Burg gegenüber dagegen ist Leichtigkeit. Auf welcher Seite stehen die Besitzer? Nehmen sie Partei für Euch oder für die Tiroler?"

Simon hatte den Grafen mit der Frage offensichtlich provozieren wollen.

„Verfluchte Weiber! Als eine aus unserer Familie die Ehe mit dem Koessler eingegangen ist, stand der im Dienst der Tiroler. Diese Frau hat ihr Blut verraten. Läufige Frauen gehen über die Würde der Dynastie hinaus. Aber der Moment nähert sich", hatte er noch lauter geschrien.

„Die Rache des Ulrich von Eppan wird auf sie niedergehen. Der Abriss dieser von Sünden durchtränkten Mauern wird meine Rache sein!"

Er war in seiner Welt gefangen. Eine große Burg, viel Wald, wilde Steinmauern mit wenigen Fenstern. Eine Hoffnung hatte den Geist eines Mannes zerstört.

„Wenn Sie zum Abendessen bleiben wollen, für mich ist es eine Ehre, Ihnen meine Achtung zu erbieten. Natürlich nach dem Abendgebet. Wenn Sie teilnehmen wollen, gebe ich Ihnen die Ehre, an der Allmacht des Göttlichen teilzunehmen."

„Aber ich bin jüdischer Religion. Ich danke Ihnen, aber ich habe andere Gelegenheiten zu meiner Tröstung."

„Widersprechen Sie mir nicht! Knien Sie sich nieder, das wäre die rechte Huldigung für meinen Adel."

„In Ordnung, Herr Graf. Ich werde bei der Vesper anwesend sein. Es ist meine Pflicht."

Simon hatte dem Baumeister einen Blick zugeworfen. Sie hatten sich zustimmend verbeugt.

Sie hatten sich vor der Kapelle getroffen und waren in den Bau mit den drei Absiden eingetreten. Simon hatte wunderbare Fresken bewundert, elegante, lebhafte Farben. Auffallend das Gleichnis von den klugen und den törichten Jungfrauen neben einem von Aposteln umgebenen Christus.

Der Graf hatte sich niedergekniet und bekreuzigt.

„Gott und die Heiligen stehen auf meiner Seite", hatte er am Beginn der Predigt geäußert.

„Herr, ich danke Euch. Die Stunde der Rache ist nahe. Ich werde der Führer dieser Erde sein, die mir gehört. Ich knie vor Euch und werfe mich vor Euch nieder, mit dem Willen und der Entschlossenheit der Rache, meiner Rache… und Eurer Rache, mein Herr Gott! Gebt der Seele unseres Stammvaters Frieden, des großen Ulrich II. „della piana", Sohn des Grafen Friedrich von Bozen."

Mit der Hand hatte er ein Zeichen gegeben, im Halbschatten hatte er sich erhoben.

„Hören Sie die himmlischen Heerscharen? Hören Sie zu!"

Simon hatte etwas zu hören versucht. Vergeblich. Er hatte Überraschung für die Schönheit nicht vorhandener Melodien gespielt.

Nach dem Gebet waren sie in den zweiten Stock des Turms gestiegen. Der Boden bestand aus abgetretenen Brettern, es roch nach Schimmel. Die Fenster waren klein wie immer in Verteidigungsanlagen. Eine Öllampe beleuchtete die wenigen Möbel: einen großen Tisch und sechs Stühle. Die Schnitzereien zeigten groteske Figuren, Drachenköpfe und mit Schwertern bewaffnete Soldaten. Auf dem Tisch ein Krug und mehrere Teller.

Der Graf hatte in die Hände geklatscht und ein Diener hatte das Abendessen serviert.

„Das Können meines Koches wird Sie befriedigen. Und Sie werden es zu schätzen wissen."

Simon hatte zustimmend mit dem Kopf genickt.

„Unvergleichlich! Ein köstliches Essen für feine, verwöhnte Gaumen, mein Herr."

Simon hatte voller Ironie ausgedrückt, was der Graf nicht verstand.

Er hatte einen Teller Kastanienmehlsuppe gegessen, die im Grunde annehmlich war, und mit einem Stück Butter hatte er sie angereichert. Dazu ein Schluck Wasser. Das war alles zum Abendessen.

„Der verdammte Koch! Er hat das Fleisch vergessen. Ich bitte um Verzeihung."

Ein Selbstgespräch an Erinnerungen, ein Verzeichnis von erlittenem Unrecht.

„Jetzt führen auch die Habsburger die Ungerechtigkeiten fort. Sie bedienen sich der Juden, um uns zu beherrschen. Verstehen Sie die menschliche Schändlichkeit?"

„Ich verstehe sie und bitte um Entschuldigung. Aber diese Unrechte – wenn es Unrechte waren -, wann sind die denn begangen worden?“

„Vor Jahrhunderten. Die Söhne des Grafen Ulrich von Eppan haben sich mit dem Bischof von Trient überworfen und auch mit dem Tiroler Grafen, der den Grafentitel zu Unrecht führte. Diese Elenden hatten sich geeinigt, um uns zu entwenden, was sie in unserem Namen und in unserem Auftrag hätten verwalten müssen.“

Er hatte sich plötzlich erhoben, aus der Truhe eine Pergamenthandschrift genommen und zu lesen begonnen: *„Discordia satis odiosa orta fuit inter misteriales ecclesie, que longo tempore duravit!“*

„Wie bitte?“, hatte Simon leise eingeworfen.

„Sie Lümmel! Die Falschen regieren im Dienst der Veruntreuer!“

Dann hatte er fortgefahren: *„Sanctus iste plenus bona voluntate pacem sibi et alis optando etiam cum his“*.

„Es ist sinnlos, mein nobler Herr. Ich verstehe es nicht. Bitte, fassen Sie es mir kurz zusammen.“

„Also: Hartmann, der Bischof von Trient, wollte aus Schmeichelei den Tirolern gegenüber als Friedensstifter wirken. Wir haben es abgelehnt, da sie unsere Rechte nicht abtreten konnten. Und so kam es zum Krieg.“

„Ich kann mir vorstellen, was geschehen ist. Wir betrauern hier, was nicht mehr Ihnen gehört. Die Geschichte geht weiter. Ich habe niemals gesehen, dass sie stehengeblieben oder zurückgegangen wäre.“

„Sie verfluchter Austeiler von Steuern und Ratschlägen. Verletzen Sie nicht meine Würde!“

„Bitte, noch eine Frage… Die Burg hier unten, ich glaube, sie heißt Sigmundskron. Ich habe gebeten, sie besuchen zu dürfen und den Besitzer zu treffen.“

„Er wird Ihnen keine Audienz geben. Er ist zu hochmütig. Die Burg steht unter der Gerichtsbarkeit des Fürstbischofs von Trient und gehört dessen Kabinett. Sie werden ungern Ihrem Diktat unterstehen wollen. Das gilt auch für die Grafen von Flavon. Dort, unter den dunklen, waldigen Berghängen, die gegen die roten Steilfelsen abfallen – schauen Sie, wohin ich mit der Hand weise – , dort, auf diesem unzugänglichen Felsen erhebt sich ihre Burg. Da, sehen Sie, oder sind Sie blind? Auf der anderen Seite des Talkessels! Sie sieht von hier aus klein aus, ist aber ein mächtiges Kastell mit starken, zinnengekrönten Mauern. Sie fühlen sich geschützt. Zum Teufel!“

„Auch die da sind Verräter?“, hatte Simon eindringlich gefragt. „Herr Graf, wenn Sie es erlauben, werde ich Ihre Rachebotschaft überbringen… an alle, ohne Ausnahme.“

Sie hatten sich schlafen gelegt, im Wunsch, die Burg so bald wie möglich zu verlassen.

Simon war stark beeindruckt. Graf Eppan war der harmlose Schatten einer Sehnsucht nach Macht. Das Leben dieses Mannes war ein Wahn gewesen, zwischen Wahrheit und Lüge, machtlos, ein wilder Traum nach Rache, in den zerstörten Geist eines einsamen Mannes verbannt.

Bei der Abreise hatte Simon sich niedergekniet, eine Huldigung, wie sie einem ranghohen Adeligen gebührt.

„Viel Glück Ihnen, mein Herr. Warten Sie geduldig auf den Tag der Rache. Gott wird Ihnen geben, was Ihnen gebührt!“

Er hatte den Seelenschmerz dieses Mannes verstanden.

22

Zwei Monate lang hatte er sich mit dem Zustand des ihm zugewiesenen Gebietes beschäftigt. Er hatte den Vinschgau bis zur Grenze mit dem Engadin bereist, hatte die Auswirkungen der Schließung des Handels im oberen Tal bewertet, die nach der Niederlage in der Calvenschlacht zwanzig Jahre zuvor eingetreten war. Die Bevölkerung litt unter bitterster Not. Die Kirche hatte befohlen, die Kontakte zu den Andersgläubigen im benachbarten Engadin abzubrechen, wo die Ketzer gegen den Papst Partei nahmen.

Kein Gedankenaustausch mehr, kein Warenverkehr, nur der katholische Gott durfte herrschen. Alles schien ihm prekär, die Autorität des Kaisers zerfetzt. Überall herrschte Hunger, es schien nur Krankheiten zu geben, Groll und Talbewohner auf dem harten Weg zum Nichts.

Nach Meran hatte Simon die Reise inkognito fortgesetzt. Er hatte sich einmal als Pilger verkleidet und einmal als Händler, hatte Halt gemacht und sich unterhalten, hatte Kirchen besichtigt und Kneipen besucht. Es herrschte angeborenes Misstrauen, Willkür nach Gläsern Bier, viele anstößige Stimmen gegen die Geistlichkeit. Simon war Mönchen und Priestern in den Bädern der Bordells begegnet, sie spielten Karten und verloren die Summen, die sie beim Betteln und mit den Zehnten eingenommen hatten, sofern sie sie nicht bei Unkeuschheit und Ausschweifungen verloren hatten.

In den Wirtshäusern wurde eine ersehnte Gerechtigkeit lobgepriesen, der Ruf nach absurden Lösungen und der Abschaffung von Allem, von Steuern und Abgaben, kein Privatbesitz, jedem das Seine, nur Gott hielt die Fäden in Händen und gab Befehle. Die noch schüchterne Tollheit von unterdrückten Geistern und verkrampften Mägen.

Er war nach Bozen zurückgekehrt. Er wollte wissen, wie es Lucie ging. Es war Ende November. Die erste Kälte drang in die Knochen ein und in die Häuser, der Himmel hatte wenig Licht, gelbe Blätter machten das Gehen unsicher.

Er war in die Wirtschaft eingetreten, wo Lucie gedient hatte. Er hatte die Gäste gegrüßt.

„Zu trinken für alle. Es ist zu dunkel hier. Sie, Wirt, geben Sie Holz ins Feuer. Ich will mich wärmen."

Kein Gruß, kein Lächeln, keine Freude über sein Angebot, kostenlos zu trinken.

„Na? Was ist denn los? Sind alle verstummt? Ist vielleicht jemand gestorben?"

Dann hatte er auf einmal gefragt:

„Lucie?"

Keine Antwort.

„Ich will wissen, was geschehen ist", hatte er geschrien. „Sprecht!"

Die Anwesenden hatten nur schwer und gespannt geatmet.

„Ihr wisst, was los ist, wollt aber nicht reden!"

„Besser, Sie reden mit dem Bürgermeister. Er weiß alles", hatte der Wirt verlegen eingeworfen.

„Warum? Was?"

Sie hatten ihm einen Krug Bier gereicht. Er hatte ihn fest in die Hand genommen.

„Ich verlange eine Erklärung!"

Aber niemand hatte zu sprechen gewagt, sie saßen mit gesenktem Kopf da. Er hatte Gott um Hilfe angerufen. Er, der Vertreter der kaiserlichen Macht, war soweit gekommen. Er hatte gefleht, hatte Erklärungen durch den Kopf gehen lassen.

Er hatte sich in die Wohnung des Bürgermeisters begeben. Er hatte ihn geweckt. Es war spät, aber ohne Verlegenheit hatte er eine Erklärung verlangt.

Er hatte für das junge Mädchen ein normales, bescheidenes Leben gewünscht, er hätte sich damit zufriedengegeben.

„Sie kommen zu spät. Morgen kommt sie auf den Scheiterhaufen. In Sarnthein", hatte ihm der Bürgermeister verschlafen gesagt.

„Auf den Scheiterhaufen? In Sarnthein? Sie träumen wohl? Aus welchem Grund?"

Die Anklageakten sprachen deutlich. Die Inquisition war grausam gewesen. Der Mann, mit dem man sie verehelicht hatte, hatte die junge Frau angezeigt: magische Künste und dazu ihr Widerstand, die ehelichen Pflichten zu vollziehen. Männliche Macht. Ihr Ehemann war Konrad Prunner aus Sarnthein.

„Morgen zeige ich Ihnen die Akten. Sie werden im Stift der Augustiner Chorherren in Gries aufbewahrt. Da können Sie Fragen und Antworten lesen und die Gründe des Urteils."

„Wo hat der Prozess stattgefunden?"

„In Sarnthein, ihrem Geburtsort. Die Akten sind zur Aufbewahrung den Augustinern in Gries übergeben worden."

„Ich will mehr wissen! Alles!"

„Sie ist gefoltert worden. Morgen kommt sie auf den Scheiterhaufen. Sie können nichts mehr für sie tun, weder heute, noch morgen. Der Inquisitor und das Richterkollegium haben geurteilt, dass Lucie sich vom Glauben entfernt hat."

Simon hatte sich nicht geschlagen gegeben. Er hatte verlangt, die Prozessakten zu sehen. Zusammen mit dem Bürgermeister hatte er sich ins Kloster Gries begeben, den Pater Guardian geweckt und sich die Prozessunterlagen geben lassen.

Er hatte von der Widersinnigkeit der Anklagen gelesen; von frisch gemolkener, aus den Eimern vergossener Milch, von herbeigeführten Gewittern und Hagelschlägen, von einer alten Bäuerin, die Lucie melancholische Worte hatte singen hören. Aber die schwersten Anklagepunkte waren die ihres Ehemannes.

Seine Anzeige war, dass er sie nicht beschlafen konnte. Es war nicht eindeutig klar, ob es ihre Schuld war und sie ihn abgewiesen hatte oder ob er impotent war. Aber die Anklage bestand auf der These des Ehemannes.

„*Ich woll das Holz auf dem Ruggn darzue Sy nur verprennt*. Ich selbst will den Holzklotz auf das Schafott tragen, wo sie verbrannt wird."

Nach einem kurzen Zögern hatte Simone beschlossen:

„Ziehen Sie Ihren Mantel an. Wir gehen nach Sarnthein."

„Sie können sie nicht retten. Es ist keine Zeit mehr. Sie können es nicht machen. Die Inquisition hat den Fall an die weltliche Gerichtsbehörde weitergegeben. Behindern Sie nicht die Justiz!"

„Keine Diskussion!"

„Jetzt in der Nacht? Da oben liegt Schnee."

„Keine Diskussion! Machen Sie sich fertig, ohne weiter zu zögern. Schnell!"

Sie hatten sich auf den Weg gemacht. Sie spornten die Pferde an, die aber widerstrebten und mit der angeborenen Vorsicht vorwärtsgingen. Eine windgepeitschte Fackel beleuchtete den Weg.

Nach der unangenehmsten Strecke tat sich das Tal auf und der mit Schnee vermischte Regen hatte nachgelassen. In der nächtlichen Finsternis hatten sie hier und da das schwache Licht von Berghöfen gesehen, die schon früh am Morgen mühevolle Tage einleiteten.

In der leichten Helligkeit der Wolken, die gutes Wetter ankündigten, hatten sie die große Ortschaft erreicht. Der Schnee war nicht hoch.

Im Ort herrschte schon Leben. Die Erwartung des ungewöhnlichen Ereignisses hatte alle Müdigkeit vertrieben. Aus den Schornsteinen kam kein Rauch. Die Einwohner würden sich am Feuer des Scheiterhaufens für eine Hexe erwärmen. Es war ein Fest, eine Warnung, die Lektion einer in ihren Heucheleien verlorenen Religion.

Sie hatten Schloss Reinegg erreicht. Die Eingangstür zum Zinnenturm war versperrt. Die Wache war auf einen Mann verringert worden, einen Diener der Herren von Schenna, die von den Grafen von Tirol mit der Burg belehnt worden waren. Bei der Ankunft der beiden Ritter war er aufgestanden und hatte sie noch verschlafen gefragt: „Wer seid ihr? Eine Erklärung!"

„Mach auf und wecke deinen Herrn! Sag ihm, dass Simon von Sevilla hier ist. Schnell, du dummer Wächter!"

„Wer seid ihr, bitte?"

„Der Vertreter des Kaiserreichs zusammen mit dem Bozner Bürgermeister!"

Über die Zugbrücke waren sie in den Innenhof gelangt.

Mit dem Burgherrn hatten sie sich gleichgültig begrüßt, ohne Ehrerbietung für den ungern gesehenen Gast. Sie waren patschnass in den Burgsaal getreten und hatten sich neben das Feuer gesetzt.

„Was ist der Grund für diesen Besuch? Um diese Zeit?"

„Ihr spöttisches Lächeln ist überflüssig. Heute soll Lucie Prunner, eine Bäuerin aus Sarnthein, hingerichtet werden. Ich bin gekommen, um den Tod auf dem Scheiterhaufen zu verhindern."

Simon hatte mit sicherer Stimme gesprochen, die Augenbrauen gerunzelt.

„Sie haben die Courage, die Justiz der Inquisition aufzuhalten? Ich muss handeln. Ich gehorche den Habsburgern, nicht anderen!"

„Ich überbringe einen kaiserlichen Befehl. Wo ist die Verurteilte? Bringen Sie mich zu ihr."

Die inzwischen zur Hilfe gerufenen Bewaffneten waren einsatzbereit. Der Schlossherr von Schenna hatte versucht, Simon von seinen Absichten abzubringen. Er hatte die Anklageschrift gezeigt und unterstrichen, dass der Aufenthalt der Gefangenen auf seinem Schloss und der hier aufgebaute Scheiterhaufen für ihn eine große Ehre waren.

„Ich habe den Scheiterhaufen zur Purifikation des Fleisches errichten lassen. Hexerei muss zunichtegemacht werden. Die heilige Inquisition hat ihr Urteil gefällt und Lucie hat ihre Sünde gebeichtet. Sie hat mit dem Teufel verkehrt und am Hexensabbat teilgenommen. Sie hat nichts bereuen wollen. Der Notar hat alles aufgezeichnet, was gesagt und geschrieben worden ist. Meine Ahnen sind…"

„Ja, ich weiß, ich kenne die Euch von den Habsburgern zugestandenen Lehen, aber jetzt gehorcht ihr mir! Verurteilt? Alles Dummheit. Nur törichte Personen verstehen das nicht! Unter Tortur gebeichtet? Bringt mich zur Gefangenen! Aber sofort!"

Zusammen mit dem Bürgermeister war er in das Burgverlies geführt worden. Sie waren auf hohen Stufen abgestiegen, im Dunkel der Mauern. Die von den Soldaten mitgebrachten Fackeln ließen grünlichen Schimmel an den Wänden erkennen, es roch faul. Sie hatten ein Gitter geöffnet und sie in einen fensterlosen Raum geleitet, wo sich ein Eisengitter auf einen stinkenden Innenhof auftat.

Lucie war vom plötzlichen Licht geblendet und hatte einen Seufzer ausgestoßen.

Sie lag in Ketten, die Arme in Stöcken und mit wankendem Oberkörper und geneigtem Kopf.

Ein schrecklicher Anblick. Simon war erschüttert.

Die Knochen eines Handgelenks waren gebrochen, die Hand kraftlos. Ihre Kleider waren zerfetzt, auf der Haut Brandwunden, auf den Armen Bisse von Mäusen, die Haare verwirrt, das Gesicht schmerzverzerrt. Er hatte sich ihr genähert, hatte sie gestreichelt. Sie hatte ihm ihr Gesicht zugewandt, ohne ihn zu erkennen. Ihre Augen waren trübe, das Gesicht von Schlägen angeschwollen.

Die Folterungen hatten sie zerstört. Er hatte ihr die Ketten abnehmen lassen, die mit fürchterlichem Gerassel zu Boden gefallen waren.

Er hatte sie sanft angehoben und war mit ihr in den Armen die Stufen des Kerkers bis zum Innenhof angestiegen. Er hatte ihr eine Decke umgelegt, um sie vor der Kälte zu schützen und den Gestank zu mildern.

Es war ein sonniger Morgen, aber sie stöhnte, schwache Seufzer, die ein baldiges Ende ahnen ließen. Ihr Körper hatte zu viele Grausamkeiten erlitten.

Beim Erscheinen von Simon hatten die Umstehenden zu schreien aufgehört.

Einen Augenblick lang hatte Lucie die Augen geöffnet. Schöne Augen. Sie hatte Simon wiedererkannt.

„Ich will dich holen. Ich nehme dich mit!“, hatte er ihr zugeflüstert.

Lucie hatte die Lippen bewegt. Sie hatten gezittert.

Simon hatte sich eingebildet, dass sie ihn beim Namen nennen wollte. Ein eindringlicher Blick. Dann der letzte Atemzug.

Sie war in den Armen des Mannes gestorben, mit dem sie den Liebestaumel erlebt hatte.

Den höchsten, schönsten Moment, den der Leidenschaft! Lucie hatte sich in Reinheit verklärt.

Simon hatte Scham empfunden. Er war schuld an diesem ihrem Tod. Im letzten Hauch des Lebens hatte sie träumen dürfen, frei, fern von den Pöbeleien der von zu viel Schnaps erregten Männer.

Er war regungslos geblieben. Ein Moment der Benommenheit. Der Seelenschmerz um ein Leben, das er geliebt hatte.

„Meine Damen und Herren, kommt heran, Bauern und Herren, kommt! Ich habe euch um ein Vergnügen gebracht. Ein Scheiterhaufen ist für euch die Freude des Lebens. Ihr fürchtet mich, ihr fürchtet Lucie? Ihr seid unwissend und stinkend, ihr lebt, ohne es zu wissen!"

Er hatte sich an die Menge gewandt, die sich auf der Wiese vor der Burg versammelt hatte, um den Karren mit der Verurteilten zu begleiten. Sie waren von allen umliegenden Berghöfen herabgekommen. Wer es sich leisten konnte, mit dem Sonntagsanzug bekleidet. Sie standen still und unbeweglich, die versteifte Dummheit der Ungebildeten.

„Keine Angst, jetzt seid ihr frei von Hexereien. Seht ihr, wie ich sie halte? Die habt ihr ermordet! Auch eine Tote wollt ihr verbrennen?"

Niemand hatte zu erwidern gewagt. Der Herr von Schenna hatte sich abseits gehalten. Er wollte sich nicht einmischen und nicht zum Komplizen werden und die Richter schmähen.

„Der Gestank, den ihr riecht, ist die Rohheit eures Gewissens, euer Gott ist der Schatten der Gerechtigkeit. Wer will Lucie in die Arme nehmen und auf den Scheiterhaufen führen? Ihr wolltet sie lebendig? Jetzt habt ihr sie als Tote. Los, vorwärts! Habt ihr Angst vor einer toten Hexe? Ein verdorbenes Fest, oder? Ihr Feiglinge! Wollt ihr den Gestank von verbranntem Fleisch riechen?"

Die Menge war zurückgewichen.

Simon hatte sich nicht beherrschen können und hatte seine Entrüstung in die Welt geschrien. Im letzten Blick Lucies hatte er Liebe erkannt, in ihren leicht himmelblauen Augen, die Leichtheit eines Gefühls.

Er war zurückgekehrt, um sein Versprechen zu halten, aber es war zu spät. Doch sie hatten einen Blick des Lebens ausgetauscht, eine Liebkosung für seine Seele. In seinem Geist waren Lucies Augen mit denen von Francisca zusammengefallen, hatten in ihm die Erinnerung an eine nie vergessene Liebe erweckt.

„Mörder!", hatte er geschrien, „Mörder!", hatte er wiederholt.

Gerüchte, ihre Schönheit, ein vulgärer Ehemann, der Neid der Frauen, die Geistlichen, Sünden überall, eine leichtgläubige Bevölkerung, von der Armut erbittert und verdummt: all dieses zusammen.

Er hatte Lucie in die Arme genommen und auf den Friedhof getragen. Eine langsame Prozession des Leidens.

„Die Erde ist hart, aber mit krummem Rücken grabt ihr dieser Armen ein Grab. Ihr seid es ihr schuldig!"

Niemand hatte sich widersetzt.

Er hatte ihr die Achtung ihres Heimatdorfes zurückerstattet. Die Anwesenden standen mit gesenktem Kopf. Simon hatte Lucie in das Grab gelegt und mit Erde zugedeckt. Er, der Jude, hatte sich zum Gebet niedergekniet.

Er hatte befohlen, die Totenglocke zu läuten, das Zeichen eines Abschieds, die Wehmut eines Lebens hatte sein Herz erfasst.

Alles widersprach der Schönheit der Natur. Der Tag hatte diese tristen Glockenschläge mit Licht erfüllt.

Plötzlich eine gebieterische Stimme:

„Das geht nicht! Sie ist eine Hexe. Du falscher konvertierter Jude, Verneinung unseres Gottes. Auch wenn sie tot ist, muss sie verbrannt werden. Sie darf nicht in geweihter Erde begraben werden!"

Ein taumelnder Priester hatte sich genähert und laut geschimpft. Er schwenkte ein Kreuz wie einen Knüppel.

„Ihr seid Gotteslästerer!", hatte er geschrien. „Auf den Scheiterhaufen! Die Hexe muss auf den Scheiterhaufen! Und euch, dem Juden, die ewige Verdammnis!"

Simon hatte sich vor ihm aufgestellt und mit einem Faustschlag in den Magen hatte er ihn in den Schnee gestoßen.

„Gott sei mein Zeuge! Mit dem Kreuz schlage ich Ihnen den Rücken kaputt. Ich schlage Sie tot!"

Er hatte seinen Zorn gebändigt. Er hatte ihn angegriffen und beim Hals genommen.

Zugleich hatte er geschrien: „Sie sind ein elendes Wesen, Ihr Glaube ist die Falschheit!"

Der Bürgermeister hatte prompt eingegriffen und einen Mord an einem Priester verhindert, einer von denen, die vom Paradies predigen, aber die Hölle sind.

Simon hatte sich keuchend erhoben. Er bereute nichts, sein Zorn auf die Ignoranz war zu groß. Nach wenigen Augenblicken war er zusammen mit dem Bürgermeister auf das Pferd gesprungen, um den Rückweg anzutreten.

Auf einem Baumstumpf hatte er einige Hühner bemerkt, die sich an der Sonne wärmten. Ein gutes Zeichen! Das wollte er glauben, eine Illusion des Überlebens. Er hatte sich beruhigt, aber auch verstanden, was Hass bedeutete.

Tränen waren ihm in die Augen gestiegen. Sein Leben war verspätet, seines wie das der anderen.

Er war stehengeblieben. Eine Überlegung? Ein Gebet?

Es war nicht leicht, vom verachteten Körper Lucies loszukommen. Sein Herz war nicht stumm, er fühlte sich schuldig. Er war lange unbeweglich und mit gesenktem Kopf auf dem Pferd sitzengeblieben, hatte über seine Oberflächlichkeit nachgedacht. Ohne sich zu wenden hatte er dieser Seele an diesem kurzen Nachmittag einen letzten Gruß gesandt.

Auf ein Holzkreuz hatte er einen Namen und ein Datum einritzen lassen: „Lucie Prunner 29. November 1521".

Das Zeichen eines schon vergessenen Lebens.

Er und der Bürgermeister hatten den Weg wieder aufgenommen. Sie waren müde, voller Trauer. Er hatte die Pergamenthandschrift mit dem Urteil in seine Ledertasche gesteckt. Er wollte sie den intelligenten Mönchen zeigen. Im oberen Teil des Tales war es bitterkalt. Dunkle Steilfelsen hoben sich vom weißen Schnee ab.

„Danke, dass Sie an meiner Seite geblieben sind", hatte er zum Bürgermeister gesagt.

„Falls die Kirche Sie wegen Entehrung des heiligen Urteils anklagen will, zeuge ich für Sie. Sollte es dazu kommen, dann stehe ich auf Ihrer Seite. Das Kaiserreich ist wichtiger als eine kleine Stadt und deren Ambitionen."

Nach einer Pause hatte er hinzugefügt: „Sie müssen umsichtiger handeln. Ich sage das zu Ihrem Wohl. Sie müssen Ihren Instinkt und Rebellionsgeist mäßigen. Sie haben andere Aufgaben."

„Danke für den Rat, den ich zu aschätzen weiß. Aber seien Sie vorsichtig. Sie haben eine Frau und Kinder." Und vorsichtig hatte er hinzugefügt: „Die Hexerei ist dazu da, das Volk zu kontrollieren. Die magischen Riten sind eine Erfindung, die wahren Hexenmeister sind die Priester. Die müssten auf den Scheiterhaufen!"

Am noch blauen Himmel war der Mond aufgegangen und warf unruhiges Licht auf die kalten Dächer der hungrigen Berghöfe.

Im raschen Sonnenuntergang wurde das Tal weiß vor Schönheit, die Berge waren von Lärchen und Tannen bedeckt.

Die Natur wollte dem Menschen beibringen, seine Zeit zu leben, die des Lebens und die des Todes.

23

Simon hatte enge Kontakte zum Zentrum des Kaiserreiches gehalten. Die Achtung des Erzherzoges für ihn hatte zugenommen, er hatte detaillierte Informationen geliefert.

Die Lage hatte sich verschlechtert.

Schwere Unwetter waren niedergegangen, drei lange Winter hatten die Bauern ermattet, die Ernten waren mager, Pellagra und andere Epidemien hatten sich verbreitet, nach der Schließung der Bergwerke hatte es immer mehr Bettler gegeben.

Aus Ridnaun waren die Knappen nach Bruneck und ins Ahrntal gezogen, auf der Suche nach Arbeit in den Kupfergruben, die allein noch offengeblieben waren. Die Wirtschaft und der Warenverkehr hatten unter dieser Lage gelitten, die Zehnten waren zu hoch und die Bozner Messen wurden immer weniger besucht. Es gab kein Umlaufsgeld. Es fehlte praktisch an Allem, was für ein normales Leben notwendig war. Der Wunsch nach Ordnung wurde immer dringender, die Suche nach der Reinheit des Evangeliums.

Das Banditentum hatte zugenommen, die Reisen auf den traditionellen Handelswegen wurden ständig unsicherer.

Simon hatte es oft gehört. Die Unduldsamkeit hatte sich in Ungehorsam dem immer mehr verleumdeten Klerus gegenüber verwandelt.

Der Rhythmus des Lebens hatte sich für alle verlangsamt, es kündigten sich Revolten an. Angesichts des Mangels an Justiz wurden viele zu Predigern, die an zu vielen Kredos festhielten. Luther und Zwingli waren die Symbole eines Glaubens, in dem auch Platz für die Ausgeschlossenen war.

Während die Hungersnot zunehmend Opfer mähte, verbreitete die kirchliche Autorität sinnlose Liturgien.

Simon hatte sich ein Herz genommen und an den Erzherzog geschrieben.

„Hochedler Erzherzog, wie kann ich Ihnen hinsichtlich der Lage der Grafschaft Mut zusprechen, wenn alles um uns herum zusammenbricht? Nur Sie, Hochwürdiger Herr, können die Grafschaft vor dem Verfall retten. Im Volk macht sich Bitterkeit breit. Gebete, Strafen, Absolutionen: Das Beispiel von Priestern und Mönchen ist die Verneinung des christlichen Geistes. Sie müssen sich durchsetzen, müssen die Arroganz beim Verkauf des Ablasses verringern, Sie müssen die Krusten von eiternden Wunden entfernen, Sie dürfen keine Ausflüchte suchen, müssen die Größe des Kaiserreiches unter Beweis stellen. Auch wenn kaum Möglichkeiten zu finanziellen Eingriffen bestehen, müssen Sie die Herabsetzung der Kirchensteuern erzwingen. Das Volk steht auf Ihrer Seite. So war es schon zu Maximilians Zeiten und so wird es auch mit Ihnen und dem Erlauchten Karl V. sein. Sie müssen jetzt eine Entscheidung treffen, ein Hinauszögern würde der Glaubwürdigkeit der Grafschaft schaden. Stellen Sie sich an die Spitze der Unzufriedenen, führen Sie sie einer Zukunft entgegen. Handeln Sie, mein Herr, sonst gibt es keinen Frieden. Bieten Sie der Bevölkerung eine Hoffnung.

Der Vertreter des Kaiserreichs auf Wunsch seiner erhabenen Majestät Kaiser Karl V.,

Ihr ergebener Simon von Sevilla."

Er war zweimal nach Innsbruck berufen worden. Er hatte seine These bekräftigt und hatte inständig gebeten, aber das Papsttum konnte keine Beleidigung seiner Hierarchie erdulden. Nur der Kirche kam die Erlaubnis zu, die Vertreter des Kaiserreichs zu salben. Eines ohne das andere? Der Erzherzog hatte nicht die Befugnis, dem Bischof von Brixen oder dem von Trient zuwiderzuhandeln.

Dem Erzherzog war die Lage der Grafschaft bewusst, aber die trostlos leeren Staatskassen machten die gewünschte Herabsetzung unmöglich. Es herrschte große Unsicherheit. Simons Ratschläge wurden, wiewohl sie vom Herrn von Salamanca unterstützt wurden, angefeindet, da sie von einem Ungläubigen, Opportunisten und nach Macht Strebenden kamen.

„Nur kleine Zeichen, die geringste Aufmerksamkeit für das Volk. Ihre Autorität kann dadurch nur gewinnen! Zeichen des Wohlwollens werden von der Dankbarkeit des Volkes vervielfacht. Denken Sie daran, mein Erzherzog, Sie können keine Ausflüchte suchen!"

Simon beschloss seine Ausführungen, die im Empfangssaal wie eine Warnung widerhallten: „Der Kaiser muss das Kaiserreich retten!"

Er verneigte sich und wartete auf Befehle, die nicht kamen.

„Er ist Jude, hat keine Achtung für unseren Gott, wiegelt das Volk mit der Falschheit seiner Religion auf. Er schmiedet Pläne, um uns alle in schlechten Ruf zu bringen."

Es war ein Samstagmorgen Mitte Mai, die Sonne schien schwach. Simon war in seinen Gebetsmantel gehüllt und auf seine Gebete konzentriert, als sich plötzlich Schreie erhoben. Er hatte auf die Straße geschaut und war zu Tode erschrocken: Eine Menschenmenge hatte die Häuser von zwei jüdischen Familien angegriffen. Sie hatten das Eingangsportal niedergerissen, waren in die Wohnungen eingedrungen und hatten Geschirr und Möbel auf die Straße geworfen. Sie hatten vergeblich nach nicht einkassierten Pfandrechten gesucht, nach Geldschränken und Münzen. Es waren größtenteils Bauern, die vom kleinen Dorf Rentsch und von in Zollnähe gelegenen Höfen herabgekommen waren. Simon hatte eingegriffen, hatte vergebens versucht, sich den Rebellen gegenüber durchzusetzen. Auch der Bürgermeistere war erschienen, begleitet von einigen wenigen Bewaffneten. Er hatte erst die Hälfte seines Mandats hinter sich. Es war der 13. Mai 1525.

„Halt, Halt, ihr Schurken! Die Justiz…"

Die Menge war größer geworden. Ein Teil der Aufständischen hatte sich zum Augustinerstift in Gries begeben, ein anderer zum Palast Weggenstein, dem Sitz der Deutschordenskommende, wo sie das schwere eiserne Portal abgebrochen und Dokumente und Pergamente entwendet und in Brand gesetzt hatten. Eine kleinere Gruppe war zum Sitz der Bankiers Fugger vorgedrungen. Die Rebellen waren zornig auf Priester und Mönche, auf den Bischof uns seine Privilegien, auf die ganze Welt. Die Rhetorik der Rebellion. Kleine Forderungen, verschärft von der Müdigkeit, immer Ja sagen zu müssen. Sie verfluchten den Verkauf der Häuser an die

Fremden, wodurch viele Einheimische gezwungen waren, in den Höfen zu leben, die niedrigen Löhne, die Steuererhöhung auf den Weinhandel, die Einschränkungen des Weide- und Holzrechts.

„Halt! Seid ihr verrückt geworden?"

„Tod den Wucherern, Schluss mit den Pfandverträgen, Schluss mit der Ausbeutung! Priester und Juden sind alle gleich, alle gleich!"

Simon und der Bürgermeister hatten versucht, die Menge aufzuhalten, waren aber höhnisch weggedrängt worden; zu ihrem Glück waren sie ignoriert worden, denn sie konnten keinen Widerstand leisten.

„Geht zu euch nach Hause befehlen", hatten sie geschrien, „Weg mit den Scheißbürgermeistern! Die Justiz sind wir und wir nehmen sie uns, ohne auf eure zu warten. Es lebe das Volk!"

„Schluss mit den Flausen. Wie in Brixen! Wie in Neustift! Wir haben zu lange gewartet", hatten andere ausgerufen. Es herrschte allergrößte Verwirrung.

Sie hatten alles gestohlen. Monstranzen, Gold- und Silbermünzen, Stoffe, Messkelche und Rosenkränze. Das Diebesgut wurde zu einem Händler am Obesplatz gebracht. Die Einheimischen waren in ihren Häusern geblieben, kein Zeichen des geringsten Widerstandes, sie wollten nichts riskieren. Neutrales Verhalten zwischen Opportunismus, Schlauheit und Angst.

Aus den Fenstern waren Stimmen zu hören: Sie forderten die Vertreibung der Juden.

„Sie müssen bestraft werden, wie sie es verdienen. Wenn Hungersnot herrscht, ist es ihre Schuld."

Simon, der normalerweise gut informiert war, hatte nicht die Zeit gefunden, mehr zu wissen. Dann hatte er nach und nach Bruchstücke von Kommentaren und Notizen gehört und vom Aufstand in Brixen am Vortag erfahren. Ein Mangel in seinem ständigen Alarmzustand. Er wusste, dass große Nervosität herrschte. Aber der Zeitpunkt eines Aufstands war schwer vorauszusagen.

Er hatte sich zum Rathaus begeben und eine dringende Sitzung einberufen, in Anwesenheit des Bürgermeisters Rottenpuecher und des Gemeinderates. Er hatte zu Vorsicht gemahnt und geraten, abzuwarten, dass die Lage sich beruhigte. Nur die Schuldigen sollten ausgemacht und ihnen sollten, zum rechten Zeitpunkt, die Strafen zur Entschädigung der angerichteten Schäden zugestellt werden. Die zu zahlenden Summen galten als wirksame Abschreckung, um die Revolte zu bremsen und die Schäden einzuschränken. Kein Verhaftungsbefehl.

Die bewaffneten Wachen waren am Zugang zur Stadt aufgestellt worden, gegen die Hügel von Rentsch, wo die turbulentesten Rebellen agierten. Die Wasserwerker waren zur Verstärkung des Schutzes von Handwerkern, Händlern und Wirten herangezogen worden, was vom friedlichen Teil der Bevölkerung mit Genugtuung begrüßt worden war.

Der Aufstand war begrenzt worden, der Brand der Schriftstücke im Augustinerstift in Gries war bald gebändigt worden, die Aufständischen hatten sich etwas beruhigt. Aber die Angst vor neuen Gewalttätigkeiten war immer gegenwärtig.

Der Aufstand war plötzlich aufgeflammt, hatte aber zur Angst vor einer Reaktion der Behörden geführt.

Der Zorn hatte sich gelegt, nachdem die verbitterten Rebellen kirchliche Möbel, Dokumente und Paramente verbrannt hatten, wie sie auch von den Armen und Verschuldeten verpfändete Gegenstände verschleudert und an den Stadtpforten an Bauern und Bürger verteilt hatten. Die Gewalttätigen waren nicht organisiert und so hatte die aufgeflammte Revolte, ein Gemisch aus Unwissenheit und menschlicher Misere, nicht dauern können.

Am dritten Tag waren die Aufständischen schon ungern gesehen und die Volkserhebung hatte sich beruhigt.

„Der gute Name der Stadt. Unsere Messen verlieren an Ansehen und wir verlieren Reichtum und Verdienst. Und wenn sie geplündert werden, was dann?“, hatte der Merkantilmagistrat ausgerufen.

„Dummköpfe! Der Handel? Den treibt ihr? Die Kaufleute? Wir alle haben zu verlieren!“

Der Magistrat hatte den Mut gehabt, die Wahrheit an den Tag zu bringen.

Einige der Rebellen hatten eine falsche Identität angegeben und geleugnet, am Aufstand teilgenommen zu haben. Eine angeblich erfundene Revolte, wenn da nicht die fünf

Toten gewesen wären, die Brände, die Diebstähle und die Vergewaltigungen von Frauen. Die Aufständischen waren ohne Regeln, ihr Protest hatte keine Zukunft.

Am Tag darauf hatte Simon Brixen erreicht. In Klausen hatte er zum Pferdewechsel eine kurze Pause eingelegt. Er war von einer Menge umringt worden, die sich nach den Ereignissen in Bozen erkundigt hatte.

„Gaismair hat die Macht übernommen… er schützt das Volk. Der Bischof von Sprenz, dieser Verdammte, ist nach Innsbruck geflüchtet. Angeblich soll er zum Prozess nach Brixen gebracht werden. Wir haben gewonnen… der Bischof wird verhaftet!"

Notizen und Träume hatten sich überschlagen, unterdrückte, nicht mehr gebremste Wünsche, in Angst verwandelte Hoffnungen, nicht mehr kontrollierte Illusionen.

„Sie stehen auf unserer Seite, nicht wahr?"

„Natürlich! Ich unterstütze das Kaiserreich gegen die Missbräuche der Kirche!"

„So ist es. Berichten Sie Gaismair, dass Klausen auf seiner Seite steht. Vergessen Sie uns nicht. Die Steuern ziehen wir ein. Das Volk hält zu ihm und zum Reich. Sagen Sie es dem Erzherzog. Er soll uns diese Priester und ihre dreckigen Zehnten wegnehmen und unseren Frauen neue Würde geben. Wir wollen die kaiserliche Autorität. Weg mit den Priestern und mit allen, die unser Blut saugen… auch die Ju…"

Sie hatten sich rechtzeitig unterbrochen.

„Ja, ich werde alles berichten."

Sie brauchten Zuspruch und Ermutigung, sie hatten verstanden, dass die Plünderungen nicht das waren, für das sie gekämpft hatten.

Simon war klar gewesen. Er hatte versprochen, dass er beim Kaiser vorsprechen würde. Sie hatten ihm Beifall gespendet.

„Recht gesagt, so ist es… sicher wird es so werden… warten wir… das rechte Vertrauen… der Kaiser… weg mit Sprenz, verjagt ihn, diesen arroganten Bischof, werft ihn in den Kerker, Schluss mit diesen Übergriffen, genug mit seinen Zehnten, wir sind es müde, macht ihm den Prozess, wir bleiben dem Erzherzog treu… Vertrauen… morgen… Gerechtigkeit… ja… die wollen wir", hatten sie ausgerufen, während ihre Anmaßung nunmehr ohne Willenskraft war.

Sie schubsten sich vorwärts, um sich Mut zu machen, Bruchstücke von Sätzen, keine vollständigen Gedankengänge, die Angst hatte die Hoffnung zerschlagen, sie sehnten sich nach unmöglichen Freiheiten, hatten verstanden, dass die Gleichheit die Unsicherheit von zu vielen Kläglichkeiten war.

Sie sahen schon müde aus.

Sie hatten Simon eingekreist, um ihn zu beschützen, Die Gefahr waren sie, und sie hatten ihn vor ihnen selbst geschützt. Ein aufrichtiger, mutiger Akt. Spontan, in der Schwäche des Nicht-Verstehens.

„Kommen Sie wieder zurück, um uns von der Begegnung zu berichten. Werden Sie dem Kaiser sagen, dass wir ehrliche Bürger sind?"

„Wenn ihr wollt, dass ich euch helfe, lasst mich abreisen. In Brixen muss ich mehr verstehen. Ich möchte eine Leibwache. Helft ihr mir? Der Weg ist voller Gefahren. Keine Plünderung, keine Feuersbrunst. Die Justiz ist anderes!"

„Der Erzherzog! Er ist alles für uns. Wir werden Sie geleiten und für Ihre Unversehrtheit garantieren!"

Er hatte Brixen erreicht und sich zur Stadtburg begeben, wo Gaismair, als Führer des Aufstandes akklamiert, alles daransetzte, dass die Rebellion nicht ausartete. Sie hatten einen freien, offenen Gedankenaustausch gehabt. Das Proletariat und die Armen der Stadt hatten sich aus unterschiedlichen Gründen dem Bürgertum angeschlossen: Wunsch nach Änderung, Forderungen nach mehr Lohn für die Armen, mehr Freiheit für die Bürger. Wenige Münzen auf der einen Seite, um Ruhe zu erwerben und die Not zu mindern, auf der anderen Seite mehr Zugeständnisse, um der Kirche entgegenzuwirken. Unterschiedliche Niveaus und Zeiten, unbewusste, noch nicht klare Wünsche.

Ein reiches Verzeichnis an Forderungen, Anregungen und Erwartungen. Viele, zu viele. Gaismair war ihr Verbindungspunkt. Ihm kam die Aufgabe zu, die Lage zu verwalten, zu beruhigen und verständlich zu machen. Simon war verwundert. Eine heikle Aufgabe, Gaismairs Intelligenz würde der Stadt zugutekommen. Der Sekretär des Bischofs im Dienst des Kaiserreiches. Eine mögliche Lösung, vielleicht die einzige.

„Lassen Sie sich nicht von Ihren Träumen verführen. Ihre Ideale sind zu hoch. Beherrschen Sie den Alltag. Versprechen Sie, ohne zu übertreiben, bleiben Sie bescheiden. Das erwarte ich von Ihnen. Ich kenne Sie. Schaffen Sie keine leeren Erwartungen. Nehmen Sie die Forderungen auf, aber schaffen Sie keine unannehmbaren Zugeständnisse. Lassen Sie ihnen, was sie wollen… sie werden nicht sehr viel weiter gehen, wenn… wir haben uns verstanden… Sie werden Ihnen nicht helfen. Verstanden? Ich möchte in eine ruhige, befriedete Stadt zurückkehren!“

Gaismair, nachdenklich, war aufgestanden und hatte Simon die Hand gereicht.

„Wir werden uns wiedersehen. Sammeln Sie die Beschwerden, bringen sie sie in die rechte Form und dann werde ich sie an den Erzherzog weitergeben. Keine Angst! Der Frieden ist wichtiger als die Aufrichtigkeit. Erklären Sie das! Sie haben mir den Vorsitz der paritätischen Kommission gegeben, zehn Bauern und zehn Kaufleute, Ich werde sie anhören. Sie haben mich zum Haupt der Aufständischen erwählt, aber ich habe das Amt nicht übernommen. Sie haben mir geboten, es anzunehmen. Ich glaube an Vermittlung. Erklären Sie das in Innsbruck. Sie kennen besser als ich die Lage der Grafschaft, den Egoismus, den Glauben, die Ausbeutung…“

„Genug damit. Ich weiß, was ich brauche! Behalten sie die Ordnung bei. Sie sind der Einzige, der es schaffen kann. Dann mit der Zeit…“

„Lassen Sie die Zeit bleiben. Wir müssen hier und jetzt die Steuerlasten der Kirche herabsetzen.“

„In Erwartung neuer Anordnungen könnten Sie sie aufheben.“

„Anordnungen von wem? Es ist der 16. Mai und in wenigen Tagen sind die auf nicht bestehende Ernten zu zahlenden Zehnten fällig. Kann ich sie in Erwartung neuer Anordnungen aufheben? Nur aufheben, ohne sie abzuschaffen? Das ist purer Wahnsinn. Sie werden auffahren.“

„Schicken Sie die Vorschläge nach Innsbruck. Denn dort müssen sie entscheiden. Machen Sie keine Vorschläge. Mildern Sie die Forderungen, beruhigen Sie die Personen!“

Die Antwort war brüsk und hart.

„Sie wollen, dass ich lüge? Niemals. Ich höre zu und gebe weiter. Ich bin es nicht gewöhnt, zu schmeicheln, um zu unterdrücken. Nie! Das ist nicht meine Aufgabe. Beladen Sie mich nicht mit Verantwortungen, die ich nicht habe. Gehen Sie nach Innsbruck. Erzählen Sie, was sie gesehen haben, helfen Sie diesen Leuten. Ich will versuchen, die Hitzköpfe zu beruhigen. Sie denken nicht vernünftig, aber manchmal kann man sie gut verstehen… Sie wissen es. Hier der Geleitbrief!"

„Der Geleitbrief? Für mich? Von Ihnen? Ich will nichts. Ich bin eine kaiserliche Autorität. Behalten Sie den Geleitbrief, ich brauche ihn nicht. Wenn sie ihn in Innsbruck sehen würden, wäre das eine Verdammung für Sie!"

„Vom Mittler zum Angeklagten?"

„Machen Sie, was Sie zu tun haben. Arbeiten Sie für das Kaiserreich. Ich stehe auf Ihrer Seite. Aber… haben Sie verstanden?"

Sie hatten sich mit verzagten Blicken voneinander verabschiedet.

24

„Eure Majestät, lassen Sie ihn gehen. Seine Welt wird ein Ende finden. Er flüchtet vor dem Leben, seine Gerechtigkeit ist jenseits unserer Vorstellung. Er wird sich selbst auslöschen. Ein Wimpernzucken in der Geschichte, nichts mehr. Es hat keinen Sinn, ihn einzusperren, er verfolgt Träume und die Träume verschwinden in den Mäandern des Geistes. Eine kurze Zeitlang werden sie ihm folgen, nichts als die Gelegenheit zu Egoismen, begrenzt auf diejenigen, die nicht verstehen, wie schwierig es ist, die Gerechtigkeit zu etablieren. Sobald sie die Mühe der Rechtlichkeit erfahren, werden sie ihn verlassen. Das Übermaß an Gerechtigkeit ist die Ungerechtigkeit und Sie, mein Erzherzog, werden angefleht, um Frieden zu schaffen, Sie repräsentieren die Ordnung und die Ruhe des täglichen Lebens. Die Welt braucht Normalität. Sie brauchen nichts zu tun. Lassen Sie, dass die Zeit Ihren Adel anerkennt!"

„Also Sie, Simon von Sevilla, gestehen? Sie haben alles angestiftet und den Befehl gegeben, ihn freizulassen? Sie haben ihn aus dem Palastkerker fliehen lassen? Sie, in der Nacht vom 6. auf den 7. Oktober? Und jetzt sind Sie so unverfroren, mir anzuraten, ihn nicht zu verfolgen? Ist das wahr?"

Der Herr von Salamanca hatte sich vor den Anwesenden verneigt, auf die Knie geworfen und um Verzeihung gebeten.

Und an Simon gewandt: „Du bist niederträchtig. Hat der Wahnsinn dir deine Intelligenz genommen? Wie war das möglich?"

Die Honoratioren waren bestürzt. Niemals hatten sie sich eine derartige Unverschämtheit vorgestellt. Aber im Grunde… Schließlich war er ein Jude.

„Ich weiß, was mich erwartet. Für meine Vermessenheit bitte ich um Unparteilichkeit. Ich hoffe, dass Sie die Größe seiner Gedanken verstehen."

„Genug damit! Oder ich lasse Sie enthaupten. Gaismair? Das Niederwerfen des Fürsten und des Bischofs sind Größen von Gedanken? Was sagst du da, Frevler, überheblicher Verräter meines Vertrauens! Gaismair ist eine Verneinung der Geschichte."

„Wenn ich könnte…"

„Genug! Du hast schon genug Schaden angerichtet!", hatte Salamanca ausgerufen.

„Verstehen Sie jetzt, Herr von Salamanca, dass ich Ihnen schon im Mai, zu Beginn des Bauernaufstands, das Ministeramt widerrufen habe. Ihre Torheit hat mich dazu geführt, diesen Unverschämten zum kaiserlichen Rat zu ernennen."

Er atmete schwer.

„Simon, reden Sie jetzt. Es wird das letzte Mal sein. Keine andere Gelegenheit mehr."

Simon stand mit geneigtem Kopf. Nach einem tiefen Atemzug hatte er die Augen erhoben und zu reden angefangen.

„Ich bin mir meines Schicksals bewusst. Aus diesem Grunde kann ich frei reden. Gaismair ist mit einer Täuschung, einem Betrug nach Innsbruck gerufen worden. Ihm war gesagt worden, dass ihr Erklärungen wolltet, aber in Wirklichkeit wolltet ihr ihn verhaften. Das ist Mitte August geschehen. Ich hatte ihm davon abgeraten, sich nach Innsbruck zu begeben. Ich erzähle das aus Rechtschaffenheit. Sie, Hochadeliger Erzherzog, beschließen, was nötig ist, aber die Aufrichtigkeit muss an der Spitze der Macht stehen, sonst wird sie zu ihrer Verneinung. Gaismairs Schuld? Dass er zu viel gedacht hat. Was er verkündet hat, ist unmöglich zu verwirklichen. Und ich unterstreiche: was er gedacht hat! Das ist Fantasie, nicht Wirklichkeit dieser Welt. Ihr fürchtet ihn? Der Mensch braucht hohe Gedanken, um sich unserer Kläglichkeit bewusst zu werden."

Im Saal war es totenstill geworden. „Simon!", hatte Salamanca ausgerufen.

„Lassen Sie ihn irrereden. Ich will zuhören! Ich habe ihm das Recht zugestanden, seine Meinung zu sagen."

„Meine Achtung für Ihr Feingefühl!"

Simons schönem Gesicht war die Spannung abzulesen.

„Gaismairs Vorschläge? Sie haben Ausflüchte gesucht. Zuviel, zu lange! Hatten Sie Angst? Gaismair hat eine Grenze überschritten, ist über das Erlaubte hinausgegangen. Ich weiß das! Die Schätze der Gruben gehören nicht mehr dem Landesherrn, sondern der Nation? Das ist eine Schuld? Ist es ein so schreckliches Vergehen, die Ungleichheiten abzuschaffen? Wirklichkeit oder Einbildung? Idealität oder Tatsachen? Seine Gedanken gehen den Zeiten voraus. Die Fürsorge für die Armen mit dem Reichtum in wenigen Händen? Barmherzigkeit oder Häresie? Die Gerechtigkeit getrennt von der Rechtsprechung, entschieden von Männern, die vom Volk bezahlt werden und nicht von Ihrer Ernennung abhängen? Unabhängig und nicht beurteilbar von Ihnen? Ideal oder Misere? Erwägen Sie, mein Herr, nicht angesichts der Privilegien Weniger, sondern im Interesse von uns allen. Eine Republik von Bauern und Bergarbeitern, ohne Fürsten und Bischöfe. Sind die Menschen wirklich so dumm, dass sie sich nicht selbst regieren können? Die Schweiz ist nicht weit entfernt. Sie ist ein vorzügliches Beispiel von Selbstverwaltung. Halten Sie Ihre Anwesenheit für so wichtig? Ja, es ist wahr, Sie entscheiden über mein Geschick. Aber die Bürger sind keine Sklaven, sie haben Gedanken, Gefühle und Leidenschaften. Ist Reichtum eine Schuld? Ich, Simon, bekehrt, aber im Herzen Jude, im Ghetto von Sevilla geboren. Aus bestem Gewissen erkläre ich, dass ich einen Haftbefehl übertreten und Gaismair befreit habe, damit seine Gedanken über die Engherzigkeit hinausgehen können. Sie haben ihn nach Innsbruck berufen, um die Forderungen der Brixner Bürger zu klären, und er, im Vertrauen auf Ihren Befehl, ist hergekommen, ohne an Verrat zu denken. Auf meinen Rat hin hat er die Beschwerden gesammelt. Aber sie sind ohne mein Beisein in Meran niedergeschrieben worden. Sie sind ohne seine Teilnahme an das Parlament in Innsbruck geschickt worden. Sie haben sie zurückgewiesen und Gaismair hat sich entrüstet. Sein Seelenadel und sein Gerechtigkeitssinn haben ihn dazu gebracht, vollständige Vorschläge auszuarbeiten.

Sie haben sie verspottet, haben nichts zugestanden. Hat Gaismair Unrecht? Hat Gaismair Recht? Ist es tadelnswert, die Unempfänglichkeit zu kritisieren? Es mag richtig sein, was Sie denken und was Ihnen berichtet wird. Wenn er schuldig gewesen wäre, hätte er nicht Ihrem Befehl gehorcht. Seine einzige Schuld besteht darin, zu viel Treue an den Tag gelegt zu haben. Er ist in Brixen geblieben, um den Aufstand zu führen, wie ich es ihm, mit Ihrer Zustimmung, befohlen hatte. Falschheit oder Wahrheit? Ich kann nicht antworten. Das müssen Sie tun. Mein nobler Erzherzog, ich habe nichts zu befürchten. Die Kraft der Gedanken steht den Auserwählten zu, meine meinem Geist. Die Gedanken Anderer sind aufgehoben, egal ob unverschämt, revolutionär oder fügsam.

Ich übernehme die Schuld, Gedanken befreit zu haben. Und ich bin stolz darauf. Ich würde es wieder machen, ja mit mehr Entschiedenheit."

„Simon! Genug! Ihre Worte sind beleidigend!"

Der Herr von Salamanca hatte es nicht mehr ausgehalten.

„Schluss jetzt! Sie haben keine Zeit mehr. Ihr Leben hängt von meinem Wohlwollen ab."

„Wie soll ich diese Bemerkung interpretieren?", hatte Simon gefragt. „Ich hatte von Ihnen ein Zeichen des Verständnisses erwartet, aber im Gegensatz dazu ist alles unterbewertet worden, alles, was Gerechtigkeit ist. Sie hatten es versprochen… aber in Ihnen hat die Bequemlichkeit des Nicht-Sehen-Wollens die Oberhand gewonnen, Sie glauben sich stark in Ihrer Schwäche! Sie auferlegen eine unbestreitbare Zustimmung! Sie irren sich."

Unter den Anwesenden im Saal war Unwille laut geworden, aber der Erzherzog hatte nicht reagiert.

„Die Angst, unbeweglich mitgerissen zu werden, die Gier nach einem verbrauchten Königtum. Das haben Sie getan. Mein bescheidener Dienst endet in diesem Moment, aber ich habe aufrichtig gedient. Es war nicht Abtrünnigkeit von meiner Pflicht, sondern Respekt für denjenigen, der die Egoismen ohne Ende zerstören will. Ist es eine Schuld, evangelische Echtheit zu suchen? Und sie auf der Erde realisieren zu wollen?"

„Schluss mit Ihren irren Argumentationen!" Der Erzherzog hatte scharf eingegriffen.

„Anderer Meinung zu sein ist Fanatismus? Nein, ganz und gar nicht, wenn rechtschaffene und ehrenwerte Männer verfolgt und vernichtet werden. Gaismair ist schon in Sicherheit, in der Schweiz. Suchen Sie ihn nicht, denn dort ist er gern gesehen. Ich glaube, er ist schon in Zürich. Er ist durch den Vinschgau gezogen, von Glurns aus hat er durch das Münstertal das Engadin erreicht. Dort hat er Freunde und wird beschützt, Zwingli ist sein Lehrer geworden. Es war mir ein Leichtes, die Zelle, in der er zu Unrecht schmachtete, öffnen zu lassen. Viele stehen auf seiner Seite, auch wenn seine Ideen sich in der menschlichen Misere nicht lange halten werden. Es kostet zu großes Engagement, sie verstehen zu wollen. Haben Sie keine Angst, der Mensch ist schwach, wir sind von Falschheit umschlossen."

„Simon, genug! Genug mit dieser Herausforderung!", hatte nochmals der Herr von Salamanca eingegriffen.

Auch der Erzherzog hatte ihn nochmals aufgefordert zu schweigen, aber Simon hatte unerschütterlich fortgefahren.

„Das hier ist mein Leben und in der kurzen Zeit, die mir verbleibt, verwende ich es, um zu sagen, was ich denke, nicht für mich und nicht für Sie alle hier, sondern für die Untertanen der Grafschaft. Auch sie sind – und vergessen Sie das nicht – Personen mit Emotionen und Gefühlen. Der Widerstand wird in der alltäglichen Erbärmlichkeit zerbröckeln, in der Neigung des Menschen, seine Ehrerbietung zu zeigen. Mein Hochwürdiger Erzherzog und Graf, Sie wollen die Erinnerung an ihn auslöschen. Eine vergebliche Mühe! Da wird die Geschichte daran denken, ihn im Nichts von fehlenden Idealen plattzudrücken. Gaismair wird niemals Anarchie und Kriminalität sein, er verkörpert die Mühen einer irdischen Gerechtigkeit, die es müde ist, das ewige Leben zu erwarten. Radikalismus in die Luthersche Reform bringen zu wollen, würde eine Suche nach Klarheit bedeuten, die nicht der Menschheit angehören. Nicht einmal Zwingli wird es schaffen. Glauben Sie mir! Sie brauchen keine Angst zu haben, er wird sich von alleine zunichte machen. Haben Sie Geduld und kontrollieren Sie ihn auf Entfernung, ohne einzugreifen. Der Mensch wird bald müde, sich das Unmögliche aufzuerlegen, um es zu erreichen, braucht es ein autoritäres Verhalten und man muss streng mit sich selbst sein. Nur wenige verzehren sich in Ernsthaftigkeit. Schwer zu schaffen. Die Spannung der Idealität verbraucht sich in Monaten, während Sie, mein Herr, die Kontinuität der Gewissheiten seid."

Alle Anwesenden waren beeindruckt. Simon hatte zu viele Themen und zu schnell dargelegt.

Die Honorationen waren der Ansicht, dass Simon sich selbst zum Tode verurteilt hatte.

Ich bin bereit, die Strafe, die mir auferlegt wird, über mich ergehen zu lassen, aber ich bin keinesfalls geneigt, mich zu verachten. Ich bin stolz auf das, was ich denke und aufrichtig sage. Ich träume von der Schönheit der Gerechtigkeit."

Der Erzherzog war betroffen.

„Kommen Sie zum Ende Ihrer Ausführungen!"

Simon hatte eine Münze aus der Tasche genommen. Er hielt sie mit Mühe in der Hand.

„Diese gemeine Münze ist das wahre Zeichen der Niederlage. Nicht der Macht, sondern im Gehalt, unfähig zu verstehen, was ich geraten hatte. Sie hatten mit einer Silbermünze Ihres Großvaters Maximilian I: begonnen. Es war ein Gulden, ich kann mich genau erinnern. Es war das Wort „Caesar" eingeritzt. Und auf dieser Münze heute? Verschwunden. Sie wurde im Mai 1524 geprägt, genau ein Jahr vor Ausbruch des Aufstands. Sechs Kreuzer, aus schwachem Silber in der Münze Hall geprägt, die einmal Ihnen gehörte. Schauen Sie her, die Münze ist leicht, dünn und klein. Die Prägeanstalt lässt sich mehr bezahlen, als sie wert ist. Der erlauchte Kaiser des Heiligen Römischen Reiches ist verschwunden. Dieses wertlose Metallstück symbolisiert Ihre Schwäche. Um Ihr Porträt ist die Inschrift „Infans Hispaniae" zu lesen. Das Volk wird von einem Infanten eines fremden Landes regiert. Majestät, das Alter hat keine Bedeutung, was zählt, ist die Erkenntlichkeit einer geliebten Macht. Sie besitzen sie nicht. Auf der Rückseite der Münze? Ihr Wappen und die Worte Tirol, Österreich und… hören Sie gut zu… Kastilien und Burgund. Das Volk will Sie, nicht Kastilien und nicht Burgund und nicht Spanien, das sind ferne, unbekannte und in seiner Vorstellung feindliche Länder. Sie haben nichts getan, um sich beliebt zu machen, Sie sind geblieben, was Sie waren. Sie sprachen Spanisch und Latein, aber Sie sind noch nicht einer von ihnen geworden, Sie sind ein Jüngling geblieben, der nicht in der Lage ist, Welten zu regieren, die größer sind als Ihr Geist. Ich bitte um Verzeihung, aber was ich gesagt habe, musste ich sagen! Ich hoffe aus vollem Herzen, dass die Erfahrung Ihnen Weisheit vermittelt. Ihrem Volk und Ihnen die Hoffnung, dass Sie zu gegenseitiger Achtung finden können!"

Simon hatte sich verneigt, hatte einige Schritte nach vorne getan, hatte sich hingekniet und dann auf dem Boden ausgestreckt. In Erwartung des Urteils.

Es war ein feierlicher Moment. Der Tod als Strafe war schon geschrieben, es ging nur noch um die Form. Das war die einzige Entscheidung, die noch fehlte.

Im Empfangssaal war alles unbeweglich. Die Anwesenden warteten nur auf das, was sie schon wussten, in freudiger Rache über den Juden. Würde der bevorzugte Ratgeber des Erzherzogs enthauptet, verbrannt oder ertränkt werden? In jedem Fall war es die Revanche der Höflinge.

Die Anwesenden nahmen in spannender Erwartung das vom Erzherzog verkündete Urteil zur Kenntnis:

„Ich, Ferdinand, Erzherzog von Österreich und regierender Graf von Tirol, gemäß dem Willen meines geliebten Bruders, des Kaisers Karl V., und nach meinem Entschluss, ohne Möglichkeit zur Begnadigung und zu irgendwelchem Kommentar, fälle das Urteil, das nach sieben Tagen verhängt werden soll. Simon von Sevilla wird zum lebenslangen Exil aus diesem Lande verurteilt. Er wird in die Wälder am Ufer der Ostsee verbannt, wo er den Bernsteinhandel in allein unserem Interesse organisieren und fördern muss. Er darf jenes Land niemals verlassen, weder zu Lebzeiten noch nach seinem Tode. Eine ewige Verbannung. Er behält seinen Namen bei, damit die Feigheit und der Verrat immer mit Simon von Sevilla verbunden bleiben. Die Geschichte wird es bezeugen. So habe ich entschieden, und so hat es zu geschehen."

Simon hatte sich nicht bewegt, er war auf dem Boden liegengeblieben. Er war sich seiner Schuld bewusst. Er hatte gewartet, bis der Erzherzog den Saal verlassen hatte.

Die Honoratioren waren verstummt. Sie hatten sich eine Todesstrafe erwartet. Das Drama eines Exils war ihnen nicht bewusst, die unendlich weite Entfernung von seiner Heimat in unbekannten Ländern, ein Leben, in dem sich Demut und verlorengegangene Gefühle verflochten.

Es war Freitag, der 30. Oktober 1525.

Der Prozess war beendet.

Die Blätter waren von den Bäumen gefallen, der morgendliche Raureif kündete einen langen Winter an.

Weihnachten begann sich zu nähern, ein von Angst eingeschlossenes Fest.

Simon würde nie mehr den ersten Schnee in Innsbruck vergessen.

In der schlaflosen Nacht seiner Verurteilung hatte er die Schneeflocken auf eine melancholische Stadt fallen hören.

Aber der Schatten des Todes war verschwunden.

25

Simon kam nur mühsam vorwärts. Seine Schritte waren unsicher, er ging schief, die linke Schulter auf die Krücke gestützt. Die Gelenke taten ihm weg. Es fiel ihm schwer, die schmale Gasse hinaufzugehen, die ihn zum Laden führte.

„Escobar! Verfluchter Junge, hilf mir! Der Rücken und die Beine schmerzen mich. Du mit deiner Jugend hast es leicht!"

Escobar stützte ihn und half ihm. Das Straßenpflaster war rutschig. Der lange Winter in Tallinn hatte die Tage verkürzt.

Oft brummte er, sprach mit sich selbst, wenn er wütend war, war sein Deutsch mit spanischen Wörtern vermischt, aber er hatte auch etwas Russisch gelernt. Er hasste Unwissenheit, stand sie nicht aus, mit dem Leben ging er nicht freundlich um. Es hatte ihn erpresst. Er hatte leiden müssen, um zu leben.

Aber Simon verdiente gut.

Das Frühjahr war die beste Jahreszeit für Geschäfte. Der Schlamm auf den Straßen erschwerte den Warentransport, die Karren blieben im Morast stecken, der alles verschmutzte, Räder und Naben und sogar die Gesichter und die Nasenlöcher der Kutscher.

Simon profitierte von der Lage und erwarb Bernstein in großen Mengen und zu günstigen Preisen. Angesichts der Transportschwierigkeiten nach Mitteleuropa gingen die Preise zurück, während die Verdienste bis zum nachfolgenden Winter zunahmen.

Trotz der Dunkelheit der Taiga und der Ebenen im Norden gingen die Transporte im Winter mit den Schlitten rasch voran. Simon hatte sie bestens organisiert.

Um Raubüberfälle zu vermeiden, die im winterlichen Nebel an der Tagesordnung waren, schickte er einen Schlitten mit wenig Ware von geringer Qualität voran. Der Transport von hochwertiger Ambra wurde dagegen auf Sicherheitsdistanz kontrolliert und von sechs bewaffneten Männern geleitet. Im Sommer, bei schönerem Wetter und mehr Licht, nahm der Warenverkehr dagegen zu.

Über Lübeck und die anderen Hansestädte, denen er gute Abgaben zahlte, war es Simon gelungen, Verträge abzuschließen, die ihm Transporte in totaler Sicherheit garantierten.

Von den Karren war Simon dann auf den Transport mit einzelnen Pferden übergegangen. Er hatte mit einem lutherischen Ritter verhandelt, der ihm Vertrauen einflößte. In kürzester Zeit hatte er alles zusammengestellt, was für den Transport nötig war: Pferd und Reiter. Die Bezahlung erfolgte nach Übergabe der korrekt verzollten Ware.

Simon hatte auch ein Netz von Bernsteinlieferanten organisiert. Da die Bezahlungen pünktlich erfolgten, genoss er allergrößtes Vertrauen als Zwischenhändler. Mit den tüchtigsten Bernsteinsammlern kaufte er auch noch nicht gelieferte Ware an und bezahlte im Voraus auf Vertrauen. Diese von Simon in Umlauf gesetzten Maßnahmen hatten Zuversichtlichkeit in die Zukunft verbreitet.

Er war den Befehlen nachgekommen, die ihm bei seinem Urteil und dem Exil auferlegt worden waren. Er arbeitete für den Erzherzog von Habsburg und war eine bedeutende Persönlichkeit geworden: Er war der Jude von Tallinn.

Es war dies ein Privileg, das nur ihm zugestanden wurde. Die wenigen anderen Juden schlugen sich mit dem Kleinhandel von menschlichen Miseren durch. Sie verliehen kleine Geldsummen zu unmöglichen Zinssätzen, die von Schmuckstücken ungewisser Herkunft oder von Erinnerungen eines Lebens garantiert wurden.

Simon verlieh kein Geld. Auch nach Abzug der Kosten für ein würdevolles Lebensniveau hatten sich seine Verdienste im Laufe der Jahre erhöht. Sein Geschick im Handel, sein Weitblick und sein Spürsinn für neue Handelswege und neue Märkte waren einträglich gewesen. Der Hof in Wien war ihm dankbar, ohne es zu zeigen. Sie hatten ihn leben lassen.

Seine Rechnungslegungen waren außergewöhnlich präzis, er berichtete auch, was er einsparte und wie er es ausgab.

Aber kein Wort, kein Zugeständnis, keine Änderung hinsichtlich des Exils. Es war lebenslang, und nur der Tod würde ihm ein Ende setzen.

Er war geachtet, seine Geschäfte kamen allen zugute. Er bewertete korrekt und bezahlte das Rechte. Er kannte die Arbeiten und Mühen aller am Bernsteinhandel Beteiligten, von der Gewinnung über den Transport, von der Marktlage, der Preisentwicklung und den verschiedenen menschlichen Gegebenheiten, die mit dem Bernstein zusammenhingen und Illusionen schufen.

„Hilf mir, noch ein paar Schritte, und wir sind im Laden."

Escobar war einer der vielen Jugendlichen, ja der letzte von denen, die vom Erzherzog Ferdinand nach Tallinn entsandt worden waren. Sie sollten die Handelspraktiken, die Verwaltung des Warenaustauschs und die Präzision bei der Rechnungslegung erlernen. Ein stark beanspruchendes Leben, das aber große Befriedigung vermittelte.

Simon war die Ehrlichkeit in Person in kaiserlichem Dienst. Escobar war ein guter Schüler und hatte von ihm Pflichtbewusstsein gelernt sowie Respekt für die eigenen Aufgaben wie für die der anderen.

Er hatte zu dem heruntergekommenen Simon Zuneigung gefasst.

Bei seiner Ankunft 1538 war er achtzehn Jahre alt. Nach vier Jahren Dienst und Schulung war er bei der Arbeit selbständig geworden. Simon hatte Vertrauen zu ihm; er war intelligent, ohne übertriebenen Enthusiasmus, aber mit freudigem Genuss über gute Geschäfte.

„Vielleicht sollte ich den Laden unten ans Meer verlegen. Mit einer Wohnung im ersten Stock. Was meinst du dazu, Escobar? Dort unten, wo sich der Zugang zur Stadt befindet. Ich würde Mühe und Zeit sparen!", hatte Simon geäußert. „Meine Schmerzen nehmen zu. Das wäre sehr viel weniger Aufwand. Nach dem Sturz vom Pferd tun mir meine Knochen immer weh. Ich bin übel zugerichtet und mache mir keine Illusionen. Ich hinke wie ein alter Mann. Auch in der Nacht, wenn ich zu schlafen suche, leide ich unter stechenden Schmerzen."

„Meister, da unten am Meer ist es zu windig. Die Windböen sind heftig, und der Lärm des stürmischen Meeres würde Ihnen die Ruhepause nehmen, die Sie brauchen. Zu Fuß Gehen tut Körper und Geist gut. Schon wenige Schritte sind der Gesundheit zuträglich. Pardon. Der Bernsteintransport erfolgt nicht auf dem Meer, sondern in umgekehrter Richtung, auf dem Landweg. Welchen Sinn hätte es da, in Hafennähe zu leben?"

„Du hast immer prompte Antworten bereit! Aber dort unten ist die erste Zollstelle und da würde ich weniger bezahlen als beim Zoll im Hinterland. So dumm bin ich schließlich auch nicht. Aber vielleicht hast du recht. Du bist zwar ein Katholik, ähnelst aber einem Juden. Du bist ein Schlaukopf. Bei Wind würde ich noch mehr Schmerzen haben. Für dein Alter bist du sehr klug und verständig. Du versprichst, dich gut zu entwickeln, hast aber doch noch viel zu lernen. Etwas mehr Bescheidenheit, Escobar! Ja, aber die Christen können dies und anderes tun..."

„Ich werde Ihre Ratschläge berücksichtigen", hatte Escobar umgehend geantwortet.

„Genug jetzt mit dem Gerede! Mach den Laden auf!", hatte Simon mit einem freundlichen Lächeln gesagt.

„Los, an die Arbeit!"

Es waren zwei Bernsteinsammler eingetreten. Auf dem Rücken zwei schwere Säcke mit diesem kostbaren, versteinerten Harz.

„Kommt herein. Escobar, heiz das Feuer an, meine Knochen tun mir weh. Mach schnell. Und Ihr, meine Herren, nehmen Sie Platz. Mach uns einen warmen Tee. Den mögt Ihr doch, oder?"

In Simons Laden waren Waagen, Apothekerwaagen, Diameterdurchmesser, Vitrinen mit Bernstein-Edelsteinen, nur die besten, nur die schönsten. Sie gaben der Illusion Licht. Simon wusste es, er war schlau, erklärte die Heilkräfte und erzählte auch von denen, die den bösen Blick fernhalten.

„Die aus Tallinn sind die schönsten und wirksamsten. Die Schwindler erzählen auch Lügen von anderen Steinen. Lasst sie reden!"

Er wusste zu verkaufen!

„Auch die Schmerzen. Wisst ihr das? Auf mich hat der Bernstein keine Wirkung, weil ich ein Jude bin. Aber für alle anderen ist er wirksam. Fast konvertiere ich. Ich bin ja schon ein Konvertierter, aber alle halten mich für einen Juden. Das Volk hat immer recht."

Simon brachte Escobar bei, wie man die verschiedenen Qualitäten voneinander unterschied, wichtig war die Größe und auch die Transparenz änderte den Preis. Sie mussten eine stark gelbe Farbe haben. Die schönsten Stücke schienen von innen heraus zu leuchten. Er aber bevorzugte blauen Bernstein, auch den seltenen schwarzen Bernstein, er wusste die versteckte Schönheit zu schätzen.

An einem bleiernen Tag waren die Schiffe unten am Hafen vom Eis blockiert, der Winter war strenger als normal. Einigen Karren war es unter Mühen gelungen, auf dem Hügelhang zur Festung aufzufahren. Der Zugang war von Wachen mit windverbrannten Gesichtern versperrt, die keine große Lust zu genauen Kontrollen zu haben schienen.

Sie krümmten sich zusammen, um sich vor der Kälte zu schützen und stampften mit den Füßen.

Simon war gemeinsam mit dem getreuen Escobar am Rathausplatz angelangt. Dann und wann gönnte er sich hier eine Mahlzeit in der Gastwirtschaft zur Olde Hansa. Er genoss die Freuden einer guten Mahlzeit. Sie entschädigte ihn für sein unglückliches Leben. Besonders gern ließ er sich dort einen Teller voller geräucherter Heringe mit Zwiebeln servieren, die mit Essig angemacht waren. Das war sein Leibgericht. Als Nachtisch, wie es sich für einen großen Herrn gehört, eine Handvoll schwarzen Pfeffer und ein gekochtes und mit reichlich Salz bestreutes Ei.

Der Essig auf den Zwiebeln, das war wirklich ein Leckerbissen! Als Ausgleich für zu viele Entsagungen des Lebens. Ihm genügte es.

In der Gaststube hing scharfer, dunkler Kerzenrauch, der die Antlitze der Gäste kaum erkennen ließ, durch die kleinen Fenster kam nur wenig Tageslicht. Die Händler hatten sich zu guter, lauter Laune getrunken, und Simon ließ sich vier Heringe schmecken. Es war seine Art, um sich von den anderen abzusondern.

Nach den Heringen genoss er, mit schwelgerischer Langsamkeit, gebackene Fleischbällchen mit gekochtem Kohl. Den mit Rind- und Schweinefleisch gemischten Bärenwürsten traute er nicht. Für ihn waren sie unrein. Sie strömten zwar einen appetitlichen Duft aus, aber er hatte immer widerstanden. Zu den Speisen trank er vier Glas Schnaps, als Dessert mit Tundrahonig gesüßte Eierkuchen.

Er war vergnügt und lächelte. Er dachte an nichts, nur an vergessene Zärtlichkeiten, und hielt die Niedrigkeit der Ungerechtigkeit von sich fern.

„Dieser Fisch muss in meinem Magen sterben“, sagte er laut.

Immer die gleichen Betrachtungen. Wie ein Ritus. Zwischenbemerkungen eines angenehmen Wohlbefindens von Körper und Geist.

„Ein so gutes Essen darf mein Gedärm auf keinen Fall verderben! Ich muss die Bauchschmerzen bekämpfen. Und Schnaps ist heilkräftig, er beugt verschiedenen Leiden vor. Schade, dass er den Gelenken nicht guttut.“

In der Gaststube herrschte großer Lärm, sodass die Gäste nur einen Teil seiner Überlegungen aufnahmen.

Er saß immer an einem für ihn reservierten Tisch. Beim Eintritt wurde er ehrerbietig begrüßt. Er war ein guter Gast.

Mit den anderen Juden hatte Simon nur oberflächliche Beziehungen, kein Ärger, aber auch nicht die Solidarität einer gemeinsamen Religion. Er hielt sich für etwas Besseres, war stolz darauf, ein kaiserlicher Rat gewesen zu sein. Auch jetzt, wiewohl in der Verbannung, kümmerte er sich um die Geschäfte des Kaisers. Er verdiente und lehrte.

Die Religion hatte für Simon nur geringen Wert. Aus Dickköpfigkeit war er ein Jude geblieben, um sich nicht den Geboten von Wahrheiten, an die er nicht glaubte, beugen zu müssen. Es war die Bejahung seiner Identität, die er nie gewollt hatte, auf die er aber stolz war. Es war sein Freiheitsgeist.

Am Ende der Mahlzeit konnte er sich nicht mehr aufrecht halten. So hatte Escobar für ihn eine von vier Männern gestützte Trage herangeschafft, mit der er nach Hause gebracht wurde.

„Langsam, aufgepasst, dass ich nicht falle. Ich bin schon einmal von einem Pferd gestürzt. Zu dumm, das war Unerfahrenheit und Pech. Aber jetzt? Wollt ihr, dass ich gelähmt bleibe? Reicht es euch nicht, dass ich hinke? Als ich vom Pferd gefallen bin, bin ich mit der Hüfte auf einen spitzen

Stein gestoßen. Und so bin ich jetzt für immer schwach und unsicher. Passt auf!"

Escobar verfolgte den Rücktransport nach Hause, der etwa eine halbe Stunde dauerte. Nachdem Simon sich beruhigt und an das Schaukeln der Trage gewöhnt hatte, blieb ihm Zeit, die Stadt zu betrachten. Er beobachtete neugierig die Männer, denen er begegnete. Er versuchte sich ihren Charakter, ihren Beruf und ihre seelische Verfassung vorzustellen, analysierte die Antlitze und die Stimmen, ihre Haltung und ihre Miene. Alle diese Überlegungen behielt er für sich. Es war eine pure Übung des Geistes, die ihm Freude schenkte.

Die anderen Gäste der Wirtschaft betrachteten ihn wortlos. Alle wussten, dass er verschlossen und zurückhaltend war und bei dieser Gelegenheit nicht von Geschäften reden wollte. Das genussvolle Essen fand immer am Freitag statt. Nicht am Abend, sondern zu Mittag, wenn die Turmglocken zwölf schlugen.

Bei Tageslicht öffnete sich ihm die Stadt. Die Dunkelheit des Abends und der Nacht der langen Winter hinderten ihn daran, das Dunkelblau des Meers zu bewundern.

Er war glücklich. Aber alle wussten, dass er es nicht war.

Hin und wieder machte er einen Spaziergang in die dunklen Wälder. Er beschnupperte den Wind, der ihm ins Gesicht schlug und die vom Winter gerötete Haut traf.

Er ließ sich an die Küste begleiten, um die Stadt Tallinn von der anderen Seite der Bucht her bewundern zu können. Er betrachtete die Skyline der Stadt, die mit Türmen und Glockentürmen aufragte, sah Lichter und Schatten: Es taten sich ihm Gedanken auf, ungeordnet, schnell und intelligent wie die Spritzer des bewegten Meeres.

Nur ein einziges Mal hatte er sich von Escobar begleiten lassen. Er hatte einen von störrischen Pferden gezogenen Schlitten gemietet und war zur stürmischen Küste in der Nähe gefahren. Dort hatte er ihn zu einer Isba auf einer kleinen Lichtung mit spärlicher, von Wind und Meer gemarterter Vegetation gefahren.

Simon gefiel diese aus alten Holzstämmen errichtete Blockhütte mit dem Strohdach sehr. Sie wurde zu seinem Zufluchtsort. Wenn er vor sich flüchten oder sich selbst wiederfinden wollte. Nicht einmal er war sich dessen bewusst. Aber die Isba gefiel ihm.

„Ja, mein lieber Escobar, manchmal betrinke ich mich. Ich komme hierher, um diesem armen Fischer Gesellschaft zu leisten. Er heißt Ivan und ist Russe, eine der wenigen Personen, die hier leben. Ein hartes Leben. Denn das Fischen auf diesem bewegten Meer ist sehr anstrengend."

Simon tauchte in die Natur ein, er verstand sie, er erkannte ihre Grausamkeit, denn es war eine gerechte Grausamkeit, von unsagbarer Schönheit.

„Glaub mir! Hier umneble ich meinen Geist und putze ihn."

Escobar hatte es intuitiv erfasst, war sich aber nicht der Bedeutung dessen, was er gehört hatte, bewusst geworden.

„Ich vertreibe die Nostalgie. Weißt du, was Nostalgie ist? Es ist nicht das, was ich verloren habe, sondern das, was ich nie gehabt habe. Oder vielleicht ist es das, was ein Mensch hätte besitzen können, sie es ihm aber verhindert haben. Die Nostalgie, merk dir, ist ein niemals empfundenes Gefühl. Vielleicht nur entworfen."

Escobar war verlegen, sein Meister war dem Alkohol zum Opfer gefallen."

„Schau mich nicht so an. Ich bin immer noch der Mann, der dich unterrichtet. Iss einen rohen Hering. Iss ihn mit einem gekochten Ei. Was für ein Genuss! Ist dein Magen empfindlich? Mit rohen Zwiebeln, am besten den roten. Hier, lieber Escobar, kann ich mein Leben lieben! Ein Nichts, zu deinem Trost. Ein Nichts von einer kleinen Freiheit."

„Meister, wir müssten…"

„Lass mich meine Freude genießen! Bestimmst vielleicht du den Rhythmus meines Lebens? Du… Ivan, noch einen Krug Schnaps. Er muss im Kopf brennen. Ich bin der Beste der Juden. Vergiss es nicht! Nicht ich habe das Schicksal gezähmt, sondern das Geschick hat mich gezähmt, soweit das möglich war… Oh, es ist ihm nur zu einem Teil gelungen."

Er hatte wieder angefangen, einen störrischen Escobar zu belehren.

„Es ist die Zeit der schmerzlichen Erinnerungen, es fehlt mir nicht an schönen Orten, die gibt es überall, man muss sie nur zu leben wissen… zu leben, verstehst du? Du hältst mich für verrückt? Aber die schönen Orte können traurig werden.

Entwickle deinen Geist. Ich vergehe vor Sehnsucht nach den Träumen, die zerbröckelt sind!"

„Es ist spät. Wir müssen zurückkehren. Es kündigt sich Unwetter an."

„Hörst du das Meer? Es ist hier in der Nähe. Eine großartige Schönheit. Heute Nacht schreit das Meer vor Wut. Höre auf die Wellen, sie verschmelzen mit den Sturmböen. Du musst die Klänge unterscheiden lernen. Der Sturmwind bewegt die Sturzwellen und verstärkt den Reiz des Festlandes, die Zuflucht eines Hauses, einer Isba… Menschen und Wälder werden Eines, es gibt keine Stille, aber an gewissen Tagen herrscht der Frieden, hör auf das Rauschen der Taiga, wenn du das hörst, verstehst du, dass Frieden ist!"

Simon war aufgestanden, er taumelte.

„Wir schlafen hier. Du musst viel verstehen, vom Handel, aber auch von den Ungerechtigkeiten des Lebens. Wenn ich morgen den Laden nicht aufmache, wissen alle, dass ich hier bin, sie kennen meine Gewohnheiten. Escobar, folge nicht meinem schlechten Vorbild. Wir Juden haben ein zu starkes Pflichtbewusstsein, wir sind gut erzogen und ehrerbietig. Du musst dies tun, du musst das tun, dies oder das darfst du nicht machen, dann passen wir uns an, aber wir sind immer unterwürfig, wir sind keine vollständigen Männer. Wenn du mehr verstehen willst, musst du mit mir kommen."

Sie waren nach draußen getreten. Simon hatte Escobar in die Nacht geschleift. Der Nebel hatte sich aufgelöst und den Sternenhimmel freigegeben.

Simon hinkte.

„Escobar, schau nach oben und versuche zu verstehen. Ihr Katholiken seid die Sterne am Himmel, wir Juden dagegen die sich verneigende Leere, wir sind das umherirrende Schwarz der Unendlichkeit!"

Er hatte eine kurze Pause eingelegt.

Escobar war bestürzt. Die Nacht war bitterkalt.

„Was macht ihr, mein Meister?"

„Meine Träume haben Spuren hinterlassen. Sie verbrennen meine Seele. Ich messe meine Lebensfähigkeit. Keine Angst, ich bin nicht verrückt geworden! Mach dich auf die Suche nach deinem Stück Himmel, los, heb den Kopf, heb deine Gedanken, hast du gefunden, wo du bist? Hast du

Träume? Träume, träume, sei ein Mann, bleib nicht stehen, lass deinen Geist atmen. Wir Juden müssen es versteckt tun, wir können überleben, wir dürfen schreien, aber in Stille, oh ja, nur in der Stille, in der Leere, die uns beobachtet, aber uns nicht anhört. Sie nimmt uns auf, ohne uns Geschichte zu geben! Ich suche die Fülle des Lebens. Verstanden?"

„Meister, was sagt ihr da?"

„Meister in was?", hatte Simon geschrien. „Hab keine Angst, das Leben hat mir nichts mehr zu stehlen. Hier ist es schön, der Frost behandelt alle auf die gleiche Weise. Hier ist Gerechtigkeit."

Er hatte noch lauter geschrien.

„Wir brauchen Wahrheit!"

Es war unmöglich, Simon zu beruhigen.

Er hielt sich mit Mühe aufrecht, taumelte, gestikulierte, schimpfte auf die ganze Welt. Er war betrunken.

„Der Lärm der Welt hüllt dich ein, zermalmt deinen Geist, erdrückt dich, hat keine Milde. Verstehst du? Ich bin ausgelöscht worden, eingetaucht in den Lärm der Niedrigkeit. Bei Gott, sag mir, dass du verstanden hast!"

Schaum floss ihm aus dem Mund, er war auf dem Bart gefroren. Er hatte es nicht bemerkt.

„Wir müssen auf das Leben trinken und, warum nicht, auch auf den Tod."

„Was ist los mit euch? Ihr seid so betrübt!"

„Ruhe!"

Mehr als zwei Stunden lang waren sie durch die Gegend geschweift.

Simon war unerbittlich gewesen, er hatte geschrien, um dann urplötzlich wieder zur Ruhe zu kommen. Qualen von Gedanken, von Halluzinationen.

„Hast du verstanden, was Leiden bedeutet? Keine Zukunft haben! Das ist es! Nicht einmal eine Vergangenheit, die haben sie mir genommen!"

Sein Blick war verschleiert.

„Meister, kehren wir zurück. Bitte. Ich erkenne euch nicht mehr. Ich halte es nicht mehr aus!"

„Der wahre Simon ist der, den du jetzt anhörst, nicht der, den du morgen siehst."

Eine Grimasse hatte sein Gesicht verzerrt, die Lippen verzogen. Ein höhnisches Grinsen.

Sie waren mühsam heimgekehrt. Simon tat sich mit dem Laufen schwer. Die Hüfte schmerzte.

In der Holzhütte hatte er den Fischer angefahren.

„Ivan, beeil dich! Bring Wodka, schnell, sei nicht so faul! Es fröstelt mich."

Er hatte sich entspannt.

„Ich bin ein Jude, aber ihr wisst nicht, dass ich eine Katholikin geliebt habe. Sogar mehr als eine. Na und? Erklärt mir, warum man das nicht darf. Wenn ich gewollt hätte, auch eine Lutheranerin und eine Orthodoxe. Du, Escobar, sag mir, was daran schlecht ist. Ivan, noch ein Glas!"

„Genug, Meister, genug!"

„Ivan, gehorche mir. Bring mir ein Glas, noch ein Glas Wodka!"

Ivan hatte gehorcht.

„Die Frauen je nach der Religion… Verstehst du, dass das beschränkt ist? Katholiken mit Katholikinnen, Juden mit Jüdinnen und so weiter. Die Liebe von zwei Herzen? Nichts damit!", hatte er geschrien.

Escobar war entgeistert.

Diese Nacht würde er niemals mehr vergessen.

Am darauffolgenden Morgen hatte Escobar, mit noch geschwollenen Augen von mangelndem Schlaf, schüchtern gefragt:

„Ich bitte um Verzeihung, Meister, aber gestern Nacht?"

„Immer noch gestern? Vergiss alles! Was willst du von mir? Hast du nichts zu arbeiten? Hast du dich vergewissert, ob die letzte Bernsteinspedition bezahlt worden ist? Los, kontrolliere. Was hast du da noch zu warten? Ist der Kreditbrief aus Hamburg bezahlt worden? Und wie steht es mit dem Handel in Lübeck? Die deutschen Adeligen, diese puren Lutheraner, haben eine Menge Geld, das kannst du dir kaum vorstellen. Ändern wir die Welt? Was meinst du, Escobar? Ich und du zusammen? Versuchen wir, die Ungerechtigkeiten abzuschaffen?"

Er hatte sich vor Lachen gekrümmt.

„Eine gute Idee, nicht wahr? Gefällt sie dir, Escobar? Sag mir etwas!"

„Ich wollte nur fragen, ob…"

„Du hast nur die Aufgabe, etwas zu lernen. Du hast die Pflicht, ich dagegen zur Strafe muss unterrichten."

Escobar hatte genickt, aber Simon hatte ihm nicht die Zeit zu einer Antwort gelassen.

„Ja, ich weiß, du bist Waise, das hast du mir schon gesagt, deine Mutter ist bei deiner Geburt gestorben und dein Vater ist bei einer schwierigen Schifffahrt ums Leben gekommen. Das hast du mir erzählt. Du bist im Wien des Kaiserreiches aufgewachsen, mit Deutsch als Muttersprache, meine Sprache kannst du schlecht, du sprichst gut, was ich schlecht spreche. Ja, diese verrückte Welt! Meinst du, das Glück hätte mich mehr begünstigt als dich, weil ich meine Eltern kennengelernt habe? Vielleicht, aber ich bin nicht sicher. Meine Eltern sind zweimal gestorben. Ich habe nichts mehr von ihnen gehört und vermute, auch sie nichts von mir. Was ist da schlimmer? Du bist sicher, dass du deine Eltern verloren hast, ich habe viele Zweifel ohne eine Antwort. Los, an die Arbeit. Verlieren wir uns nicht in Kleinigkeiten. Was die Buchhaltung angeht, da bin ich der Beste. Das weiß ich, auch wenn sie es mir nicht sagen. Deine Anwesenheit hier in meinem Laden ist der Beweis dafür."

Simon war mühsam aufgestanden. Er hatte die Bernsteinstücke kontrolliert, die die baltischen Sammler ihm geschickt hatten.

„Bernstein ist schön wie Träume, er leuchtet. Verstehst du? Er ist zu nichts nützlich. Ist er nahrhaft? Nein! Wir wissen es und leben davon. Escobar lerne, der Bernstein lässt die Besitzer glauben, dass sie gesund und glücklich sind. Wir müssen bestätigen, dass der Bernstein magische Eigenschaften besitzt, müssen Geschichten verbreiten, die diesen Aberglauben bestätigen. Früher oder später werde ich eine Abhandlung über den Bernstein schreiben, nur möchte ich nicht, dass mein Name mit dieser menschlichen Dummheit verbunden bleibt. Apropos: Neues aus Wien? Die Bestellungen? Hast du sie erledigt?"

„Nein, noch nicht, und ich bitte um Verzeihung."

„Noch nicht? Wir haben klare Aufträge bekommen, und der Empfänger verspricht pünktliche Bezahlung. Hast du das vergessen?"

„Nein, absolut nicht. Ich bin in den Geschäften nicht so oberflächlich. Ich wollte mit Ihnen von einem Vorschlag reden, von einer Idee, wenn Sie mir zuhören…"

„Frech der Jüngling. Du verspätest die Lieferungen und sagst mir nichts?"

„Ich habe das Gefühl, aber sagen Sie mir, ob ich recht habe oder nicht, uns Geld von unserer Heimat geben zu lassen, um Hoffnungen zu verkaufen… Ich weiß nicht… Sie verstehen schon, was ich meine, nicht wahr?"

„Sprich weiter!"

„Mein Reich hat Schwierigkeiten", hatte er scharfsinnig erklärt, „und sich Steine bezahlen lassen, sicher, schöne Steine, die aber überhaupt nicht nützlich sind, scheint mir eine Schmach für unseren Kaiser. Adelige und Geistliche geben Geld aus, das vielleicht – aber nehmen Sie mir das nicht übel – auch zu anderen Zwecken dienen könnte, zum Beispiel zur Sanierung der verwüsteten Finanzen unserer Heimat…"

„Deiner Heimat!", war Simon explodiert. „Nicht meiner! Ich muss im Auftrag des Kaiserreiches mit Bernstein handeln, und du, unverschämter Jüngling, möchtest diese Verdienste blockieren?"

„Nicht eigentlich so, mein Herr. Ich möchte, dass Bernstein zu einem Zeichen für alle wird, die – Adelige, Geistliche und reiche Bürger - Geld zur Aufbesserung unserer mageren Kassen geben. Jeder Adelige, der dem Kaiserreich Besitz und Güter vermacht, könnte als Zeichen der Dankbarkeit eine Pergamenturkunde und einen kleinen Bernstein bekommen. Mit großem Gewinn für uns. Wir könnten dem Kaiserreich die Bernsteine von geringerer Qualität verkaufen, die kleineren, aber mit den eingeritzten Initialen des Erzherzogs Ferdinand. Das wäre eine große Ehre für alle diejenigen, die zur Unterstützung des Kaiserreiches beigetragen haben. Ist das eine so schlechte Idee?"

„Das mich der Schlag träfe! Escobar, du bist wirklich intelligent!"

Er hatte sich die Antwort gut überlegt. Nach einer kurzen Pause wandte er sich wieder an Escobar.

„Und das stellst du dir alles leicht vor? Sicher, das ist eine gute Idee, aber wer kann sie realisieren? Wer sucht den Erzherzog auf und erklärt ihm alles?"

„Ein Schreiben an den Hof, an die rechte Person, wenn Sie es mir erlauben, könnte ich sie vorbereiten, ich wüsste auch, wem ich sie überbringen lassen könnte und würde dann die Antwort abwarten. Und ich bin sicher, dass wir nicht lange warten müssten."

„Hast du Kontakte am Hof?"

„Ich wüsste, an wen ich das Schreiben senden könnte."

„Verflucht noch einmal. Escobar, vom Schüler bist du zum Meister geworden. Aber die Lutheraner! Wenn die diese Vorschläge lesen würden? Die Privilegien der Hanse im Handel? Sie haben überall Augen und Ohren. Unser Handel steht bei ihnen in gutem Ruf, denn die Abgaben zur Ausfuhr der Ware gehen an sie… aber wenn sie entdecken würden, dass der katholische Kaiser mit Bernstein finanziert wird, wäre das unser Ende!"

„Meister, auch daran habe ich schon gedacht. Die Lutheraner werden umgangen, aber ein Teil der Einkünfte geht an die Orthodoxen… Gefahren? Die slawische Welt ist enorm. Petersburg ist nicht weit von unseren Mauern entfernt, dann von Kiew bis Wien. Der Weg wäre sicherer, auch länger, und was die wirtschaftliche Seite angeht, so reservieren wir die schönsten Bernsteine für reiche Lutheraner, Franzosen, Italiener oder Engländer. Die von geringem Wert gehen an unser Vaterland. Verzeihen Sie mir, mein Meister, und überlegen Sie, ob diese meine Idee zu verwirklichen ist."

„Ich habe den Eindruck, dass du schon alle Details studiert hast. Los also! Kennst du schon den Mann, mit dem die Transportkette beginnt, die unseren Reichtum nach Wien bringt?"

„Natürlich!", hatte Escobar prompt geantwortet.

„Du fragst mich um Rat, aber in Wirklichkeit hast du schon alles entschieden? Du bist dreist, aber intelligent."

In Tallinn hatte Simon die „Bernstein-Kompanie" gegründet, in der Form ein etwas bescheideneres Beispiel der Indienkompanie. Er verwaltete und entschied mit großem Können und der Befriedigung, alles bestens zu tun. Es war eine Frage des Stolzes.

Auch die Stadt Tallinn erinnerte ihn unter gewissen Aspekten an das Ghetto in Sevilla.

Einige Gassen waren von grauen, rechteckig verlaufenden Mauern umschlossen, einige Gässchen führten zum Marktplatz. Dort stieg Simon von der Trage ab und betrachtete die dort ausgestellten Produkte vom Lande.

Er hatte besonders gute Augen für Zwiebeln, weiße, kupferfarbene und rote. Er prüfte ihre Festigkeit, wählte jede einzelne aus und bezahlte sie über den Preis.

Die engen Gassen erweckten in ihm die Erinnerung an seine Kindheit, an die Familie, die Feste und die Lichter, aber auch an die unendliche Traurigkeit in den Augen von Francisca.

Bei einer maßgeblichen Persönlichkeit der Stadt hatte er eine Wohnung gemietet, in einem Quartier mit schönen Palästen, beim Anstieg zum Hügel, von dem man einen Blick auf das Meer genoss. Nicht weit entfernt erhoben sich die kräftigen Mauern mit den Wehrgängen zur Verteidigung der Stadt.

In der Nähe ein mächtiger Turm und die Straße „Zum langen Bein", die die Oberstadt mit der Unterstadt verband. Beim Abstieg galt es, sehr vorsichtig zu sein. Er fürchtete sich vor Stürzen. Manchmal gab ein Knie plötzlich nach und verursachte ihm Schmerzen, die von der Hüfte bis zur Leiste reichten.

Er hatte verschiedene Heilmittel ausprobiert. In der Stadtapotheke hatten sie ihm zu Kräutertees, Moos und Heilerde geraten. Vergeblich.

Für Simon war alles verschwommen geworden, aber die Augen Franciscas waren tief in seinem Herzen geblieben. Nur Lucie tauchte bisweilen aus fernen, von der Zeit verblassten Erinnerungen auf.

Er hatte jegliche Anwandlung nach Liebe aufgegeben, die immer seltenere Bewunderung der Frauen entflammte ihn nicht mehr. Alles war vergangen. Er war heruntergekommen, aber nicht verschlossen, eine abgeklärte Melancholie war sein neues Glück.

Wiewohl er vom guten Essen zugenommen hatte, war er ein gutaussehender Mann geblieben. Sein lebhafter Blick forderte Respekt, er unterhielt sich gern und war gesellig, gab gerne Ratschläge. Dann auf einmal verfinsterte er sich. Er wurde unbeständig, zog sich ermüdet zurück. Ein schönes Profil verlor sich in einem dicker gewordenen Gesicht.

Der Bernsteinladen befand sich in der Santa-Caterina-Straße. Es war das Quartier der Handwerker, Glasarbeiter und Weber, der Keramiker, Lederarbeiter und Gerber, auch einiger Schneider. Alles brave Leute. Weiter unten auch einige Schmiede. Sie kannten sich und achteten sich alle.

Sie waren das Herz einer bescheidenen, aber wertvollen Wirtschaft, eine Stufe höher als die Bauern, die ihre Produkte am Marktplatz in der Unterstadt feilboten. Die Adeligen und die lutherischen Geistlichen lebten in der Oberstadt.

Simon hatte sich absichtlich ein Haus ausgewählt, das sich auf halbem Wege befand. Er gehörte keiner Gruppe und keiner Klasse an. Er war er. Und basta. Er fühlte sich wohl in seiner erfahrenen Einfachheit.

26

Bei seiner Abreise aus Tallinn hatte Escobar seinem Lehrer Simon eine versiegelte Pergamenthandschrift übergeben.

„Ich habe diesen Auftrag. Sie dürfen sie nicht vor Ablauf eines Jahres lesen, früher nur, wenn Sie im Sterben liegen."

Simon hatte ihn überrascht angeschaut. Er hatte diesen jungen Mann liebgewonnen und war gerührt, zeigte es aber nicht.

„Kennst du den Inhalt?"

„Nein. Mir ist gesagt worden, die Handschrift bei meiner Abreise zu übergeben."

„Wer hat sie dir gegeben?"

„Ein mir unbekannter Mann. Der Siegellack trägt kein Wappen. Ich weiß nicht, was ich denken soll."

Simon hatte seine Neugier nicht verborgen.

„Wenn du in Wien bist, erkläre bitte, dass ich nicht mehr fähig bin, andere junge Leute zu unterrichten. Erkläre deinem Erzherzog, dass du der letzte meiner Schüler bist, mein intelligentester Lieblingsschüler."

Sie hatten sich traurig voneinander verabschiedet.

Der junge Mann hatte gut gearbeitet, hatte die Rechnungslegung und die Mechanismen der Finanz rasch aufgenommen, ohne überflüssige Abstecher und sinnlose Abschweifungen.

Nach Escobars Abfahrt ging es mit Simon abwärts, er fühlte sich müde. Er hatte keine Zeit und vor allem keine Lust mehr, sich zum Laden Olde Hansa zu begeben. Die Knochen taten ihm weh, die Schmerzen an der Hüfte waren unerträglich geworden. Er tat sich mit dem Laufen schwer und hatte sich gehen lassen.

Aus der Stadtwohnung war er an die Küste umgezogen, zum Fischer Ivan. Er hatte die Rechnungsführung abgeschlossen, Soll und Haben kontrolliert, den Bernsteinhandel an andere übergeben. Er hatte den Kaiser um die entsprechende Erlaubnis gebeten und sie zugestanden bekommen.

Er lebte so gut es ging, war aber unentschieden, ob er sich mit seiner Vergangenheit beschäftigen oder sie vergessen sollte. Er hatte seinem früheren Leben brüsk den Rücken gekehrt. Ihn erwartete, dessen war er sicher, ein kummervolles Alter, schal und fade wie der Rest seines Lebens. Oder vielleicht nicht. Das wusste er nicht und das wollte er auch nicht wissen. Er hatte viel Zeit, wollte es aber nicht.

Bei Ivan verbrauchte er die Zeit, den Blick ins Leere verloren. Er hatte an den Kaiser einen Brief gesandt, in dem er um Verzeihung bat. „Ich bin in lebenslangem Exil, lebe ohne Handel, das Alter täuscht mich, aber ich bin müde. Die Monotonie eines Lebens ohne Liebe und Zuneigung. Ich habe mein Möglichstes getan, mehr schaffe ich nicht. Verzeiht mir!"

Er hatte keine Antwort bekommen, aber auch keine Vorwürfe.

Er liebte die Taiga. Schön im Winter, wenn der Schnee das spärliche Gras bedeckte. Die kahlen Birken mit den weißen, schwarz gefleckten Stämmen widerstanden den heftigen Winden, aber auch sie wuchsen fern vom Meer und dem salzhaltigen Boden.

Simon war vom Meer fasziniert. In besonders strengen Wintern war das Eis niemals weiß, sondern voller Risse und Spalten, und wenn das Licht am Morgen die Dunkelheit durchbrach, leuchtete es tiefblau. An den wenigen Schönwettertagen mit blauem Himmel tauchte Simon in das blendende Licht ein.

Er hatte sich eine Holzbrille mit einer schmalen Ritze machen lassen, um das Sonnenlicht beobachten und die Augen vor dem starken Widerschein schützen zu können.

Bei Sonnenuntergang bewunderte er die leicht goldgelbe Sonne, die mit ihrem schwachen Schein die Nacht ankündigte. Der Tag erlosch und die Stimmen schwiegen. Dann suchte er den Klang der Stille, aber vergebens, denn sein Geist war voller nutzloser Hoffnungen, die ihm keine Ruhe ließen und ihn auch in seinen Träumen verfolgten.

Besonders gut gefiel ihm der Winter, wenn er sich über die Wärme eines Feuers und einer Decke freute. So hatte er das Gefühl zu leben.

Auch der kurze Herbst bezauberte ihn mit seinen vielen Farben. Die mageren Lärchen mit ihren rötlichen Kronen, die gelben Blätter der Birken, das rotbraune Moos leuchteten aus dem Grün auf, das sich bis zur Meeresküste ausdehnte.

Er hatte Probleme beim Laufen, verlor sich aber in der Natur. Sie war die zurückhaltende, einsame, zudringliche Gefährtin seiner Tage.

„Wie viele Tage bleiben mir wohl noch?“, fragte er sich oft. Das Leben war ihm schwer geworden, es wog wie sein Körper.

Den Tod fürchtete er nicht, er wartete auf ihn.

Das Frühjahr dagegen mochte er nicht. Der Boden wurde schlammig und morastig, in der Taiga bildeten sich Pfützen, man kam kaum voran. Er wartete auf die sommerliche Wärme, die alles austrocknete. Auch seinen Geist. Aber es gab zu viele Stechmücken und Fliegen. Eine Qual. Vom Meer stieg Feuchtigkeit auf, die die Luft vernebelte, der Himmel war nur selten klar und blau, manchmal weiß und voller Tropfen, die über einem stillen Meer um die Sonne hingen. Eine erdrückende Langeweile. Doch nach wenigen Monaten Geduld zeigte sich die Natur wieder mit den lauten Farben des Herbstes.

Er dachte nach und verirrte sich in seinen Gedanken. Er mochte rohe Heringe. Ivan machte ihn darauf aufmerksam, dass er übertrieb.

„Sie sind frisch, ja, die habe ich gefischt, aber man sollte sie essen, wenn man sich bewegt. Sie nähren gut, geben das Fett, das man braucht. Aber Sie, mein Herr, übertreiben. Das muss ich Ihnen schon sagen. Sicher, ich verdiene daran, Sie bezahlen sie gut. Mit dem, was Sie mir geben, lebe ich… aber…“

„Lass mich in Ruhe, du dummer Russe, was willst du von mir? Auch du hast es mit mir, wie alle? Eine Verschwörung gegen mein Leben?“

Er war dicker geworden, der Rücken war krumm. Das Essen war sein Leben geworden… und seine Gedanken. Er dachte an vergangene Zeiten, ließ Tage voller Traurigkeit und von nicht erlebtem Glück an sich vorüberziehen.

Das Trinken half ihm, aber zu viele Gläser Wodka verbrannten ihm Magen und Gehirn.

Er bewunderte Tallinn, das sich mitten in der Bucht ausdehnte.

Im Vordergrund stieg dicht am Meer der spitzgieblige Turm der lutherischen Kirche auf. In einem leuchtenden Grün, das ihm gefiel.

Der Nordwind traf seinen Rücken. Was für ein Unterschied zu der Brise, die in Sevilla ins Gesicht schlug. In seiner Heimatstadt duftete es nach Salz. Hier oben im Norden kein Geruch nach Meer. Unterschiedliche Winde.
Auf der anderen Seite der Bucht konnte er an klaren Tagen bei heiterem Himmel im Westen Helsinki erkennen. Ein bewegter Meeresarm, ein Tag Schifffahrt und er hätte die Stadt erreicht. Aber es war ihm verboten. Sein Exil war lebenslänglich, hier in Tallinn. Er fühlte sich eingeschlossen.

Frei, aber unterdrückt, wie überall, wie wenn die Menschen geboren werden und sterben, ohne zu verstehen, was über den Horizont hinausgeht. Ihm war es auferlegt worden, andere Männer nahmen es an, ohne sich nach dem Warum zu fragen.

In Ivans Holzhütte gingen auch Bauern ein und aus, denen er von seinem Leben erzählte, Fragmente von Geschäften und Gewohnheiten. Aber er war auch neugierig, sie von ihrer Langeweile reden zu hören.

Es waren immer Geschichten von Mühen und Leiden. Er hörte sie an. Stumm. Er verstand sie.

„Gegen wen kämpfe ich?“, hatte er sich gefragt. „Gegen niemanden oder vielleicht nur gegen mich selbst.“

Um sich die Zeit zu vertreiben, zählte er Zahlen, summierte sie und subtrahierte sie, multiplizierte und dividierte sie, erklärte die Welt, die er nicht wollte, aber suchte. Konkav und konvex verlaufende Linien, nahe und ferne Punkte, unendliche und unendlich kleine Entfernungen. Aber die Rechnungen stimmten immer seltener, es waren die seines Lebens. Solange das Licht es ihm ermöglichte, zählte er auch die Wolken, die Bäume nicht, aber die Blätter verlockten ihn, die zu Boden gefallenen Nadeln der Lärchen, das Gefunkel des gefrorenen Schnees. Er hätte auch die Eisflocken der Unwetter zählen wollen.

In harten Wintern kam er mühsam voran, Schneewirbel zerkratzten den vom Frost verhärteten Boden.

Simon schleppte sich auf der schmalen Landzunge, die einer Insel glich, sie war mit der Küste durch einen vereisten Zipfel verbunden. Sie schien ihm eine Herausforderung des Lebens, die in das Meer mündete, ein Meer, das an dieser Stelle immer von sich bekämpfenden Strömungen aufgewühlt war.

In Ivans Isba fühlte er sich wohl. Es gefiel ihm, sich spät am Abend betrunken ins Bett zu legen. Er trank, solange noch ein Funken im Feuer glühte.

Er bezahlte die Miete für ein Zimmer, das gut beheizt wurde. Ein Baumstumpf diente ihm als Sitz, in einer geschnitzten Holztruhe bewahrte er seine Kleidung auf.

An den Wandbalken hatte er einen dicht gewebten Teppich aufgehängt. Es war eine Rarität, ein Luxus, geometrische Motive in lebhaften Farben, wie nur wenige es sich leisten konnten. Auf einem Tisch aus Tannenbrettern lag von einer Leinwand zusammengehaltene gehechelte Wolle, auf dem Bett ein Bärenfell.

Zum Schlafen trug er eine Tunika aus Hirschfell, die ihn ein Vermögen gekostet hatte. Er deckte sich mit einem anderen, weichen und wärmenden Bärenfell zu, aus dem nur das Gesicht herausschaute.

Vor dem Einschlafen horchte er auf den Schrei der Wogen. Einen Moment Frieden, die Sicherheit einer wohltuenden Wärme, die Freude eines den Erinnerungen entrissenen Schlafes.

Das Geheul der Wölfe brachte ihm die Grausamkeit von schwer zu überlebenden Gefühlen ins Gedächtnis, er verstand den Lärm des Lebens, das unerträgliche Gewicht zu widerstehen. Er schlief gern mit diesen Gedanken ein.

Er fühlte sich vor der menschlichen Dummheit geschützt.

Beim Aufwachen am Morgen rief er: „Ivan, was wartest du? Hast du das Feuer in der Kohlenpfanne angezündet? Verfluchter Russe, hier ist es eisig kalt. Beeil dich und mach Feuer. Hilf mir beim Aufstehen."

Er stand auf, der ganze Körper schmerzte ihn, er bewegte Arme und Beine, nahm die Krücke und ging hin und her. Nur mit Mühe hielt er sich aufrecht.

Er aß zwei harte Eier, trank in kleinen Schlucken ein Glas Wodka und ging wieder seinen Gedanken nach.

Als Abtritt hatte er sich neben seinem Zimmer ein Klosett bauen lassen, ohne in die Kälte hinaus zu müssen.

„Mach das Häuschen leer, Ivan, worauf wartest du, fauler Russe? Du beklagst dich über die Lutheraner? Sie haben recht, faul wie ihr seid! Soll ich in meinem Gestank ersticken? Habe ich nicht schon genug zu leiden?"

Ivan hatte diese Worte schon hundertmal gehört. Er litt darunter, war aber bezahlt, und dann hatte er zu diesem Mann Zuneigung gefasst. Allerdings hatte er die Miete erhöht.

„Wenn ihr mehr Holz wollt, mein Herr, ich kann nicht die ganze Nacht mit dem Fällen von Birken verbringen. Sicher versteht auch Ihr, dass das anstrengend ist."

„Du findest, dass das Feuer reicht? Lass die Flammen brennen. Du darfst nicht mit Wärme sparen!"

„Immer dieses Gejammer! Kennt ihr den Flamenco? Immer von der Kälte müsst ihr reden. Habt ihr den Winter und die Dunkelheit satt? Geht nach Sevilla! Schifft euch ein und fahrt ab! Was macht ihr hier? Habt ihr nichts anderes zu erzählen? In was für einer Welt bin ich denn hier gelandet?"

„Pardon, mein Herr, ich möchte mich da nicht einmischen… aber warum kehrt Ihr denn nicht nach Sevilla zurück?", hatte Ivan gefragt.

Simon hatte ihn bestürzt angeschaut, er war aufgefahren. Und nach einem Moment war er herausgeplatzt: „Ich? Nach Sevilla?"

Auf seinem Gesicht zeichnete sich ein höhnisches Lächeln ab.

„Ich in Sevilla? Um mich einkerkern zu lassen und im Gefängnis des großen katholischen Königs zu verkümmern? Es tut mir leid, aber die Reise meines Lebens endet hier. Ich gehorche dem Befehl, und das bedeutet Verbannung. Ich war ein Ratgeber des Kaiserreichs, mochte es groß oder klein gewesen sein. Ich habe ihm gedient und gehorche auch in Zukunft, was mir auferlegt worden ist. Ich habe Pflichtbewusstsein und weiß um meinen Rang. Ich werde hier für immer und ewig bleiben, im Leben wie im Tod. So haben sie es gewollt und so wird es sein!"

Mit einer Spur Ironie hatte er dann noch hinzugefügt: „Wie könnte ich denn ohne deine Heringe leben? Da wird mir das Herz weich. Andere Gefühle habe ich nicht mehr. Sie und Tallinn sind meine Zukunft. Geduld, Ivan, Geduld."

Simon hatte niemals große Vertraulichkeit gestattet, er blieb immer zurückhaltend und passte auf, nicht mit Freundschaften zu übertreiben, wollte sie nicht erbetteln, obwohl es leicht gewesen wäre: Er lebte allein, war schlecht beieinander und hinkte. Aber er wollte kein Mitleid.

„Ist es gefährlich, aufs Meer zu gehen?", hatte er gefragt. Eine dumme Frage. Die Einheimischen hatten überheblich gelächelt.

„Dieses Dorf aus Holzhütten ist auf der Halbinsel entstanden. Wir sind Russen und Orthodoxe. Wir sind Fremde in der Heimat anderer. Die Hanse geht mit den Russen nicht gerade freundlich um. Die Lutheraner sind streng, erlauben keine Einmischungen, aber das Land ist nicht einfach. Sie fürchten die Grenzen, die Macht des Zaren könnte eines Tages… vielleicht… wir leben in unruhigen Zeiten und Gegenden."

„Die Strömung hier draußen in der Bucht", hatte ein anderer Fischer eingeworfen, „nimmt und trägt fort. Das Anlegen ist schwierig. Die Fische haben Mühe. Die fischreichen Gewässer liegen im Süden, seitlich der Bucht von Tallinn, oder weiter im Osten, über die Halbinsel hinaus, wo der Grund platt und ohne Einbuchtungen ist. Aber in dem Meer dort dürfen wir nicht fischen. Wir geben uns damit zufrieden. Wir fangen wenige Fische, sie sind widerstandsfähig. Wir fischen die schlauesten und die kräftigsten, die mit dem besten Fleisch. Es sind intelligente Fische, jüdische Fische."

Alle waren in großes Gelächter ausgebrochen. Auch Simon. Es war ein Kompliment.

„Wir werden übermäßig mit Steuern belastet. Auch unsere Religion wird besteuert. Sie ertragen euch, weil ihr nützlich seid und nachgebt. Ihr seid wie das Binsengras der Taiga!"

„Aber ich bin noch nicht geräuchert worden!"

„Ihr könnt euch alles erwarten. Scheiterhaufen sind leicht anzuzünden. Aber hier lebt ihr gut. Ihr habt ja keine Ahnung, was die Juden im Heiligen Land der Russen erleiden!"

Im Gespräch war Misstrauen durchzuhören. Die Hanse war arrogant, hatte Macht und benutzte sie, um im Handel die Oberhand zu bewahren. Sie war reich, deutsch, lutherisch und gut organisiert und hielt die Konkurrenz hin. Um dieses Ziel zu erreichen, musste sie eine einheitliche Religion bewahren. Am späten Abend verbarrikadierten sich die misstrauischen Bürger in der von Bollwerken und Mauern geschützten Oberstadt.

Die Stadt suchte den Zugang von Russen einzuschränken, die Macht des Zaren war gefürchtet.

Simon nahm sich Zeit. Er war nervös und unzufrieden, er lebte ohne Geldsorgen, ohne Frauen. Er hatte alles, aber er hatte nichts. Er hatte seine Lebendigkeit verloren. Er musste die Einsamkeit, nicht verstanden zu werden, für sich behalten. Sein Leben war zu kompliziert.

Ivans Isba war schöner geworden. Mit seinen Verdiensten hatte er sie aus einer baufälligen Holzhütte in ein Wirtshaus verwandelt, hatte das Innere mit einer doppelten Schicht von Baumstämmen wärmer und sicherer gemacht, und in den langen Wintern brannte hier das einzige Licht im Dorf.

Ivan hatte sich mit diesem sonderbaren Juden immer besser angefreundet.

Simon beobachtete die Gäste, immer dieselben, vier arme, verlassene Männer, die darauf warteten, dass am Ende des Tages junge Leute in die Gaststube kamen. Er wollte Neuigkeiten hören, Aber es gab keine. Ein Tag wie der andere.

Sie tauschten keine Blicke aus, sondern nur Worte. Als wären sie Holzstatuen. Sie rochen nach Alter, strömten den Geruch von ungenießbarem Fleisch aus.

Sie saßen unbeweglich, einige am Boden zusammengekauert, und tranken Wodka in kleinen Schlucken. Nach dem dritten Glas begannen sie zu reden.

„Morgen kommt Unwetter. Noch mehr als heute," sagte einer.

„Meiner Frau geht es nicht gut", fügte ein anderer hinzu.

„Zu viel Fleisch tut nicht gut. Aber ich glaube nicht, dass... ich habe so wenig davon gegessen", sagte ein dritter, und so weiter: Ein Bruchstück eines Satzes nach dem anderen.

„Mein Knie..."

„Die Kerze hört zu brennen auf..."

„Was meint ihr, ob ich das kaufen..."

„Das Holz ist in diesem Jahr sehr teuer. Als ich jung..."

„Mein Schwiegersohn hat Husten."

Simon hörte fasziniert zu.

Dann auf einmal wurde es für einige Momente still. Die Ruhe des wirklichen Lebens.

Die Gesichter dieser Männer waren Schatten von Atem, die Worte waren Töne, um sich Gesellschaft zu leisten, ohne zu stören. Sie waren wohlerzogen, ohne es zu wollen. Jeder fügte etwas hinzu, ohne das andere anzuhören.

„Der Zar, wer weiß...", ein Niesen und genug.

„Der Schnee schmilzt vielleicht früher als sonst... heute Nacht habe ich den Wiedehopf gehört... ja ja!"

„Die Anzüge kosten... die Stiefel noch mehr... und die Eisgespenster, die habe ich in der Nacht gesehen."

Es waren Ecken des Lebens, die immer enger wurden und nichts vom Ablauf der Zeit wussten.

Im Dunkel der Isba waren im flackernden Kerzenlicht die dunklen Gesichter dieser alten Männer zu sehen, Antlitze, die aus Leder gearbeitet zu sein schienen, mit tiefen Falten, die auch das Lächeln eingetrocknet hatten.

Mit den wenigen Zähnen wurden sie nicht schöner.

„Ivan, diese Leute hier werden nie verstehen, dass die Leere zwischen den Sternen die Fülle des Lebens ist. Auch du nicht. Die Sterne geben dem Unendlichen Tiefe und dem tiefen Dunkel Licht. Nach unserem Tod werden wir dort oben umherziehen. Verstehst, wie zart das Dunkel ohne Ende ist? Verstehst du, was ich meine? Die Sterne sind vollkommene Wesen, aber das Unermessliche des Dunkels ist die Unendlichkeit. Dort werden wir alle hinkommen. Zumindest hoffe ich das. Versuche einmal, darüber nachzudenken."

„Ich dachte, dass die Toten unter die Erde gehen. Ich kenne keine anderen Orte. Verzeiht mir, Simon, ich bitte euch um Geduld. Wir sind alle auf der Durchreise, wissen aber nicht, wohin. Warum soll ich mich abplagen, um das zu verstehen, was ihr sagt? Soweit es möglich ist, genießen wir das Leben. Was davon bleibt. Oben oder unten, was hat das schon für eine Bedeutung, wenn man tot ist? Das Dunkel ist zart? Das verstehe ich nicht. Das sagt ihr, aber mein Herr, verzeiht mir, sind die Juden alle so eingebildet wir Ihr?"

„Versuch einmal, etwas nachzudenken," hatte Simon gereizt gesagt.

„Denken Sie, denken Sie, soviel Sie wollen, aber je mehr einer denkt, desto weniger versteht er."

Simon war beleidigt. Er versuchte, unbeteiligt zu sein. Er wollte für sich allein denken, ohne auf eine ermutigende Antwort oder eine Frage dieser dummen Bauern zu warten.

„Ich wäre also wie ihr?", hatte er gefragt. „Wie einer von denen, die dort in ihren dreckigen Lumpen sitzen?"

„Nein, nein, ihr seid anders! Ihr seid ein Jude!"

„Du bist vor Dummheit betrunken."

Simon hatte verstanden, dass es für diese Männer dort keine Zeit zum Zuhören gab, sondern nur Zeit, um sich zu ignorieren. Jeder für sich.

„Auch ich bin so", hatte er gedacht. Ich verliere mich in mir selbst, habe nichts mehr zu nehmen und nichts zurückzuerstatten."

Er hatte alles vom Leben kennengelernt, die Wellen des Meeres, hatte den Fischern am Guadalquivir zugeschaut, hatte an Genua und seinem Hafen gerochen, an den Gassen, in denen es nach Urin stank, hatte starke Charaktere und kleine Schlauheiten erfahren, hatte das Leben von Männern verstanden, die sich zögernd dahinschleiften, er hatte sich an Tönen und Tänzen erfreut, an Licht und Dunkelheit, an Egoismen und Bewunderung, an starkem Regen und Hitze unter schwülen Himmeln, er hatte die Sinnlichkeit von Frauen genossen, die seine Sinne fasziniert hatten, er hatte versucht, aus vollem Herzen zu leben. Jetzt war er müde, hatte die intelligenten Dinge satt. Die Jahre waren schnell vergangen.

Es war Zeit, die Einfachheit zu verstehen.

Er wollte sich den Zwiebeln widmen.

Ivan schützte seine Flucht aus dem Leben. Er warnte ihn, tat sein Bestes, „aufgepasst", sagte er ihm, aber ohne große

Überzeugung, nur, um sein Gewissen zu beruhigen. Aber Simon war unerbittlich. Er trank zu viel.

Einige Jahre später, im Frühjahr, wenn das zugefrorene Meer stöhnte und sich zu zerbröckeln schien, hatte Simon geraten, Zwiebeln anzubauen. Er hatte ihm geholfen und ihm geraten, ein schönes Beet aus Blättern anzulegen, um die aufgehackte Erde warm zu halten.

„Es ist Zeit für die Aussaat. Versäume sie nicht! Die Zwiebeln sind wie die Menschen: Jede hat ihren Charakter und jede Qualität hat unterschiedliche Reifezeiten."

Er hatte Samen und Knollen für die Umpflanzung geschützt. Die ersten Samen hatte er in Gefäßen in warmen Holzschubladen gehalten, die mit weicher, gut gedüngter Erde gefüllt waren.

Er baute kupferfarbene Zwiebeln an, die er für die schönsten hielt, aber auch weiße mit beißendem Geruch. Die roten waren am schwierigsten anzubauen, aber großartig im Geschmack.

„Geh auf den Rathausplatz und verkaufe die Zwiebeln zusammen mit rohen Heringen. Gib sie zu kosten. Ich begleite dich. Im Sommer kannst du damit gute Geschäfte machen. Die roten musst du teurer bezahlen lassen, denn ihr Geschmack übersteigt nicht den der Heringe, ja er macht ihn delikater. Nein! Knoblauch nicht! Der ruiniert alles. Zwiebeln, kein Knoblauch."

Er hatte bei der Gemeindeverwaltung um die Genehmigung gebeten. Ivan hatte sie bekommen und auf dem Marktplatz, der bis zum Abend beleuchtet war, einen festen Platz zugewiesen bekommen. Er befand sich vor einem großen, mächtigen Bauwerk. Simon stand neben dem Verkaufsstand.

Er war wie neugeboren.

Zweimal in der Woche, am Markttag, wurden Ivan und seine Frau in Simons Haus beherbergt. Simon war der Jude der Heringe geworden, aber auch der Jude der Zwiebeln.

„Du bist gescheit, nicht wahr?", sagten sie zu ihm.

„Nicht ich, sondern Ivan: Er fischt die Heringe und pflanzt die Zwiebeln an. So schlecht, wie ich beieinander bin, könnte ich das nicht schaffen."

Er hatte sich verändert. Von seiner früheren Schönheit keine Spur mehr. Er war missgestaltet und konnte nicht mehr normal gehen.

Die Leute hatten ihn gern.

„Kommt her und probiert“, forderte Simon die Umstehenden auf. „Auch wenn ihr geizig seid, kostet diese Spezialität! Gott sei gedankt dafür. Die sind ja so gut!“

Die Kunden, gut betuchte Kunden, kauften gern.

„Vom Bernstein zu den Heringen, ja zu den Zwiebeln. Du, Jude, könntest auch den Teufel verkaufen!“

„Wenn ihr mir sagt, wo ich ihn finden kann, würde ich ihn gern verkaufen. Sicher hätte ich einen guten Markt.“

Simon lächelte, er war geduldig, vergnügte sich. Seine Naschhaftigkeit hatte sich in Geschäfte verwandelt. Er war stolz darauf und wiederholte ständig: „Ich bin intelligent, könnte anderes machen, aber ich gebe mich hiermit zufrieden. Das Andere brauche ich nicht mehr.“

Die Verantwortlichen der Hanse waren anfangs skeptisch gewesen. Dann aber war ihnen bewusst geworden, dass Ivans kleiner Verkaufsstand zu guten Kontakten führte und den Markt belebte. Einige Gastwirte hatten versucht, es ihm nachzutun. Aber vergeblich.

„Zwiebeln sind ein Allheilmittel“, erzählte Simon mit Pathos. „Die weißen regen, wenn man sie gekocht verzehrt, die Glieder von müden Männern an. Die roten Zwiebeln dagegen erleichtern zu gelben Urin. Lasst sie euch schmecken. Sie sind gut. Ihr, schöne oder hässliche oder junge oder auch runzelige Frau, gebt sie euren Männern zu kosten. Es wird ihnen guttun… und euch auch!“

Der Stand war immer von vielen Käufern umringt. Es wurde gelacht und gewitzelt, auch Ivan ließ sich mit seinem gebrochenen Deutsch hören. Es war schön, in diese bunten Gespräche einzutauchen. Sie trauten ihnen.

Simon schwärmte von seinen Zwiebeln. Er war stolz auf sie.

„Tischler, Schneider, Notare und Händler, kommt her und schenkt euch etwas Gutes! Wir tun unser Bestes! Fürchten Sie nicht den Geruch der Zwiebeln, ich habe noch nie gehört, dass eine Zwiebel die Küsse der Frauen abweist. Sie ertragen gern den schlechten Atem, denn sie wissen, dass dann Besseres kommt.“

Scherze und Witzemacherei. Sie verehrten ihn wie einen Stadtheiligen. Sie hatten keinen. Sie waren reine Lutheraner.

Simon war der Mann der kleinen Erfindungen geworden, der Ratschläge. So viele Erfahrungen in einer einzigen Person.

„Welchem Kaiser hast du gedient?", fragte ein Dummkopf grinsend.

„Dem Kaiser der Zwiebeln?"

Sie zogen ihn auf, aber er blieb freundlich und umgänglich, zuckte mit den Schultern und lächelte. Er gab keine Antwort, sein Blick entflammte sich, aber er bändigte seinen Stolz. Er passte sich den Gegebenheiten an, bat nicht um Geld – sonderbar für einen Juden -, hatte immer die richtige Antwort bereit, spöttelte und provozierte.

„Ihr wisst ja nicht, von wem ihr redet, wisst nichts von der Welt. Wenn ich euch fragen würde, welcher adeligen Familie der Kaiser angehört, dem ich gedient habe, was würdet ihr antworten? Nichts. Wisst ihr, wie groß die Unendlichkeit ist? Glaubt ihr, dass die Welt rund, quadratisch oder gewellt ist? Das ist keine Frage für euch! Und das Schwarz zwischen den Sternen? Nimmt es alles in sich auf oder gibt es das Licht zurück?"

„Unser Jude, ja der erzählt schöne Geschichten. Im Dienst des Kaisers. Und wir von Luther! Los, erzähle uns was! Du kannst nicht tanzen? Tanz mit deiner Krücke in der Unendlichkeit. Such es auf, worauf wartest du? Belustige uns! Fliege nach oben und kehre zurück. Zeig uns, was du kannst."

Sie verspotteten ihn. Er war nur noch der Schatten seiner selbst geblieben. Es waren sechs Jahre vergangen, und die Erinnerung an Escobal war verblasst, versteckt von Jahren, die dahingeschwunden waren, als hätte er sie niemals gelebt.

„Hier ist euer Jude, ein bekehrter Jude. Ich gehöre euch, ohne dass ich mich verkauft hätte!"

Er war schlagfertig, machte sich lustig über sie, ohne dass sie es merkten, hatte eine scharfe Zunge, um sie zum Schweigen zu bringen.

Er besaß verschiedene Hüte: aus Ottern- oder aus Hermelinpelz, aus Rentierfell oder aus Loden, aus durchbrochenem Stoff, aus tiefblau, manchmal himmelblau gefärbter Wolle. Er sah aus wie ein Clown, lächelte, war aber ernst. An jedem Markttag trug er einen anderen Hut.

„Habt ihr gesehen? Ich trage nicht die Kopfbedeckung der Juden. Wozu sind schon die dreispitzigen, roten oder gelben Hüte zunutze? Lächerlich. Das habe ich nie verstanden."

Manchmal wollte einer der Passanten einen Hut kaufen. Simon verkaufte sie gern. Er hatte Hüte für jeden Geschmack und zu jedem Preis. Er war der Mann der Hüte und der Zwiebeln geworden, der Heringe und der Ratschläge. Der Mann des Markts. Er hatte klar verkündet, dass er konvertiert war, aber für alle war und blieb er Jude.

Er provozierte sie.

„Wie viele Simon sind wohl in mir?", fragte er lächelnd. „Bin ich ein Jude? Nein! Ein Schwindler? Ich habe niemals die Bedürftigen ausgenutzt, die Ungeschickten und die Unvorsichtigen im Handel. Ich habe niemals die Notwendigkeit anderer ausgenutzt. Ich bin gutmütig, bin katholisch, mein Gott, ich bitte um Verzeihung, nein, beruhigt euch, ich bin kein Papstanhänger, Gott halte mich fern von den Sünden der heiligen Stadt, besser, ich bin ein Orthodoxer. Nein! Der Zar ist mein Kaiser? Eine ewige Sünde. Besser, dass man Lutheraner ist. Also, ich bin wie ihr! Seriös und aufrichtig. Ich bin niemals öffentlich dem Gespött der Leute ausgesetzt worden. Ich achte euch, ich bewundere euch! Ihr Lutheraner treibt gern Handel, von hier bis Lübeck und auch darüber hinaus. Auch ich habe den Handel geliebt. Aber jetzt nicht mehr. Jetzt kümmere ich mich nur noch um Zwiebeln und rohe, manchmal geräucherte Heringe. Aber ich verkaufe auch Hüte. Bin ich wieder ungläubig geworden? Ich glaube und ich glaube nicht. Und ihr? Die Hüte halten meine Gedanken warm, unterschiedliche Formen, aber der gleiche Zweck. Auch die Hüte der Kosaken und der Tartaren sind schön. Einer für jeden Bedarf. Hüte, soviel es Religionen gibt, von meiner abgesehen, die verdammt und ungern gesehen ist, genießt die Unterschiedlichkeit, eine für jeden Kopf, wer recht hat, hat auch unrecht! Jeder ersehne seinen Gott und… laufe ihm auch nach. In Frieden, ohne Krieg!"

Er war ein Seiltänzer des Geistes. Sie konnten ihm nicht folgen. Seine Überlegungen gingen zu rasch voran.

Mit ironischer Sanftheit schrammte er die Krusten des Geistes.

Sie hörten ihm zu und vergnügten sich, und zwischen einem Wortschwall und einem anderen ließ er sich einen Schluck Wodka schmecken.

Er hob das Fläschchen an, das er um den Hals hängen hatte, und trank über den Durst.

„Trunkenbold, du bist rot wie deine Zwiebeln!"

Eines Tages hatte Simon sich aus Neugier mit einer Kutsche zur lutherischen Kirche begleiten lassen. Er hatte keine Glaubenszweifel und auch keine existentiellen Probleme. Er wollte nur das Kircheninnere sehen.

Es war ein Vormittag, mitten im Sommer. Die Tür stand offen, und so war er eingetreten. Nur mühsam hatte er mit der Krücke die zwei Stufen überwunden, die von der Straße hinunterführten.

Das Kirchenschiff war schmucklos und streng, ein Ort der Heiligkeit. In der Apsismitte ragte ein farbiger Altar auf, nichts Besonderes im Vergleich zu dem Hochaltar der Kathedrale in Sevilla.

„Beklag dich nicht! Sei glücklich, wie du bist!", hatte er sich gesagt.

Die Altartafeln waren wunderschön, belehrend in ihrer Schlichtheit. Sie erzählten vom faszinierenden Leben des heiligen Nikolaus. Er war stehengeblieben und hatte sie bewundert. „Ja, das ist Intelligenz."

Mehr als die Figuren interessierten ihn allerdings die Farben. Lebhafte Kombinationen. Das Grün mit dem Meeresblau der heiteren Tage, viel Gelb der Herbstblätter, das leuchtende Rot der Dächer von Tallinn und der Sträucher vor dem ersten Schneefall. Es waren Farben der Natur, in Formen für andere Sinne, die Anziehung eines Gedankengangs, die seinem Geist Wärme geschenkt hatten.

Ein unbekannter Mystizismus hatte ihn überfallen, eine Heiligkeit, die er nicht kannte. Es war die Grenze zwischen zwei Welten. Draußen die lärmende Menschheit, die sich im Leben abmühte, drinnen die Freude, sich vom Leben abzulenken.

Er war auf den Altar konzentriert, als er plötzlich hinter sich einen Ton gehört hatte, die lange Note einer Orgel, die ihn mit ihrer sanften Musik, aber auch den unterschiedlichen vertikalen Klängen in eine andere Welt versetzt hatte.

Er hatte sich auf eine Bank gesetzt und hatte regungslos den Proben des Organisten zugehört.

Die Musik hatte ihn berauscht, mit der Faszination von Klängen, die ihn erfüllt hatten.

Auf einmal hatte ihn eine Stimme aufgeschreckt.

„Du darfst nicht hier bleiben. Was machst du? Willst du dich bekehren?"

„Pardon. Nein, ich habe keine Bitte vorzubringen. Im Gegenteil, wenn Sie wollen, bezahle ich auch, aber bitte, ich möchte hier in der Kirche bleiben und mich an dieser Musik erfreuen."

„Seid Ihr vielleicht auf dem Weg der Bekehrung? Dann bleibt ruhig hier. Ich werde mit dem Kirchenrat sprechen, aber Ihr dürft nur bis zum Ende des Sommers zu uns kommen. Dann müsst Ihr euch entscheiden."

Der Kirchenrat erwartete also bis zum Ende des Sommers seine Entscheidung.

Eine Bekehrung Simons wäre sicher der lutherischen Kirche zugutegekommen. Das hofften sie.

Nach den Tumulten der Reformation endlich auch ein bekehrter Jude, nicht irgendein Mann, sondern Simon, der Jude des Kaisers, der des Bernsteinhandels und der berühmte Jude der Heringe und der Zwiebeln, der Geschichtenerzähler, der sich anhören, aber nicht verstehen ließ.

Die Markttage verbrachte Simon teils mit Ivans Heringen und Zwiebeln, teils in der lutherischen Kirche bei den Proben des Organisten.

Er hatte die Hoffnung der Neugier wiedergefunden, hatte die Tonarten der Musik in sich aufgenommen. Der Verstand kannte keine Grenzen, die Noten waren reine Klänge. Das Absolute. Sie waren die Ordnung der Intelligenz, ohne Zufall, die Denkfähigkeit war Musik geworden.

Es war das Gerücht in Umlauf gekommen, dass Simon sich bekehren würde. Auch Ivan hatte davon gehört. Er war skeptisch und glaubte nicht, was gemunkelt wurde. Als er Simon danach fragte, hatte er als Antwort nur mit den Schultern gezuckt, mit der lakonischen Bemerkung: „Und du glaubst das?"

Sie waren nicht mehr auf das Thema zurückgekommen. Aber in der Stadt wuchs die Erwartung. Es hatte sich die Meinung verbreitet, dass Simon von seiner Bekehrung überzeugt war: ein Zeichen göttlichen Segens. Die Hanse, der Reichtum, der Wohlstand, es bestand Vertrauen in die Zukunft. Die Stadt hatte den wahren Gott auf ihrer Seite.

Gegen Ende des Sommers hatte der lutherische Pfarrer Simon gefragt: „Also? Der Kirchenrat wartet auf eine Antwort."

„Antwort auf was?"

„Also haben Sie entschieden? Wollen Sie sich wirklich bekehren?"

„Nein! Ich bin als Bekehrter geboren, als Jude habe ich gelebt und als Jude will ich sterben."

„So überzeugt von Ihrem Glauben?"

„Absolut nicht. Ich bin von der Religion überzeugt, die sie mir auferlegt haben. Ich will nichts ändern, verstanden? Ich habe Gebote erlitten, jetzt will ich aus freier Überzeugung entscheiden."

„Aber die Musik, die Choräle, die die Ehre Gottes verherrlichen? Dies ist die Zeit des Gebetes. Sie verneinen sie!"

„Was wissen Sie von mir? Ich bin frei, in meinem Glauben zu beten. Nur wenn ich es will, ohne Zwang."

„Gestehen Sie es also! Sie sind ein Jude!"

„Das sind Hirngespinste. Ich habe die Orgelmusik angehört. Wissen Sie, wie schön die ist? Nur Klänge habe ich angehört, eine Ekstase von Reinheit, Intelligenz und Gefühl."

„Gott hat uns die Bibel gegeben. Die Klänge sind ein Mehr des göttlichen Werkes!", hatte der lutherische Pfarrer entschieden behauptet.

„Nein! Sie sind das Ergebnis der menschlichen Intelligenz. Kennen Sie die Flamenco-Musik?"

„Ich weiß nicht, was das ist."

„Das ist Musik, die Attraktion bewirkt, ein Atemzug Freiheit."

„Das heißt, es ist Musik der Sünde!"

„Was? Sie kennen sie nicht. So dürfen Sie auch nicht urteilen", hatte Simon eingeworfen.

„Es ist Musik des Herzens und der Gefühle, die sich mit der Musik durchdringt, die ich angehört habe!", hatte er hinzugefügt. „Beide sind großartig, aber die eine oder die andere sind unvollständig. Zusammen vermitteln sie das Gefühl der Sinnlichkeit und der Spiritualität des Menschen."

„Was Sie sagen, ist Verdammung! Sünde! Wir brauchen Ordnung und Hierarchie. Auch der letzte Meister des Deutschordens, Albert von Brandenburg, ist zur Lehre Luthers übergetreten. Es sind Jahrzehnte her und Sie leben weiter in der Sünde. Wer sind Sie?"

„Ich bin niemand. Sie verstehen nichts! Nichts! Nichts! Ich reiße die Zäune meines Denkens ab, Sie dagegen bauen sie auf. Verflixt! Essen Sie Zwiebeln. So würden Sie intelligent und würden vielleicht verstehen."

Die verfehlte Bekehrung Simons hatte dazu geführt, dass ihm der Zutritt zu allen Kirchen untersagt war. Das hatte der Stadtrat beschlossen.

Wieder eine Ausgrenzung, die menschliche Dummheit hatte sich wieder mit falscher Geistlichkeit ummantelt. Als Strafe hatten die Behörden es ihm und Ivan verboten, den Stand auf dem Markt beizubehalten.

So waren sie gezwungen, im russischen Dorf auf der Halbinsel von Tallinn zu leben. Simon durfte die Stadt nur bei zwingenden Gründen aufsuchen. Er war „unerwünscht".

Simon klagte.

Sie hatten ihm die Klänge eines nicht gewollten, in religiösen Fanatismus eingehüllten Glaubens genommen. Aber was hatte Gott mit der menschlichen Intelligenz zu tun?

Er hatte sich mehrmals gefragt, ob er vielleicht zu anmaßend gewesen war. Aber „Verflixt nochmal!" hatte er in seinem Kopf gerufen. „Um nicht zu töten, hat sich der Mensch einen Gott erfunden, der spricht, der die Zehn Gebote in Stein eingehauen hat, der bedroht und bestraft."

Er hatte sich mit der Welt entzweit, hatte jegliche Sanftheit verloren, die Ruhe der Meditation, seine gute Laune.

„Gott, o Gott! Was machst du da oben? Komm herunter und befreie die Welt von der Niederträchtigkeit. Gott der Vulgarität, Gott der Hochmütigkeit, Gott des Todes. Komm herab!"

Simon hatte sich in Ivans Isba zurückgezogen. Sein Geist war zerrüttet, wieder einmal war er aus der Normalität geworfen, war in die Verachtung geschleudert worden.

„Ich will mich keinem Zwang unterwerfen. Ich bin und bleibe ein Jude!"

Er würde niemals nachgeben.

Er hatte sein Leben aufgegeben.

Sein Blick hatte sich verfinstert, mit gebeugtem Kopf und gekrümmtem Rücken bewegte er sich voran, ermüdet von einer in Einsamkeit gelebten Ausgrenzung.

Mit verzerrtem Mund brummte er vor Zorn. „Diese dummen Menschen!“, wiederholte er. „Aber was habe ich auch angetan, dass ihr mich ablehnt? Ich habe euch doch sogar beigebracht, Heringe mit Zwiebeln zu essen!“ Niemand hörte ihm mehr zu. Er war untröstlich.

Die Welt war ein unergründliches Rätsel geworden. Sie war abgeflacht. Die Farben waren erloschen, sie war voller Trauer.

Er hatte die Schmach einer zweiten Verbannung erfahren.

Er war mit dem Profil der Küste allein geblieben. Er, der Wodka, die Heringe und die Zwiebeln.

Abgesondert in der Luft eines Meeres, das ihn nicht liebte.

Eines Nachmittags, an einem Tag Mitte Dezember, hatte er das zugefrorene Meer erreicht. Das kurze Winterlicht war verschwunden, das Dunkel war in einen Sternenhimmel versunken, die Winde peitschten die Küste. Im Widerschein des Vollmondlichts sahen die Wellenkämme wie bleiche Gespenster aus.

Schon am Morgen hatte er mit dem Trinken angefangen. Er wollte sich ruinieren. Betrunken war er in die Taiga aus Birken und Tannen eingedrungen, mit Mühe, er wollte sich verlaufen, ohne die beruhigende Menschheit der Isba. Er roch nach Frost, niemand konnte ihn zum Schmelzen bringen, niemand außer ihm.

Er würde sich niemals verzeihen, musste aber weiter gehen.

Er hatte auf das dichte Dunkel gewartet, das ihn sanft aus dem Leben hob, in Erinnerung an den Flamenco und an die Augen von Francisca. Er würde glücklich sterben.

„Ich habe nicht vergessen“, hatte er in die Dunkelheit geschrien.

„Ich habe euch zufriedengestellt, ich kann weder vergessen noch verzeihen! Verfluchte Welt, eines Tages werden auch wir das Recht haben zu schreien… nicht nur Leiden… Recht auf das Leben.“

Das zugefrorene Meer war eine Einöde. Simon ging vorwärts, es gefiel ihm, ins Wasser einzutauchen, ohne zu versinken. Er bewegte sich gegen den dunklen Horizont. Sein Stöhnen wurde von den Winden herangetragen, aber auch verlangsamt.

„Huan, hilf mir!“, hatte er gerufen. „Wo bist du?“

Huan war gestorben. Er hatte es zufällig von einem Händler erfahren: Er hatte ihm von einem Chinesen des Kaiserreiches erzählt, der unter schrecklichen Krämpfen sein Leben beschlossen hatte. Und der Kaufmann, sein Freund, der ihm eifrig gedient und auf der Reise von Genua nach Bozen begleitet hatte? Und lebten im Ghetto noch Personen?

Trotz allem hatte er Sehnsucht nach dem Kämmerer, der sicher auch gestorben war. Damals in Innsbruck war er schon schlecht beieinander gewesen.

„Gaismair, und du, was ist mit dir geschehen? Predigst du noch deine Illusionen? Du glaubtest wirklich, die Welt ändern zu können? Fanatisch wie diese gierigen Lutheraner? Nein, du warst nicht wie sie. Ich kann mich noch an dich erinnern, ich habe dich kennengelernt! Meine Verbannung habe ich dir zu verdanken. Ich habe dich gerettet. Du warst das Licht in einer untauglichen Justiz. Ich bin stolz darauf.“

Er schrie Gedanken in den Wind, ohne ein Vorher und ohne ein Nachher. Ermattete Gesichter, die Augen, die Stimmungen. Er hörte Stimmen, die ihn anflehten, Halt zu machen, aber er ging vorwärts, dem Unbewussten entgegen. Er wollte es kennenlernen. Er war zornig auf alle.

Er träumte von Ufern, die von einem traurigen Mond beschienen wurden. Er dachte daran, sah sie aber nicht. Er war immer noch vom Leben begeistert. Das glaubte er.

Er verfolgte Zurückhaltungen und Intelligenzen von Männern, die aus seinem Leben verschwunden waren. Gefühle und Leidenschaften, feige und überflüssig mutige Handlungen. Attraktionen von jungen Mädchen, leichte, eilig verzehrte Liebschaften in den erheuchelten Riten des Lebens, kurz wie Schatten, verschwunden wie die raschen Sonnenuntergänge im Winter. Aber an einige erinnerte er sich mit Sehnsucht. Die Äbtissin mit ihrem Wunsch nach

Freiheit, Jennas Tochter in Verona, Josepha und Lucie. Wie schön waren ihre blauen Augen!

Sie begleiteten ihn in diesem respektlosen Meer. Er inszenierte den letzten Akt seines Dramas.

Er hatte sich verlaufen, war der Überlebende seiner Träume von Frieden und Schönheit. Er war Waise seiner selbst geworden, seines Lebens. Aber er wurde immer mehr Jude.

Vorwärts, hartnäckig vorwärts. Er hatte den Wirbel seiner Existenz gesehen, er hatte ein Licht gesehen, ganz hinten, wo sein Vater und seine Mutter mit seinen Geschwistern waren. Er verstand es nicht, aber das Licht zog ihn an, mit der Krücke kam er rasch voran. Das war sein Eindruck. Vorwärts. Lichter von Toten hatten sich um ihn versammelt, bewegten sich, sprachen, waren schwankend, schüttelten sich, kamen auf ihn zu.

Es fiel ihm schwer, seinen Geist zu erforschen, vielleicht hatte er ihn verloren. Francisca vor allen, ihre Augen, ihre Lippen, ihre Haare. Wie schön war sie! Wer weiß, ob sie an ihn dachte, seine Erinnerung war lebendig, sie quälte ihn, ihre Leidenschaft war ein Versprechen für das Leben gewesen.

„Ich bin unserer Liebe untreu geworden!“

Er hatte seine Verzweiflung herausgeschrien, aber sein Schrei hatte sich in einen Gesang der Hoffnung verwandelt.

Der Wind bewegte das Unwetter. Es war seine Stille. Eine klare Ruhe.

Seine Zukunft war zu Ende!

Er hörte den Gesang des Flamencos, er war mitreißend, es war der Gesang von Francisca, die ihre Klage sang. Er sah sie.

Simon schlug den Rhythmus. Seine Seele suchte sich vom Leben zu befreien.

Auf die Krücke gelehnt tanzte er seinen Flamenco. Er stampfte mit den Füßen im Schnee, nur eine Andeutung mit dem linken. Er versuchte, den Klang seines Eifers zu erfassen. Vergebens, er ließ sich nicht aufhalten.

„Ihr versteht nichts, das hier ist Francisca! Ich bin Simon aus Sevilla“, hatte er in die Sturmböen gerufen.

Er und Francesca hatten sich wiedergefunden.

Verwirrung, Überschwang, Keime der Nicht-Täuschung.

Nur das Meer und der Wald hatten es verstanden.

Er sang aus voller Kehle, mit rauer Stimme, die tiefen Noten eines Klageliedes begrabener, aber wiedergefundener Hoffnungen.

Simon hatte seine Krücke weggeschleudert.

„Ich will laufen, ich will tanzen! Schaut her, wie tüchtig ich bin, wie schön ich bin! Francisca! Ich bin hier!"

Er war auf dem Eis ausgerutscht.

Der Pelz hatte den Fall abgeschwächt. Er bemühte sich, aber es gelang ihm nicht, sich zu erheben, er war im Schnee liegengeblieben, ein Körper aus weißen Fetzen.

Der Frost drang in seinen Körper ein. Ein seltsames Gefühl. Er hatte keine Schmerzen. Eine Decke aus Wohlbefinden, sie gefiel ihm. Er spürte die Kälte und widerstand ihr, er liebte sie, weil sie stach.

Nicht einmal der Sturmwind bedrückte ihn. Er befreite sich von der Melancholie, lebte die Schönheit eines dunklen Weißes. Der Schneestaub, der ihn bedeckte, hatte seine Blässe gesteigert. Er ging in Vergessen ohne Lüge ein, um zu vergessen… oder um sich an alles zu erinnern.

Leere Atemzüge und die Fülle der Sterne waren seine Obsession geworden.

Ivan war besorgt und hatte die Dorfbewohner alarmiert. Sie hatten den Geruch des Todes gerochen und waren in die Dunkelheit gegangen, um ihn zu suchen.

Sie hatten sich kreisförmig aufgestellt, auf Rufweite, und hatten sich gegen das Meer begeben. Sie kannten Simons Vorliebe für das Meer, wo die Horizonte sich seinen Gedanken öffneten.

Mit Laternen und Fackeln hatten sie stundenlang das Dunkel der Finsternis durchdrungen, bis sie ihn halb erfroren gefunden hatten. Sein Gesicht war fahl, sein Bart, die Nasenlöcher, die Augenbrauen waren von einem weißen Schleier überzogen, der die Augenlider verklebt hatte. Auf den Lippen Spuren von geronnenem Blut. Er gab kein Lebenszeichen von sich, keinen Klagelaut.

Sie hatten ihn in die Isba gebracht. Die Krücke hatten sie mitgenommen.

Sie hatten ihn nackt in die Nähe des Feuers gelegt und den Körper mit Schnee gerieben. Langsam, sehr langsam war er wieder zu sich gekommen. Er war von Krämpfen geschüttelt, die Muskeln der Beine waren steif, er hatte Stiche an den Zehen, mit den verkrampften Händen konnte er nichts ergreifen. Dann hatte sein Gesicht allmählich wieder Farbe bekommen.

Am darauffolgenden Tag hatte er Fieber. Er hustete. Die Lungen taten ihm weh.

„Was habt ihr gemacht, ihr Dummköpfe?"

„Ihr habt die Krücke verloren und seid gefallen, und fast wärt ihr gestorben", hatte Ivan erklärt.

„Ich, die Krücke, die habe ich weggeschmissen, gegen die Dummheit. Ich brauchte sie nicht mehr, ich war dabei, mich zu befreien, aber ihr habt mich zur Traurigkeit des Lebens verurteilt."

Er war zornig, weil er leben musste.

Er wollte aufstehen, taumelte aber, das Fieber hatte ihn geschwächt.

Mit gesenktem Kopf war er in der Isba hin und hergegangen, von einem Zimmer ins andere.

Der trockene, andauernde Husten marterte seinen Rücken. Der geifernde Mund war nichts als Leiden.

„Ihr habt mir mein Leben genommen, jetzt auch meinen Tod. Ich war glücklich, ich war bei Francisca und hörte ihren Gesang. Ihr Verdammten! Was habt ihr gemacht? Ich verfluche euch!"

Er glich einer Statue. Das von der Krankheit abgezehrte Gesicht, ein pfeifender Atem. Er lehnte alles ab, das Licht und die Dunkelheit, er war nervös und verärgert über den Unsinn der Erwartung einer vergeudeten Zeit.

Er hatte keine mehr.

Einige Tage später hatte er darum gebeten, in sein Haus in Tallinn begleitet zu werden. Ein Anfall der Zuneigung zu seinem Leben.

Die Behörden hatten die Erlaubnis gegeben. Ein Arzt hatte bestätigt: Simon war schwer krank.

27

Seine Stirn war brennend heiß.

Der Moostee zur Linderung des Katarrs und der Birkensaft zur Reinigung des Körpers hatten nicht den erhofften Erfolg erbracht.

Er weigerte sich zu essen, nur ein paar Schluck Brühe.

„Ein Hering, mein Herr?"

Nein, nicht einmal ein Stück davon, keine Esslust mehr.

Der Fischer Ivan und seine Frau kümmerten sich um ihn. Sie waren zu ihm in seine Wohnung in Tallinn gezogen.

„Was machst du da so untätig? Räum auf, arbeite. Dass dich der Schlag treffe. Ich zahle."

Simon hustete, die Lungen taten ihm weh.

„Ivan, hast du immer verstanden, was ich dir gesagt habe?"

Ivan schaute ihn fassungslos an.

„Ich verstehe nicht. Was wollten Sie sagen?"

„Du dummer Fischer. Was ich dich gefragt habe."

Ivan hatte widerstrebend zu antworten gesucht.

„Wenn ich mich irre, verbessern Sie mich. Ja, mein Herr! Ein bisschen glaube ich verstanden zu haben. Trinken Sie diese Brühe… Fleischbrühe… probieren Sie sie."

„Fleischbrühe?"

„Keine Angst, es ist keine Schweinebrühe, sondern Brühe von gekochtem Schafsfleisch. Sie haben mir versprochen, dass es sehr weich ist."

„Meine Zähne sind noch gut…"

„Wenn Sie keinen Appetit haben… Wir werden schon dafür sorgen, dass Sie ihn bald wieder bekommen. Werden Sie nicht böse. Trinken Sie die Brühe… sie kostet und tut gut."

„Mit meinem Geld tut er auch euch gut. Ich mache weiter, solange mein Körper es will. Jetzt entscheidet er, nicht mehr ich."

Simon hatte schwarz geränderte Augen, die Wangen waren eingefallen, aber sein Blick war lebendig und munter wie immer.

„Du hast also alles verstanden?"

„Viele ungerechte Worte, ja, mein Herr. Verfluchter, dummer Russe, aber ich kann mich nicht an alles erinnern, Sie haben mich oft beleidigt, dass ich eine Missgeburt bin, ja, daran kann ich mich erinnern, und dass ich nichts verstand, dass ich stank und betrog, dass ich vom Angesicht der Erde verschwinden sollte, dass ich eklig und abscheulich war… *da, da, ja, ja*, dass Ihnen bei meinem Anblick schlecht wurde!"

Simon war in Gedanken versunken.

Der Husten plagte ihn, die Rippen schmerzten ihn.

Es ging ihm schlecht, aber seine Neugier war größer als die Krankheit.

„Was hast du von mir gedacht? Antworte!", hatte er mühsam gefragt.

„Dass Sie ein spanischer Jude sind, der recht gut Deutsch spricht, der vom katholischen Kaiser, dem Feind von Lutheranern und Orthodoxen, hier in dieses Land entsandt worden ist, um mit dem Süden der Welt mit Bernstein zu handeln. Nur das. Dass er ein guter Mensch und intelligent war… ohne Frauen, und dass er sich betrank. Ich habe verstanden, dass er das Leben nicht mehr liebte, aber dass er Heringe und Zwiebeln liebte und mich verdienen ließ."

Simon hatte geprustet. Er hatte auch ein Lächeln angedeutet, aber die Muskeln taten ihm weh.

„Hast du mich für eine wichtige Person gehalten?"

„Auch das noch! Haben Sie an nichts anderes zu denken?"

„Antworte!"

„Ihre Gegenwart, verzeihen Sie mir, hatte keine Bedeutung für mich. Sie waren zu ehrlich und zu sehr auf meine Zwiebeln und meinen Wodka konzentriert. Der Bernstein, das wissen alle, ist nicht zu essen. Er ist nur eine Laune für die Reichen."

„*Dios de los pecados*. Dass mich der Schlag treffe…Und du, wie bist du?"

Er hatte stechende Schmerzen an den Rippen.

„Sie wollen etwas von mir wissen? Ich bin wie Sie. Ich gelte nichts oder wenig… und das bisschen Eifer ist für Sie. Solange Sie es brauchen. Jeder von uns tut, soviel er kann. So ist das Leben."

Simon war sich bewusst, dass er am Abgrund angelangt war und fragte sich, wie wohl das Dunkel der Unendlichkeit aussah.

Er phantasierte. Sein Gesicht war kreidebleich.

„Hilf mir. Ich will den Himmel bewundern… bevor ich sterbe, will ich träumen! Hilf mir. Der Tod ist kein Schatten, sondern Licht. Glaubst du, dass der Tod schön ist? Denk dran, Ivan, Zwiebeln, nicht Knoblauch. Das ist wichtig. Nach Möglichkeit die roten Zwiebeln, die sind delikater, Ivan, sie sind schwer anzubauen, aber…"

Ivan hatte versucht, ihn davon abzuhalten, aber Simon wollte von ihm gestützt und an das Fenster begleitet werden.

Er zitterte am ganzen Leibe.

„Mach das Fenster auf! Ich will atmen."

„Die kalte Luft tut Ihrer Gesundheit nicht gut!"

„Ich will atmen… hörst du den Gesang des Flamencos?"

„Was sagen Sie, mein Herr? Welcher Gesang?"

„Du dummer Russe. Der Gesang des Flamencos. Hörst du ihn nicht? Erkennst du ihn nicht wieder?"

„Ja, doch", hatte er nachgiebig geantwortet.

„Ivan, bleib bei mir. Ich habe keine Angst, aber bleib bei mir! Es ist sonderbar, sich in meinem Alter zu verlieben. Schau dort, die weißen Dächer, siehst du sie?"

Einen Augenblick lang hatte er nicht geatmet, betrachtete die Stadt mit verlorenem Blick. „Verstehst du? Es ist immer Zeit, sich zu verlieben!"

Er stöhnte, blieb aber stehen, er wollte am Fenster bleiben.

Das Rot der Ziegeldächer hob sich vom Weiß ab.

Im Hintergrund das von den Sturzwellen aufgewühlte Meer und vom Wind gekräuselt, der Geister und Menschen des Nordens verwirrte.

Rechts ragte der quadratische Turm mit dem grünen Spitzturm der lutherischen Kirche auf.

Simon schwankte.

„Ich will das sehen."

Ivan hatte ihn gestützt.

Ein schwaches, zartes Licht hatte Tallinn eingehüllt, durchsichtige Helligkeit hatte die Schärfe eines harten Winters gemildert, hatte Schatten über eine irreale Stadt geworfen. Sein Herz hatte lauter geschlagen.

Oben am Himmel schlossen perlgraue Wolken die schmachtende Schönheit der Stadt ab.

Er war traumverloren, hatte seine Zeit verlassen, bewunderte die Nikolauskirche mit ihrer befestigten Mauer, sah elegante, mächtige Türme, verwechselte sie mit den Gewölben der Kathedrale von Sevilla, die Bögen aus rötlichem Gestein. Jeder Ort gab kleinen Menschen mit großen Leiden Sinn, die sich zum Himmel erhoben, eine Mahnung der Hinfälligkeit des Glaubens und der Gebete des Unmöglichen.

Tallin war sein Sevilla geworden.

Kälte und Hitze waren gleich. Großartig in ihrer Rauheit.

Simon war ein Körper, der sich nicht mehr akzeptierte.

Sein Augenlicht war vernebelt, er stammelte, die Worte verwirrten sich in der Kehle.

Er war von den Wechselfällen des Lebens betrogen worden, in der Liebe verhindert, sie hatten ihm jegliche Freiheit genommen, er hatte erdulden müssen, ohne reagieren zu dürfen. Er hatte die Schmach seines Lebens überlebt.

Er verachtete die Welt.

„Ihr Glücklichen, worüber beklagt ihr euch? Ihr seid dumm, begnügt euch!", hatte er mit dem wenigen Atem geschimpft, der ihm verblieben war.

„Die Natur ist anders, sie macht keine Unterschiede", hatte er verbittert fortgefahren. „Der Mensch entscheidet. Vergiss das nicht, Ivan. Ich habe es auch Escobar erklärt. Wer weiß, ob er es verstanden hat. Der ist ein Schlingel. Intelligent, ja…. Aber er ist ein Deutscher. Gut erzogen. Ich hatte ihn gern. Er fehlt mir sehr. Er hatte eigenartige Augen, schlaue Augen. Ein Spanier? Sag das nicht zum Scherz! Er ist deutsch bis aufs Knochenmark!"

„Überanstrengen Sie sich nicht. Sie haben einen bösen Husten und das Sprechen macht Ihnen Mühe. Es ist wohl, wie Sie sagen, mein Herr, das mag schon sein."

„Ich bin müde."

Simon hatte sich aus dem Fenster gelehnt und wäre fast gefallen. Ivan und seine Frau hatten ihn nur mit Mühe gehalten.

Er war unbeweglich stehengeblieben. Seine Hüfte hielt ihn nicht mehr.

„Wollen Sie sich setzen oder legen?"

„Was für mich am besten ist… aber du, halte mich! Wenn ich mich hinlege, kann ich nicht mehr aufstehen."

Er kämpfte mit seinen Atemzügen. Er war sehr, sehr schwach.

Simon hatte sich auf einen Stuhl dicht am Fenster gesetzt.

„Ich mache weiter, solange ich kann… ich weiß nicht einmal, ob ich noch den nächsten Morgen sehe. Was meinst du, Ivan? Vielleicht nicht einmal den Sonnenuntergang. Ich entscheide nichts mehr."

Nach einer kurzen Pause hatte Ivan, fast ohne sich um Simons Schmerzen zu kümmern, gefragt: „Pardon, haben Sie die Konten geschlossen? Sonst könnte es zu ungerechtfertigten Forderungen kommen."

„Was sagst du da? Bring mir eine Tasse von dem Moostee."

Der Verweis auf seine Pflichten hatte ihm neues Leben gegeben.

„Du redest von Arbeit? Zu mir? Du Fischer! Keine Angst, du bekommst, was dir zusteht. Ich sterbe ohne Schulden. Was willst du von mir? Ich habe lebenslange Kredite!"

„Ich weiß nicht… ich möchte nicht… die Dinge der Welt… ich weiß nicht… wie nennen Sie das? Steuerbriefe… diese so wertvollen Pergamente, die allein soviel wert sind wie meine Bank, einschließlich der Isba und meiner Frau."

„Du bist ja dumm! Kreditbriefe sind das. Als Garantie für die Rückzahlung der Schulden. Oder meinst du die Zahlungsaufträge? Was weißt du schon von diesen Begriffen?"

„Unten am Markt, da wurde manchmal gesprochen, wenn die Reichen über Geschäfte diskutierten, ein Wort hier und ein Wort da, zwischen einem Hering und einer Zwiebel, ich verstand nichts, hörte aber zu, und so fragte ich mich, wer weiß, ob Sie… dass irgendein Unehrlicher nicht einen nicht echten Brief präsentierte… Sie verstehen schon, mein Herr, die Geldgier lässt manchmal Lügen aufkommen."

„Wenn ich tot bin? Das willst du sagen? Ihr Unmenschen! Unglück möge auf euch herabkommen!"

Simon war aufgeregt, hatte mit erhobener Faust gedroht. Aber da er zu schwach war, war der gegen die Decke gerichtete, magere Arm wieder zum Körper herabgefallen.

Dann auf einmal war er herausgeplatzt:

„Die Pergamenthandschrift, die Pergamenthandschrift von Escobar. Suche sie! Ich habe sie in den Reisekoffer gelegt, gleich neben dem Eingang. Die Pergamenthandschrift von Escobar… wie dumm bin ich doch! Ich verachte mich! Suche sie und bring sie her!"

Er bebte vor Ungeduld. Er hustete, hatte Krämpfe, war erregt. Sein Gesicht war vor Fieber und Aufregung rot geworden.

„Verdammt! Wie habe ich denn darauf vergessen können? Bei Gott, hast du sie gefunden? Sie war dort, ich kann mich gut erinnern. Escobars Brief!"

„Ruhe, immer mit der Ruhe!"

„Das Pergament, das Pergament! So viel Dummheit! Ich bin durch das Leben getappt. Und jetzt habe ich auf die Pergamenthandschrift vergessen. Ich sollte sie lesen, ein Jahr nach Escobars Abreise oder bei meinem Tode. Das hatte er mir gesagt. Und jetzt sind schon sechs Jahre vergangen. Verdammt! Suche sie."

Vor Aufregung war er heiser geworden.

Ivan hatte sie gefunden.

Simon hatte erleichtert aufgeatmet.

Ivan hatte ihn noch einmal gebeten, ruhig zu bleiben. „Sonst können Sie sie nicht lesen", hatte er entschieden behauptet.

„Verschwinde! Nein! Bleib hier. Hier neben mir. Kontrolle, dass ich alles richtig lese. Verflucht noch einmal, ich habe vergessen, dass du nicht lesen kannst. Halt mich, bleib neben mir. Hör zu, auch du musst das erfahren."

Er hatte mit schwacher Stimme gelesen, manchmal war es nur ein Atemhauch. Die Hände zitterten ihm.

„Wir Ferdinand von Gottes gnaden roemischer zu Ungarn und Beheim Koenig, Infant zu Hispanien Herr Herzog zu Oesterreich, Herzog zu Burgund, Steyer, Kaernten, Krein und Wuertenberg, Graf von Tirol."

Der Erzherzog in Person war der Verfasser dieses Schreibens. Simon war aufgeregt.

„Hör zu, Ivan, hör zu. „Der Überbringer dieses Schreibens heißt Escobar. In meiner Güte habe ich beschlossen, Ihnen aus christlicher Nächstenliebe mitzuteilen, wen Sie unterrichtet haben. Escobar ist ein gebildeter junger Mann, von großem Wert für das Kaiserreich.

Escobar ist Ihr Sohn, der Sohn von Ihnen und Francisca. Ihm dürfen Sie dieses Geheimnis nicht enthüllen. Er wird seinen Vater niemals kennenlernen, wie er auch seine Mutter nicht kennenlernen konnte. Auf unseren Befehl und gemäß des Urteils der Inquisition ist Francisca unter kaiserlichen Schutz gestellt, aber aus Schutz vor einem Skandal in ein Kloster nahe bei Sevilla gebracht worden, wo Escobar geboren ist. Sie ist bei Escobars Geburt an Kindbettfieber gestorben. Escobar ist in kaiserlichem Auftrag unterrichtet und in kaiserlichen Dienst gestellt worden.

Ich wollte, dass ihr beiden euch kennenlerntet. So habe ich nur zum Wohl von Escobar entschieden. Wenn bekannt geworden wäre, dass er der Sohn eines Juden ist, wäre das sein Ruin gewesen. Ich habe ihn geschützt und Ihnen anvertraut, wo er den bedeutendsten Teil seiner Erziehung und Ausbildung verbracht hat. Ich habe beschlossen, dass es in Sevilla einen Ort gibt, der die Initialen der Namen Francisca und Simon trägt, F und S, in Stein eingeritzt. Diese Buchstaben sollen an zwei würdevolle Personen erinnern. Die Zeit wird auf sie vergessen, aber die Geschichte wird die Wiederherstellung der Wahrheit ermöglichen, wenn jemand, von Mitleid bewegt, hartnäckig genug ist, um Atemzüge, Hoffnungen und Enttäuschungen miteinander zu verbinden. Wenn die Zeit gekommen ist, werden Sie, mein treuer Simon, in Ruhe sterben. Ich habe für euch das meiner Rolle gemäße Mögliche getan. Für Escobar habe ich gesorgt und werde für ihn sorgen.

Dies alles habe ich ohne jeglichen Zwang getan, rein aus menschlicher Hochachtung.

Ferdinand."

Simon war bewegt.

„Escobar ist mein Sohn. Ivan, hast du gehört? Ich habe einen Sohn. Es ist Escobar."

Er hatte versucht, sich an dessen Gesichtszüge zu erinnern. Ja ja, die Nase, das stimmte, die war von Francisca, vor allem auch der Blick. Zu dumm, dass er das nicht bemerkt hatte. Auch die Augenbrauen, ja, natürlich, Escobar war Franciscas Sohn.

Der Gang, die Haltung, das Schweigen, die ausdrucksvollen Augen, die von alleine sprachen, auch die Lippen, ja, die waren von Francisca. Er war intelligent und scharfsinnig, wie er selbst es im Leben gewesen war. Er war ihm ähnlich.

Er brachte sich Fragmente des vergangenen Lebens in Erinnerung, erlebte sie neu, genoss sie, suchte Eindrücke und Gefühle wieder zusammenzusetzen, aber sie entkamen ihm in der Zeit, die immer weniger wurde und ihm Gefühle wegnahm, die er verlängern wollte, um sie in das Leben einzufügen.

Er erfreute sich an Erinnerungen, die er einem verbrauchten Geist entrissen hatte, Bruchstücke von Emotionen, enorme Details. Alles verloren, alles wiedergefunden. „Escobar… Escobar“, wiederholte er unentwegt.

Die Zeit war ihm feind.

Er hatte sich umgeschaut.

Die im Leeren verlorenen Augen sahen nichts mehr, nur seine Gedanken. Er wanderte im Labyrinth seiner Müdigkeit umher, er sah Ähren von niemals geöffneten Feldern, goldgelbe Birkenblätter, die weißen Schaumkronen der Sturzwellen, Klänge von gesuchter und nie gefundener Stille, den Zorn der Unwetter, von zu vielen Ungerechtigkeiten zum Schweigen gebrachte Blicke, das goldene Licht eines Sonnenuntergangs, der eine Morgendämmerung voller Hoffnung ankündigte.

Er war an der Schwelle des Abschieds angelangt, war aber dabei, das Leben wieder in die Hand zu nehmen. „Er muss wissen, dass ich sein Vater bin.“

Er hatte sich auf der Suche nach Hilfe an Ivan gewandt.

„Nein, Sie dürfen sein Leben nicht ruinieren! Das steht im Pergament geschrieben.“

Er hatte tief durchgeatmet. Einen Augenblick lang hatte er sich beruhigt.

„Seien Sie glücklich über das, was Sie wissen. Mehr, mein Herr, können Sie nicht tun, glauben Sie mir! Sie würden Ihrem Sohn unrecht tun.“

Ivan war übermäßig hart mit Simon gewesen. Er hatte es getan, um Escobar zu schützen.

Simon war in einen unruhigen Halbschlaf gefallen. Der hämmernde Schmerz an der Brust war zurückgegangen.

Nach einigen Stunden war er aufgewacht, mit gespannten Gesichtszügen und schweißgebadeter Stirn. Er hatte um sich geschaut, eine starke Erregung belastete seinen Geist. Er hatte von ausgelöschten Erinnerungen geträumt. Er war erschöpft.

Ivan und er hatten sich angeschaut. Er hatte sich aufgerafft und mit schwacher Stimme gefragt:

„Wo bin ich? Was mache ich hier? Zum Teufel! Lass sofort den Silberschmied kommen, den Deutschen. Keinen anderen."

„Den Deutschen? Den Goldschmied?"

„Ja, den Goldschmied... den großen, den ohne Zähne. Du dummer Russe, verlier keine Zeit.

Nach kurzer Zeit war der Goldschmied bei Simon angelangt.

Mit einer Handbewegung hatte er Ivan gebeten, ein Ledersäckchen herauszuholen, das unter dem hölzernen Fußboden versteckt war. Er hatte es aufgemacht und einen dunklen Stein herausgenommen.

Es war ein rechteckiger, dünner Stein, mattblau, stellenweise fast schwarz.

„Ritz diese Buchstaben ein, aber leserlich."

„In diesen Stein?", hatte der deutsche Goldschmied gefragt. „Der ist aber unschön. Und wozu?"

Simons Blick war erloschen. Er war unduldsam.

Der Husten gab ihm keine Ruhe.

„Du schändlicher Deutscher! Das ist der schönste Bernstein, ich habe ihn für eine besondere Gelegenheit aufgehoben. Ich verstehe etwas davon. Ritz ein Dreieck ein: oben ein E und unten links ein F und rechts ein S. Und dann musst du ihn noch einfassen, hier... hier..."

Mit zitternden Händen hatte er auf einem Stadtplan auf einen bestimmten Punkt gewiesen.

„Auf Augenhöhe. Nicht höher! Du musst ihn bei Nacht einsetzen, dass niemand dich sieht. Nicht flach, sondern senkrecht, damit von beiden Seiten her Licht einfällt. Es muss eine gute Stelle sein."

Heftige Krämpfe hatten ihn angefallen. Er hatte Blut gespuckt.

„Das wird nicht leicht sein. Dieser Bernstein ist sehr dunkel… Kurieren Sie sich aus, Simon, es geht Ihnen sehr schlecht!“

„Mach, was ich sage. Schließlich zahle ich.“

„In die Mauer eingesetzt, nach außen. Und nach innen? Jetzt habe ich es verstanden. So gut ich kann... wenn Sie darauf bestehen… Das Geld gehört Ihnen.“

Simon war äußerst ermüdet. Er hatte seine letzten Kräfte zusammengenommen.

„Schau ihn im Gegenlicht an. Dann siehst du, wie er aufleuchtet, blutrot, schau, wie schön er ist. Du musst ihn ins Freie bringen, wie ich gesagt habe. Im Schatten erlischt er. Tu, was ich sage. Und so schnell wie möglich. Ich will sicher sein.“

Der Goldschmied war verblüfft. Es war wirklich so. Im Gegenlicht nahm der Bernstein neues Leben an.

Der Schatten des Todes hatte sich auf seinen Körper gelegt.

Simons röchelte nur noch.

Es fiel ihm schwer zu leben, es fiel ihm schwer zu sterben.

Der Puls war schwach, aber sein Herz schlug noch kräftig.

Vor Erregung war er voller Freude. Aber er hatte verstanden, dass er die fünfzig Jahre seines Lebens gestohlen hatte, fünfzig Jahre voller Schmähung und Sarkasmus.

Er hatte einen Augenblick geatmet. Escobars Antlitz hatte ihn von seiner Melancholie befreit.

Der goldene Sonnenuntergang eines heiteren Tages hatte sein Zimmer erhellt.

„Da, Francisca. Auch Escobar… siehst du sie im Licht? Siehst du sie? Sie lächeln mir zu, sie sind glücklich und kommen mir entgegen. Ivan, schau! Das sind sie! Mach die Tür auf, auch die Fenster. Lass sie herein!“

Ivan hatte lange gezögert. Er hatte ihm die Hand gehalten. Simon war dabei, sich in der Unendlichkeit eines Sonnenuntergangs zu verlieren, den er niemals wiedersehen würde.

„Ja, ich sehe sie. Sie sind wunderschön. Es sind Escobar und Francisca", hatte Ivan Simon zugeflüstert.

Die Täuschung war keine Täuschung mehr. In einem Augenblick war der Tod Wirklichkeit geworden.

Im Labyrinth des Ghettos, in der Nähe der Kathedrale oder an den Ufern des Guadalquivir, vielleicht im Kloster *San José de Carmen* oder in der *Casa de Contratacion,* oder besser noch auf der *Plaza de Santa Cruz,* wo kleine Gärten die arroganten Sommer in Sevilla bremsen, gibt es einen Granitstein, auf dem die Buchstaben F und S zu sehen sind.

Ein rechteckiger blauer Bernstein, in den die Buchstaben E, F und S eingeritzt sind, befindet sich in Tallinn, am Rathausplatz oder in der Oberstadt, in der Nikolauskirche oder in den Gängen der Bollwerke oder vielleicht weiter unten, vor dem Hafen, nahe bei der Holde Hansa oder in den Befestigungsanlagen des Toompea-Hügels oder in den Mauern der Pik-Jagg-Straße.

Wenn sich an den letzten drei Tagen des längsten Wintermonats der Nebel auflöst, wenn die Sonne kaum über den Horizont aufsteigt, dann leuchtet der Bernstein rot auf. Wer ihn sieht und mit den Gedanken über den Tod hinausgeht, entdeckt das Siegel gemarterten Lebens.

Inhalt

Printed in Poland
by Amazon Fulfillment
Poland Sp. z o.o., Wrocław

62976598R00159